DISRUPTIVE IMAGINATION®

MICHAEL ANDERLE

MAGIE & DATING

SO WIRD MAN EINE KNALLHARTE HEXE 3

**Für meine Familie, Freunde und alle
diejenigen, die es lieben zu lesen.
Mögen wir alle das Glück haben das Leben
zu leben für das wir bestimmt sind.**

IMPRESSUM

Magie & Dating (dieses Buch) ist ein fiktives Werk.
Alle Charaktere, Organisationen, und Ereignisse, die in diesem
Roman geschildert werden, sind entweder das Produkt der Fantasie
des Autors oder frei erfunden. Manchmal beides.

Copyright der englischen Fassung: © 2020 LMBPN Publishing
Copyright der deutschen Fassung: © 2021 LMBPN Publishing
Titelbild Copyright © LMBPN Publishing
Eine Produktion von Michael Anderle

LMBPN Publishing unterstützt das Recht zur freien Rede und den
Wert des Copyrights. Der Zweck des Copyrights ist es Autoren und
Künstlern zu ermutigen die kreativen Werke zu produzieren, die
unsere Kultur bereichern.

Die Verteilung von diesem Buch ohne Erlaubnis ist ein Diebstahl
der intellektuellen Rechte des Autors. Wenn Du die Einwilligung
suchst, um Material von diesem Buch zu verwenden (außer zu
Prüfungszwecken), dann kontaktiere bitte international@lmbpn.com
Vielen Dank für Deine Unterstützung der Rechte des Autors.
LMBPN International ist ein Imprint von
LMBPN Publishing
PMB 196, 2540 South Maryland Pkwy
Las Vegas, NV 89109

Version 1.01 (basierend auf der englischen Version 1.01), August 2021
Deutsche Erstveröffentlichung als e-Book: August 2021
Deutsche Erstveröffentlichung als Paperback: August 2021

Übersetzung des Originals (How To Be A Badass Witch 3)
ins Deutsche, Lektorat
und Satz der deutschen Version:
4media Verlag GmbH,
Hangweg 12, 34549 Edertal,
Deutschland

ISBN der Paperback-Version:
978-1-64971-524-1

DE21-0042-00104

ÜBERSETZUNGSTEAM

Primäres Lektorat
Kim Hofer

Sekundäres Lektorat
Anna Hunger

Beta-Team
Claudia Meurers
Jürgen Möders
Sascha Müllers
Esther Nemecek

KAPITEL 1

James krempelte die Ärmel seines Hemdes hoch und knackte mit seinen Fingerknöcheln. »*It's Showtime.*« Gemeinsam mit Madame LeBlanc stand er zwischen zahllosen roten Felsen in der blendenden Sonne und beobachtete, wie zwei schwarze SUV langsam vor ihnen zum Stehen kamen. In der Ferne schimmerte die Stadt Las Vegas, eine Oase inmitten der Wüste.

Das hintere der beiden Fahrzeuge blieb mit einigem Abstand stehen, niemand dort regte sich. Vermutlich war es voll mit Hilfsagenten, deren Aufgabe es war, jeden Fluchtversuch der beiden Thaumaturgen zu verhindern. Die Türen des vorderen Fahrzeugs öffneten sich und ein Agentenpaar, ein Mann und eine Frau, stiegen aus.

In seinem Kopf hatte James bereits ein mentales Bild davon vor Augen, wie die Agenten aussehen würden – groß vermutlich und sicherlich imposant. Gebaut wie Athleten. Grimmig und mit einer kompetenten Ausstrahlung. Seine Vision war von den populären Medien beeinflusst worden.

Was auch immer sein Bild von ihnen war, es war falsch gewesen. Beide Agenten waren durchschnittlich, unauffällig aussehende Personen, um die dreißig, mit konservativen Haarschnitten, streng nach hinten gegelt beziehungsweise geflochten. Die Frau hatte auffällig breite Schultern und kastanienbraunes Haar, der Mann war durchschnittlich groß, seine Haare hatten einen langweiligen Blondton.

Seltsamerweise sahen sie nicht grimmig aus. Sie lächelten verschmitzt.

Die Agenten blieben einige Meter von James und Mutter LeBlanc entfernt stehen und James spürte, wie die Belustigung seiner Partnerin durch die Luft strahlte. Sie gab jedoch kein äußeres Zeichen von sich.

»Hallo«, grüßte der männliche Agent und nickte den beiden zu. »Agent Thomas Richardson, FBI.«

Die Frau neben ihm nickte ihnen ebenfalls zu und holte in einer flüssigen Bewegung ihre Marke hervor. »Agent Heidi MacDonald.«

Es handelte sich bei den beiden also um dieselben Agenten, die sie vorhin im Nebel gesucht hatten. James hatte sich das natürlich gedacht, aber da sie sich vorhin in Ganzkörperausrüstung gezeigt hatten, konnte er sich bis zu diesem Moment nicht ganz sicher sein.

»James Lovecraft«, stellte sich James vor. »Freut mich, Sie kennenzulernen, Mister Richardson, Misses MacDonald.« Er versuchte, nicht zu lächeln. Als schmächtiger, großer Mann um die dreißig – dazu noch seine runde Brille und seine gewellten Haare – sah er wahrscheinlich auch nicht so aus, wie *sie* es erwartet hatten.

Er persönlich fand dagegen, dass er schon sehr nach einem Magier aussah, zumindest nach einem Magie-Gelehrten.

Madame LeBlanc hob ihre Hand zur Begrüßung. »Sie dürfen mich Mutter LeBlanc nennen«, grüßte sie mit ernster Miene. »Guten Tag.«

Magie & Dating

James bemerkte, dass die Agenten Mutter LeBlanc ernster zu nehmen schienen als ihn. Er war nicht überrascht. Sie war eine schwarze Frau, die nach Mitte zwanzig aussah, doch ihr Auftreten und ihre Ausstrahlung wiesen auf ein deutlich höheres Alter hin – was auch stimmte. Ihr voluminöses, mehrfarbiges Kleid, dessen Falten und Wirbel sowohl Aufmerksamkeit erregten als auch verdeckten, trug zu ihrem Auftreten bei. Wenn man an Magier oder Wundertäter dachte, stellte man sich vermutlich eher eine solche Person vor.

Agent Richardson räusperte sich. »Das war eine beeindruckende Vorführung da hinten im Wells Fargo Tower. Ich habe in meinem Beruf schon viel verrücktes Zeug gesehen, aber ich hätte nie erwartet, echte *Magie* zu sehen.« Seine Augen verengten sich leicht. »Oder zumindest etwas, das wie Magie aussah. Technologie?«

MacDonald warf ihrem Partner einen scharfen Blick zu, dann sah sie wieder zu James und Madame LeBlanc. »Wir würden gerne mehr darüber wissen, wie Sie das gemacht haben, die Art Ihrer Fähigkeiten und wie der Vorfall mit einer Reihe von Vorfällen in Los Angeles in letzter Zeit zusammenhängen könnte, die auf unserem Radar aufgetaucht sind.«

James überlegte, wie er reagieren sollte.

Madame LeBlanc verschwendete diese Zeit nicht. »Thaumaturgie«, antwortete sie einfach. »Das Wirken von Wundern. Wir greifen auf die göttlichen, herrschenden Kräfte des Universums zurück, um Dinge zu bewirken, die sonst nicht möglich wären. Es ist eine reduzierte Tradition, aber sie lebt weiter.«

Die Agenten blinzelten, doch mehr kam nicht von ihrer Seite. James schluckte. Er hätte es nicht so leichthin erzählt, aber er war ja schließlich auch noch jung und dahingehend fehlte ihm die ganze Erfahrung, die Mutter LeBlanc gemacht hatte. Sie wusste es besser als er.

James nickte also bloß bei ihren Worten und fügte hinzu: »Jetzt, wo sie es erklärt hat, haben wir unsere eigene Frage. Warum sind *Sie* interessiert?«

Jeder Mensch wäre fasziniert von der Offenbarung, dass Magie real war. Die eher langweilige Reaktion der Agenten hatte James daher ein wenig enttäuscht. Er war nun äußerst interessiert daran, zu erfahren, was das FBI mit diesem Wissen zu tun hoffte.

Die Agenten sahen sich gegenseitig an, dann wieder die beiden Thaumaturgen.

»Nun«, meinte Richardson, »damit konnten Sie einen großen Banküberfall mit relativer Leichtigkeit verhindern. Dies scheint durchaus nützlich zu sein.«

»Und wir haben Grund zu der Annahme, dass Sie nicht die Einzigen sind, die das tun können«, fügte MacDonald hinzu. »Das ist uns viel wichtiger. Wie zum Beispiel die Person, die diese Bank ausgeraubt hat. Außerdem sind uns in letzter Zeit viele andere unerklärliche Phänomene zu Ohren gekommen und es könnte sein, dass es da draußen ein paar tickende Zeitbomben gibt, verstehen Sie? In Los Angeles zum Beispiel, dort gibt es einen Selbstjustizler mit unerklärlichen Fähigkeiten. Wir sind an Ihrer Kooperation interessiert, um die Situation einzudämmen und sicherzustellen, dass niemand verletzt wird.«

Mutter LeBlanc schloss ihre Augen und atmete tief ein und aus. James nahm die Sache in die Hand: »Verzeihen Sie, Agent, aber war das eine versteckte Drohung?«

MacDonald runzelte die Stirn. »Nein«, erwiderte sie ehrlich. »Es war eine legitime Bitte um Hilfe.«

Magie & Dating

»Was wir *wollen*, ist, eine potenziell explosive Situation eindämmen«, fügte Richardson hinzu, »und herausfinden, was zum Teufel da überhaupt los ist. Sie können gerne unsere Gedanken lesen oder was auch immer, damit Sie unsere Absichten erkennen.«

»Ah. Sie bedrohen uns also nicht«, erwiderte Mutter LeBlanc mit einem warmherzigen Lächeln. »... *noch nicht*.« Ihr Lächeln blieb, aber James bezweifelte, dass jemand der FBI-Agenten sie provozieren würde, nicht, nachdem alle bei dem Überfall sehen konnten, wozu sie fähig war.

Es gab eine lange Pause.

»Unsere Aufgabe ist es, unsere Bürger zu schützen«, meinte Agent Richardson schließlich, »und dies nehmen wir sehr ernst. Wir wollen nicht, dass das unter Zwang geschieht, aber wenn Sie fragen, ob wir alle uns zur Verfügung stehenden Mittel einsetzen werden, um herauszufinden, was hier vor sich geht und um unschuldige Leben zu schützen, dann lautet die Antwort ja.«

»Ich verstehe.« Mutter LeBlanc schaute jeden von ihnen nacheinander an. »Und was genau denken Sie, können Sie tun, wenn wir uns entscheiden, Ihr Angebot abzulehnen?«

Die Agenten sträubten sich leicht. Ihre Selbstbeherrschung war gut, aber nicht perfekt. James wusste, dass wenn sie einen Gedanken- oder zumindest einen Absichtszauber auf sie anwenden würden – was sie niemals tun würden, aus Respekt – sie ihre wahren Pläne verraten würden. Vermutlich dachten sie, man könnte nicht alle Gedanken lesen, wenn man im Moment des Zaubers ganz stark an nur eine Sache dachte.

James lächelte sie bloß an. »Oh, sicher, wenn Sie sich entscheiden, die Hälfte der schwer bewaffneten, furchteinflößenden Regierungstypen des Landes gegen uns zu richten, wird das unser Leben *erschweren* ... aber das bedeutet nicht, dass Ihre Aufgabe besser erledigt werden kann. Sie haben ja gesehen, was dort passiert ist. Es ist besser, uns nicht zum Feind zu haben. Zu Ihrem Vorteil.«

Die Agenten waren nicht glücklich, so viel war klar, das konnte James an ihren Gesichtsausdrücken erkennen.

»Wir wären bereit, einer gleichberechtigten Partnerschaft zuzustimmen, um unsere gemeinsamen Ziele zu erreichen. Schließlich ist das Wohl der Menschheit möglicherweise in Gefahr«, meinte er schlicht. »Aber wir sind nicht daran interessiert, von Ihnen vertreten zu werden oder in irgendeiner Weise unter Ihrer Kontrolle zu stehen.«

»Was würden Sie sagen, sind denn unsere ›gemeinsamen Ziele‹?« MacDonald schaute James und Madame LeBlanc an, als ob sie hoffte, einen Bruch in ihrer Einheit zu finden. Die Brise, die über die Wüste wehte, zerzauste ihr Haar.

»Wir waren selbst dabei, mehrere Personen aufzuspüren, die magisches Potenzial aufweisen«, erklärte Madame LeBlanc. »Wir wollen nämlich sicherstellen, dass keiner von ihnen *instabil* ist. Dies geschieht zum Teil, um übermäßige Aufmerksamkeit von Thaumaturgen abzulenken, aber auch aus Mitgefühl für Personen, die im Griff von Kräften sind, die sie nicht verstehen – oder anderen, denen sie unbeabsichtigt schaden könnten.«

»Also, wir haben gemeinsame Ziele«, bestätigte Richardson. »Wir wollen beide sicherstellen, dass diese

Magie & Dating

Kräfte keine unschuldigen Zivilisten verletzen.« Er blickte über ihre Köpfe hinweg auf den *Phantom*. »Sind es nur Sie beide, die mit diesem Rolls-Royce durch das Land fahren?«

Mutter LeBlanc nickte, bevor James etwas sagen konnte. Er war damit beschäftigt, sich über die Anwendung des Wortes ›diesem‹ auf seinen geliebten Phantom und über den abfälligen Tonfall in seiner Frage zu ärgern.

»Dann könnten *unsere* Ressourcen Ihnen vielleicht helfen, sich effizienter zu bewegen?«, schlug Richardson vor. »Natürlich würden wir im Gegenzug gerne ein gewisses Maß an Informationen erwarten.«

Mutter LeBlanc verschränkte ihre Arme, doch dann nickte sie.

Es würde also wirklich zu Verhandlungen kommen. Mutter LeBlanc schien sich bei dieser Angelegenheit sehr sicher und James ließ sie machen, auch wenn eine Zusammenarbeit mit dem FBI ihn noch nicht wirklich überzeugt hatte. Er war dafür, einfach die Gedanken der Agenten zu löschen, so wie sie es mit den Polizisten am Wells Fargo Tower getan hatten, kurz bevor sie verschwunden waren.

Die Verhandlungen begannen nun ernsthaft und die vier kamen allmählich zu einer Einigung. Die Thaumaturgen würden eine grundlegende Erklärung anbieten, wie ihre Kräfte funktionierten. Sie würden auch eine begrenzte Beobachtung im Austausch für die Unterstützung des FBI bei der Eindämmung und Vertuschung von Problemen oder unangenehmen Vorfällen erlauben. Im Großen und Ganzen waren sie sich einig.

Mit einer bemerkenswerten Ausnahme. Als sie sich darauf vorbereiteten, zu ihren jeweiligen Fahrzeugen zurückzukehren, sagte MacDonald sanft: »Und natürlich wäre es von Vorteil, ein organisiertes Programm zu haben, um diese neuen Talente zu fördern.«

»Das *Letzte*, was wir wollen, ist, in eine Art Supersoldatenprogramm verwickelt zu werden.« Die Ausbildung von neuen Thaumaturgen war die Aufgabe des Rates, niemand sonst war dazu befugt. Schon gar nicht gewöhnliche Menschen. MacDonald hatte genau das vorgeschlagen, was die Thaumaturgen seit mehr als einem Jahrhundert befürchtet hatten – die Einmischung eben dieser gewöhnlichen Menschen in die Angelegenheiten der Magie-Fähigen.

James musste aber auch zugeben, dass auch sie sich in die Angelegenheiten des FBI einmischten. Doch dies geschah ja stets zu ihrem Wohl.

»In der Tat«, stimmte Mutter LeBlanc James zu. »Wenn es Ihr wahres Ziel ist, uns zu nutzen, um übermenschlich starke Agenten zu erschaffen, hätten wir keine andere Wahl, als Ihre Erinnerungen auszulöschen.« Ihre Augen huschten über die Gruppe. »Sie alle würden hier auf diesem Hügel stehen bleiben, ohne die geringste Ahnung, warum Sie hier waren oder was in den letzten zwei Tagen passiert ist.«

Das war genau das, was James von Anfang an vorgehabt hatte.

Die Gesichtsausdrücke der Agenten nach Mutter LeBlancs Worten ähnelten denen, die Rehe hatten, die realisierten, dass sie gerade vor ein Auto gelaufen waren, fiel James schmunzelnd auf.

»Nein, nein«, erwiderte Richardson hastig. »Das ist natürlich nicht das, was wir gemeint haben. MacDonald wollte nur sagen, dass wir der Meinung sind, dass

Magie & Dating

Magier – *Thaumaturgen* ... – ausgebildet werden sollten, um richtig handeln zu können, wenn sie Magie praktizieren. Es hilft sicher *niemandem*, wenn sich mehr von ihnen als Bankräuber entpuppen.«

James lächelte verschmitzt, aber auch fies. »In der Tat. Das ist schließlich genau das, was wir vorhaben. *Ohne* Ihre Einmischung.«

Die beiden Gruppen verabschiedeten sich für die Nacht voneinander, wobei die FBI-Agenten versprachen, die Geschehnisse in Las Vegas herunterzuspielen und sich alle darauf einigten, am nächsten Morgen gemeinsam nach Los Angeles aufzubrechen.

»Sie haben nicht ganz unrecht«, meinte Madame LeBlanc zu James, während sie den FBI-Agenten hinterherschauten. »Wenn jeder im Land – oder auf der Welt – der die Begabung hat, durch uns nun echter Magie ausgesetzt würde, könnte sich der Planet für immer verändern. Wenn wir eine solche Veränderung ausgelöst haben, müssen wir nun auch einen Weg finden, damit umzugehen.«

James zog eine Grimasse. »Wenn das so ist, können wir nur hoffen, dass die Veränderung zum Besseren ist. Wie auch immer, als Erstes will ich, dass sich ein Mechaniker das Auto ansieht. An zweiter Stelle steht, dass wir, bevor wir uns um alle anderen kümmern, alle Leute aufspüren müssen, die unser verdammtes Buch gelesen haben.«

»James, *das* ist die erste Priorität, nicht die zweite. Ich bitte Sie. Das Auto ist die zweite. Wir werden auch ohne klarkommen, vor allem nach unserer Abmachung mit dem FBI.«

»Wir brechen erst morgen früh auf«, wies James darauf hin. »Es ist genug Zeit, dass mal jemand drüberschaut.«

»Nun gut, aber wenn es aufwendig repariert werden muss, dann machen wir ohne weiter.«

James grinste. »Bis dahin wird es wieder in bester Form sein. Das ist einer dieser Momente, in denen es sich wirklich auszahlt, eine Menge Geld zurückgelegt zu haben.«

»Ich denke, das ist meistens der Fall.«

»Da haben Sie auch nicht unrecht.«

★ ★ ★

»Ich weiß nicht, was es ist, aber *irgendetwas* an tierischem Fett macht es so viel befriedigender als andere Formen der Ernährung.« Ted sah auf seinen leer gegessenen Teller hinunter und seufzte zufrieden. »Besonders am Morgen.«

»Ah ja.« Chris starrte auf seinen eigenen Teller und versuchte Appetit aufzubringen.

Vor einem Monat hatten die beiden ein Diner gefunden, welches man am besten als einen Ort beschreiben könnte, der darauf ausgelegt ist, Kater zu kurieren. Der Kaffee war ungewöhnlich stark, die Pfannkuchen hatten die Größe von Radkappen und die dicken Frühstückssandwiches wurden mit selbstgebackenem Brot gemacht. Außerdem gab es Burger, die nur so vor Fett trieften. Die beiden Männer hatten sich geschworen nur dann einzukehren, wenn die Umstände einen starken Muntermacher verlangten.

Dieser Tag war nun gekommen.

Als Chris sein Essen mit der Gabel herumschob, hob Ted eine Augenbraue.

»Du bist übrigens scheiße.«

Chris stöhnte und versenkte sein Gesicht in einer Hand. »Hör auf.«

Ted ignorierte das. »Du hast *mir* vorgeworfen, ich hätte ein Alkoholproblem, weil ich einmal in der *Mermaid* etwas zu viel getrunken habe ...«

»Mmm.« Chris verdrehte seine Augen.

»Und jetzt kannst du dich an *keines* deiner Dates mit einer der heißesten Frauen Kaliforniens erinnern.« Ted stach mit einer Gabel auf das Frühstück seines Freundes ein. »Oh, komm schon, gib mir deine Pfannkuchen, wenn du sie nicht essen willst.«

Chris schob seinen Teller über den Tisch und ließ den Kopf auf seine verschränkten Arme fallen.

»Trink deinen Kaffee«, riet Ted.

»Wenn ich das tue, hast du dann Gnade und hältst deine Klappe, bis er wirkt?«

»Na gut.«

Chris hob den Kopf und zog seine Tasse heran. Er fügte großzügige Mengen an Zucker und Sahne hinzu und trank den heißen Kaffee in einem langen Zug aus.

In den Ecken des Diners waren Fernsehgeräte angebracht und auf dem Gerät, das gegenüber von Chris' und Teds Tisch an der Wand hing, lief gerade eine Wiederholung der Morgennachrichten. Sie hatten es größtenteils ignoriert, aber während der kurzen Stille erregte etwas ihre Aufmerksamkeit.

»Und als Nächstes«, erklärte der Nachrichtensprecher, »haben wir ein Update zur laufenden Geschichte von LAs neuem ›Superhelden‹, wie ihn alle zu nennen scheinen.«

Chris sah auf, mit trüben Augen und konzentrierte sich auf das Bild. »O Gott, die spielen das auch hoch«, murmelte er.

Ted verrenkte sich den Hals, um ebenfalls den Bildschirm zu sehen. »Ah, schon wieder dieser Mist. Haben die nicht herausgefunden, dass er eigentlich ein Gangster ist oder so ein Scheiß?«

Sein Kumpel zuckte mit den Schultern.

Die Frau mit dem Mikrofon, ihr Gesicht angenehm neutral, fuhr fort: »Die Person, die als *Motorcycle Man* bekannt ist, hat weiterhin sowohl die Behörden als auch die lokale Gemeinschaft verwirrt. Manche nennen ihn einen Helden. Andere sagen, er sei ein Selbstjustizler, der mehr Schaden als Nutzen angerichtet hat, indem er sich in Situationen einmischte, die besser von der Polizei gehandhabt werden sollten.«

Das Bild wechselte zu einem kurzen Interview mit einer dunklen Silhouette in einem Schattenraum, die die Bildunterschrift als einen Polizisten des LAPD identifizierte, der unter der Bedingung der Anonymität sprach.

»Offen gesagt«, begann dieser nun mit elektronisch verzerrter Stimme, »sind wir von der ganzen Situation verwirrt. Die Anzeichen deuten darauf hin, dass diese Person in den jüngsten Anstieg der Bandenkriege verwickelt ist und sie steht wahrscheinlich in Verbindung mit den sogenannten *LA Witches*, eben einer dieser kriminellen Banden. Das Seltsame ist, dass man bis vor einigen Wochen noch nie von dieser Gang gehört hat. Wir haben Kontakte in den Strafverfolgungsbehörden in den ganzen Vereinigten Staaten und sogar international in Kanada, Mexiko und Europa und keiner von ihnen hat eine Ahnung, wer diese Leute sind. Keine Spuren, keine Antworten.«

Ted schüttelte den Kopf, während er auf den Bildschirm starrte. »Die Leute sagten immer, LA sei die Stadt, in die es alle Verrückten zieht, aber ich bin mir ziemlich sicher, dass wir den Ereignishorizont der Verrücktheit inzwischen überschritten haben. Superhelden-Gangmitglieder. Leben wir noch im echten Leben oder ist das hier eine böse Virtual-Reality-Simulation oder so?«

Chris spürte einen leichten Schmerz in seinem Kopf, deshalb hob er seine Finger, massierte seine Schläfen und versuchte zu denken. Der Kaffee half, aber es lag immer noch ein dichter Nebel über seinen geistigen Prozessen.

Er wusste, dass er *etwas* wusste, aber er wusste nicht, was. Oder wusste er es doch? Es war, als *sollte* er Wissen haben, das er zum Thema *Motorcycle Man* beitragen konnte, aber er hatte es wohl versehentlich ausgelöscht, weil er zu viel getrunken hatte.

Wie dämlich kann man bloß sein?, ärgerte er sich über sich selbst.

Eigentlich hatte er doch in letzter Zeit nicht so viel getrunken. Oder hatte er doch und das durch seine Blackouts nun auch vergessen? Er war wirklich verloren.

Ted füllte Chris' Tasse mit Kaffee aus der Kanne auf dem Tisch nach, dann schob er den Teller mit den Pfannkuchen zurück. Er hatte bloß einen von Chris' Bestellung verputzt, den Rest ließ er ihm.

»Danke«, meinte Chris. Er schnitt einen Bissen Pfannkuchen ab, starrte ihn einen Moment lang an, um seine Kräfte zu sammeln und schob ihn sich dann in den Mund. Er schluckte, unterdrückte mit Mühe die Neigung seines Magens, sich umzudrehen und seufzte dann. »Ich bin in letzter Zeit dauernd verwirrt. Die ganze Stadt spielt verrückt, die Arbeit ist so lahm und eintönig wie immer, jeder Tag ist gleich und ich habe nur eine vage Vorstellung davon, was mit Kera los ist. Ich weiß zum Beispiel noch, wann ich mich mit ihr treffen wollte, aber ...«

Ted sah ihn fragend an. »Du könntest sie anrufen.«

Chris schnitt eine Grimasse. »Ich *könnte*, aber aus irgendeinem Grund habe ich das Gefühl, dass ich es *nicht* tun sollte. Nenn es eine böse Vorahnung oder was auch immer.« Er schüttelte den Kopf. »Und genau das ist das Problem. Alles fühlt sich auf einmal wie eine Vermutung an. Ich kann mich nicht erinnern, *warum* ich bestimmte Dinge denke.« Er widerstand dem Drang, aus purer Frustration mit der Faust auf den Tisch zu hämmern. »Ich war noch nie in meinem Leben sturzbetrunken und auf einmal ist da eine Nacht, die einfach *fehlt*. Ich habe keinen Kater, ich schwöre! Ich habe nur ...«

Ihm fehlten die Worte, um zu beschreiben, wie schrecklich das war. Seine Gedanken huschten von bestimmten Themen weg, während Teile der letzten Nacht völlig leer waren. Er konnte sich nicht daran erinnern, essen gegangen zu sein oder etwas getrunken zu haben.

Er konnte sich an nichts erinnern.

In diesem Moment summte sein Handy. Blinzelnd zog er es hervor und schaute auf den Bildschirm. Es war eine Nachricht von niemand anderem als Kera.

Chris las sie sich sofort durch, sein Mund stand offen. Er konnte sich ein lautes »Was zum *Teufel*?« nicht verkneifen.

★ ★ ★

Kera saß an ihrem kleinen Esstisch in dem Lagerhaus, das sie zu einer Wohnung umgebaut hatte. Sie war ganz still und ihre Augen waren auf den Bildschirm ihres Handys gerichtet – genauer gesagt auf die Nachricht, die sie vor etwa zwei Minuten an Chris geschickt hatte.

Sie seufzte, las die Nachricht zum sechsten Mal durch und fragte sich ebenfalls zum sechsten Mal, ob sie die richtige Wahl getroffen hatte.

Hey Chris,
ich möchte, dass du weißt, dass ich dir nicht übel nehme, was du gestern Abend gesagt hast. Es war trotzdem schön, dich wiederzusehen und irgendwann in der Zukunft möchte ich, dass wir wieder Freunde sind. Aber ich denke nicht, dass ich das im Moment tun kann. Noch nicht. Ich brauche etwas Zeit für meine Gefühle.
Mach's gut, Kera

Sie hatte den Gedächtniszauber inzwischen oft genug durchgeführt, um sicher zu sein, dass er funktionierte. Es war immer noch schwierig zu kontrollieren, wie viele Erinnerungen einer Person sie löschte, also neigte sie dazu, auf der Seite der Vorsicht zu irren. In diesem Fall hatte sie also vielleicht ein paar andere Erinnerungen mehr beschädigt als nur die von letzter Nacht.

Cevins Gedanken damals zu manipulieren war eine Sache gewesen – eine vorübergehende Verwirrung, um ihn aus der Gefahr herauszuhalten. Die Erinnerungen der Gangmitglieder auszulöschen hatte ihr auch nichts ausgemacht. Immerhin hatten sie versucht, sie zu töten.

Aber das hier ... das mit Chris ... das war weitaus persönlicher und es bereitete ihr ein unbestimmtes Gefühl der Übelkeit.

Sie konnte sich jedoch keinen Ausweg aus dieser Situation vorstellen. Chris würde alles für seine Freunde tun – umso mehr für seine Freundin. Er würde Kera nicht ohne seine Hilfe und Unterstützung in Gefahr stürzen lassen. Das bedeutete, dass, wenn sie weiterhin ausgehen würden und sie die Magie nicht aufgeben würde, er irgendwann verletzt werden würde. Selbst wenn sie es schaffen könnte, ihn von dem Versuch abzuhalten, ihr zu helfen, standen die Chancen gut, dass die Gangs ihn aufspüren würden, um *ihr* zu schaden.

Sie wollte nicht der Grund für seinen schmerzhaften Tod sein. Sie konnte sich nicht verzeihen, dass sie ihn damals um ein Date gebeten hatte und dass sie ihn dadurch in diesen Schlamassel verwickelt hatte, obwohl sie wusste, dass etwas Seltsames vor sich ging. Aber zumindest hatte sie jetzt das Richtige getan, auch wenn es weh tat.

Lustig, wie der Ausdruck ›das Richtige‹ sie dazu brachte, schreien, weinen und sich übergeben zu wollen. Sie glaubte nicht, dass *sie selbst* jemals jemandem verzeihen würde, der ihr Gedächtnis zu ihrer eigenen Sicherheit manipuliert hatte, vorausgesetzt, sie würde es herausfinden natürlich.

Es war wahrscheinlich besser, wenn Chris ihr so etwas auch nie verzeihen würde, falls er es je in Erfahrung bringen würde.

Doch in der Zwischenzeit sollte Chris denken, dass *er* derjenige war, der die Sache beendet hatte. Wenn er – und auch sein Kumpel Ted – wüssten, dass Kera die Sache beendet hatte, würde er vielleicht noch einmal bei ihr ankommen und Kera wollte sich diese Schmerzen ersparen.

Nein, es war besser, wenn Chris davon ausging, dass er Kera von sich aus abserviert hatte und sie sich deshalb nicht mehr melden würde. Es würde ihm weh tun, was sie traurig machte, doch das war der beste Weg.

So viele Dinge konnten schiefgehen, wenn Chris an ihrer Seite kämpfen würde und Kera wusste nicht, ob sie die Kraft in sich hatte, sich um diese zusätzliche Verantwortung zu kümmern.

Kera stand auf, ließ ihr Handy auf dem Tisch liegen und stapfte zum Kühlschrank hinüber. An den Tagen nach exzessiver Magienutzung war sie immer unglaublich hungrig. Selbst jetzt, nachdem sie gelernt hatte ihre Energie nur dann zu kanalisieren, wenn sie auch einen Zauber durchführte, verbrauchte sie immer noch eine unglaubliche Menge ebendieser Energie.

Wie jeder Sportler musste sie diese Kraft wieder auftanken. Sie hatte schnell viel zu viel Gewicht verloren und wollte die Dinge wieder in den Griff bekommen. Ihr erstes Ziel war nun bei ihrem Gürtel nicht mehr das letzte der Löcher nutzen zu müssen.

Sie öffnete die Kühlschranktür, holte drei Ladungen an Gerichten und Snacks heraus und breitete sie vor sich auf dem Tisch aus. Etwa die Hälfte davon waren koreanische und italienische Essensreste, die Misses Kim für sie zubereitet hatte. Die anderen waren Fertiggerichte aus dem Supermarkt der Kims, wovon sie nun eine Lasagne öffnete und in die Mikrowelle stellte. Während sie auf diese wartete, begann sie, eines von Misses Kims Gerichten kalt zu essen.

Zu ihrer Bestürzung konnte sie nicht verhindern, dass ihre Gedanken mal wieder zu Chris abschweiften.

Nachdem sie seine Erinnerung manipuliert hatte, hatte sie sich versprochen, dass sie ihm irgendwann die Wahrheit sagen würde. Sie wusste noch nicht, wann und wie, aber sie würde es tun.

Vielleicht sollte sie erst einmal mit jemand anderem über die gesamte Situation reden, der wissen würde, wie zu handeln war – mit Mister Kim nämlich. Er hatte dasselbe durchgemacht, er würde ihr einen Rat mitgeben können.

Und dann ... nein. Sie musste mit diesen Träumereien aufhören. Sie konnte nicht immer daran denken, was sie vielleicht irgendwann mal tun würde. Wenn doch alles schon vorbei war.

Wann war denn alles vorbei? Und *was genau* würde vorbei sein?

Sie hatte sich mit Kräften beschäftigt, von denen die meisten Menschen noch nie gehört hatten und sich in eine Welt gewagt, die die meisten Menschen nicht verstanden. Die Kims wussten etwas davon und nur den Kims konnte sie davon erzählen und sie miteinbeziehen.

Sie konnte nicht zulassen, dass andere in ihrem Namen verletzt würden.

Das, was sie getan hatte, war die klügste Entscheidung gewesen, ob es ihr nun gefiel oder nicht. Wie immer, wenn eine wichtige Entscheidung zu fällen war, galt Logik und Verstand vor persönlichen Gefühlen.

Ihr Handy vibrierte, was bedeutete, dass sie eine SMS erhalten hatte und ihr Bauch zog sich zusammen, als sie auf das Display blickte. Es war Chris' Antwort.

Bedrückt dreinblickend öffnete sie die Nachricht und las sie sich durch. Sie seufzte. Chris war verwirrt und wusste nicht, was sie meinte, aber er war zurückhaltend und respektvoll, bat um Klärung und stimmte zu, dass er ihr auch nichts übel nahm und dass es einzig und allein ihre Entscheidung war, was sie nun tun wollte.

Keras Hand ballte sich zu einer Faust. Wäre er bloß ein Arschloch, dann wäre es so viel einfacher, ihm eine Abfuhr zu erteilen.

Sie begann, eine Antwort zu tippen.

Chris, du hast mir gesagt, du glaubst nicht, dass es funktionieren würde. Ich kann verstehen, warum du nicht willst, dass ...

Sie hielt inne, schüttelte den Kopf, löschte alles und tippte einen neuen Text.

Chris, du musst nicht so nett sein. Ich weiß, du bist nicht so an mir interessiert. Vielleicht hast du es dir anders überlegt, aber ...

Auch das löschte sie sofort wieder.

»Oh Mann.« Kera seufzte und rieb sich das Gesicht. Nichts klang so wie das, was sie eigentlich sagen wollte. Sie ließ das Handy liegen, wo es war und ging zurück zum Esstisch. Richtige Ernährung könnte genau das sein, was sie im Moment brauchte. Vielleicht half ihr ein voller Magen beim Denken?

Als sie ihr Mittagessen beinahe aufgegessen hatte, begann sie zu weinen.

Wieder einmal.

Verdammt, das war einfach nicht *fair*. Sie *wusste* doch, dass es die richtige Entscheidung war, also warum konnte sie ihr Herz nicht dazu bringen, das zu verstehen?

Sie hatte keine Lust, den Rest ihres Lebens allein zu verbringen, doch so wie die Dinge nun mal waren, war es eine Einladung zur Katastrophe, Menschen in ihrer

Nähe zu haben. Sie konnte Magie und Liebe nicht vereinen, das war unmöglich.

Kera atmete aus und schaute sich den Rest des Essens an. Ihr war nicht wirklich mehr danach zumute, aber sie brauchte alle Kalorien, die sie bekommen konnte.

Das Wichtigste war, zu tun, was getan werden musste. Nicht das, was sie tun wollte.

Logik und Verstand vor Gefühlen, Kera, dachte sie sich. *So warst du doch sonst immer. Warum ist es jetzt auf einmal so schwierig, so zu handeln?*

Kera warf ihr Handy auf die andere Seite ihres Bettes, wo es irgendwo zwischen ihren Kissen verschwand und stürzte sich auf das letzte Stück ihres privaten Festmahls, wobei sie frustriert die gegenüberliegende Wand anstarrte.

KAPITEL 2

»Was in der letzten Nacht passiert ist«, begann Pauline Smith mit funkelnden Augen, »war inakzeptabel. Von der Peinlichkeit will ich gar nicht erst anfangen zu reden, denn dann würden wir hier bis morgen noch stehen!«

Johnny Torrez hielt sein Gesicht steinern, doch die Muskeln entlang seines Kiefers waren angespannt. Sein schwarzes, krausiges Haar hatte er mit viel Mühe nach hinten geglättet, um einen professionellen Eindruck zu vermitteln. Seine Finger trommelten nervös auf den Tisch. Er rückte seine Krawatte zurecht. Er war von durchschnittlicher Größe und schlanker Statur und er hatte vor langer Zeit gelernt, dass es seinen Zwecken im Allgemeinen dienlich war, wenn die Leute seine Intelligenz unterschätzten.

Zum Beispiel hatte Pauline kürzlich entschieden, dass Johnnys Umgang mit einem Geschäftskonkurrenten unzureichend und schlampig gewesen war. Sie hatte die Planungsrolle übernommen, um ihm und den beiden anderen Mitgliedern ihres Teams zu zeigen, dass sie das Zeug zur Führung hatte und er nicht.

Doch auch ihre eigenen Bemühungen waren kläglich gescheitert – mehrere Gruppen lokaler Bandenmitglieder hatten auf ihre Veranlassung hin gegen ein einzelnes Mitglied der *LA Witches* gekämpft und es nicht geschafft, sie auszuschalten.

Johnny wünschte, sie hätten es geschafft, die kleine Schlampe zu vernichten, aber er wusste, dass es auf lange Sicht gut für Pauline war, zu sehen, dass sie *nicht* kompetenter war als er. Er war also nicht an einer leichten Aufgabe gescheitert, wie sie zunächst angenommen hatte, sondern an einer sehr großen.

Ein unerwarteter Nebeneffekt der ganzen Sache war, dass er nun einen gewissen Respekt für Pauline entwickelte. Er hatte sie in den ersten Tagen in dieser Gang für eine Verrückte gehalten, die darauf bestand, dass sie Anzüge trugen und Yuppie-Büroangestellte verfolgten, aber es stellte sich heraus, dass sie eine blutrünstigere Ader hatte, als er vermutet hatte. Dies gefiel ihm.

»Wir müssen entschlossen handeln«, betonte Pauline und hob ihr spitzes Kinn. »Als jüngste Gruppe sind wir ein bequemer Sündenbock für die anderen Gangs, also haben sie beschlossen, den Aufstieg der *LA Witches* auf uns zu schieben. Dementsprechend tun sie alles, was in ihrer Macht steht, um sich bedeckt zu halten und haben uns mitgeteilt, dass sie uns nicht helfen werden.«

Johnny glühte. Neben ihm sahen Lia und Sven aus, als ob sie dachten, sie sollten etwas sagen, aber sie waren sich nicht sicher, was.

»Wir wussten schon von Beginn an, dass es nicht einfach werden würde«, fuhr Pauline fort. »Eine neue Gesellschaftsordnung stößt immer auf Widerstand. Doch ich habe einfach nicht geglaubt, dass es so bald losgehen würde. Wenn überhaupt, dann sehe ich das als ein Zeichen für unseren Erfolg.«

Johnnys Augenbrauen schossen in die Höhe. Jedes Mal, wenn er dachte, dass das, was Pauline sagte, Sinn ergab, schaffte sie es dennoch immer, noch ein bisschen mehr Verrücktheit einzuwerfen.

»Wir wussten, dass wir der Stadt zeigen müssen, was wir können.« Pauline stand jetzt aufrecht. Sie hatte dunkle Augenringe vom Schlafmangel, aber sie ließ nicht zu, dass sich ihre Erschöpfung in ihre Haltung oder Sprache einschlich. »Wir haben jetzt *die* Gelegenheit, das zu tun. Wir stehen einem Feind gegenüber, von dem alle anderen Gangs wissen, dass sie ihn nicht besiegen können. *Wir* werden ihn besiegen und uns an der Spitze der Hierarchie etablieren. Ist das klar?«

Alle nickten.

»Also, was ist der erste Schritt?«, wollte Pauline wissen und sah sie der Reihe nach an. Sie schien auf eine ganz bestimmte Antwort zu warten.

»Nachforschung?«, versuchte Lia es schließlich.

»Korrekt. Wir brauchen Informationen darüber, wozu diese *LA Witches* genau fähig sind und was gegen sie wirkt.« Pauline verschränkte die Arme. »Also ...«

»Also suchen wir uns etwas Kanonenfutter und sehen, was geht«, erwiderte Johnny unverblümt.

Pauline lächelte kalt.

»Wo sollen wir denn Kanonenfutter finden?«, wandte Sven ein. »Die anderen Banden werden nicht mit uns zusammenarbeiten, schon gar nicht als Köder.«

»Wir werden die Banden auch gar nicht erst fragen«, entgegnete Johnny. »Aber es gibt immer ein paar Möchtegern-Gangster, die ein bisschen Taschengeld brauchen.«

Pauline nickte. »Genau. Ich will von jedem von euch eine Liste mit zehn Vorschlägen für Taktiken oder Technologien, die wir gegen die *LA Witches* ausprobieren können. Johnny, du wirst für die Rekrutierung verantwortlich sein. Nun, damit sind wir fertig für heute. An die Arbeit!«

★ ★ ★

Doug Lopez und Mia Angel saßen gemeinsam in Dougs Büro und sahen sich die Fotos von der verwüsteten Straßenecke an, die sie in der Nacht zuvor in South Park, etwas östlich des LA Convention Centers, gesehen hatten. Die ganze Straße war demoliert worden. Der Schaden war nicht ganz auf dem Niveau eines großen Aufstands oder eines Kriegsgebiets, aber es war schlimm genug, dass einem die Hausbesitzer und die Geschäftsinhaber in der unmittelbaren Umgebung unfassbar leid taten. Die Bande war die Straße hinuntergestürmt, hatte Dinge zerstört und Chaos angerichtet, nur um von einem gewissen Liebhaber zweirädriger Kraftfahrzeuge konfrontiert zu werden – dem allseits bekannten *Motorcycle Man*.

Der Kampf schien einseitig gewesen zu sein. Der Motorradfahrer war in einen Hinterhalt gelockt worden, der sich in eine Schlägerei verwandelt hatte, die dann eskaliert war.

Als sie beide am Tatort angekommen waren – nachdem sie von ihrer halbwegs erfolgreichen Verfolgungsjagd zurückgekehrt waren – waren die Polizei und die Sanitäter bereits am Tatort und hatten die verletzten Gangmitglieder reihenweise abtransportiert.

»Es waren *viel* mehr Leute, als wir hätten sehen sollen«, bemerkte Doug schließlich. Er lehnte sich in seinem Stuhl zurück und tippte mit seinem Stift auf den Schreibtisch. »Ich frage mich, ob es sich hier nicht weniger um ein normales Hin und Her zwischen rivalisierenden Gangs handelt, sondern um eine Situation, in der sich *alle* lokalen Gangs gegen den *Motorcycle Man* verbünden. Er hat dem Verbrechen in Batman-Manier den Krieg erklärt, also haben sie sich verbündet, um ihn auszulöschen.«

Mia starrte ihren Partner an. »Hättest du nicht mit dieser brillanten Erkenntnis ankommen können, *bevor* ich zu neunzig Prozent mit dem Entwurf des Artikels fertig war?«

»Ach, war nur ein spontaner Gedanke.« Er zuckte mit den Schultern. »Das heben wir uns dann für das nächste Mal auf. Das ist auf keinen Fall das Ende der Fahnenstange in dieser Sache. Der *Motorcycle Man* gehört eindeutig nicht zu den Leuten, die sie rausgekarrt haben, was bedeutet, dass er immer noch da draußen ist – was wiederum bedeutet, dass diese Leute jetzt einen ernsten Groll hegen.«

Während ihrer Unterhaltung war Duane, einer ihrer Fotografen, in das Büro gekommen und hatte ihr Gespräch aufgeschnappt.

»Ihr diskutiert wieder über unseren Motorrad-Freund? Diese Scheiße wird immer verrückter, Mann«, sagte er zu ihnen. »Jedes Mal, wenn ich jetzt jemanden in einer schwarzen Ledermontur sehe, frage ich mich, ob es der Motorradmann ist.«

»Ja, ich glaube, das tun wir alle.« Mia nickte Duane zu. »Gehört zum Spaß, oder? Ist es nur *ein* Typ? Ist es eine ganze Gruppe, die sich gleich anzieht?«

»Neulich«, fuhr Duane fort und ignorierte sie eiskalt, »habe ich dieses superheiße Mädel gesehen – mit einer Figur, die der Gesundheit und des Selbstbewusstseins anderer Leute zuliebe nicht in engem, schwarzem Leder herumlaufen sollte – in einem kleinen Supermarkt in der Innenstadt. Ich habe einige Zeit damit verbracht, mich zu fragen, ob *sie* es vielleicht war. Erst war es nur so ein Gedanke, aber dann ...«

Doug schaute auf. Normalerweise wurden Duanes Kommentare, vor allem wenn es um Frauen ging, besser ignoriert, doch alles, was auf den mysteriösen Motorradfahrer hinweisen könnte, war eine Überlegung wert.

Der Fotograf erzählte weiter: »Ich meine, ja, ich weiß, sie ist es nicht, sie war zu klein und zu dünn, aber wäre das nicht verdammt cool? Eine Superhelden-Biker-*Braut*, total fotogen und so? Mann! Ich *liebe* starke Frauen.«

Doug seufzte. Es sah so aus, als würden seine Aussagen hier doch nicht von Nutzen sein. Er zwang sich zu einem Lächeln, als Duane ging und rollte dann mit den Augen zu Mia.

Zu seiner Überraschung sah sie recht nachdenklich aus.

»Erinnerst du dich vielleicht...«, begann sie und schnippte mit den Fingern. »Bei der Geiselnahme in dieser Wohnung sagte der kleine Junge etwas darüber, wie die starke Brustpolsterung des Helden ihm – oder *ihr* – das Leben gerettet hätte?«

»Äh ...«, meinte Doug. »Sicher? Ah ja, ich erinnere mich verschwommen daran, aber ich fand diese Aussage nicht wichtig für unseren Artikel.«

»Ich habe die Aussage einfach so hingenommen, das Kind meinte damit schließlich bloß, dass sein Held eine äußerst starke Ausrüstung trug. Doch ... Duane könnte an etwas dran sein«, überlegte Mia ernst. »Unser Vigilant könnte eine Frau sein, die sich verkleidet, um ihr Aussehen zu verbergen, einschließlich ihrer Figur. Doch manches kann man nicht perfekt verstecken und auf den ersten Blick fällt es auch gar nicht auf, doch auf den zweiten Blick ...«

»Ich meine, könnte sein.« Doug grübelte darüber nach und kratzte sich am Ohr. »Diese Person kann Autos anheben, aus dem zweiten oder dritten Stock von brennenden Gebäuden springen und kleine Armeen von Gangmitgliedern im Alleingang im Nahkampf ausschalten. Soweit es mich betrifft, ist zu diesem Zeitpunkt nichts unmöglich, auch nicht, dass es eine verkleidete Frau ist.«

Mia nickte. »Ja. Ich bin mir ziemlich sicher, dass euer Y-Chromosom euch nicht *so viel* mehr Kraft im Oberkörper verleiht.«

»Normalerweise nicht«, gab Doug zu. »Das ist also ein neuer Ansatz, aber ist das gleichbedeutend mit einer tatsächlichen Spur?«

Seine Partnerin verzog das Gesicht. »Duane!«, rief sie laut. »Könntest du mal kurz zurückkommen?«

Nach einem Moment des Wartens steckte der Fotograf seinen Kopf zurück in das Büro und sah zufrieden aus. »Ja?«

Mia fragte: »Diese Bikerin, die du gesehen hast. Weißt du noch, in welchem Laden das genau war?«

»Ähh«, begann er zögernd und runzelte die Stirn, »ein kleiner, ganz gewöhnlicher Lebensmittelladen in der Innenstadt, in der Nähe von Little Tokyo. Ach, passend zu Little Tokyo, die Besitzer sind Asiaten, aber an mehr erinnere ich mich nicht.«

Doug runzelte die Stirn über diese Aussage. »Nun, in Little Tokyo nicht unüblich, also wird es unsere Suche nicht sehr einschränken. Trotzdem, danke.«

Duane kehrte zu seiner Arbeit zurück und Doug begann schnell auf seinem Laptop zu tippen. »Ich bin schon dabei. Eine Suche nach einem asiatischen Laden in Little Tokyo ist wie eine Nadel im Heuhaufen zu finden. Aber ein gewöhnlicher Supermarkt ist vielleicht etwas anderes. Hoffentlich war Duane nicht zu stoned, als er da war und seine Erinnerungen sind vertrauenswürdig.«

Seine Partnerin zuckte mit den Schultern. »Man kann es nicht immer einfach haben ...«

KAPITEL 3

Kera eilte den Bürgersteig hinunter. Ein Teil von ihr wünschte sich, sie würde auf Zee sitzen, aber sie musste etwas nervöse Energie abbauen und es war wahrscheinlich das Beste, nicht das Risiko einzugehen, als Motorradfahrerin erkannt zu werden.

In Zeiten wie diesen wurde gefühlt jeder Motorradfahrer angegafft und fotografiert. Man konnte ja nie wissen.

Sie hatte die Entscheidung getroffen, Chris auf Abstand zu halten. Dennoch hatte sie viele Fragen über die gesamte Situation, in welcher sie sich befand. Unfähig, sie selbst zu beantworten, beschloss sie, sich an Leute zu wenden, von denen sie wusste, dass sie etwas über die Welt wussten, zu der sie nun gehörte.

Die Kims.

Die Glocke läutete, als Kera durch die Eingangstür des Ladens hastete. Es war ein bescheidener Ort, sauber und einladend, nicht so gut sortiert wie ein großer Laden, aber ausreichend für die Bedürfnisse der meisten Leute. Hinter dem Tresen stand Sam, der einzige Sohn von Mister und Misses Kim, der sechzehn Jahre alt war.

»Hi, Kera«, rief er. »Bist du hier, um etwas zu kaufen oder wolltest du mit meiner Mutter und meinem Vater sprechen?« Er wurde rot und versuchte offensichtlich, sie nicht zu sehr anzustarren.

Kera lächelte ihn freundlich an. Es war schon seit einiger Zeit klar, dass er etwas in sie verknallt war und sie wollte nicht, dass er sich noch unwohler fühlte, als er es ohnehin schon tat. Schließlich erinnerte sie sich nur zu gut an die Hölle, ein Teenager zu sein. Zu der Zeit hatte sie auch auf Kerle gestanden, die gut sieben Jahre älter als sie selbst gewesen waren und sich Hoffnung gemacht.

»Hi, Sam. Ja, ich hatte gehofft, mit deinen Eltern reden zu können. Sind sie da?«

Bevor der Junge überhaupt antworten konnte, erschien sein Vater aus dem Lagerraum. »Kera! Hallo. Ich habe mitgehört. Worüber willst du reden? Ich muss bald wieder auf den Laden aufpassen, damit Sam seine Hausaufgaben machen kann, aber ich habe noch ein bisschen Zeit. Ye-Jin ist auch hier. Ihr geht's gut, mehr oder weniger.«

Kera nickte. »Klingt gut.«

Sie winkte Sam zu, während sie an der Kasse vorbeiging. Er hob beschämt seine Hand und brachte nur ein halbes Winken zustande. Kera folgte Mister Kim den kurzen, dunklen Flur hinunter in den Wohnbereich der Familie.

Es gab eine Treppe, die zu ihrer Wohnung im zweiten Stock führte, sowie eine Hintertür, hinter der sich ein Innenhof mit einem Nebengebäude befand. Das ganze Domizil war gemütlich, wenn auch minimalistisch eingerichtet, mit Topfpflanzen in fast jeder Ecke.

Mister Kim deutete auf die Treppe. »Ye-Jin ruht sich gerade aus, aber sie wird sich freuen, dich zu sehen. Wir können uns zuerst unterhalten, danach kannst du vielleicht noch mit ihr trainieren.«

Kera lächelte. »Das würde mir gefallen.« Misses Kim hatte ihr neulich geholfen, ihre Fähigkeiten in den Kampfkünsten zu verbessern, wodurch Kera fähig war, es mit Gegnern aufzunehmen, ohne sich komplett auf ihre Magie verlassen zu müssen. Wenn sie ständig Magie einsetzte, würde sie nämlich mehr Gewicht verlieren, als sie sich leisten konnte.

Sie stiegen die Treppe hinauf und fanden Misses Kim auf ihrer Couch liegend vor.

Das Gesicht der älteren Dame leuchtete auf. »Kera! Wie schön, dich zu sehen. Hallo.«

Kera ging zur Couch hinüber und nahm Misses Kims Hand, drückte sie und fühlte ihre Wärme – und versuchte auch, den Gesundheitszustand der Frau zu erfühlen. Es schien, dass die Arbeit, die sie vor einigen Wochen geleistet hatte, um das Fortschreiten ihres Krebses aufzuhalten, sehr geholfen hatte.

Mister Kim brachte zwei Stühle, setzte sich auf einen und gab Kera ein Zeichen, den anderen zu nehmen. »Worüber willst du mit uns sprechen?«, fragte er.

Kera hielt inne. Sie wollte nicht lächerlich klingen, aber sie hatte leider auch keine Ahnung, wie sie ihre Probleme sonst erklären sollte.

»Über den Rest meines Lebens«, antwortete sie unverblümt. »Ich ... nun, man könnte sagen, ich versuche mit etwas klarzukommen. Ich glaube einfach nicht, dass ich je ein normales Leben führen kann, wenn ich mich mit meinen Fähigkeiten auseinandersetze. Ich habe das Gefühl, ich steuere auf etwas zu, auf das ich völlig unvorbereitet bin. Ich möchte bei euch keine schlechten Erinnerungen wachrufen, aber ich habe mich gefragt, ob du mir mehr darüber erzählen kannst, was dir oder euch, in eurer Heimat passiert ist und wie ihr es gelöst habt.«

Mister Kim saß schweigend da und rieb sich das Kinn, dann sah er seiner Frau tief in die Augen. Kera konnte nicht sagen, was zwischen ihnen vorging, aber das jahrelange Verständnis und Vertrauen ließ ihr Herz schmerzen.

Das könnte sie nie bekommen.

Oder?

Schließlich seufzte Mister Kim. »Ja, es ist wahr. Sobald man akzeptiert, dass man etwas ist, was die Welt nicht so oft sieht, verändert sich das ganze Leben.«

Kera schluckte und schaute auf ihren Schoß hinunter.

»Mein Ruf hat in meiner Stadt gelitten«, sagte Mister Kim ihr ehrlich. »Die Leute sahen mich anders an und hatten andere ...« Er suchte nach dem richtigen Wort und winkte schließlich niedergeschlagen mit der Hand. »Andere Erwartungen. Es entstand eine Mischung aus Angst und Bewunderung. Sie betrachteten mich nicht mehr so wie früher als einen von ihnen, aber sie erwarteten dennoch, dass ich ihre Probleme für sie löste.«

Misses Kim nickte und legte eine Hand auf das Knie ihres Mannes. Er legte seine Hand sofort über ihre, ein Reflex, der sich über Jahre entwickelt hatte.

Kera nickte zögernd. »Ich verstehe. Was ist mit anderen Menschen – Mentoren, die bereits Teil dieser Tradition sind? Gibt es sie? Sicher, oder?«

Kera war sich sicher. Immerhin schien es eine Gruppe erfahrener Magier zu geben, die das Hexenbuch damals veröffentlicht hatten. Da musste es doch dann auch Mentoren geben?

Magie & Dating

Der alte Mann zuckte mit den Schultern. »Natürlich gibt es sie, aber sie sind selten. Sie können dir helfen, aber sie können dir nicht die Last nehmen. Außerdem müsstest du die Dinge dann auf deren Weise tun. Dafür gibt es gute Gründe – bewährte und wahre Weisheit – aber es gibt auch Eitelkeit. Manchmal hängen die Meister zu sehr an ihren Traditionen und vergessen, worum es ursprünglich ging. Eine Person wie du würde sich dort nicht wohlfühlen.«

Misses Kim fügte hinzu: »Nun. Wir müssen respektieren, was bisher funktioniert hat, aber auch verstehen, dass sich die Dinge ändern und die Zeiten sich wandeln.«

Kera saß schweigend da, während sie nachdachte und auf ihrer Lippe kaute. Sie dachte immer wieder an Gangs und die Art und Weise, wie sie sich in einem bestimmten Gebiet bildeten und Kontrolle ausübten, aber ihre Mitglieder im Austausch für Loyalität und Konformität schützten.

Endlich sprach sie das aus, was sie die ganze Zeit über schon gedacht hatte: »Jemand hat dieses Buch herausgebracht. Sie haben all diese Informationen, über all diese Zauber und die Energie, sie haben es geschrieben und dann im Internet veröffentlicht. Das war jemand, der wusste, wovon er sprach. Sie waren sich darüber im Klaren, dass es Menschen dazu bringen konnte und würde, Thaumaturgie ... oder, äh, *Gatha* zu praktizieren.« Sie versuchte, Mister Kims Aussprache des ungewohnten Wortes nachzuahmen. »Wie auch immer du es nennen willst. In jeder verborgenen Welt, jeder Subkultur innerhalb einer Kultur, gibt es eine hierarchische Ordnung, richtig? Jemand, der das Sagen hat. Da ich nun eine Anfängerin bin, die die Magie erst seit einigen

Wochen beherrscht, muss ich annehmen, dass *die* hinter mir her sein werden.«

Mister Kim runzelte die Stirn. »Und warum sollte das schlimm sein? Denk doch mal nach. Das sind nicht die ›Bösen‹, Kera, ich kenne diese Organisationen doch. Klar, sie haben ihre Regeln und Grenzen, aber sie werden dich nicht ausschalten. Sie werden vermutlich stolz auf dich sein, weil du dir so viel selbst beigebracht hast und unfassbare Kräfte besitzt.«

Kera schüttelte den Kopf. Sie nahm zwar an, dass er recht hatte, schließlich wusste er mehr über diese Welt, dennoch konnte sie ihm nicht ganz glauben. »Aber ich gehöre eben nicht zu ihrer Gruppe. Ich bin nicht auf der Suche nach ihnen und habe mich nicht freiwillig gemeldet, um nach ihren Regeln zu spielen.«

Es war schwer vorstellbar, dass die Leute, die sie aufspürten, nachdem sie sie beobachtet hatten, nur ihr Bestes im Sinn hatten. Ihr Bauchgefühl sagte ihr etwas anderes. Wenn es eine Organisation gab, würde ihr primäres Ziel sein, sich selbst zu schützen.

Sie würde irgendwo ganz unten auf dieser Liste stehen, das wusste sie.

Und solange sie nicht wusste, was genau vor sich ging, wollte sie diesen Organisationen nicht trauen und das bedeutete, dass sie sich eine Möglichkeit überlegen musste, sich und ihre Aktivitäten zu verschleiern.

»Was ich brauche«, begann sie, »ist eine Methode, um meine Kraft zu tarnen, damit sie keine, ähm ... *Wellen* durch die magische Atmosphäre sendet? Ich weiß nicht genau, wie es funktioniert, es scheint aber so, als ob es einen Weg geben muss, wie sie verfolgen können, wer Magie benutzt.« Sie biss sich auf die Lippe. »Das bringt mich auf den Gedanken, dass ich von jetzt an auch weniger oft Magie benutzen sollte.«

Die Kims begegneten einander einen Moment lang mit ihrem Blick, bevor sie Kera ansahen.

»Vielleicht hast du damit recht«, murmelte Misses Kim.

»Ja«, erwiderte Kera. »Je mehr ich darüber nachdenke, desto mehr erinnere ich mich an etwas, das mein Vater mir vor langer Zeit gesagt hat. ›Das Wichtigste bei jedem Werkzeug ist, dass man es nur zur richtigen Zeit benutzt‹. Ich wollte meine Magie effizienter einsetzen. Ich wollte sie mit meinen Kampfkünsten verschmelzen und sicherstellen, dass ich meine Fähigkeiten verbessere, dafür habe ich ja auch damals mit dir trainiert. Das war jedoch noch aus anderen Gründen. Jetzt denke ich, dass ich die Thaumaturgie nicht benutzen sollte, wenn andere Methoden stattdessen die Arbeit erledigen. Das bedeutet, dass ich Waffen, Kampfkünste und mein Gehirn benutzen muss, bevor ich zaubere.«

Einige Sekunden des Schweigens vergingen, dann lächelten die Kims auf eine subtile, unaufdringliche Weise und nickten der jungen Frau stolz zu.

»Du bist clever«, meinte der alte Herr schließlich. »Sich nicht zu sehr auf das stärkste Werkzeug zu verlassen, das du hast und das die Leute am meisten verwirren wird, ist sehr weise. Die meisten würden jetzt sagen, dass es doch dumm ist, seine stärkste Kraft nicht einzusetzen. Warum hat man sie dann, wenn man sie nicht nutzt? Aber nein, deine Vorgehensweise ist die richtige. Du musst dich einzig und allein auf dich selbst verlassen können, die Magie soll nur deine natürlichen Fähigkeiten erweitern und nicht die ganze Arbeit für dich erledigen. Wir sind stolz auf dich, dass du zu diesem Schluss gekommen bist.«

Kera errötete. Sein Lob bedeutete ihr sehr viel.

Misses Kim fügte sofort hinzu: »Wir können sofort anfangen zu trainieren, meine Liebe.« Sie gestikulierte in Richtung des Nebengebäudes, wo sie einen kleinen *Dojang* eingerichtet hatten.

»Warte doch, Ye-Jin«, unterbrach ihr Mann. »Hast du sie denn gefragt, ob sie jetzt Zeit hat? Und außerdem muss sie zuerst etwas essen, oder nicht?«

Kera grinste, immer noch glücklich über das Lob der beiden. »Ich habe Zeit. Aber essen muss ich auf jeden Fall.«

★ ★ ★

James Lovecraft und Mutter LeBlanc saßen in einem winzigen, abgedunkelten Raum auf schwarzen Klappstühlen vor einem kleinen, runden Tisch. An der Wand ihnen gegenüber befand sich ein Spiegel, offensichtlich von der einseitigen Sorte. James wusste auch, dass der Raum verwanzt war und dafür musste er nicht einmal seine Sinne magisch erweitern.

Die beiden machten eine Reihe unsinniger Kommentare zueinander, fuchtelten mit den Händen oder kratzten sich an der Nase und fügten halbherzig seufzende Laute hinzu. Für einen uneingeweihten Beobachter würde es wie eine harmlose Unterhaltung aussehen. In Wirklichkeit war es ihre Art, die Beschwörungen und Gesten zu tarnen, die notwendig waren, um einen gemeinsamen Tarnzauber zu sprechen.

Sobald er beschworen war, würde alles, was sie sagten, für andere Anwesende wie ein gedämpftes Geräusch klingen und ihre Bilder würden ähnlich verschwommen und undeutlich sein, was bedeutete, dass die Bundesagenten auf der anderen Seite des Spiegels nicht in der Lage wären, ihre Lippen zu lesen.

Selbst die modernste Technik kam nicht gegen die altertümliche Magie an.

Als der Zauber vollendet war, seufzte Madame LeBlanc, kreiste den Kopf und streckte sich. »Ich habe meinen Anteil an Bedenken und Vorbehalten in dieser ganzen Angelegenheit«, sagte sie zu ihrem Begleiter. »Wir haben den Kontakt zu den Behörden immer vermieden, wenn es nicht absolut notwendig war. Sie kommen und gehen, während wir bleiben. Ganz zu schweigen davon, dass ihre Beweggründe kaum vertrauenswürdig sind.«

»Das ist wahr«, stimmte James zu, »aber andererseits haben wir etwas entfesselt, das aufgehalten werden *muss* und es gibt notfalls immer noch den Gedächtniszauber, um unsere Spuren zu verwischen. So wie ich das sehe, können wir mit ihrer Beteiligung und ihrem Wissen umgehen, nachdem wir uns um unsere potenziellen Rekruten gekümmert haben und wir entledigen uns dieses Vertrages ganz einfach, wenn wir ihre Hilfe nicht mehr benötigen.«

»Nicht meine bevorzugte Methode, aber es wird wohl darauf hinauslaufen.«

James hob einen Finger. »Und indem wir mitgehen, können wir herausfinden, wie viel das FBI bereits über uns weiß und entsprechend planen.«

»Ja.« Madame LeBlanc glättete ihre wallenden Röcke, die selbst im Schatten des Raumes auf mysteriöse Weise funkelten. »Dies wird jedoch nur vorübergehend sein.

Ich habe nicht die Absicht, ihnen zu erlauben, uns weiter zu kontaktieren, sobald die Krise vorbei ist.«

James streckte seine Arme. Das ganze Sitzen tat ihm nicht gut. »Genau, das ist der Plan. Ich kann nicht glauben, dass sie uns ganz an Bord holen wollen. Schwarze Anzüge sind nicht Ihr Stil, oder, Madame LeBlanc? Obwohl ...« Er warf ihr einen Blick zu und fand das geistige Bild überraschend sympathisch.

Seine Partnerin kniff die Augen zusammen und warf ihm einen drohenden Blick zu. »James Lovecraft, wenn Sie nur auf die Idee kommen, vorzuschlagen, dass wir unsere Kleider durch diese geschmacklose FBI-Kleidung ersetzen, werde ich Ihnen Schmerzen bereiten, von denen Sie nicht wussten, dass sie möglich sind.«

Bevor er etwas entgegnen konnte, öffnete sich die Tür und die Agenten Richardson und MacDonald traten ein. James wandte seinen Blick ihnen zu und lächelte, während er den Tarnzauber mit einer heimlichen Handbewegung aufhob.

Er las die Stimmungen und Haltungen der Agenten. Obwohl sie versuchten, teilnahmslos zu wirken, verrieten subtile Mundwinkel, Zuckungen der Gesichtsmuskeln und Schweißperlen die Wahrheit. Sie waren aufgeregt und verärgert über das Scheitern ihrer Versuche, die Thaumaturgen zu überwachen. Mit ihnen auf engem Raum zusammen zu sein, machte sie nervös.

Mit anderen Worten, James und Mutter LeBlanc hatten immer noch die Oberhand.

Beide Agenten setzten sich und Richardson übernahm diesmal die Führung des Gesprächs.

»Wir alle kennen den Plan«, fasste er zusammen, »aber wir hätten gerne mehr Details zu den konkreten

Abläufen. Nicht sofort, aber im Laufe des Prozesses. Wir brauchen einen Bezugsrahmen für das, was wir erleben werden.«

»Wir sind vor allem auf eine Sache neugierig«, fügte MacDonald hinzu. »Nach dem, was Sie uns erzählt haben und nach dem, was unsere Nachforschungen ergeben haben, ist die große Mehrheit der neuen ... Talente ... bereits ausgeschaltet worden. Von Ihnen. Aber warum? Warum ermutigen Sie nicht mehr von ihnen?«

Mutter LeBlanc erklärte ihr alles mit der geduldigen, halb amüsierten Art eines Erwachsenen, der einem kleinen Kind eine neue Idee erklärte: »Das war schon immer unser Arbeitsweg. Nur wenige qualifizieren sich. Die meisten Menschen, die irgendeine Begabung für die Magie haben, haben entweder Mängel in ihrem Verständnis der Macht oder sie sind für die Thaumaturgie ungeeignet, sagen wir, vom Standpunkt der Persönlichkeit und des Temperaments aus.«

»Genau«, bestätigte James. »Viele von ihnen könnten etwas Unüberlegtes tun. Selbstjustiz zum Beispiel, mehr Probleme schüren, als sie lösen können und ganz allgemein ihre eigene Intelligenz überschätzen. Nur weil man Magie beherrscht, sollte man sie nicht gleich anwenden können. Es könnte die Welt in ein Ungleichgewicht bringen.«

Die beiden Agenten saßen einen Moment schweigend da, die Stirn nachdenklich gerunzelt.

»Ist diese Einschätzung objektiv oder subjektiv?«, fragte MacDonald schließlich.

Die Thaumaturgen hatten die Frage nicht erwartet und sie tauschten Blicke aus. James zuckte mit den Schultern.

Mutter LeBlanc starrte den Agenten an. »In dem Falle hier ist sie subjektiv, aber lassen Sie uns sagen, dass unsere Einschätzung durch viel Wissen und Erfahrung geprägt ist.«

MacDonald verengte die Augen. »Trotzdem scheint es unfair zu sein, Leuten ihre Fähigkeiten zu nehmen, weil Sie sie nicht als geeignet ansehen.«

»Das Leben ist nicht fair«, erwiderte James trocken. »Bringen Sie das den Kindern nicht immer noch bei?«

MacDonald verdrehte ihre Augen und ihr Kollege schaltete sich ein. »Okay, wir sehen Ihre Logik, bis zu einem gewissen Grad. Vielleicht kann unsere eher, äh, *moderne* Sensibilität nicht ganz erfassen, was, so vermute ich, eine uralte Tradition ist.«

Madame LeBlanc nickte. »Ja. Es ist schon immer so gewesen, dass es nur wenige von uns gibt. Sehr wenige.«

Richardson nickte rasch. Mit ein paar daher gemurmelten Worten, dass er und MacDonald sich nun besprechen müssten, beendete er das Gespräch. James schmunzelte. Offensichtlich wollte er einen Streit vermeiden.

James beobachtete jedoch, wie sich die Tür hinter ihnen schloss und tauschte dann einen Blick mit Mutter LeBlanc aus. Sie brauchten keine Worte, um zu wissen, dass sie das Gleiche dachten – sie würden MacDonald genau beobachten müssen.

KAPITEL 4

Paulines Mund verzog sich langsam zu einem fiesen Lächeln, während sie das Spektakel beobachtete, das sich vor ihr abspielte. Es war stockdunkel in dem Gebäude und sie hatte eine Position an einem Fenster im zweiten Stock eingenommen, von dem aus sie einen schönen Blick auf die dunkle Gasse darunter hatte. Das Fenster war offen, damit sie alles hören konnte, außerdem trug sie einen Ohrhörer, der mit Johnnys Mikrofon verbunden war.

Lia war von Anfang an Paulines Spezialistin für die Produktakquise gewesen, aber Johnny war derjenige, den Pauline ausgewählt hatte, um in dem neueren Konflikt Talente zu finden. Obwohl sich Johnnys Pläne bisher als unzureichend erwiesen hatten, um die *LA Witches* abzuschrecken, konnte Pauline nicht umhin zu bemerken, dass er der Einzige war, der diese Bedrohung ernst nahm.

Lia und Sven verstanden, dass es schlecht war, schwach auszusehen, aber Johnny fühlte das auf einer viszeralen Ebene. Er verstand Paulines Hass auf ihren Gegner, denn er verspürte ihn ebenso.

In diesem Moment stand Johnny einer großen Gruppe von LAs vielversprechendsten jungen Kriminellen gegenüber. Sie waren alle überprüft worden, um Schwachsinnige, Psychopathen, Kerle mit geringen Fähigkeiten oder andere unzuverlässige Typen auszusortieren.

Sie alle sahen entschlossen und gespannt aus und das erfreute Pauline. Pauline faltete ihre zitternden Hände zusammen und schloss kurz die Augen vor Vergnügen.

Ihr Ruf wuchs. Nicht so kometenhaft, wie sie es sich gewünscht hätte, aber sie war nun kein Niemand oder Möchtegern mehr. Im Gegenteil, es wurde bereits in der Unterwelt darüber geflüstert, dass sie ein Emporkömmling in der organisierten Verbrecherszene Südkaliforniens sei.

Sie hatte hart daran gearbeitet, eine gewisse Mystik zu kultivieren. Die Leute kannten ihren Decknamen und hatten Geschichten über die wachsende Macht und den Einfluss ihrer Organisation gehört, aber niemand hatte sie in natura gesehen und *niemand* kannte ihren richtigen Namen.

Johnny wandte sich mit einer leichten Nonchalance an die Truppe. »Auf euch wartet eine große Aufgabe und auch eine große Ehre. Ihr werdet bald den *Motorcycle Man* angreifen und konfrontieren, mit der Absicht, ihn aus dem Spiel zu nehmen.«

Er trug immer noch seinen Anzug, aber er schaffte es, ein völlig anderes Bild zu vermitteln als das des hochrangigen Profis, den er in dem Büro in der Innenstadt vorgab zu sein. Seine Körperhaltung, seine Mimik – all das hatte er verändert, damit er zu der Gruppe vor ihm passte.

»Wie ihr sicher bemerkt habt«, fuhr Johnny fort, »hat dieser Wichser einige Eier in der Hose und er hat uns

Magie & Dating

bereits eine Menge Schaden zugefügt. Uns allen, unabhängig von unserer Bandenangehörigkeit.«

Die versammelte Gruppe nickte und murmelte zustimmend.

»*Vox*, *Dreads* und die *Union* wollen jedoch nichts damit zu tun haben. Sie sind still geworden, ihr habt es sicherlich bemerkt. Sie haben ihr Territorium an diese selbsternannten *Hexen* abgetreten. Das bedeutet, wenn wir nicht wollen, dass unsere Straßen an jemanden gehen, die wir nicht kennen, müssen wir diese Wichser *jetzt* ausschalten. Ich brauche Leute in Little Tokyo und Chinatown, die dafür sorgen, dass diese Gebiete nicht an jemand anderen gehen.«

Die versammelten Schläger nickten und einige ballten entschlossen ihre Fäuste.

»Nun, wollt ihr noch die schlechten Nachrichten hören?«, fragte Johnny sie dann. Es gab einige gutmütige Beschwerden und ein paar Leute stöhnten auf oder lachten.

»Ihr habt alle gehört, was im Lagerhaus passiert ist.« Johnny lehnte sich gegen die Wand und zuckte mit den Schultern. »Ihr habt wahrscheinlich nicht gehört, was mit einem von *Vox'* Auftragnehmern passiert ist, aber sagen wir einfach, dass es nicht allzu schön war. Dieser Wichser wurde so übel zugerichtet, dass er in ein Krankenhaus musste.« So etwas zu tun und *damit* auf dem Radar zu erscheinen, kam selten vor.

»Also, ihr werdet in Teams rausgehen und Chaos anrichten, schön die Stadt verwüsten, Autos anzünden, ein paar Omas ausrauben, das Übliche, nur viel häufiger«, trug Johnny ihnen auf. »Aber nicht alle auf einmal. Xavi, du wirst mein erstes Team bilden und sofort loslegen.«

Der angesprochene Mann, breit und tätowiert, nickte und Pauline stieß einen Seufzer aus. Sie hatte richtig gehandelt, Johnny für diesen Job auszuwählen. Svens helle Haut und seine roten Haare machten ihn zu einer sehr auffälligen Person und Lia war viel zu formell für diese Angelegenheiten. Zwischen diesen Faktoren und Johnnys Vertrautheit mit den meisten der Leute hier war er die beste Person, um diese Gangmitglieder dazu zu bringen, sich für etwas zu melden, was offen gesagt Selbstmord war.

»Ihr habt also gehört, dass dieser Motorrad-Bastard irgendwelche seltsamen Gedankentricks macht«, kommentierte Johnny. »Ihr werdet diesen Kampf mit Ohrstöpseln bestreiten.«

Xavi runzelte die Stirn, während einige der Anwesenden lachten.

»Hey, wenn er nicht mit dir reden kann, kann er auch nicht in deinen Kopf eindringen, nicht wahr?« Johnny grinste. »Wenn ihr die Chance bekommt, werdet ihr den Kerl entweder fangen oder töten. Fangen ist besser, aber wenn ihr glaubt, dass er entkommen kann, tut ihr, was ihr tun müsst. Wir wissen eines – wenn wir genug Schaden anrichten, wird er auftauchen!«

Mehr Nicken folgte aus der Gruppe. Pauline bemerkte die Vorfreude unter ihnen. Sie nahm an, dass ein Teil davon die übliche Mischung aus Eifer und Nervosität war, die einem Kampf vorausging, doch da war auch noch etwas anderes. Etwas fast ... besessenes. Der *Motorcycle Man* war eine lokale Berühmtheit und sie freuten sich darauf, auf ihn zu treffen, auch wenn es als feindlicher Kombattant in einem Kampf war.

Die Gangster fingen an, untereinander zu scherzen und sich gegenseitig ihre Waffen zu zeigen oder

Geschichten von Schlägereien zu erzählen, in die sie verwickelt gewesen waren. Johnny schnippte mit den Fingern und rief sie zurück zur Ordnung.

»Hey. Ich bin noch nicht fertig. Noch eine Sache, das ist kein isolierter Job, es ist auch eine Chance. Wenn ihr euch mit dem, für den ich arbeite, gut stellen wollt, ist das eure Eintrittskarte.«

Es gab eine Runde von Verabschiedungen, verschiedene Leute klopften Xavi oder Johnny auf die Schulter und Johnny drehte eine Runde, um einige der etablierten Mitglieder der Gruppe zu begrüßen und sich den neuen vorzustellen.

Als sich die Menge endlich lichtete, duckte sich Johnny in das dunkle Gebäude und traf Pauline auf der Treppe an.

»Gut gemacht.« Pauline nickte ihm zu. »Das war eine perfekte Show von Ihnen, Mister Torrez. Natürlich müssen wir erst noch sehen, wie gut die ihre Aufgaben erledigen. Ich bin gespannt, ob sie Erfolg haben, wo wir versagt haben.« Sie betonte das ›wir‹ stärker. Sie glaubte daran, zu ihren Fehlern zu stehen und das sollte Johnny merken und sich davon eine Scheibe abschneiden.

Johnny nickte. »Vielleicht. Vielleicht auch nicht. Xavi ist kein Idiot. Er wird seine Männer abziehen, wenn es nötig ist, was bedeutet, dass wir uns nicht durch Leichen wühlen müssen, um herauszufinden, was schiefgelaufen ist.«

»Ausgezeichnet.« Pauline bahnte sich an ihm vorbei den Weg die Treppe hinunter und ließ ihn an ihrer Schulter Position beziehen. »Ich denke, wir sollten vor dem Abendessen den Betrieb an den Docks beobachten.«

»Sicher«, erwiderte Johnny leichthin. »Sorgen wir dafür, dass sie wissen, dass wir es merken, wenn sie etwas *absahnen* wollen.«

»Ja.« Paulines Stimme war jetzt kalt. »Hat es jemand bereits versucht?«

»Eine Person. Ich denke, wir sollten uns vor allen anderen um *den* kümmern.« Johnnys Hand glitt unter seinen Mantel zu der vertrauten Form seiner Beretta. »Wollen Sie das übernehmen?«

Pauline war äußerst interessiert, ihre Macht auf diese Weise zu demonstrieren, doch sie wusste ebenfalls, dass es nicht wert war, dadurch ihre Anonymität zu gefährden.

»Ich wünschte, ich könnte.« Sie ließ sich ihr Bedauern anmerken. »Aber ich überlasse es Ihnen. Machen Sie es zu einem befriedigenden Anblick.«

Johnny gluckste. »Wird gemacht, Boss.«

KAPITEL 5

James Lovecraft und Mutter LeBlanc saßen am Tisch, beide mit demselben angenehmen, zurückhaltenden Lächeln. Nachdem sie einige eigene Nachforschungen angestellt hatten, während die FBI-Agenten sich mit ihren Vorgesetzten berieten, hatten sich die beiden Gruppen nun wieder zusammengesetzt.

Diesmal fand ihr Treffen glücklicherweise an einem Ort statt, welcher nicht für Verhöre geeignet war. Sie waren in einem der Konferenzräume der FBI-Außenstelle in Las Vegas. Der Raum war lebhaft und freundlich eingerichtet, in jeder Ecke standen Pflanzen, Bilder hingen an den Wänden und eine Kaffeemaschine mit Tassen, Milchkännchen, Zucker und Keksen zeugte von einer wohnlichen Atmosphäre.

MacDonald und Richardson waren zurückgekommen, um zu verkünden, dass die beiden Thaumaturgen *eingeladen* worden waren, um mit den Agenten auf Augenhöhe und unter zwanglosen Umständen zu diskutieren. Das FBI hatte den Versuch aufgegeben, sie wie Verdächtige in Untersuchungshaft zu behandeln.

Gut, dass sie ihre Niederlage diesbezüglich akzeptiert hatten.

Es war beruhigend zu wissen, dass sie weiterhin mit den Agenten Richardson und MacDonald arbeiten würden, da sie mittlerweile ein angenehmes Verhältnis zu ihnen aufgebaut hatten. Zwar trauten Madame LeBlanc und James ihnen selbstverständlich nicht komplett – und andersrum war es sicher genauso – doch man konnte recht ungezwungen miteinander plaudern. Außerdem bedeutete das, dass die beiden Thaumaturgen sich nicht ständig vor einer Reihe von halb informierten, neuen Leuten wiederholen mussten. Dementsprechend hatte James ihnen gegenüber erwähnt, dass er und Mutter LeBlanc zu ihrem eigenen Schluss gekommen waren, den sie gerne mit ihren neuen Kollegen teilen würden.

Richardson hustete und fuhr sich mit der Hand durch sein Haar, bevor er sich setzte. MacDonald sah die beiden an, nickte und setzte sich ebenfalls.

»Okay«, begann der männliche Agent, »Sie sagten, Sie seien zu einer wichtigen Schlussfolgerung bezüglich der Situation in Los Angeles gekommen, wollten uns diese aber persönlich mitteilen und dass Sie und wir bereit seien, gegen die geplanten Ziele vorzugehen.«

Madame LeBlanc neigte den Kopf. »Ja, das ist korrekt.«

Die Agentin hatte Mühe, ihren Eifer zu verbergen. »Bitte sagen Sie uns, was Sie festgestellt haben.«

James nahm langsam einen großen Schluck Kaffee, dann lehnte er sich in seinem Stuhl zurück, atmete aus und verschränkte die Arme hinter seinem Kopf. Er zögerte das Warten länger hinaus, indem er sich räusperte. Er überlegte sich den genauen Wortlaut, doch er wollte auch die Agenten besser kennenlernen, indem er ihre Reaktionen abwartete.

Magie & Dating

Dem schwachen Zucken in ihrem Gesichtsausdruck nach zu urteilen, war MacDonald die Ungeduldigere von beiden.

»Das werden wir«, begann James schließlich. »Wir haben von der Situation mit diesem *Motorcycle Man* gehört und von dem Ausbruch von Bandenkriegen, an denen eine Gruppe beteiligt ist, die sich die *LA Witches* nennt. Basierend auf den Informationen, die wir über die vielen Aktivitäten von dem *Motorcycle Man* in den letzten Wochen ausgewertet haben und unserem Wissen darüber, wie Magie funktioniert ... nun, die Schlussfolgerung ist offensichtlich.«

Mutter LeBlanc beendete seine Aussage für ihn, als es so aussah, als würde er den Rest seiner Antwort erneut hinauszögern: »Es ist uns klar«, setzte sie fort, »dass dies alles das Werk einer einzelnen Person ist, die möglicherweise versucht, sich als Gruppe auszugeben, indem sie ihre Identität verschleiert. Die Zufälle sind zu zahlreich und die *übernatürlichen* Beweise für einen ganzen Hexenzirkel zu gering, als dass es anders sein könnte.«

Zu James' Überraschung lachte Richardson. »Nun, das ist eine Erleichterung. Ich bin mir nicht sicher, wie wir mit einem ganzen Haufen von ihnen fertig werden würden. Die drei Typen mit Magie unter den Bankräubern, ganz zu schweigen von euch beiden, haben uns schon genug Arbeit bereitet.«

MacDonald warf ihm einen beschwichtigenden Blick zu. »Wie dem auch sei, das FBI hat eine Gruppe von Agenten gebeten, sich uns in LA anzuschließen. Wir sollen uns mit ihnen treffen und dann gegen diese ... *Person* vorgehen. Der Flug geht heute Abend um 18:30 Uhr.

Wir werden dort sein, bevor die Hauptsendezeit vorbei ist.«

James schüttelte entschieden den Kopf. »Nö. Kommt nicht infrage. Ich bestehe darauf, mein Auto zu nehmen. Wir haben doch gerade erst den Kühler reparieren lassen.«

Madame LeBlanc hielt sich zurück und behielt einen neutralen Gesichtsausdruck bei, während MacDonald und Richardson zu argumentieren versuchten, dass das Fliegen viel schneller und bequemer wäre und dass, wenn das FBI die Operation um einen zusätzlichen Tag verzögern müsste, es mehr Möglichkeiten gäbe, dass etwas schiefgehen könnte.

James wollte nichts davon hören.

»Außerdem«, fügte er hinzu, »wenn ich versuchen würde, einen Zauber zu sprechen und es vermasseln würde – unwahrscheinlich, aber keineswegs unmöglich – würde das Flugzeug mit allen an Bord abstürzen, anstatt nur einen einzelnen Rolls-Royce mit zwei Insassen gegen die Wand krachen zu lassen.«

Er hatte genug Erfahrung, dass ein katastrophales Versagen bei einem Zauber in diesem Ausmaß eine Misserfolgschance hatte, die so hoch war wie die Möglichkeit, zweimal bei verschiedenen Gelegenheiten vom Blitz getroffen zu werden, aber das brauchte das FBI ja nicht zu wissen.

Mutter LeBlanc schien geneigt zu sein, ihn mit seiner Täuschung fortfahren zu lassen. Sie zuckte mit den Schultern, ihr vielfarbiges Kleid raschelte, wie Blätter im Wind. »Ich werde mit ihm fahren.«

Agent MacDonald lehnte sich vor. »Nun gut. Wir sind vielleicht bereit, Ihnen auf halbem Weg entgegenzukommen, zu Ihren zugegebenermaßen unverständlichen Bedingungen. Wenn Sie nicht sofort einwilligen, wollen wir zumindest damit beginnen, das Endspiel vorzubereiten, indem wir eine Hetzkampagne gegen den *Motorcycle Man* starten. Es wird einfacher sein, ihn von der Straße zu holen, wenn die Leute anfangen, ihn nicht zu mögen.«

Beide Thaumaturgen runzelten die Stirn und James fragte: »Wie planen Sie das, anstellen zu wollen, wenn ich fragen darf?«

»Oh, wir haben unsere Wege.« Richardson lächelte.

Mutter LeBlanc hob eine Hand. »Das klingt, als ob Sie vorhaben, noch mehr Aufsehen zu erregen und noch mehr Aufmerksamkeit auf unsere *Hexe* – oder *Hexer* – zu lenken. Eines unserer primären Ziele war es, die Dinge zu beruhigen und übermäßige öffentliche Aufmerksamkeit zu vermeiden. Den Ruf dieses Selbstjustizlers anzugreifen, mag kurzfristig klug erscheinen, aber längerfristig könnte es sehr töricht sein.«

MacDonald bewegte sich in ihrem Sitz und versuchte ihre Ungeduld zu kontrollieren. »Das unmittelbare Ziel, den *MM* – meine Abkürzung für *Motorcycle Man*, ich werde ihn jetzt nur noch so nennen – daran zu hindern, Chaos anzurichten oder einen Punkt zu erreichen, an dem er sich unserer Kontrolle entziehen kann, wiegt schwerer als irgendwelche langfristigen Bedenken dieser Art. Außerdem, da Sie beide das alles verursacht haben, befinden Sie sich nicht gerade in der Position, sich über eine ›verstärkte Kontrolle‹ von Magieanwendern zu beschweren, oder?«

Daraufhin sträubte sich die Thaumaturgin aus New Orleans und starrte die Agentin mit funkelnden

Augen an, aber James legte ihr sanft die Hand auf die Schulter.

»Es war hauptsächlich meine Idee«, meinte er zu den beiden. »Die ganze Geschichte, neue Magiefähige zu finden. Madame LeBlanc, Sie hatten von Anfang an recht. Doch wir wollen das Ganze immer noch vertuschen und nicht das ganze Land dazu bringen, darüber zu reden. Was wir von Ihnen wollen, ist die Zusicherung, dass Ihre Verleumdungskampagne die Aufmerksamkeit abschwächt und die Sache im Sande verlaufen lässt, anstatt das Interesse zu erhöhen.«

Doch MacDonald machte keine Zusicherungen. Sie lehnte sich in ihrem Stuhl zurück und beobachtete ihn.

James hielt es für besser, Mutter LeBlanc aus dem Raum zu bringen, bevor sie einen schwachen Fluch aussprechen konnte – und MacDonald Hasenohren verpasste, zum Beispiel. Er lächelte die Agenten an und stand auf. »Wir werden im *Bellagio* sein«, sagte er entschieden zu ihnen. »Sie können uns unter meinem Namen, Lovecraft, finden. Wir werden morgen früh sofort nach Los Angeles aufbrechen.«

Er drängte Madame LeBlanc vorsichtig aus dem Raum, wobei er versuchte, es nicht zu offensichtlich erscheinen zu lassen.

»Ich werde sie in einen Frosch verwandeln«, zischte Mutter LeBlanc leise, sobald sie außer Reichweite waren.

»Haben Sie Geduld«, erwiderte James grinsend. »Zuerst bekommen wir ihre Hilfe. *Dann* können Sie diese Leute in Frösche verwandeln.«

»Nun gut. Ich kann warten.« Sie warf ihm einen schelmischen Blick zu. »Für den Moment.«

Magie & Dating

★ ★ ★

Kera stocherte in den Resten des gegrillten Käsesandwichs herum, bevor sie sich wieder ihrem Hähnchen-Fettuccine-Alfredo und einem großen Glas Limonade widmete. Keine Diät-Limo. Viele Kalorien waren der Schlüssel.

»Danke euch«, sagte sie den Kims zwischen zwei Bissen.

»Iss weiter.« Misses Kim war nicht beeindruckt. »Du musst zunehmen.«

»Und du brauchst Energie«, fügte ihr Ehemann hinzu.

Kera schluckte. »Ich hatte schon eine doppelte Mahlzeit, bevor ich vorbeikam. Ich weiß eure Großzügigkeit zu schätzen, aber bei diesem Tempo werde ich am Ende nach Hause rollen müssen.«

»Von wegen!«, spottete Mister Kim. »Du weißt doch inzwischen, dass das nicht stimmt. Du hast nicht ein einziges Pfund zugenommen.«

»Stimmt wohl leider.« Kera seufzte und hielt inne, um den aktuellen Bissen mit mehreren Schlucken Limo herunterzuspülen. »Ich bin wahrscheinlich die einzige Frau in Amerika, die freiwillig *zunehmen* will. Obwohl ... nein, mit Sicherheit nicht. Das war nicht durchdacht.«

Misses Kim lachte daraufhin. Sie lachte nicht oft und dieses Lachen klang leise und angenehm.

Ihr Mann winkte mit der Hand. »Wie auch immer, ich habe mich an andere Leute in der koreanischen und asiatischen Expat-Gemeinschaft gewandt. Ich habe ein paar, äh, sehr diskrete Erkundigungen eingezogen und etwas erfahren, das mich äußerst beunruhigt hat.«

Kera hob eine Augenbraue, während sie das letzte Stück gegrillten Käse hinunterschluckte und etwas von der weißen Soße auf ihrem Teller mit der Kruste abwischte.

Mister Kim fuhr fort: »Es gab eine Menge Vorfälle in den Lokalnachrichten von Leuten, die behaupteten, sie könnten zaubern und Wunder im ganzen Land vollbringen. Dann ebbte plötzlich alles ab und jetzt spricht niemand mehr darüber.«

Misses Kim streckte die Hand aus, um Keras leere Teller abzuräumen, dann schob sie ihr ein Tablett mit Obst und Schokoladensoße zu. »Hier, iss mehr. Nachtisch!«

Kera akzeptierte es zähneknirschend. »Uff. Danke dir. Aber hey, die Sache mit der Magie, glaubst du, es hat etwas mit dem zu tun, womit ich zu tun hatte?«

»Höchstwahrscheinlich.« Mister Kim zuckte mit den Schultern. »Die meisten Reporter und die sogenannten Experten, die sie interviewen, halten es für eine neue landesweite Modeerscheinung von Leuten, die behaupten, besondere Kräfte zu haben, damit sie ihre fünf Minuten Berühmtheit bekommen. Leute, die dummes Zeug im Internet lesen und Aufmerksamkeit wollen. So etwas in der Art.«

Kera runzelte die Stirn und dachte an den Tag zurück, an dem sie *So wird man eine knallharte Hexe* im E-Book-Store von Amazon gesehen hatte. »Okay.« Sie wartete auf mehr Informationen.

Bevor ihr Mann noch etwas sagen konnte, füllte Misses Kim Keras Glas rasch mit Limonade auf und merkte an: »Wir haben auch noch Frühlingsrollen übrig. Die solltest du auch essen. Du brauchst ein gesundes Gewicht! Wir beide schaffen sie sowieso nicht mehr.«

Magie & Dating

Kera bedeckte ihren Mund, um ein Rülpsen vor Bestürzung zu verbergen. »Ich, ähm, nehme sie später als Snack mit nach Hause, okay?«

»Okay, wie du magst«, stimmte Misses Kim zu. »Aber iss bitte dein Obst auf.«

Mister Kim starrte seine Frau an. »Sie hat schon genug für fünf Leute gegessen. Lass sie doch in Ruhe, meine Liebe.«

Misses Kim schnauzte ihn knapp auf Koreanisch an und er wurde kurz blass, schüttelte dann den Kopf. Er lehnte sich in seinem Stuhl zurück, gab den Kampf auf und widmete seine Aufmerksamkeit wieder dem Thema, um das es eigentlich ging.

»Kera. Wir wissen, dass das, was hier passiert, nicht nur eine dumme Marotte ist. Es ist real, das hast du ja erlebt. Diese Magie oder wie auch immer die Menschen sie nennen wollen, existiert tatsächlich. Ihre Kraft ist genauso ein Teil unserer Welt wie das Wasser, die Bäume und die Sonne.«

Für eine Sekunde fühlte sich Kera, als ob ein Tropfen Eiswasser auf ihren Nacken gefallen wäre. Ihr war soeben etwas klargeworden, über das sie bisher nicht ganz so sorgfältig nachgedacht hatte. »Und was soll das heißen? Dass diese zufälligen Leute also wirklich herausfinden, wie man einen oder zwei Zauber wirkt und dann den Rest vermasseln und beschließen, es aufzugeben? Oder ...« Sie wollte es nicht aussprechen.

»Nein«, antwortete Mister Kim an ihrer Stelle und bestätigte ihre Sorgen. »Das glaube ich nicht. Es bedeutet, dass jemand ihre Energie *stoppt*. Jemand dreht sie ab wie einen Wasserhahn, den man dann nicht wieder aufdrehen kann.«

Und das sind die Leute, die das Buch veröffentlicht haben, dachte Kera sofort. *Es muss von Anfang an eine Falle gewesen sein. Oder nicht? Doch würden sie sich all diese Mühe machen, um Menschen mit magischem Potenzial aufzuspüren, damit sie sie jagen und ihre Macht auslöschen konnten?*

Und was bedeutet das jetzt für mich?

Sie hob eine Hand. »Hast du alle diese Geschichten irgendwo gespeichert? Ich möchte sie mir ansehen. Ich *muss* sie mir ansehen!«

»Ja, ich habe sie heruntergeladen, ich wusste, dass sie nützlich sein würden«, erwiderte Mister Kim. »Sie behaupten aber alle ziemlich dasselbe.«

Kera schloss die Augen. »Okay, okay, aber ich will mir die Daten und auch die Orte ansehen.«

Daraufhin nickte der Mann langsam. »Dann komm mal mit.«

Er half seiner Frau zurück auf die Couch, um sich auszuruhen, bis es Zeit war, mit dem Training zu beginnen, dann ging er mit Kera hinüber zu seinem Computer und suchte die Liste der Artikel in seinen Ordnern heraus.

Kera überflog den Text eines jeden einzelnen, wobei sie besonders auf die zeitlichen und geografischen Daten achtete. Sie öffnete eine Karte der USA, um den Verlauf der Geschichten zu verfolgen.

Sie hatten in den Staaten der Ostküste begonnen. Ein paar Tage waren sie weiter nach Missouri und Texas gezogen, dann weiter nach New Mexico in den Südwesten.

Und wieder einmal lief Kera ein eiskalter Schauer den Rücken hinunter.

»Wer auch immer sie sind, sie kommen hierher«, flüsterte sie. »Sie kommen immer näher.«

Magie & Dating

★ ★ ★

Kera öffnete die Seitentür zu ihrem Lagerhaus, gähnte und zog ihre Stiefel in einer einzigen, flüssigen Bewegung aus. Sie brauchte Koffein und vielleicht eine kalte Dusche.

»Mann, genug Essen für fünf Leute zu essen und dann eine Stunde lang Kampfsport zu machen ist besser, als eine Handvoll Schlaftabletten zu nehmen. Ich bin mir ziemlich sicher, dass ich besser geschlafen habe, damals in der Highschool, als ich Karate und Cheerleading gemacht habe.«

Sie kochte sich eine kleine Kanne Kaffee, genug, um im Laufe der nächsten Stunde vielleicht drei Tassen zu trinken. Dann rieb sie sich die Augen und versuchte, ihre Gedanken auf das anstehende Thema zu richten.

Wie versteckt man bitte seine magischen Aktivitäten?

Während sie sich die erste Tasse mit dampfendem Kaffee einschenkte, blickte sie hinüber zu Zee, welcher teilnahmslos neben der vorderen Lagertür stand.

»Okay, Zee«, sagte sie zu ihm. »Ich muss einen Weg finden, meine magischen Kräfte zu verbergen. Irgendwelche Ideen? Wenn ja, kannst du sie gerne in größtmöglicher Lautstärke herausschreien.«

Leider antwortete ihr Zee nicht und das Betrachten seines Profils brachte sie auch nicht weiter. Sie nippte an ihrem Kaffee und schlenderte hinüber zu dem Stapel Bücher, der neben ihrem Bett lag. Obenauf lag die gedruckte Version von *So wird man eine knallharte Hexe*, die sie sich damals noch extra bestellt hatte.

»Hmm.« Sie nahm das Grimoire in die Hand und blätterte durch das äußerst umfangreiche Inhaltsverzeichnis, ihr Finger fuhr über die Seite, während sie jeden Punkt untersuchte.

Zu ihrer mangelnden Überraschung gab es nichts, was ihr zu helfen schien. Kera runzelte die Stirn und warf das Buch zurück auf den Boden.

Das war Absicht, das war doch klar. Die mysteriösen Personen, die das verdammte Ding geschrieben und verteilt hatten, wollten wohl nicht, dass sich ihre Schüler – wenn die Leute, die sich die Magie selbst beibrachten, überhaupt als Schüler galten – verstecken konnten.

Sie hatten von Anfang an vorgehabt, die Leute aufzuspüren.

Ein Gedanke schoss Kera durch den Kopf. Wenn das Buch noch zum Verkauf stand, hatten seine Verleger vielleicht eine nicht enden wollende Aufgabe vor sich. Was, wenn sie so eigentlich nur *America's Next Top Witch* finden wollten?

Kera klappte ihren Laptop auf und öffnete die Amazon-Website, um wieder einmal nach dem fraglichen Band zu suchen. Eine Suche nach dem Titel ergab ein paar vage ähnlich aussehende Bücher über Hexerei, aber natürlich nicht das, das sie besaß. Als sie es in ihrem Bestellverlauf suchte, war der Link zu dem Buch ausgegraut.

»Verdammt.« Sie tippte sich auf die Lippen, dann rief sie eine Suchmaschine auf und gab den Titel erneut ein. Ein paar Rezensionen und Forumsdiskussionen tauchten auf, von denen einige so aussahen, als könnten sie interessant sein. Das Buch selbst konnte sie aber nirgends zum Kauf finden.

Nachdem sie ein paar Minuten lang verwirrt auf den Bildschirm gestarrt hatte, musste Kera lachen. »Ich frage mich, ob sie mehr bekommen haben, als sie erwartet haben? Vielleicht haben sie das verdammte Ding aus Spaß veröffentlicht oder wegen des Geldes oder um das Wissen an ein paar Fähige zu verbreiten, aber irgendetwas ist dabei schiefgegangen und jetzt versuchen sie, ihre Spuren zu verwischen.«

Ihr Lachen verstummte und ihr Gesicht erstarrte. Wenn das der Fall wäre, könnten diese Leute sogar *noch* gefährlicher sein, als sie bisher angenommen hatte.

Das Einzige, was ich mit Sicherheit weiß, überlegte sie, *ist, dass ich nicht will, dass sie mich oder die Kims finden. Mir meine Kräfte zu nehmen, würde vielleicht alles wieder besser und einfacher machen, aber ich weiß nicht, wie ich zu diesem Zeitpunkt je wieder zur Normalität zurückkehren könnte. Ich habe Menschen geholfen und etwas bewirkt. Ohne Magie ...*

Daran wollte sie gar nicht denken. So sehr sich ein Teil von ihr einfach nur ein normales Leben wünschte, konnte sie sich auch nicht vorstellen, wie schmerzhaft es sein würde, ihre neu gefundenen Fähigkeiten zu verlieren.

Als die verschiedenen Möglichkeiten, von denen die meisten nicht ermutigend waren, auf ihr lasteten, ertappte sie sich wieder einmal dabei, dass sie Chris eine SMS schicken wollte.

Als sie ihn vor ein paar Wochen in der *Mermaid* gesehen hatte, hatte sie sich schlagartig daran erinnert, wie gerne sie mit ihm auf dem College zusammen gelernt hatte. Es war immer einfach und angenehm gewesen. Sie hatten genau da weitergemacht, wo sie aufgehört hatten, aber jetzt ...

Kera vermisste ihn.

»Verdammt noch mal.«

Sie musste damit aufhören. Es war bloß lächerlich. Keine noch so große Menge an Sehnsucht würde ein Date mit ihm zu einer verantwortungsvollen Entscheidung machen. Es würde ihn in Gefahr bringen. Sie hatte ihm nicht gesagt, dass er es auf sich nahm, mit dem Ziel Nummer 1 aller Gangs von LA in Verbindung gebracht zu werden und selbst wenn sie es getan hätte, wie konnte man *das* von jemandem nach gerade mal zwei verdammten Dates verlangen?

Trotz ihres kürzlichen Workouts sah der Boxsack, der in ihrem Trainingsbereich hing, sehr verlockend aus. Sie stieß sich vom Bett ab, machte eine kurze Dehnungsübung und stürzte sich auf das verdammte Ding.

Kera traf den schweren Sack mit einem Roundhouse-Kick, dann mit einem weiteren. Sie stellte sich ihr Ziel als sich selbst vor, so wie Chris sie sehen würde, wenn er die ganze Wahrheit erfahren würde. Würde er jemals mit ihr zu tun haben wollen, nach all den Unwahrheiten, denen sie ihn ausgesetzt hatte? Wenn ihre Positionen vertauscht wären, würde sie nämlich ernsthafte Zweifel an ihm haben. Es war nicht klug, sich romantisch mit Leuten einzulassen, die sich selbst widersprachen, ein zwielichtiges Doppelleben führten und schlichtweg logen, was das Zeug hielt.

Kera schlug mit einer Reihe von Schlägen, Ellbogen- und Messerhandschlägen auf den Sack ein. »Nein«, hauchte sie, die Worte kamen bei jedem Schlag kaum noch heraus. »Ich kann keine Menschen in meiner Nähe haben. Nicht im Moment. Nicht mit den Hexenjägern – oder wem auch immer – die mir auf den Fersen sind.«

Der Sack schwang zu ihr zurück und sie stieß ihn mit dem Knie in Höhe der Leistengegend, dann gab sie ihm einen kräftigen Kopfstoß. Sie blinzelte, leicht benommen und taumelte zurück zu ihrer Couch, um auf den Kissen zusammenzubrechen, auf denen Chris vor kurzem noch geschlafen hatte.

Wem mache ich was vor? Ich versuche nur, den Schlag gegen mich selbst abzumildern. Es wird nie eine sichere Zeit geben, solange ich diese Fähigkeiten habe. Das normale Leben ist für mich für den Rest meines Lebens verloren, nicht wahr?

Für mich verloren.

Für den Rest meiner ...

»Warte. Der Rest meines Lebens ... wie *lange* mag das überhaupt sein?« Kera hatte irgendwo etwas gehört, vor langer Zeit – die Vorstellung, dass Magie ihren Preis hat.

An diesem Punkt stellte sich die Frage, ob dieser Preis ein kurzes oder ein langes Leben war ....

Sie schaute Zee zur Bestätigung an und etwas an der Art, wie die Oberlichter von seiner glänzenden, schwarzen Oberfläche reflektiert wurden, sagte ihr, dass sie dringend ausführlicher darüber nachdenken musste.

Später.

Denn in diesem Moment klingelte ihr Handy. Es war noch in ihrem Rucksack verstaut, also kramte sie es hastig hervor und warf einen Blick auf den Bildschirm, noch bevor der Anrufer auflegen konnte. Es war ihr Chef, Cevin, der Besitzer der Bar und des Restaurants *Mermaid*.

»Hi«, grüßte sie, nachdem sie seinen Anruf entgegengenommen hatte.

»Hi, Kera«, seufzte Cevin. »Hör mal, so wie das Geschäft momentan läuft, sieht es so aus, als hätte ich uns für heute Abend überplant. Tut mir leid, dass ich das wieder frage, nachdem ich dich neulich früh nach Hause geschickt habe, aber wärst du bereit, noch eine Schicht abzugeben?«

Sie überlegte einen Moment lang.

Ihre Eltern hatten ihr versprochen, dass sie endlich ihr Erbe bekommen würde und außerdem hatte sie noch einige Bargeldreserven in ihrer Wohnung versteckt. Geld wäre nicht das Problem, sondern dass sie eventuell nicht mehr als fleißig gesehen werden würde.

»Nun, ich habe momentan einiges um die Ohren«, erwiderte sie dann wahrheitsgemäß. »Es trifft sich ganz gut. Ich komme schon klar.«

Er klang erleichtert. »Oh, super, danke dir. Ich werde es bald wieder gutmachen. Nächste Woche wirst du wieder normale Arbeitszeiten haben und ich kann dich auch ganz oben auf die Liste setzen, um dich sofort anzurufen, wenn wir an einem Abend vielleicht zusätzliche Hilfe brauchen.«

Kera erklärte ihm, dass es ausreichen würde, wieder nach einem normalen Zeitplan zu arbeiten. Ihre außerplanmäßigen Aktivitäten nahmen in diesen Tagen genug Zeit und Energie in Anspruch, sodass es wahrscheinlich eine gute Sache war, nicht immer einspringen zu müssen.

Sie verabschiedeten sich und nachdem sie aufgelegt hatte, blickte Kera stirnrunzelnd in die Ferne, ihr koffeinstimuliertes Gehirn raste wieder.

Um das ganze Chaos in ihrem Leben momentan in den Griff zu bekommen, wäre es besser, bei der *Mermaid* zu kündigen. Doch sie hasste diese Idee. Die Arbeit an sich war wirklich nichts Besonderes, aber so war Arbeit nun mal. Die Atmosphäre, die *Mermaid* an sich und vor allem ihre Kollegen waren das, was sie hielt. Momentan waren ihre Kollegen, wie Stephanie, ihre einzigen Freunde.

Und die *Mermaid* war außerdem die einzige Verbindung, die sie zur Normalität hatte.

Ihr Smartphone vibrierte wieder und sie zuckte erschrocken zusammen. Als sie auf den Bildschirm schaute, zuckte sie noch einmal zusammen.

Es war eine Textnachricht von Chris, der reden wollte. Das ergab Sinn. Was sie überraschte, war, dass er ziemlich tapfer zugab, dass er sich an nichts erinnern konnte und auch nicht wusste, warum zum Teufel er die Sache mit ihr beendet hatte. Von seiner Seite war die Entscheidung ein Fehler gewesen und er wollte sie rückgängig machen, wenn sie auch wollte.

Ein Kloß bildete sich in ihrem Hals, aber sie schluckte ihn hinunter und konzentrierte sich auf die Logik der Situation. So waren diese Themen viel einfacher zu bewältigen, als wenn sie sich auf ihre Gefühle verließ.

Konnte er sich an ihre Adresse erinnern? Wahrscheinlich nicht, nach der Menge, die sie aus seinem Gedächtnis gelöscht hatte. Sie wollte nämlich auf *keinen* Fall, dass er zufällig bei ihr auftauchte, vor allem nicht, wenn es Leute gab, die nach ihr suchten.

Sie überlegte, wie sie ihn dazu bringen könnte, erst einmal nie wieder mit ihr sprechen zu wollen. Keine ihrer noch so fiesen Antwort-Möglichkeiten waren ihr gut genug. Dabei kam sie jedoch auf eine noch bessere Strategie – einfach nicht zu antworten.

Er würde sie für eine totale Zicke halten und vielleicht entscheiden, dass er ohne sie besser dran wäre.

»Aber das ist auch scheiße«, murmelte sie. »Ich verwandle mich in eine richtig tolle Person – unhöflich *und* unehrlich.«

Kera seufzte. Sie konnte auf keinen Fall mit ihren Gedanken in der Wohnung eingesperrt bleiben, zumal sie heute nicht einmal Arbeit haben würde, um sich abzulenken.

Was gibt es sonst noch zu tun? Oh, richtig, dachte sie und nickte. *Verbrechen, welches ich bekämpfen kann. Was auch sonst.*

Sie sah zu ihrem Motorrad hinüber. »Hast du das gehört, Zee? Wir fahren zurück an die Front und ich wette, wir werden etwas Action finden. In LA ist immer etwas Spannendes los. Suchen wir uns ein Abenteuer.«

Diesmal wollte sie aber nicht bloß ein Abenteuer. Sie wollte Namen. Sie wollte wissen, wer hinter alldem steckte. Wer hinter ihr her war.

Dass sie eigentlich überlegen wollte, wie sie ihre Magie vertuschen konnte, hatte sie in ihrem Abenteuerwahn bereits völlig vergessen.

★ ★ ★

Da James zwei Koffer voller Gepäck trug und Mutter LeBlanc keinen einzigen, war sie so freundlich, ihm die Tür zum Hotelzimmer zu öffnen.

»Danke«, meinte James und schnaufte, während er sein Gepäck in die Suite schleppte und es auf sein Bett warf. Er sollte dringend mal wieder seine Arme trainieren, wie er es in seiner Jugend und in seinen Zwanzigern immer mal wieder erfolglos getan hatte.

Es war ein zusammenhängender Komplex aus zwei Zimmern und Madame LeBlanc entschied sich für das hintere Zimmer. Ihre bunten Röcke schwangen, als sie sich bewegte.

Er beobachtete sie, wie sie sich bewegte, scheinbar unbeschwert. *Es muss schön sein*, überlegte er, *alles, was man braucht, in einem einzigen Kleidungsstück versteckt zu haben. Wenn sie alles herausziehen konnte, was sie für eine schöne selbstgemachte Hühnersuppe brauchte, kann es doch nicht so schwierig sein, Toilettenartikel und zusätzliche Kissenbezüge zu reproduzieren, oder?*

Er hustete, bevor er laut sprach. »Ich muss Sie etwas fragen, Madame. Wäscht sich Ihr Kleid selbst oder besitzen Sie Kopien desselben Kleides? Ich habe Sie in der ganzen Zeit, in der wir unterwegs waren, noch nie etwas anderes tragen sehen.«

Sie schaute über ihre Schulter, schenkte ihm ein absichtlich vages, rätselhaftes Lächeln und ging weiter in Richtung ihres Zimmers, ohne auch nur ein Wort zu sagen.

Typisch, beklagte er sich in Gedanken und wandte sich ab, um seine Sachen auszupacken. Aber verständlich, wenn sie ihre Geheimnisse nicht mit ihm teilen wollte. Immerhin war sie viel älter als er und hatte somit viele Jahrzehnte Zeit gehabt, esoterische Zaubersprüche zu studieren. Es war naheliegend, dass sie ein paar Tricks draufhatte, die er nicht kannte.

Sobald sich die beiden ein wenig eingewöhnt hatten, kam Mutter LeBlanc in James' Hälfte des Zimmers.

»Nun denn, sollen wir?« Sie gestikulierte zu dem Fenster im zweiten Stock, das den Parkplatz überblickte.

James wollte sich nur noch aufs Bett legen und fernsehen, doch sie hatte ja recht. »Gut. Das hier ist ein schöner Ort und ich würde mich ehrlich gesagt lieber entspannen, aber wie immer haben Sie *größtenteils* recht und die Pflicht ruft.«

»Nun, das ist der Unterschied zwischen uns beiden, aber wie gut, dass Sie mich haben und mir folgen.«

Sie verließen die Suite nur wenig später und nahmen die Hintertreppe hinunter zum Parkplatz, dessen helle Scheinwerfer darüber hinwegtäuschten, dass es schon weit nach Einbruch der Dunkelheit war. Am Rolls-Royce angelangt, öffneten sie den Kofferraum und holten eine große, rote Kühlbox heraus, die so schwer war, dass es sie beide brauchte, um sie die Treppe hinauf zum Zimmer zu tragen. Sie hätten natürlich auch durch den Haupteingang reingehen und den Aufzug nehmen können, aber sie wollten keine unnötige Aufmerksamkeit erregen.

James führte den Weg in die Suite und trat zurück, während Madame LeBlanc das andere Ende der schweren Box handhabte. Sie stellten ihn auf dem Boden in der Nähe der Tür ab, welche die beiden Räume verband.

Mutter LeBlanc öffnete den Deckel. Darin befand sich eine behelfsmäßige Pendelschale, welche sie nun nutzen würden. Ursprünglich hatten sie es für ausreichend befunden, ihre originale Schale im Hauptsitz an der Ostküste über eine Kamera zu überwachen. Doch die Situation war komplizierter geworden, also mussten sie die Ressourcen des FBI nutzen, um eine neue Schale zu schaffen, welche klein genug war, mitgenommen werden zu können.

Magie & Dating

Sie mussten jetzt dringend herausfinden, wo genau sich ihr potenziell gefährlichster Rekrut genau befand.

James öffnete eine Dose Limonade und nahm einen Schluck, während Mutter LeBlanc den Hellseherzauber aktivierte. »In Ordnung«, begann er und rieb sich die Hände. »*Lassen Sie uns sehen, was wir sehen können* ... oder so. Uff. Mein Verstand ist für den Tag erschöpft.«

»Fast richtig«, bemerkte Mutter LeBlanc, nachdem sie die Formel beendet hatte. »Aber ein Versuch war es wert. *Gut, dass Sie mich haben.*«

Er warf ihr einen bösen Blick zu, dann wandte er seine Aufmerksamkeit der Schale zu. Ihre magische Konstruktion bestand aus einer tiefen, breiten Metallschale, welche mit verzaubertem Wasser gefüllt war. Auf dem Boden lag eine feuchtigkeitsdichte Karte der Gegend um Los Angeles. Normalerweise gehörte auch ein Pendel zu dem Gerüst, daher der Begriff Pendelschale. Doch da der Bereich diesmal nur auf eine Stadt eingegrenzt war, waren die zusätzlichen Schwingungen eines Pendels überhaupt nicht nötig.

Der Zauberspruch, den sie vor dem Verlassen des Bundesstaates New York aufgesetzt hatten, hatte ihnen gezeigt, dass in Los Angeles fast jede Nacht eine Menge Magie eingesetzt wurde. Sie mussten nun genaustens wissen, wo und wie groß die Lichtblüten waren, um die Situation besser einschätzen zu können. Jetzt, da sie einige Zeit damit verbringen konnten, die Hellseherschale zu beobachten, konnten sie sich ein genaueres Bild davon machen, was passierte.

Es dauerte einige Minuten, bis überhaupt Lichter aufblühten, was zu erwarten war. Magie brauchte immer eine Weile, um geortet werden zu können.

Doch dann brachen grelle Blitze aus, einer nach dem anderen, schneller als Mutter LeBlanc und James ihnen folgen konnten. Die Abfolge befand sich in einem Gebiet nahe der Küste von Südkalifornien im Großraum Los Angeles, entweder in der Stadt selbst oder vielleicht in einem der angrenzenden Vororte.

»Und auch jetzt…«, analysierte Mutter LeBlanc die Ergebnisse, »es sind immer mehrere Blüten, nicht eine. Es werden immer mehr, immer hellere. Unser LA-Thaumaturg ist bei weitem der fleißigste unserer verschiedenen potenziellen Schüler und sehr wahrscheinlich auch der geübteste. Diese Lichtblüten sind nicht mit denen der Magier zu vergleichen, denen wir bisher begegnet sind. Nicht im Geringsten.« Sie kaute auf ihrer Lippe.

James zuckte mit den Schultern. »Wir hätten direkt dort hinfliegen und uns dann nach Osten vorarbeiten sollen. Hätten wir mal gewusst, dass diese Person sich so steigern würde.«

Der Ausdruck von Besorgnis auf Mutter LeBlancs Gesicht ließ nicht nach.

»Aber wir wussten es eben nicht, am Anfang war das Licht in LA ja auch eines der kleineren. Vielleicht war es auch gut, dieser Person hier Zeit zu geben«, meinte James und versuchte, ihre Stimmung aufzuhellen. »Sie ist immerhin ein Heiler. Heiler sind ungewöhnlich und vielleicht brauchte dieser hier … etwas Zeit, Raum oder was auch immer. Sie tun ja auch nichts Gefährliches, es sind ja schließlich Heiler.«

Zu seiner Überraschung runzelte Madame LeBlanc jedoch die Stirn und biss sich auf die Lippe. Ihre Augen waren immer noch auf die Lichtblüten fixiert. James folgte verwundert ihrem Blick. Sie hatte sich doch so sehr über den Gedanken eines Heilers gefreut, jetzt jedoch schien sie gar nicht glücklich zu sein.

Einen Moment später erkannte James, warum das so war.

»Sehen Sie sich die Lichtblüten ganz genau an«, verlangte sie leise und bestätigte seine Sorgen. »Ihr Flackern, die Art, wie sie wie kleine Feuerzungen lodern. Das ist keine Heilungsmagie mehr.«

Lichtblüten, die durch Heilungsmagie verursacht wurden, leuchteten gleichmäßig und beinahe schon beruhigend auf. So hatten die Lichtblüten aus LA auch vor einiger Zeit noch ausgesehen, als den beiden das erste Mal deutlich geworden war, wie hoch die Aktivität in dieser Stadt war.

»Was wollen Sie damit sagen?«, fragte James, obwohl er die Antwort selbstverständlich schon wusste.

»Es ist keine Heilungsmagie«, meinte sie wieder. »Zumindest keine Heilungsmagie, wie wir sie kennen. Es sieht aus wie Kampfmagie, voller ungleichmäßiger Energiestöße.«

»Martialische Magie.« James sank zurück in seinen Stuhl und nickte. »Jemand, der sich selbst durch Magie stärkt, der durch Magie Dinge zerstört.«

»Höchstwahrscheinlich.« Mutter LeBlanc presste ihre Lippen zu einem schmalen Strich zusammen.

»Also, was zum Teufel macht diese Person da?«, murmelte James. Er nahm einen weiteren Schluck Limo und blickte seine Partnerin an. »Glauben Sie, dass diese Person dieser *Motorcycle Man* ist, über den so viel Verrücktes berichtet wird? Gerüchte haben die Angewohnheit, totaler Blödsinn zu sein, aber die Geschichten über diesen Typen sind so hartnäckig, dass er so ziemlich der offensichtlichste Kandidat ist. Der soll ja auch super stark sein und fliegen können.«

Madame LeBlanc lehnte sich zurück, hielt aber ihren Blick auf das Wasser in der Schale und auf die Karte gerichtet. »Es ist wahrscheinlich, ja. Unser Kandidat ist also ausgerechnet ein Mann, der schon eine Berühmtheit ist und unfassbar viel Aufmerksamkeit auf sich gezogen hat. Nun, sind wir überhaupt sicher, dass es sich um einen Mann handelt? Es könnte genauso gut eine Frau sein, schließlich weiß niemand, wie er aussieht, da er seine Identität komplett verschleiert. Am Ende spielt es aber überhaupt keine Rolle, welches Geschlecht diese *Bedrohung* hat.«

»Ach, wie auch immer«, erwiderte James mit einem Achselzucken. »In der Magie sind beide Geschlechter gleichermaßen in der Lage, uns auf den Sack zu gehen.«

Das Gesicht der Oberhexe war ernst und konzentriert und ihre schlanke, dunkle Hand rieb ihr Kinn. »Überlegen Sie, James, was das nun bedeutet. Die Fülle seiner Aktivitäten deutet darauf hin, dass er sich nicht durch normale Kraftschwellen einschränken lässt. Es ist so gut wie unmöglich, jede Nacht solche Unmengen an Magie zu wirken, wenn man nicht gerade ein Magier von unserem Rang ist. Aber dies hier ist eben ein Anfänger. Diese Kraft an magischer Energie ist selten. Vielleicht haben wir es mit der Qualität eines Thaumaturgen zu tun, die höchstens einmal in einer Generation auftritt.«

»*Großartig.*« James setzte seine Dose ab und massierte sich die Schläfen. »Ich meine, an sich ist so etwas toll. Wir haben gefunden, was wir brauchen. Doch ... hoffen wir einfach, dass diese Person gutmütig ist. Oh und zu den Nachrichten über den *Motorcycle Man*. Wir sollten sie uns ansehen. Ich habe gehört, dass man aus den Nachrichten Informationen bekommen kann.«

Mutter LeBlanc schnippte mit der Hand in Richtung des an der Wand montierten Großbildfernsehers. »Ach was«, bemerkte sie und lachte trocken, während der Bildschirm zum Leben erwachte. Ein Nachrichtensprecher beendete gerade eine Geschichte. »Und das, Sandy, ist der Grund, warum man seinen Kindern beibringt, wie wichtig es ist, einen Pümpel richtig zu benutzen. Zurück zu dir, Enrique.«

Als direkt danach der Wetterbericht verkündet wurde, merkten James und Mutter LeBlanc, dass sie erst einmal nichts über den *Motorcycle Man* hören würden.

James kündigte schließlich an: »Ich werde ein paar Websites von bekannten Tagesblättern nach unserem Motorradfahrer durchforsten und sehen, was ich herausfinden kann. Lassen Sie es mich wissen, wenn die nächste Tagesshow beginnt und über dieses Thema berichtet.«

»Natürlich«, versicherte ihm Madame LeBlanc und wandte sich wieder dem Wetterbericht zu. »Und schauen Sie sich das an, dieser Teil des Landes hat die meiste Zeit des Jahres schönes Wetter, nicht wahr? Warum kann es nicht auch bei uns so sein?«

James schaltete seinen Laptop ein und fand sich bald darauf in einem Kaninchenbau von Internetberichten wieder. Während Madame LeBlanc die Nachrichten verfolgte und die Karte im Auge behielt, öffnete James reihenweise Tabs.

Es dauerte nicht lange, bis er ein Muster gefunden hatte.

»Heiliger Strohsack!« Seine nachlassende Aufmerksamkeit wurde wieder erweckt. »Jede Seite, jeder noch so unseriöse Artikel, verlinkt im Endeffekt auf dieselbe Seite. Jedes Mal derselbe Bericht von zwei Journalisten.« Er scrollte nach unten. »Lopez und Angel. Sie haben diesen Kerl von Anfang an verfolgt. Sie waren die ersten seriösen Journalisten, die einen offiziellen Bericht über diese Person herausgebracht haben. Nicht nur das. Sie haben mittlerweile einen ganzen Katalog seiner Taten, zusammen mit Augenzeugeninterviews, Zeitleisten der Geschehnisse und Vermutungen von verschiedenen Experten, die sie kontaktiert haben. Die scheinen ja gar nicht zu schlafen.«

Madame LeBlanc, die sich auf der Couch zurückgelehnt hatte, um weiterhin entspannt die Fernsehnachrichten zu verfolgen, während sie an einem Gebäck knabberte, das sie aus ihrem Kleid gezogen hatte, schaute James nun an. »Gut für sie. Für uns natürlich auch. Aber ist denn irgendetwas Brauchbares dabei?«

»Oh ja«, gab er zurück, »alle möglichen nützlichen Informationen. Doch leider ist keine davon topaktuell. Der letzte Bericht liegt schon einige Tage zurück, was bedeutet, dass der *Motorcycle Man* seitdem nicht mehr aktiv war. Dennoch wird es hilfreich sein, all diese Artikel durchzusehen.«

Während er die Dokumente der Reihe nach sichtete und begann, eine Liste der wichtigsten Punkte aufzuschreiben, starrte Madame LeBlanc mit einer merkwürdigen Mischung aus Selbstzufriedenheit und Verärgerung auf den Bildschirm.

»Kommen Sie schon, meine Damen und Herren«, sagte sie ungeduldig zu den beiden Nachrichtensprechern des aktuellen Programms. »Sie könnten uns doch wenigstens *etwas* zeigen, oder?«

KAPITEL 6

Es dauerte nicht lange, bis Kera Ärger fand – oder genauer gesagt über ihre *Scanner* davon erfuhr. Ihre Hand wanderte instinktiv an die Seite ihres Helms, als das Polizeifunkgerät knisterte und eine Stimme zu sprechen begann. Eine Frau sprach in Zahlencodes über eine laufende Aktion in einer Straße in *Westlake South*.

Mitten in dieser Kommunikation begann eine andere Stimme, die erste zu überlagern. Die Stimme eines Mannes meldete einen anderen Code für Verbrechen, welche im südlichen Teil des *Fashion Districts* begangen wurden.

Aber was soll das bitte heißen?, fragte sich Kera entnervt.

Als die beiden Stimmen verstummten, meldete sich eine dritte zu Wort. Diese sprach nun endlich Klartext und berichtete von Massenvandalismus und möglicher Brandstiftung im *South Park* unweit des Convention Centers.

»Heilige Scheiße«, stieß Kera aus. Sie bremste Zee ab und hielt am Straßenrand. Diese Situation war eindeutig dringend, doch ihr Bauchgefühl sagte ihr, dass sie vielleicht erst einmal ein paar Sekunden logisch nachdenken sollte, bevor sie handelte.

Sie holte tief Luft und machte sich an die Arbeit, das Problem logisch, rational und systematisch zu dekonstruieren, wie sie es in ihren Jahren des Informatikunterrichts gelernt hatte.

Drei Verbrechen, alle – wenn man dem Klang der Stimmen Glauben schenken durfte – schwerwiegend und alle gleichzeitig geschehen. Sie war es gewohnt, überschneidende Stimmen zu hören, schließlich war LA groß und Verbrechen geschahen an jeder Ecke, aber nicht auf diese Weise. Oder war es möglich, dass sie sich einfach noch nicht lange genug mit der Kriminalität in LA auseinandergesetzt hatte? Statistisch gesehen konnten solche Dinge vorkommen.

Aber jedes einzelne dieser drei Ereignisse war groß. Groß genug, dass eine Planung dahintersteckte. Kera war nicht dumm und sie erkannte es sofort. Die Wahrscheinlichkeit, dass alle drei Aktionen genau zur gleichen Zeit passierten und *nicht* miteinander verbunden waren, ging gegen null.

Sie nickte überzeugt. Die Wahrscheinlichkeit, dass dies alles für *sie* geplant worden war, ging dagegen steil hoch.

»Nun«, bemerkte sie, »wir haben damit gerechnet, dass die Leute versuchen werden, uns zu finden, nicht wahr, Zee? Sie haben es schon einmal getan, zweimal sogar und jetzt versuchen sie es wieder. Es ist eine Falle, ganz klar, aber wir haben schon viele Fallen überlebt. Wenn wir diesen Köder *nicht* schlucken, könnten unschuldige Menschen darunter leiden.«

Sie ging die drei Orte im Kopf noch einmal kurz durch, um zu berechnen, welcher der Vorfälle am ehesten Kollateralschäden verursachen würde. Es wäre natürlich hilfreich, wenn sie wüsste, worauf sich die Polizei-Codenummern der ersten beiden Meldungen bezogen und sie verfluchte sich dafür, dass sie diese Informationen noch nicht studiert und auswendig gelernt hatte.

Aus irgendeinem Grund wusste sie jedoch, dass es sich bei diesen beiden Fällen um nichts Wildes handelte, sondern um die Art von Verbrechen, die zwar Aufmerksamkeit erregte, aber nicht sofort das SWAT-Team auf den Plan rufen würde.

»Dann also *South Park*«, beschloss sie. »Ich weiß nicht, ob im Convention Center zu der Uhrzeit etwas los ist, aber wenn ja, sind vielleicht ein paar Leute auf der Straße. In den anderen Gegenden ist es wohl spät genug, dass die meisten Einheimischen zu Hause bleiben werden, falls etwas Gefährliches passiert. Hoffe ich.«

Sie öffnete rasch die Navigationsapp auf ihrem Handy, um ihre Route zu überprüfen und den schnellsten Weg zu finden. Die verantwortlichen Arschlöcher würden wahrscheinlich nicht allzu sehr eskalieren oder versuchen zu fliehen, wenn sie sie tatsächlich köderten, dennoch wollte sie nicht zögern.

Kera merkte sich die Route und schmiss Zee an. Sie schlängelten sich durch den Verkehr, nahmen scharfe Kurven mit grenzwertig gefährlichen Geschwindigkeiten und Winkeln und kürzten bei Bedarf durch Gassen und Seitenstraßen ab.

Kera konnte den Aufruhr hören, bevor sie ihn sah – Krachen und Knallen, doch keine Schüsse, eher Dinge, die zertrümmert wurden, durchsetzt mit etwas, das wie Feuerwerk klang und Menschen, die aggressiv brüllten und johlten.

Kera verdrehte die Augen. Es klang nach betrunkenen Sportfans, nachdem deren Team ein Finale verloren hatte.

In der Zwischenzeit meldete der Polizeiscanner, dass sich der Aufruhr in Richtung Osten, weg vom Convention Center, ausbreitete. Zwei Streifenwagen antworteten, dass sie an der Sache dran seien und in Kürze eintreffen würden.

Sie locken mich von der Öffentlichkeit weg, bemerkte Kera. *Clevere Mistkerle.*

Sie atmete tief ein und führte eine Reihe von subtilen Gesten mit ihrer Hand auf der Kupplung des Motorrads aus, während sie fuhr und dabei die Beschwörungsformeln leise murmelte. Die erste Formel war die des Glückszaubers, der die Chancen erhöhte, Aktionen erfolgreich durchzuführen, die sonst riskant sein könnten. Dann rief sie die göttlichen Kräfte des Universums an und leitete mehr Energie in eine leichte Erneuerung ihrer Verdunkelungs- und Verblendungszauber ein. Wenn sie Glück hatte, bemerkten ihre Feinde vielleicht nicht einmal, dass es sich bei ihr um die richtige Person handelte, bis sie ihnen bereits in den Hintern getreten hatte.

Sie nutzte weitere Verzauberungen, um ihre Geschwindigkeit, Stärke und Wahrnehmung als Teil des physischen Kampfes zu verstärken. Dann holte sie erneut tief Luft und versuchte sich mental auf das vorzubereiten, was nun kommen würde.

Kera bog um die Ecke und fand sich direkt vor *ihnen* wieder.

Es handelte sich um eine Gruppe von jungen Männern, maximal dreißig Jahre alt, schätzte Kera. Sie waren damit beschäftigt, Fenster einzuschlagen, Müll auf den Straßen und Gehwegen zu verteilen und Passanten anzupöbeln und zu schubsen. Ein junges Pärchen flüchtete zur nächsten Querstraße, nachdem es an der Bande vorbeigekommen war. Einige der Männer hielten bunte Rauchlichter.

Typische Sportfans.

Doch irgendetwas war faul an der Sache. Kera bemerkte es sofort, aber es dauerte eine zusätzliche Sekunde, bis ihr Gehirn es verarbeitete. Sie benahmen sich zwar wie ein betrunkener, rüpelhafter, dummer Mob, doch ihre Augen waren hell und wach und ihre Bewegungen waren seltsam fest und koordiniert.

Außerdem trug keiner von ihnen Fanartikel irgendeines Sportvereines.

Eindeutig, sagte sie sich, *das ist eindeutig eine Falle. Trotzdem, so brutal sehen sie nicht aus, oder? Das krieg ich hin.*

»Hey«, rief jemand in diesem Moment. »Da ist er! Schnappt euch diesen Wichser!« Seine Stimme war um viele Dezibel lauter, als sie sein musste, so als ob er sich Sorgen machte, dass seine Freunde ihn nicht hören könnten.

Kera hatte keine Zeit, sich zu fragen, warum er so laut brüllte, denn während sie Zee zum Stehen brachte, schwärmten die Männer bereits in geübter und koordinierter Formation aus, um sie einzukreisen. Wie eine militärische Einheit, die eine präzise Operation durchführt.

Showtime. Das ist mein Moment!

Kera fletschte die Zähne in einem irren Grinsen, dann sprang sie vom Motorrad und stürzte sich auf den nächsten Angreifer. Der blickte zwar unheimlich gemein drein und hielt ein besorgniserregendes Bleirohr in der Hand, doch mehr war da nicht.

Sie wich seinem Schlag aus und holte dann mit ihrem Fuß zu einem kopfhohen Taekwondo-Kick aus, den sie zuvor von Misses Kim gelernt hatte und trat direkt gegen seine Stirn.

»Aaauu!«, rief der Typ aus und stolperte zurück, in einem schwächlichen Versuch, sich auf den Beinen zu halten. Sie hatte ihn nicht hart getroffen, nicht nach ihren Maßstäben, aber hart genug, dass er für die nächsten paar Minuten außer Gefecht gesetzt sein würde.

Kera duckte sich um den taumelnden Körper und traf die nächsten beiden Kerle frontal, während sich zwei weitere hinter ihr näherten. Das Adrenalin rauschte durch ihren gesamten Körper, doch sie spürte immer noch einen ziehenden Schmerz in ihrem inneren Oberschenkel und in der Leistengegend.

Scheiße, dachte sie bei sich. *Hohe Tritte sind viel schwieriger zu machen, wenn man verdammt enges Leder trägt. Kein Wunder, dass die alten Meister lockere Outfits trugen.*

Die beiden Typen, die einen Frontalangriff starteten, schienen plötzlich zu zögern. Es war schwer zu sagen, ob sie Angst hatten oder ob sie versuchten, alles lange genug hinauszuzögern, damit die anderen beiden ihre Flanke zur gleichen Zeit angreifen konnten. Kera gab ihnen jedoch nicht die Chance, ihre kleine Taktik auszuführen. Sie griff den größeren, dickeren Mann, der keine Waffe trug, an. Sie knallte ihren Helm in seinen Solarplexus und warf ihn auf seinen Hintern, während sie einen Unterarm hob, um den Schlag seines Kollegen abzuwehren.

Als die Faust des zweiten Kerls ihren Arm traf, packte Kera ihn, schlang ihren anderen Arm unter ihn und schwang ihn herum, während sie ihm die Beine unter den Füßen wegschlug. Sie hätte ihm den Arm brechen können, unterließ es aber, irgendetwas an dieser Gruppe war anders als an ihren bisherigen Gegnern. Dieses Zögern vorhin hatte es gezeigt. Die hier wollten sie nicht töten.

Zumindest noch nicht.

Und Kera wollte sie nicht so sehr verärgern, dass sie am Ende nicht mehr bereit wären, ihr Informationen über die koordinierten Anschläge zu verraten.

Sie drehte sich zu den beiden, die hinter ihr aufgetaucht waren, während bereits drei weitere Kämpfer vorrückten. Sie brüllten, johlten und fuchtelten mit groben Schlagwaffen herum.

Die Situation artete langsam in ein chaotisches Durcheinander von Gewalt aus.

Die Bande – wer auch immer sie war – hatte eine bessere Disziplin und Koordination als die anderen, gegen die sie gekämpft hatte und doch konnte Kera mit relativer Leichtigkeit triumphieren. Ihre Gegner hielten sich nämlich zurück, vermutlich wollten sie sie eher gefangen nehmen, als sie zu erledigen.

Sie bemerkte, dass einige von ihnen Rucksäcke trugen. Eventuell beinhalteten diese Seile oder Fesseln für Kera?

Nun, sollen sie es versuchen.

Sie taumelten und stolperten zur Seite, einer nach dem anderen, als Kera sich mit perfekter Klarheit an ihre

Karate-, Hapkido- und Judo-Bewegungen erinnerte und sie mit atemberaubender Geschwindigkeit ausführte. Sie sprach Verwirrungs- und Demoralisierungszauber auf drei weitere Typen, die sofort in Ohnmacht fielen und leichte Beute für ihre Fäuste, Füße und Knie waren.

Ein Mann rief den Alarm aus. »Es funktioniert nicht! Plan B, Leute, Plan B!« Auch seine Stimme war abnormal laut.

Was? Was funktioniert nicht?, fragte sich Kera, aber sie war zu beschäftigt, um lange darüber nachzudenken.

Ein Gangster versuchte aus der Mitte der großen Schlägerei in Richtung eines Schrotthaufens zu fliehen. Keras Blick folgte ihm, sie befürchtete, er könnte dort eine Waffe versteckt haben, vielleicht eine Pistole. Sie warf einen Fireflyzauber auf seinen Hintern, woraufhin seine Hose und sein unteres Hemd sofort in Flammen aufgingen. Der Zauber war nicht stark genug, um eine ernsthafte Gefahr für ihn darzustellen, solange er daran dachte, stehenzubleiben, sich fallen zu lassen und abzurollen – was er dann auch tat. Er fluchte in hohen Tönen, während er über den Asphalt taumelte.

Kera schlug einem großen, hageren Mann ins Gesicht, packte einen kleineren, untersetzten und warf ihn gegen eine Wand. Plötzlich stand sie schon als Siegerin über die gesamte Bande da.

Wow, das war einfach.

Kera hatte sie alle in innerhalb einer, höchstens zwei Minuten, überwältigen können. Zwar hatte sie keinen von ihnen schwer verletzt – das war gar nicht nötig gewesen, so schnell waren sie besiegt worden – aber dennoch würden alle ein richtig beschissenes Wochenende haben.

»Ihr Jungs!«, verkündete sie und stemmte ihre Hände in die Hüften. »Ihr habt Glück, dass ich euch nicht noch übler zugerichtet habe, ganz zu schweigen davon, dass ich euch bei Bewusstsein gelassen habe ... nun ja, die meisten von euch. Ich bin nicht dumm. Ich weiß, dass jemand anderes eure Ärsche angeheuert oder euch bedroht oder euch auf die eine oder andere Weise dazu angestiftet hat. Ich will ein paar verdammte Antworten.«

Sie sprach in einer tieferen, raueren Tonlage als sonst, um ihre Stimme zu verstellen. Das würde ihre Verwirrung darüber, ob sie ein Mann oder eine Frau war, noch vergrößern. Hoffte sie zumindest.

Sie schritt auf einen der Männer am Boden zu, der ein Wimmern von sich gab und versuchte, wie eine Krabbe nach hinten zu kriechen. Er war nicht sehr erfolgreich. Kera achtete darauf, sich nach neuen Veränderungen auf dem Schlachtfeld umzusehen – zum Beispiel nach Geschützen – sah aber, dass die anderen ebenso schnell wie möglich zurückwichen.

So viel zur Kameradschaft unter Kriminellen. Sie wollten ihren Freund zurücklassen, um ihr eigenes Leben zu schützen. Kera könnte niemals so feige handeln.

»Wer hat dich angeheuert?«, schnauzte sie ihn an.

Der Mann schüttelte den Kopf, er brachte keine Antwort hervor.

»*Wer?*«, wiederholte Kera lauter.

»Ich weiß nichts!«, schrie er zurück. Er rappelte sich auf. »Neue Gruppe!«

Seine Stimme war laut, vielleicht hatte er noch Hoffnung, dass seine Kameraden ihm doch helfen würden. Oder ... Kera fiel ein, dass bisher alle der Männer übertrieben laut geschrien hatten. Zuerst hatte sie es für typisches Macho-Gehabe gehalten, doch ...

»Warum schreist du so rum?«, verlangte sie zu wissen.

Dann fiel ihr Blick auf seine Ohren. Der Mann trug Ohrstöpsel. Überaus seltsam. Kera griff seinen Jackenkragen, hob ihr Opfer an und riss ihm einen der Ohrstöpsel heraus. Sie hielt ihn vor seine Augen.

»Wofür sind die?«

»*Sie* sagten, du würdest Gedankentricks anwenden!« Er versuchte sich loszureißen, um wieder rückwärts zu krabbeln, ohne Erfolg.

Kera sah sich um und fluchte. Die anderen der Bande, die nicht so schwer verletzt waren, sahen so aus, als würden sie sich für einen weiteren Angriffsversuch bereitmachen. Es fehlte ihnen nur noch etwas an Mut.

Verdammt. Sie stand auf, ließ den Mann los und stieß ihn von sich, dann schaute sie sich erneut in der Runde um.

»Sagt dem, der euch geschickt hat«, wandte sie sich an alle, »dass sie jetzt zwei Möglichkeiten haben. Sie können endlich aufgeben und die Stadt verlassen oder sie können sich mit mir anlegen. Ihr seht ja, wozu das führt.«

Dann hob sie ihre Arme, rief die höheren Mächte an und ließ einen Nebel der Erinnerungsstörung auf sie alle niedergehen. Es handelte sich um einen relativ schwachen Zauber, denn sie wollte, dass sie sich an ihre Warnung erinnerten und daran, dass man ihnen die Scheiße aus dem Leib geprügelt hatte, aber nicht, dass sie sich an allzu viele Details erinnern konnten.

Kera bekam vereinzeltes Stöhnen oder Zappeln als Reaktion der Kerle. Sie zuckte mit den Schultern. Das musste reichen. Mittlerweile konnte sie bereits das Heulen von Sirenen hören, welches immer lauter wurde.

Außerdem sah es so aus, als würden sich ein paar Gruppen von Schaulustigen auf den Weg machen, um die Lage zu überprüfen. Nicht gut, wenn sie Kera sehen würden.

Sie hastete zurück zu Zee. Dabei fiel ihr ein Gegenstand auf dem Boden ins Auge, den sie mitten im Gehen aufhob. Ein weiterer Ohrstöpsel. Sie schüttelte den Kopf und warf ihn beiseite. »Niedlich«, meinte sie halb zu sich selbst, halb zu Zee, als sie aufstieg. »Ich schätze, sie bekommen Bonus-Punkte dafür, dass sie etwas Neues ausprobieren, aber es braucht mehr als dichten Schaum, um meine Zauber zu stoppen.«

Andererseits erinnerte es sie auch daran, dass sie wieder einen Tinnitus bekommen würde, wenn Schüsse oder andere laute Geräusche in ihrer Nähe waren. Das hatte sie schon beim Schießen mit ihrem Vater gehabt, wegen der schlechten Ohrstöpsel, die sie damals hatten. Mit einem schelmischen Grinsen im Gesicht raste sie die abgedunkelte Straße hinunter.

KAPITEL 7

James war verärgert.

Es war ihm gelungen, die Agenten dazu zu bringen, ihn selbst und Mutter LeBlanc in seinem Auto nach LA fahren zu lassen. Was er allerdings nicht bedacht hatte, war, dass sie behaupten würden, kein eigenes Auto zu haben.

Heidi MacDonald hatte ein wenig gegrinst, als sie das erklärt hatte. »Wir hatten geplant, zu fliegen, wie ich Ihnen schon sagte. Wir hatten keine Zeit, uns um die Beschaffung eines Kraftfahrzeugs zu kümmern. Die Geländewagen, die wir früher hatten, mussten für die Nutzung durch andere Agenten zurückgegeben werden.«

Thom Richardson war inzwischen in ein breites, fettes Grinsen ausgebrochen. »Sieht so aus, als müssten Sie uns mitnehmen. Sorry! Aber das ist schon okay, hoffe ich, wir werden Ihnen selbstverständlich Geld für Benzin geben. Das wird von uns immer zurückerstattet.«

Der einzige Lichtblick war, dass die Fahrt von ›Sin City‹ in die ›Stadt der Engel‹ nur etwa fünf Stunden dauerte. Mehrere Tage lang zwei Vertreter des FBI babysitten zu müssen, hätte James nämlich völlig verrückt gemacht.

»Nun«, verkündete er, als sie auf der 210 durch Rancho Cucamonga rasten, »wir sind bald am Ziel. Möchte jemand anhalten und etwas essen? Vielleicht ist es jetzt einfacher, bevor der berüchtigte LA-Verkehr uns mit voller Wucht trifft.«

Alle drei seiner Beifahrer stimmten zu und sie machten einen kurzen Umweg, um bei einer Subway-Filiale Sandwiches für alle zu besorgen. Zu James' Leidwesen bot der Ort jedoch weder Picknicktische noch Tabletts an, die an den Fenstern befestigt werden konnten.

Mit ernster Miene drehte er sich zu den Agenten auf den hinteren Plätzen um: »Wichtige Regel: Verschütten Sie nichts auf meine Sitze! Falls Sie es nicht bemerkt haben sollten, dies ist ein wunderschöner, heißgeliebter Rolls-Royce. Das ist kein Honda Civic. Wenn Sie ihn dreckig machen, müssen Sie die Reinigung und Pflege bezahlen.«

MacDonald runzelte die Stirn. »Wir sind in der Lage, ordentlich zu essen, Mister Lovecraft.«

Madame LeBlanc erregte die Aufmerksamkeit ihres Partners. »Es ist nichts, worüber man sich aufregen sollte, James«, erinnerte sie ihn. »Und immerhin haben *wir* auch Zugang zu besseren Reinigungsmethoden als die meisten Menschen.«

James nahm einen vorsichtigen Bissen von seinem Steak-Zwiebel-Sandwich. »Nur weil ich die Sitze auf diese Weise reinigen *kann*, heißt das nicht, dass ich das auch will. Ich dachte, wir hätten uns darauf geeinigt, dass man sich Magie am besten als letzten Ausweg aufhebt.«

»Wie wahr, wie wahr«, räumte sie ein.

Die Agenten wurden beide hellhörig. Die beiden Gruppen waren in eine seltsame Pattsituation geraten, in der die Agenten immer wieder Fragen stellten und versuchten, die Thaumaturgen zu Demonstrationen ihrer Macht zu bewegen, während James und Mutter LeBlanc immer kreativere Wege fanden, dies zu vermeiden, ohne direkt *nein* zu sagen.

James vermutete, dass Mutter LeBlanc die beiden Agenten mit ihrer Bemerkung necken wollte.

Nachdem sie mit dem Essen fertig waren, sammelte James sorgfältig den Müll ein und warf ihn in einen naheliegenden Mülleimer. Als er zurückkam, betrachtete er sorgfältig die Sitze seines Wagens. Erleichtert atmete er auf. Alles beim Alten, kein Fleck und kein Krümel waren zu sehen.

MacDonald ergriff die Initiative. »Okay, wie sieht Ihr Plan aus, wenn wir in Los Angeles ankommen? Wir haben einen eigenen, der gut ausgearbeitet ist und es wäre vielleicht am besten, wenn Sie sich auch daran halten würden, der Konsistenz und Einfachheit halber.«

James drehte den Schlüssel im Zündschloss, bevor er ihr antwortete.

»Nun, ich dachte, wir suchen uns ein nettes Plätzchen, wo wir uns hinhauen können, sagen wir, ein protziges Hotel mit den besten Zimmern, verfügbar für ...«

»Gut«, unterbrach ihn Richardson scharf. »Wir hatten *genau* die gleiche Idee, abzüglich ein paar Details. Hier, folgen Sie einfach diesen Anweisungen.« Er reichte sein Tablet an die Thaumaturgin auf dem Beifahrersitz weiter.

Sie warfen einen Blick auf die Route, die auf der GPS-Karten-App angezeigt wurde.

»Wohin führt das?«, fragte Mutter LeBlanc den Agenten.

»An einen Ort, an dem wir uns verstecken können«, erwiderte Richardson und schaute sie schräg an, was Madame LeBlanc gekonnt ignorierte.

»Ohne, dass uns jemand stört«, fügte MacDonald hinzu.

James vermutete, dass er es bereuen würde, aber er folgte dennoch ihren Anweisungen. Wenn sie schon kollaborierten, konnten sie genauso gut komplett zusammenarbeiten.

Die Vororte wurden immer dichter, während sie sich allmählich in die Stadt Los Angeles vorarbeiteten. Sie fuhren durch eine kilometerlange Vorstadtsiedlung, teilweise wunderschön und beeindruckend, aber auch ein beträchtlicher Teil, der dem Verfall preisgegeben war. Die Kontraste von Reichtum und Armut, oft direkt nebeneinander, waren unfassbar stark. Dennoch hatte der Ort einen gewissen Charakter, der James immer mehr ans Herz wuchs, je weiter er in die Stadt hineinfuhr, obwohl ihn der starke Verkehr und die leicht dunstige Luft störten.

Sie erreichten das Ende der Route in einer abgelegenen Wohngegend. Keine Luxushotels in Sicht.

»Hey«, forderte James und schielte zu den Agenten im Rückspiegel, »was zum Teufel ist das hier? Wo sind die geilen Hotels?«

Richardson zuckte mit den Schultern. »Ein FBI-Safe-Haus. Was haben Sie erwartet? Unsere Vorstellungen sind nicht die gleichen, besonders der protzige Teil stimmt nicht überein. Aber auf der Plusseite werden Sie nun einen echten kriminellen Informanten kennenlernen, den wir bedroht, bestochen und erpresst haben, damit er zu diesem Anlass auftaucht. Hört sich das nicht auch nach Spaß an?«

Lovecraft parkte in der Einfahrt des alten Bungalows und kochte bei dem Gedanken, wie lächerlich und übertrieben eitel sein Royce neben einem so bescheidenen Anwesen aussehen musste.

»Ja, äußerst spaßig«, murmelte er und rückte seine Brille zurecht. »Ich bereue das jetzt schon.«

★ ★ ★

Obwohl es definitiv kein Vier- oder Fünf-Sterne-Hotel war, war der Unterschlupf der FBI-Agenten doch recht gemütlich und sauber. Richardson ging sogar so weit, ihnen allen eine schöne Tasse Tee aus den Vorräten im Küchenschrank zu machen. Zu James' Überraschung schien der Agent dies ernst zu nehmen und ließ den Tee für jede Person unterschiedlich lange ziehen.

Sogar Madame LeBlanc sah beeindruckt aus.

Nachdem sie alle ihren Tee genossen hatten, begaben sie sich ins Wohnzimmer. Sie setzten sich gegenüber auf die beiden Sofas, zwischen ihnen an der Seite stand ein großer Sessel, der vermutlich auch bald besetzt sein würde.

Richardson überprüfte sein Handy. »Unser Informant ist ein Typ namens Lamar. Er sagt, er wird innerhalb von fünf Minuten hier sein. Er hat uns schon früher mit nützlichen Informationen versorgt und wird es vermutlich wieder tun. Normalerweise hat er sein Ohr am Puls der Straße. Im Gegenzug sorgen wir dafür, dass niemand herausfindet, was er tut. Sie wissen ja, was man über Spitzel sagt.«

James nickte bedacht.

MacDonald fügte hinzu: »Lamar ist – nun, wie soll ich sagen – ziemlich *besonders* ... aber ignorieren Sie sein Verhalten und seine Manieren einfach und konzentrieren Sie sich auf das Wesentliche, auf das, was er zu sagen hat. Außerdem könnte es helfen, wenn Sie versuchen zu betonen, dass unser Ziel einfach darin besteht, die guten Menschen von LA zu schützen.«

James runzelte die Stirn, Madame LeBlanc nickte bloß.

Ein Augenblick später klopfte es an der Tür und Richardson ging hin, um dem Besucher zu öffnen. Der Mann, mit dem er zurückkehrte, war ein Mann um die dreißig, hager und grob aussehend, mit einem Gesicht, das sich gleichzeitig voller Misstrauen umblickte und ruhig beobachtend war.

Madame LeBlanc nickte ihm respektvoll zu, James brachte ein ›Hallo‹ hervor.

MacDonald meldete sich zu Wort. »Grüß dich, Lamar. Schön, dich wiederzusehen.«

Der Informant schnaubte. »Verdammt toll, ja, ihr Arschlöcher seid wirklich verflucht beeindruckend mit euren teuren Sonnenbrillen und euren Anzügen, die ihr wahrscheinlich heute Morgen von jemandem habt bügeln lassen, habe ich recht? Tut so, als wärt ihr alle böse mit euren verdammten schwarzen Autos, euren *Glocks* und der Regierung, die euch den Arsch deckt.«

Richardson drehte seinen Kopf in Richtung der Thaumaturgen und hielt sich eine Hand neben den Mund, während er in einem Flüsterton sprach, der jedoch laut genug war, dass ihn jeder mühelos hören konnte. »Lamar mag die Strafverfolgung nicht besonders.«

James nickte. »Das sehe ich.«

Mutter LeBlanc beugte sich vor und streckte dem jungen Mann eine Hand entgegen. »Guten Tag, Lamar. Sie können mich Madame LeBlanc nennen. Wie geht es Ihnen?«

Lamar blinzelte und sein Verhalten wurde sofort weicher. Er schüttelte ihre Hand und erwiderte: »Schön, Sie kennenzulernen, Ma'am.«

MacDonald hob eine Augenbraue, ihr Gesicht war verwundert.

Lamar zuckte mit den Schultern. »Man ist nie respektlos gegenüber einem *Tantchen*. So ist das nun mal.«

»Nun...«, begann Mutter LeBlanc und lächelte ihn weiterhin an, »es ist gut zu sehen, dass die jüngere Generation noch einige Manieren hat. Danke, dass Sie gekommen sind, um mit uns zu reden, Lamar. Wir sind hier, um sicherzustellen, dass keine unschuldigen Menschen verletzt werden. Können Sie uns etwas über die *LA Witches* sagen? Wir haben gehört, dass sie in einige sehr schlimme Dinge verwickelt sein könnten und wir wollen dem nachgehen.«

Lamar lehnte sich in dem großen Sessel zurück und schürzte die Lippen. »Ja, ich meine, ich habe nur Gerüchte gehört. Es gibt nicht viel Zuverlässiges über sie. Keiner weiß, wer sie wirklich sind oder woher sie kommen. Nur, dass sie *LA Witches* heißen.«

»Wirklich?« James runzelte überrascht die Stirn. Er hatte nicht die Möglichkeit in Betracht gezogen, dass nicht einmal die Gangs wussten, was vor sich ging. »Das ist interessant. Wann sind sie denn zum ersten Mal aufgetaucht?«

Lamar kratzte sich an der Nase. »Keine Ahnung. Vor ein paar Wochen, vielleicht? Nicht so lange her. Das alles ergibt keinen verdammten Sinn, Mann. Wir sollten mittlerweile mehr über sie wissen. Aber nein. Keine Spur von Rekrutierern, Waffenkäufen oder irgendwelchen Verbindungen zu anderen Gangs. Wie zur Hölle kann eine komplette Gang einfach so aus dem *Nichts* auftauchen, mit hochrangigen Mitgliedern, einem Ruf, Kennzeichen und so weiter?«

James und Mutter LeBlanc nickten sich gegenseitig zu.

Der Informant erzählte weiter: »Das ist anders als bei den meisten Gangs, die hier überall ihre Machtspielchen treiben. Da gibt es jetzt zum Beispiel auch auf einmal diese eine Truppe, die Leute nennen sie ›The Start-Up‹.« Er kicherte darüber. »Es heißt, sie werden von einer russischen Geschäftsfrau geleitet, die die Leute ›Katharina die Große‹ nennen, aber niemand weiß, wer sie ist. Sie machen das Übliche, sich mit hochkarätigen Klienten einlassen, zweitklassige Gangs aufkaufen, um ihre Drecksarbeit zu machen, lokale Unternehmen ausnehmen, all so ein Scheiß. Aber bei den *LA Witches* ist das alles anders. Die arbeiten ganz anders als *The Start-Up*. Das ergibt keinen Sinn.«

Die Versammelten nickten besorgt, James runzelte die Stirn. Davon hatte er bisher auch noch nicht gehört.

Madame LeBlanc blickte dem Informanten tief in die Augen und beugte sich ein Stück vor. »Lamar, wir sind neugierig. Was haben Sie über diese Person, die in den Medien als *Motorcycle Man* bekannt ist, gehört?«

»Oh, *der*.« Lamar nickte eifrig. »Der Typ ist krass. Ja, die Leute reden sogar noch mehr über ihn als über die *LA Witches*. Ich meine, das liegt natürlich daran, dass die Storys über seine Heldentaten überall in den

Nachrichten sind. Die meisten Leute wissen nichts über die *Witches*, aber über *ihn* tratscht jeder.« Er zuckte mit den Schultern. »Ich weiß aber auch nichts Genaueres. Wahrscheinlich irgendein verrückter Mistkerl, der denkt, er sei der gottverdammte Batman, der Steroide nimmt und dann Leute, die sich nicht erinnern können, was zum Teufel sie eigentlich gesehen haben. Zum Beispiel die bei einem Autounfall? Ein brennendes Gebäude? Ein Typ, der verblutet? Ja, klar, ich glaube diesen Leuten gerne, dass der *Motorcycle Man* tatsächlich fliegt.« Er schüttelte den Kopf und lachte dann. »*Das* ist Hexerei, wenn ihr mich fragt und nicht diese *Witches*.«

Er stockte. James bemerkte, dass die beiden FBI-Agenten plötzlich wie Jagdhunde auf der Lauer lagen.

»Wartet mal, verdammte Scheiße«, meinte Lamar und kratzte sich am Kopf. »Denken Sie, er ist einer von *denen*? Weil die Leute, die gegen die Hexen kämpften, sagen, dass sie alle Leder tragen und Helme ...« Er sah sie stirnrunzelnd an. »Sie wollen mir doch nicht sagen ...«

»Wir haben keine Ahnung«, erwiderte Madame LeBlanc gelassen. James bewunderte immer wieder aufs Neue ihre Fähigkeit, die Wahrheit zu sagen, ohne sie skandalös erscheinen zu lassen. »Wir kamen hierher, um Fragen über die *LA Witches* zu stellen, aber es schien unklug, nicht auch noch nach etwas anderem zu fragen, das so berichtenswert ist.«

Sie sprach das Thema Magie nicht an und James war bereit, darauf zu wetten, dass Lamar jeden Verdacht, den er hatte, *vergessen* würde, sobald es Zeit war, wieder zu gehen.

Sie unterhielten sich noch einige Minuten mit ihm. Er erwähnte, dass mehrere Gangs einen Anschlag auf den mysteriösen Vigilanten verübt hatten. Es hieß, sie würden ihre Kräfte bündeln, um ihn zu töten – oder anderweitig aus dem Weg zu räumen –, bevor er anfangen könnte, in ihr Revier einzudringen, anstatt nur Menschen aus brennenden Gebäuden zu retten.

»Es wäre schon was, wenn er zu den *LA Witches* gehören würde«, überlegte Lamar und schüttelte den Kopf. »Das würde auch erklären, warum *The Start-Up* hinter ihm her ist. Sie sind diejenigen, mit denen sich die Hexen am meisten angelegt haben.« Er fasste sich ans Kinn. James tat es ihm gleich.

MacDonald wandte sich an James und Madame LeBlanc: »Brauchen Sie noch etwas an Informationen?«

»Ja, brauchen Sie mich noch?«, wollte Lamar wissen. »Ich habe nämlich noch zu tun.«

Mutter LeBlanc glättete ihr Kleid. »Nein, ich danke Ihnen. Sie waren sehr hilfreich, Lamar und wir schätzen es, dass Sie gekommen sind, um mit uns zu sprechen. Ich glaube, dass wir dank Ihrer Informationen einige Spuren haben, denen wir nachgehen können.«

»Okay, cool.« Er stand auf, schüttelte die Hände der Thaumaturgen und nickte den FBI-Agenten gestellt höflich zu, bevor Richardson ihn hinausbegleitete.

Als sie wieder allein waren, sahen die Agenten ihre Gäste an und warteten darauf, ihre Einschätzung zu hören.

James räusperte sich und lächelte. »Nun, das war hilfreich, nicht wahr? Wir haben genau das herausgefunden, was wir wissen wollten.«

»Nämlich…«, beendete Madame LeBlanc für ihn, »dass der *Motorcycle Man* mit ziemlicher Sicherheit das einzige Mitglied der *LA Witches* ist.«

MacDonalds Augen weiteten sich mit wachsender Ungeduld. »Sind Sie sich da sicher?«

Madame LeBlanc lächelte geheimnisvoll. »Sobald man die Realität von Wundern akzeptiert, ist es die einzige logische Erklärung.«

★ ★ ★

Richardson und MacDonald brachen kurz nach Lamar auf und teilten den Thaumaturgen mit, dass sie für etwa zwei Stunden fort sein würden, um die Überwachungsaktivitäten mit anderen FBI-Agenten in der Stadt zu koordinieren. Die beiden Magier konnten es sich nun also ›gemütlich machen‹, wie die Agenten es ihnen augenzwinkernd anboten.

James und Madame LeBlanc mussten sich nicht beraten, um sich einig zu sein, dass das Haus überwacht wurde. Sie begannen einen synchronisierten Tarnzauber, um sicherzustellen, dass das FBI sie nicht hören konnte, unabhängig davon, welche Art von Wanzen oder andere Technologie sie im Unterschlupf platziert haben könnten. Nach einem kurzen Moment der Anstrengung bildete sich ein magischer Puffer um sie herum, unsichtbar für die meisten, aber offensichtlich für Meister der Thaumaturgie.

»So!«, stellte James fest und klatschte in die Hände. »Viel besser.«

Mutter LeBlanc verschwendete keine Zeit. »Es ist mir klar, was wir tun müssen, James. Sind wir uns einig?«

Er runzelte die Stirn, lehnte sich auf der Couch zurück und verschränkte die Hände hinter dem Kopf. »Mir ist das weniger klar, fürchte ich. Was wohl bedeutet, dass wir uns noch nicht unbedingt einig sind. Lassen Sie mal hören.«

Mutter LeBlanc ließ sich auf dem Sessel nieder, auf dem Lamar vorhin gesessen hatte und schlug nun die Beine übereinander.

»Sie kennen die Antwort. Sie ist klarer als zuvor. Wir müssen die Macht dieser Person auslöschen. Sie ist eine tickende Zeitbombe, gefährlicher als alle anderen, denen wir auf dieser Reise begegnet sind. Nicht nur, dass der sogenannte *Motorcycle Man* eindeutig jemand mit außergewöhnlichen Fähigkeiten ist und daher in der Lage, größeren Schaden anzurichten, er hat auch so viel Aufmerksamkeit auf sich gezogen, dass jeder in der zweitgrößten Stadt der Vereinigten Staaten über seine Taten spricht. Auch in anderen Städten wird mit Sicherheit schon darüber geredet.«

James war mehr überrascht, als er erwartet hatte. »Sind Sie sicher? Das ist immerhin auch ein Heiler.«

»Nicht *unser* Heiler«, entgegnete Mutter LeBlanc ernst. Sie faltete die Hände in ihrem Schoß und sah ihn an. »James, ich schlage das nicht aus einer Laune heraus vor.«

»Ich weiß, ich weiß!«, beeilte er sich, ihr zu versichern. Er konnte den Schmerz in ihren Augen sehen. »Aber eine so mächtige Person ... sollten wir nicht wenigstens erst einmal *versuchen*, zu ihr durchzudringen?« Als sie keine Antwort parat hatte, setzte er seinen Standpunkt fort. »Diese Person tut *gute* Dinge mit ihrer Macht, nicht wahr? Also sie hat gute Ansätze und ein gutes Herz. Sie will den Menschen helfen. Ganz zu schweigen davon, dass sie *stark* ist. Ein wahres Wunderkind. Es wäre eine Schande, so ein Talent zu verschwenden, nicht wahr?«

»Lieber eine Verschwendung von Talent«, erwiderte Mutter LeBlanc kühl, »als dass unsere Art entlarvt wird. James, wir haben die Magier in der Bank gesehen. Je mehr Leute über Magie wissen, desto mehr werden sich damit auseinandersetzen und eventuell realisieren, dass sie sie nutzen können. Viele werden sie für das Schlechte missbrauchen.«

Er seufzte und setzte sich auf. »Ich wusste, dass Sie so etwas sagen würden. Ja, traditionell ist Vorsicht vor allem anderen zu bevorzugen. Aber ...«

Madame LeBlanc fuhr mit einem Finger über die glatten Linien ihres Kinns. »Ich glaube nicht, dass diese Person böse ist, James, aber sie ist wahrscheinlich *naiv* und *unwissend*. Die meisten Menschen haben kein organisiertes Verbrechen, keine anderen Gangs, welche versuchen, sie zu ermorden, oder? Das zeugt von einem gewissen Maß an Unbesonnenheit.«

»Ich räume ein, dass wir, egal was passiert, nicht zulassen können, dass ein weiteres Attentat verübt wird oder weitere Menschen leiden. Wenn es dazu kommt, werden die Dinge so, wie sie jetzt laufen, außer Kontrolle geraten und wir werden sie nicht mehr eindämmen können. Also, was wir tun sollten, ist ...«

»Diese Person ausschalten«, unterbrach Madame LeBlanc.

James hustete. »Was wir tun *sollten*, ist, diese Person aus dem jetzigen Schlamassel herauszuholen, in dem sie steckt. Wie ich schon sagte, es wäre traurig und falsch, all das Potenzial zu vergeuden. Haben Sie überlegt, was passieren könnte, wenn wir sie rehabilitieren würden? Dieser Person erlauben, ihre Macht zu behalten, aber sicherstellen, dass sie es mit uns lernt, als sie weiterhin unklug zu nutzen?«

»Das«, meinte die Oberhexe, »ist leichter gesagt als getan. Das meiste, was wir gehört haben, deutet darauf hin, dass diese Person unter großem Druck steht, viel davon selbstverschuldet durch ihre eigenen törichten Entscheidungen. Wenn eine Person mit so viel magischem Talent unter all diesen Lasten zusammenbricht, werden die Folgen für alle katastrophal sein.«

»Also nehmen wir die Belastung von ihr!«, protestierte James. Er wollte sich die Haare ausreißen. »Bringen Sie sie in den Rat und wir können vermeiden, dass sie durchdreht. Rekrutieren Sie sie für ein Praktikum unter unserer Aufsicht und erfahrenen Anleitung. War *das* nicht von Anfang an das Ziel? Wäre es nicht besser, etwas aus diesem Experiment zu *retten*?«

Während Mutter LeBlanc schweigend das Für und Wider abwog, kam James eine Idee. Er mochte seinen Einfall nicht besonders. In der Tat war es grenzwertig schmerzhaft, darüber nachzudenken, aber dafür zu argumentieren, könnte seine beste Chance sein, seine Partnerin von ihrer Denkweise zu überzeugen.

»Wie wäre es, wenn wir den gesamten versammelten Rat fragen, was sie denken?«, schlug er vor. »Bringen Sie die Idee vor und hören Sie, was sie zu sagen haben. Jede einzelne Person wird eine andere Haltung haben. Erklären Sie sich bereit, sich ihren Maßstäben zu unterwerfen, die – wenn man es genau nimmt – in etwa die gleichen sind wie unsere und erklären Sie, dass das Ziel darin besteht, die übermäßig proaktiven und rücksichtslosen Tendenzen unserer Zielperson zu zügeln und ihr beizubringen, wie man die Dinge klug anpackt. Wenn sie sich als unbelehrbar erweist, dann und *nur* dann, werden wir ihre Kraft blockieren, ihr

Gedächtnis löschen und sie zurück ins normale Leben entlassen.«

Normalerweise brauchte Madame LeBlanc nicht lange, um Informationen zu verarbeiten oder sich für eine Vorgehensweise zu entscheiden, doch nun war sie fast eine ganze Minute lang still.

»Nun gut. So sei es.« Ihr Ton war ruhig und ernst. »Wir werden die anderen kontaktieren und ihnen die Möglichkeit geben, sich zu äußern, bevor wir hier mit unserer Arbeit loslegen.«

James lächelte. »Ma'am, wir haben einen Deal. In der Zwischenzeit ...«

Sie hob neugierig eine Augenbraue, während sie ihn fragend ansah.

»Ich sage, wir fangen an, in Motorrad-Gangs herumzufragen«, schlug James vor. »Die Details über den Typ mit dem Motorrad sind wahnsinnig wenig. Ich weiß, dass da Magie im Spiel ist, aber es ist trotzdem wahrscheinlich, dass sie *zumindest etwas* gesehen haben.«

KAPITEL 8

Als Kera am nächsten Tag in der *Mermaid* ankam, war sie unglaublich schlecht gelaunt. Alles ärgerte sie, vom Verkehr bis zu den Handschuhen, die an ihrem Mantel hängen blieben. Was auch noch dazu kam, war, dass der endlos graue Winter einfach nicht zu enden schien, was sie gar nicht mehr überraschte.

Sie nahm sich vor der Hintertür einen Moment Zeit, um sich zu sammeln, bevor sie das Lokal betrat.

»Denk dran, Kera«, sagte sie und ahmte dabei die Stimme ihrer Mutter nach, so gut sie konnte. »Du bist eine Hexe, du schaffst alles, was sich dir entgegenstellt.«

Sie tippte die Kombination ein und betrat den Flur, nur um sofort Cevin ihren Namen rufen zu hören. Der Manager trat aus seinem Büro und kam ihr entgegen.

»Hey«, grüßte Cevin. Er sah besorgt aus.

Kera tat ihr Bestes, um nicht so verärgert auszusehen, wie sie sich fühlte. »Hey, Cevin. Was ist los?«

Cevin zog eine Grimasse. »Ich habe versucht dich zu erreichen, aber du musst schon unterwegs gewesen sein. Hier ist immer noch absolut nichts los. Leider. Die Gewalt hat die Leute abgeschreckt und die wenigen Leute, die reinkommen, sind nicht die Art von Besucher, die ein ordentliches Lokal möchte.«

»Oh.« Kera spürte ein Aufflackern von Verärgerung, welches schnell von Erleichterung verdrängt wurde. Sie wollte nicht mit ihren Gedanken allein gelassen werden, einschließlich der Frage, wie sie die Gang finden konnte, die sie verfolgte, doch sie wollte auch nicht acht Stunden lang ein falsches Lächeln für die Gäste aufsetzen müssen, während sie sich innerlich wie ein Wrack fühlte. Sie zuckte mit den Schultern. »Wenn du wieder jemanden brauchst, der eine Schicht aufgibt, dann bin ich es?«

Cevin fuhr sich mit einer Hand durch die Haare. »Ich ... will nicht, dass du dich verpflichtet fühlst. Du hast dich immer wirklich für das Team eingesetzt und ...«

»Cevin. Ist schon gut. Ehrlich.« Nur, dass es sich auf einmal nicht mehr gut anfühlte. Kera wurde klar, dass sie nur noch wegwollte, bevor sie sich durch einen ängstlichen Blick oder so etwas in der Richtung, blamierte. Sie nahm einen tiefen Atemzug. »Ich, äh ... ich werde allerdings noch eine Toilettenpause einlegen, bevor ich nach Hause fahre. Bis dann, Cevin.« Sie rauschte davon, bevor er ihren Gesichtsausdruck sehen konnte.

Im Badezimmer spritzte sie sich kaltes Wasser ins Gesicht und betrachtete sich eingehend im Spiegel. Sie fühlte sich heute ganz und gar nicht wie sie selbst. Zwischen den schwarzen Haaren und dem Augen-Make-up, ganz zu schweigen von den Schatten unter ihren Augen, sah sie aus wie jemand, der wusste, dass die Zeit ablief.

Jemand, der vielleicht doch nicht der Held dieser Geschichte ist.

Am Anfang war alles so gut gelaufen, doch jetzt hatte sie das Gefühl, dass das ruhige Segeln die Ruhe vor dem Sturm gewesen war.

Und dann dachte sie auf einmal wieder an Chris.

Ihre Lippen zitterten, ihre Augen brannten.

Sie wusste nicht weiter.

Reiß dich zusammen, Kera.

Sie warf sich einen letzten Blick zu, schüttelte den Kopf und verließ das Bad. Sie würde stark sein.

Auf dem Weg nach draußen stieß sie mit Stephanie zusammen.

»Hey.« Kera warf ihr einen knappen Blick zu und ging stetig weiter.

»Hey, Kera?«, rief Stephanie hinter ihr. »Bist du okay?«

»Ja.« Kera wusste, dass sie zurückschauen musste, um Stephanie zu zeigen, dass alles in Ordnung war. Sie setze ein gespieltes Lächeln auf. »Natürlich. Alles okay.«

»Na ja, du siehst gar nicht gut aus«, bemerkte Stephanie unverblümt. Sie kam näher und Kera verlangsamte ihre Schritte. Diesem Gespräch würde sie nicht entkommen können. »Sieh mal, Kera ... du hast gesagt, es geht dir gut. Aber ... ich will nicht neugierig sein. Ich will nur helfen, falls du Hilfe brauchst.«

»Es macht mir nichts aus, die Schicht aufzugeben«, versicherte Kera ihr. »Falls du das denkst.«

»Okay, okay.« Stephanie nickte mehrmals. Sie zögerte, dann kam sie ein paar Schritte auf Kera zu, um ihr eine Umarmung anzubieten. Zu ihrer eigenen Überraschung fand sich Kera dabei wieder, die andere Frau fest zu drücken. Es tat gut, sich bei jemanden an die Schulter kuscheln zu können. Stephanie tätschelte ihr den Rücken.

Die Umarmung half Kera.

Als sie sich voneinander lösten, standen Kera Tränen in den Augen und sie wischte sie wütend weg. »Gott. Es tut mir leid.«

»Ist es ... der Typ?«, fragte Stephanie.

Chris. Sie hatte es fast geschafft, ihn zu vergessen. Bis heute.

Kera kniff die Augen zusammen, zählte in ihrem Kopf bis fünf und versuchte, ihre Fassung wiederzuerlangen. Als sie die Augen öffnete, starrte Stephanie sie mitfühlend an.

»Ja«, meinte Kera mit fester Stimme. Das war der einzige Teil der Sache, den sie auch nur halbwegs erklären konnte. »Ja, es ist ...«

»Oh, Süße, das tut mir leid.« Stephanie streckte die Hand aus und drückte sie.

»Es ist das Beste ...«, sagte Kera zögernd zu ihr. »Wir, äh ... es hätte nicht funktioniert.«

Stephanie nickte stumm, dann warf sie einen kurzen Blick über die Schulter in das Lokal, das, wie Cevin gesagt hatte, wie ausgestorben war. Die jüngste Verbrechenswelle hatte die Zahl der Menschen, die sich in Little Tokyo herumtrieben, stark reduziert.

Kera seufzte. »Ich sollte gehen. Es sei denn, du kannst mir noch sagen, wie ich sicherstellen kann, dass ein Typ nicht bei mir auftaucht.«

Kera hatte bloß einen Scherz machen wollen, doch Stephanies Augen weiteten sich. »O Gott. Ist alles in Ordnung? Ist er dir unheimlich geworden? Ein Stalker?«

»Nein. Nein!« *So ein Mist.*

Es war die logische Schlussfolgerung nach dem, was sie gesagt hatte, aber es wäre Chris gegenüber nicht fair, die Leute hier denken zu lassen, er sei unheimlich oder sogar gewalttätig. »Versprochen. Es ist nur so, dass ich ihn nicht sehen will. *Ich* weiß, dass es nicht funktionieren wird, aber ich bin mir nicht sicher, dass er genauso empfindet.«

»Aha.« Stephanie schaute zweifelnd und biss sich auf die Lippe. »Nun, du weißt, dass wir dir den Rücken freihalten, wenn du uns brauchst.«

»Das tue ich.« Kera schenkte ihr ein Lächeln, diesmal weniger gezwungen. »Ich sollte wirklich gehen, Steph, aber im Ernst ... danke dir.«

»Jederzeit.« Stephanie lächelte sie warmherzig an. »Du solltest heute Abend ausgehen. In Bewegung kommen. Tanzen, vielleicht? Das hilft, ich schwöre.«

»Mhm.« Jetzt war Keras Lächeln echt, amüsiert von der Vorstellung, sich durch LAs zweitklassige Gangmitglieder zu tanzen. »Wer weiß. Nun, bis dann.«

★ ★ ★

Pauline Smiths leidenschaftslose Maske der Professionalität verrutschte und sie hasste sich dafür.

»Was zum Teufel ist hier los?« Ihre Stimme war ein Knurren. Sie hatte hart daran gearbeitet, ihren russischen Akzent fast völlig zu eliminieren, aber in Momenten wie diesen schlich er sich wieder in ihre Sprache ein. »Wir haben das mit ihnen durchgezogen. Sie hatten alles an Training, was sie verdammt noch mal brauchen konnten.« Sie krallte ihre Finger auf die Tischkante.

»Sie hatten Anweisungen! Und sie waren zu *zwölft*!«

Es herrschte Stille. Lia und Sven saßen so still da wie Schaufensterpuppen. Johnny hingegen lümmelte sich in seinem Stuhl. Er zuckte mit den Schultern.

»Wir waren uns ziemlich sicher, dass die ersten paar Gruppen den Arsch versohlt bekommen würden. Das war ja der Grund, warum wir diese Jungs hierher gebracht haben – um ein paar Dinge auszuprobieren.«

Pauline warf ihm einen Blick zu und Lia zuckte zusammen.

Johnny tat es nicht. Er starrte Pauline kühl an. »Sie wussten davon. Ich habe Ihnen gesagt, was ich gesehen habe.« Er bewegte sich unbehaglich. »Was ich davon in Erinnerung habe.«

»Sind Sie sich sicher, dass es Ihnen nicht nur Spaß macht, anderen Leuten dabei zuzusehen?«, schnauzte Pauline ihn an.

»Oh, das bin ich.« Sein Grinsen sah fast wie ein Zähnefletschen aus. »Aber *Sie* dachten, ich erzähle Scheiße, als ich vor ein paar Wochen mit meinem kaputten Auto hierherkam. Sie wollten nicht glauben, dass es so schlimm ist, wie es ist und jetzt fangen Sie endlich an, es verdammt noch mal zu begreifen.«

Pauline hatte etwas von ihrer Gelassenheit zurückgewonnen. »»Es««, wiederholte sie präzise. »Erklären Sie *es*, Mister Torrez.«

»Ach, lassen Sie den Scheiß.« Johnny starrte sie weiterhin an. »Wir denken immer, das Problem ist die Vorbereitung. Schmeißt genug Leute rein, trainiert sie gut genug, dann klappt's schon. Die Wahrheit ist, dass diese *LA Bitch* mehr Leute ausschalten kann, als sie sollte – und wenn sie sich dazu entscheidet, abzuhauen, dann ist sie einfach weg. Wir müssen davon ausgehen, dass die nächsten Gruppen auch den Hintern versohlt bekommen werden. Sogar wir, falls wir es versuchen sollten.«

Paulines Augen flackerten bei seiner Respektlosigkeit auf, aber sie akzeptierte seine Worte, egal wie sehr sie ihr nicht gefallen mochten. Sie wandte sich für einen Moment wieder dem Whiteboard zu und betrachtete die

Diagramme der Firma, die sie erstellt hatte – alle unscheinbar beschriftet, falls sie in die falschen Hände fielen. Sie tippte mit den Fingern auf ihre Arme.

Dann drehte sie sich um.

»Sehr gut. Johnny, machen Sie die nächsten Gruppen startklar. Heben Sie die Ideen von Sven und Lia auf und machen Sie die nächste Gruppe und deren Planung Fallen-fokussiert. Etwas, das immobilisierend wirkt, damit wir die Person endlich festnageln können.«

Johnny nickte ernst.

»Und das nächste Mal«, setzte Pauline fort, »erwarte ich, dass Sie persönlich dabei sind, um es zu beaufsichtigen.«

»Ich *war* da ...«

»*Im Kampf*«, schnauzte Pauline ihn an. »*Ich* übernehme die Überwachung.«

Johnnys Lippe zuckte, doch bevor er antworten konnte, fuhr sie bereits fort.

»Sven.«

Der große Mann spannte sich an und machte sich auf ein Donnerwetter gefasst.

»Was zum Teufel haben Sie währenddessen gemacht?«, verlangte Pauline zu wissen. »Jemand mit Ihrer Erfahrung wäre nützlich gewesen, um die ganze Operation zu überwachen. Sie hätten sich freiwillig melden sollen. Nein, nicht einmal melden sollen, sondern es einfach tun sollen. Glauben Sie, ich respektiere Angestellte, die nur das Allernötigste tun? Erfolgreiche Organisationen sind die, deren Mitarbeiter die Extrameile gehen, *ohne, dass man sie darum bitten muss*.«

Svens Mund öffnete und schloss sich lautlos wie der eines Fisches. Pauline wartete ab, ob er sich zu widersprechen trauen würde. Am Ende war er nicht mutig genug dafür. Er nickte einfach.

»Und Lia«, schnauzte Pauline, ihr Ton immer noch kalt und abgeklärt, »gerade Sie wissen, dass Ergebnisse wichtig sind. Ich habe Sie nach Ideen gefragt und ich habe immer noch keine verdammt guten bekommen. Wir haben mehrere unerklärliche Phänomene, die vor sich gehen und ich erwarte, dass Sie bis *morgen* Mittag Antworten auf meinem Schreibtisch haben, wie dieser Bastard das anstellt. *Habe ich mich klar ausgedrückt?*«

Lia war weiß geworden. Johnny fand, dass sie wütend aussah, aber am Ende nickte auch sie nur stumm.

Eine schwere, unangenehme Stille hing in der Luft, während Pauline dreimal tief durchatmete. »Nun gut. Um mit der Tagesordnung fortzufahren, kommen wir zu den *Berichten*. Also. Lia, Sie fangen an.«

Jeder von ihnen sprach der Reihe nach. Es gab nicht viel zu erzählen, aber die Illusion von Normalität und Routine, die es hervorrief, half ihnen, sich zu entspannen.

Pauline faltete ein letztes Mal ihre Hände. »Gut. Wir gehen jetzt in die nächste Phase über. Der Rückstoß hat eine unerwartete Form angenommen, aber es ist nichts, womit wir nicht umgehen können. Sven, Johnny, gehen Sie und denken Sie sich einen Plan für Ihre Mission aus – einen guten. Dann informieren Sie die nächste Gruppe unserer *Söldner*. Lia, Sie werden Nachforschungen anstellen.«

Pauline wartete, bis die drei weg waren, dann ließ sie sich in ihren Stuhl fallen und stieß murmelnd einen Strom von Schimpfwörtern aus. Englisch mochte als Sprache anpassungsfähig sein, aber wenn es darum ging, zu fluchen, gab es nichts, das dem Russischen auch nur annähernd das Wasser reichen konnte.

Sie hatte genug von dem Händchenhalten. Sie hatte sich von Lia und Johnny einreden lassen, dass ihre Rückschläge unvermeidlich gewesen waren, obwohl sie einfach die Linie hätte halten und Ergebnisse verlangen sollen.

Nun, sie würde jetzt endlich damit anfangen.

Und was Sven betraf ...

Er musste einen Schritt weitergehen. Am Anfang hatte Pauline geglaubt, Sven hätte mehr Ahnung von der Sache als Johnny. Er war weniger ein Herausforderer und er wusste, was von ihm erwartet wurde. Machte keine Wellen. Er ging auch keine Risiken ein. Wenn er nicht anfing, die Sache ernsthaft anzugehen, war Pauline nicht sicher, ob er diese Operation mit dem Kopf auf den Schultern überstehen würde.

Sie hatte keine Verwendung für Leute, die Dinge nicht zu Ende bringen konnten.

★ ★ ★

Johnny stand mit Sven an seiner Seite vor der versammelten Masse der ›Unterschicht‹ von LA, wie er sie gern nannte. Die beiden sahen körperlich recht unterschiedlich aus, aber angesichts ihrer identischen dunklen Anzüge, dunklen Brillen und Krawatten war es für die Gruppe ein Leichtes, zu ihnen als wichtige und respektable Führungskräfte aufzuschauen.

Inzwischen hatte die Gruppe gehört, was mit Xavis Team passiert war. Diejenigen, die anwesend waren, waren unruhig und einige waren nicht gekommen.

Johnny hatte sich genau gemerkt, wer. Viele andere sahen so aus, als wollten sie vor der Arbeit davonlaufen.

Darum würde er sich sofort nach diesem Treffen kümmern.

In der Zwischenzeit tauschte er Blicke mit Sven aus, der sich zurückhielt und Johnny blickte dann über die versammelte Gruppe. Sie hatten sich auf einem verwildertem Grundstück versammelt, das zwischen vier- und fünfstöckigen Gebäuden versteckt und praktischerweise von einem hohen, rostigen Zaun umgeben war.

»So!«, begann Johnny und verschränkte seine Arme, »die Ohrstöpsel funktionieren nicht. Jetzt wissen wir es.«

Es gab eine Runde nervöses Gekicher, aber der Ton erstarb schnell. Sie waren zu angespannt, um sich zu amüsieren.

»Was *auch* nicht klar geht«, setzte Johnny mit peitschender Stimme fort, »ist eine Gruppe erwachsener Männer, die sich wie kleine Mädchen auf einem Schulhof verprügeln lassen.«

Es herrschte totale Stille. Jeglicher Humor war erloschen. Xavis Gruppe war von peinlich zu meuternd übergegangen.

»Wollt ihr mir erklären, was genau passiert ist?«, fragte Johnny sie.

Als Antwort krempelte Xavi bloß einen Ärmel hoch, um Kampfspuren auf seinem Arm zu zeigen. Es war noch zu früh, um den Bluterguss vollständig zu sehen, aber der Ausbreitung und Farbe nach zu urteilen, musste es sich um ein Prachtexemplar handeln. Wer auch immer ihn geschlagen hatte und wie auch immer er es getan hatte, der Schlag war *hart* gewesen.

Johnny reagierte jedoch nicht. Er wartete einfach ab. Ein blauer Fleck war keine Erklärung. *Es ist an der Zeit, Paulines Methoden anzuwenden,* dachte er.

»Wir sind nicht zu schwach«, platzte Xavi wütend heraus. »Der Scheißkerl ist zu stark. Er ist zu schnell. So ist das.«

»Wir haben es also mit einem Kung-Fu-Meister zu tun, ist es das, was du mir sagen willst? Jemand mit mystischen Kräften? Hast du vielleicht einen langen, weißen Bart gesehen? Oder einen Zauberstab?«

Xavi funkelte ihn an. »Schnell genug für sowas zumindest.«

»Dann müssen wir schneller sein«, entgegnete Johnny. Das ›wir‹ war ein Zugeständnis. Er schaute sich um. »Wer hier ist schneller als Xavi?«

Es gab eine Pause, dann hoben ein paar Leute ihre Hände. Ein oder zwei starrten Xavi herausfordernd an, während sie das taten.

»Gut. Du bist der Nächste.« Johnny warf einem der Freiwilligen einen raschen Blick zu. »Ich will, dass du das durchziehst, kapiert? Kein Alkohol. Keine Drogen. Pure Konzentration. Keine Verletzungen. Wir wissen von Xavis Gruppe, dass dieser Bastard weniger überfüllte Orte bevorzugt und dass er schnell reagiert.«

Alle nickten.

»Was wir wollen, ist eine Falle«, erklärte Johnny. »Etwas, um die Person festzunageln.« Er streckte Sven eine Hand entgegen, ohne hinüberzusehen und dieser legte ein Bündel Papiere hinein. Johnny reichte es dem jungen Mann von eben, der nun automatisch das Kommando über das zweite Team übernommen zu haben schien. »Das sind die Spezifikationen. Wir werden morgen Abend losfahren, damit ihr alle etwas Zeit habt, euch vorzubereiten. Wenn es sein muss, bringt ihr diesen Wichser in Ketten zu uns.«

»Und wenn sie es nicht tun?«, fragte Xavi verbittert.

»Wenn sie es *tun*«, entgegnete Johnny kalt und sah ihn wütend an, »dann steigen sie auf. Wenn *nicht*, werden sie *Nobodys* sein.«

»Vergiss nicht«, meinte Xavi ernst, »dass dieser Wichser auch nach dir sucht.«

Eines der Teammitglieder hob seine Hand. »Ich kann mich nicht an alles erinnern, was ich gesehen habe, aber ich bin mir ziemlich sicher, dass der Motorrad-Kerl eigentlich ein Motorrad-Mädel ist. Ohne Scheiß, Bruder.«

Ein Raunen ging durch die Gruppe, drei oder vier aus der South-Park-Gruppe stimmten eifrig zu. Die anderen wussten es nicht oder waren sich einfach nicht sicher und die Männer, die nicht dabei gewesen waren, schnaubten spöttisch.

Sven gluckste nur. »Das wäre doch mal eine nette Abwechslung, eine schöne Frau in engem Leder statt so einem hässlichen Arsch. Vielleicht nicht so schön, weil sie ja immer diesen Helm trägt, aber egal. Die Pflicht ruft. So oder so, er oder sie wird nicht mehr lange genug am Leben sein, als dass es eine Rolle spielen würde.«

Als er Sven das sagen hörte, blinzelte Johnny in die Ferne, während etwas in seinem Gehirn ratterte – eine Erinnerung, die aufzukommen versuchte, es aber nicht konnte, wie eine Szene aus einem Traum, der vor fünf Sekunden noch lebendig gewesen war, jetzt aber verblasste.

So war es seit seiner ersten Erfahrung mit dem *Motorcycle Man* – oder den *LA Witches*, wie auch immer sie sich nannten – und es machte ihm ehrlich gesagt eine Heidenangst. Ein Hirnschaden würde das Ende von Johnny Torrez bedeuten. Er war immer stolz auf seine angeborene Intelligenz und seine gesammelten Erfahrungen auf der Straße gewesen. Sie hatten ihm schon oft das Leben gerettet.

Und es *schien* auch kein Hirnschaden zu sein. Nur jedes Mal, wenn er angeblich mit dieser Person aneinandergeraten war, konnte er sich scheinbar nicht mehr an viel davon erinnern.

Wie auch immer. Er hatte nicht vor, jetzt darüber nachzudenken.

»Was auch immer diese Technologie ist«, merkte er unverblümt an, »der erste von euch, der sie herausfindet, den werden wir reich machen. Der wird für den Rest seines Lebens ausgesorgt haben. Die schlechte Nachricht ist, dass ihr es mit unserer Akquisitionsspezialistin zu tun habt und die ist gut im Finden von Antworten, also würde ich mich beeilen.«

Er erwähnte nicht, dass Xavi auf diese Weise seinen Ruf wiederherstellen konnte. Der andere Mann sollte wohl schlau genug sein, das selbst herauszufinden.

»Wir werden morgen Abend zur Aufsicht da sein«, erklärte Johnny. »Wir sehen uns dann. Oh und noch etwas ... Wir wollen, dass dieser Wichser ein paar Fragen beantwortet, klar. Aber wenn's hart auf hart kommt, wären wir nicht zu böse, wenn wir ihn auch einfach erledigen würden.«

Er ging ohne ein weiteres Wort, Sven folgte ihm.

Auf geht's, dachte Johnny bei sich. *Jetzt warten wir.*

★ ★ ★

Kera hatte sich einige Bücher von den Kims ausgeliehen und als sie sich in das erste stürzte, stolperte sie über Dinge, die sich als weitaus nützlicher erwiesen, als sie je erwartet hätte.

Das Buch war in einem archaischen Stil geschrieben, ähnlich wie das Grimoire, das sie selbst besaß – vielleicht war dieses auch ein Relikt aus einer früheren Zeit, das aufgefrischt wurde? Wenn sie es nicht besser gewusst hätte, hätte Kera die Bücher der Kims in die Kategorie der Volksmärchen aus dem alten Land gesteckt, auf einer Stufe mit dem Glauben ihrer Großmutter an die Feen.

Obwohl, wenn ich es mir recht überlege, hatte meine Großmutter vielleicht doch recht gehabt. Immerhin ist die Magie real.

Kera beschloss, das erst einmal aufzuschieben. Wenn sie jetzt in diesen Kaninchenbau kletterte, würde sie immer noch forschen, wenn die Gangs kamen, um sie zu erledigen.

Sie nahm ein halbes Käsesandwich in die Hand und blätterte mit der freien Hand weiterhin die Seiten um, während sie zwischendurch vom Sandwich abbiss.

Der Autor dieses Buches hatte sich mehr auf einen allgemeinen Überblick und den historischen Hintergrund der magischen Gelehrsamkeit konzentriert und weniger auf die Feinheiten der magischen Tätigkeit. Es erwähnte auch genug Themen und Stichwörter, sodass Kera einen Ausgangspunkt hatte, von dem aus sie weitere Nachforschungen anstellen konnte.

Eine Stunde und zwei weitere gegrillte Käsesandwiches später lag das Buch mit dem Titel nach unten neben ihr auf dem Bett und ihren Laptop hatte sie aufgeklappt auf ihren Knien. Die letzte halbe Stunde verbrachte sie damit, sich über die Eigenschaften von Eisen und Silber zu informieren, die beide in dem Kapitel *Die wahre Natur der Magie* erwähnt wurden.

Bisher war das Problem, dass beide Metalle die Magie hemmten, anstatt sie abzuschirmen, was Kera recht gelegen kam, schließlich wollte sie ihre Magie verstecken.

Jedoch klang es so, als ob diese Metalle sie stattdessen blockieren könnten. Im Grunde genommen würde sie also nur mit Platzpatronen schießen.

Zwei Gedanken kamen ihr gleichzeitig in den Sinn. Erstens, sie könnte ihrer Garderobe kleine Mengen Eisen oder Silber hinzufügen. Nicht genug, um ihre Kraft ganz abzuschalten, aber genug, um ihre magische Signatur zu dämpfen und zu verhindern, dass neugierige Augen sie bemerken. Zweitens könnte sie versuchen, Zaubersprüche zu benutzen, um *Zauber* an sich selbst zu entdecken. Das Grimoire enthielt einen Spruch zum Hellsehen. Sie hatte eine abgewandelte Form davon benutzt, als sie nach Informationen über den terroristischen Vorfall gesucht hatte, den sie vor nicht allzu langer Zeit aufgeklärt hatte.

»Ja, das ist potenziell doch locker machbar.« Sie sah zu Zee, der an seinem Platz stand, schweigend. »Hast du das gehört, mein Guter? Wir könnten, sagen wir mal, einen Zauber wirken, der sich an einem bestimmten Ort hält, dann woanders hingehen, versuchen, ihn durch Hellsehen zu lokalisieren und sehen, wie gut er sich mit einer bestimmten Menge antimagischer Substanzen im Weg macht. Dadurch wissen wir dann ...«

Kera seufzte. Das klang deutlich komplizierter als beabsichtigt.

Vielleicht konnten die Kims helfen. Dieses Buch hat einige der Prinzipien der Magie anders konzipiert, also lag es nahe, dass es auch andere *Zaubersprüche* geben könnte – entweder solche, die der Autor dieses Grimoires nicht kannte oder solche, die er nicht aufgenommen hatte.

»*Scheißkerl*«, fluchte Kera murmelnd.

Mit ihrem Sprachgebrauch war es bergab gegangen, seit sie angefangen hatte, Magie zu benutzen oder genauer gesagt, seit sie angefangen hatte, mehr davon zu sehen, wie sich die schlimmsten Menschen der Welt benahmen. Einiges davon konnte man nur mit solchen Schimpfwörtern richtig beschreiben.

Sie schlug das zweite Buch auf, eines über östliche Mystik und begann, nach Dingen zu stöbern, die nützlich aussahen. Einiges von dem, was sie las, erinnerte sie an Dinge, die sie in alten Kung-Fu-Filmen gesehen hatte, als sie ein Kind war – viele Hinweise auf Chi, was die moderne Wissenschaft verhöhnte. Vor ein paar Wochen hätte sie diese Idee selbst noch gespottet, aber jetzt wusste sie es besser.

»Okay, okay...«, meinte sie, »aber bevor wir uns in das ganze Zeug stürzen, wie wäre es, wenn wir lieber damit anfangen, nach Kleidern zu suchen, die durch Eisennieten oder Silberfransen ergänzt werden könnten? Zum Teufel, ich könnte dünne Streifen von dem Zeug ins Futter nähen, wenn es sein muss. Ich muss nur sicherstellen, dass es die Bewegungen nicht einschränkt ... oder mich aus dem Gleichgewicht bringt, wenn ich so darüber nachdenke.«

Die Idee gefiel ihr. Metallnieten in ihrer Kleidung hatten eine mittelalterliche, aber auch eine rockige

Ausstrahlung, ganz zu schweigen davon, dass sie eine Bikerin war und es einfach super passen würde.

»Gefällt dir diese Idee, Zee?«

Er antwortete nicht, aber sie vermutete, dass er ihrer Idee zustimmte.

»Nun«, sagte Kera dann, »auf zu Thema Nummer 2.« Sie nickte Zee ernsthaft zu. »Nämlich, wie man die Wichser aufspürt, die die Leute auf mich hetzen.«

Sie hatte die Möglichkeit in Betracht gezogen, dass diejenigen, die sie verfolgten, hinter all dem stecken könnten, aber sie glaubte es nicht wirklich. Bis jetzt schienen sie nicht schlau genug zu sein und sie hatte keine Anzeichen dafür gesehen, dass sie ebenfalls Magie einsetzen konnten.

Sie wollte aber so bald wie möglich mit ihnen fertig werden und danach würde sie sich um das kümmern, was ihr wirklich Angst machte – wer auch immer kommen würde, um sie zu finden.

KAPITEL 9

Ben hockte konzentriert vor seiner Arbeit auf dem Boden und gab seiner Falle den letzten Schliff.

Er fühlte sich wie ein James-Bond-Superschurke, um ehrlich zu sein. Diese Falle war völlig übertrieben oder genauer gesagt die unzählig *vielen* Fallen, die er aufgestellt hatte, waren völlig übertrieben. Er war sich nicht sicher, was genau funktionieren würde, also hatte er ein paar verschiedene Varianten gebaut, jede mit mehreren Fesselungsmechanismen.

Der *Motorcycle Man* war schnell, also hatten alle seiner Fallen ein verlangsamendes Element. Eine löste eine Wolke aus Pfefferspray aus, während eine andere einen Eimer Honig umkippte, von dem ein Teil sich auf dem Boden verteilen und der Rest den Kerl überschütten sollte. Ben dachte sich, dass man jemanden am besten verlangsamen kann, indem man ihn zurückhält oder ablenkt.

Bisher sah es nicht so aus, als hätte jemand versucht, den Motorradtyp mit einer anderen Taktik als roher Gewalt auszuschalten.

Und ganz offensichtlich hatte das nicht funktioniert.

Nachdem er den Verlangsamungsmechanismus fertig installiert hatte, war es nun an der Zeit, sich mit der zweiten großen Stärke des Motorradfahrers zu befassen, nämlich mit seiner physischen Stärke – oder *ihrer* Stärke.

Magie & Dating

Ben konnte nicht glauben, dass sie es mit einer Frau zu tun hatten, aber die ganze Sache war so seltsam, ihn würde gar nichts mehr wundern. Er dachte sich, dass es so oder so nicht viel mehr ausmachte.

Zweifellos brauchten sie etwas Stärkeres und Haltbareres als einen anderen Menschen, um den Motorradfahrer an Ort und Stelle zu halten. Ben hatte sich hier für Drahtnetze und Metallstangen entschieden. Letztere musste er von einem sehr dubiosen Privatclub zu einem exorbitanten Preis kaufen.

Und dann würde das große Finale aller seiner Fallen kommen – etwas, das den *Motorcycle Man* automatisch töten würde, wenn nicht vorher eines der Teammitglieder eingreifen würde. Das war Bens Idee gewesen. Es schien, als hätten die Leute einfach aufgegeben, den *Motorcycle Man* zu bekämpfen, so war es aus dem Gespräch mit Xavis Gruppe hervorgegangen. Die Kerle konnten sich an das meiste nicht mehr erinnern. Tatsächlich war das Einzige, woran sie sich dann alle doch entsinnen konnten, bloß, dass sie nicht wussten, warum sie dort waren oder was genau passiert war, was ihnen solch große Schmerzen zubereitet hatte.

Der Rest von Bens Team hielt Xavi für einen verlogenen, kleinen Mistkerl, der einfach nicht zugeben wollte, dass er zu Brei geschlagen worden war. Doch Ben selbst war sich da nicht so sicher. Er wusste nicht, wie der *Motorcycle Man* das geschafft hatte, aber er wusste, dass es schon mehr als einmal passiert war und er wollte nicht, dass sein Plan in die Hose ging, selbst wenn er den Verstand verlieren würde.

Apropos, er hatte vor, heute Nacht im Schatten zu bleiben. Angeblich, um den Mechanismus des gefederten

Messers zu bedienen, falls es nicht funktionierte, aber eigentlich, um zu sehen, ob er herausfinden konnte, was zur Hölle der Motorradfahrer mit den Leuten anstellte.

Waren es Drogen?

Es musste so sein. Da mussten Drogen im Spiel sein.

Ben rieb sich die Hände ab und stand auf. Die Wahl des Ortes war riskant – dasselbe Lagerhaus, in dem der *Motorcycle Man* letzte Woche fast zwei Dutzend verschiedene Gangmitglieder zusammengeschlagen hatte. Wer auch immer dieser Bastard war, er musste diesen Ort mittlerweile äußerst gut kennen.

Andererseits sah es nicht so aus, als wäre er seitdem zurückgekommen und nachdem die Polizei und die Rettungskräfte hier gewesen waren, wurde es ziemlich verwüstet hinterlassen. Der *Motorcycle Man* würde selbstverständlich einige Unterschiede erwarten, doch es wäre schwierig, die Fallen in den Trümmern zu sehen.

Ben nickte ein letztes Mal zufrieden und ging auf den Ausgang zu, wo zwei seiner Teammitglieder warteten.

Wenn er das hier durchziehen und alles gut laufen würde, hätte er danach für sein Leben ausgesorgt.

Allein in ihrer Wohnung streckte Kera ihre Arme von sich und begann dann mit einer Reihe von Dehnübungen. Sie hatte einen guten Teil des vorherigen Abends damit verbracht, ihren Bewegungsumfang in ihrer Ledermontur sorgfältig zu testen und trotz einiger unglücklicher Momente ging es ihr gut und sie erwartete keine ähnlichen Überraschungen wie die, die sie vor zwei Nächten erlebt hatte.

»Ich hoffe, kein Kerl kommt auf die Idee, dem *Motorcycle Man* nachzueifern«, murmelte sie und lächelte stolz.

In der letzten Nacht hatte sie nicht wirklich viel Besorgniserregendes über die Straßen von LA gehört. Sie war sich ziemlich sicher, dass das bedeutete, dass ihre Gegner sich nun neu formierten und das gefiel ihr gar nicht. Was auch immer sie sich als Nächstes ausdachten, könnte mehr Menschen verletzen und wenn sie erst einmal bemerkten, dass *das* ihre Schwachstelle war ...

Sie mochte nicht daran denken.

Es war extrem frustrierend, dass sie aus den Gangmitgliedern, die sie angegriffen hatten, keine Namen herausbekommen hatte. Wenn sie ehrlich zu sich selbst war, war sie recht unvorbereitet in diesen Kampf gegangen. Sie hatte nicht gewusst, wie man jemanden verhört, sie hatte einfach gedacht, sie würden es ihr *freiwillig* sagen, aus Angst und das wäre es dann gewesen.

Diese Strategie – die gar keine Strategie war – hatte nicht funktioniert. Sie machte sich auch Sorgen darüber, was noch kommen mochte. Sicher, im Moment konnten sie ihr keinen nennenswerten Schaden zufügen, aber was, wenn sie einen Weg fanden?

Sie hatte noch nicht verstanden, wie ihre Welt funktionierte, als sie den Mann mit dem Mustang angegriffen hatte, doch mittlerweile hatte sie es schmerzlich erfahren. Sie musste die Typen ausschalten und ihr Zeitfenster dafür war nun kürzer als ihr lieb war. Wenn sie das nächste Mal auf ein paar angeheuerte Untergebene traf, *musste* sie herausfinden, wer sie angeworben hatte.

Dieses Bedürfnis hatte sie in ein Kaninchenloch unangenehmer Recherchen im Zusammenhang mit Verhören geführt. Glücklicherweise hatte sie keine Zeit, die meisten der *wirklich* fiesen Techniken zu erlernen und zu perfektionieren, sodass sie nicht entscheiden musste, ob sie diese anwenden würde.

Es sah so aus, als wäre es ihre beste Chance, sie einzuschüchtern, damit sie wusste, ob sie sie anlügen würden. Sie wollte Namen. Wenn das nicht funktionierte, wollte sie Standorte. Sie würde sich diese Informationen besorgen und dann wieder verschwinden.

Sobald sie mit ihren Dehnübungen fertig war, machte sie eine Pause und holte sich einen Snack. Vor ein paar Wochen hätte sie die Menge des Essens noch als unerträglich empfunden, aber seitdem hatten sich die Dinge radikal geändert. Sie wusste nicht, ob sie heute Abend jemandem über den Weg laufen würde, aber falls ja, wollte sie viel Energie haben, um mit denen klarkommen zu können.

Dementsprechend verschlang sie eine Dose Macadamianüsse, eine komplette Avocado und einen Bagel mit Frischkäse. Danach zog sie ihre Lederkleidung und ihren Helm über und rollte Zee aus der Tür ihres Lagerhauses.

★ ★ ★

Das Herumfahren beruhigte sie, zumindest am Anfang. Es war einfacher, ihre Gedanken zur Ruhe kommen zu lassen, wenn sie sich nur auf die Straße und das Gefühl des Motorrads unter ihr konzentrieren konnte.

Sie stellte fest, dass sich mehr Leute als sonst zu ihr umdrehten und sie anstarrten, doch das hatte sie erwartet. Die Leute neigten generell schon dazu, Motorräder anzuschauen, weil der Motor anders klang und sie mehr ins Auge fielen als ein Auto. Außerdem – so Keras Erfahrung – wollten die meisten Leute insgeheim ein Motorrad besitzen. Jetzt aber wurden die Leute besonders hellhörig, wenn sie ein Motorrad wahrnahmen. Schließlich könnte jeder, der ganz in Schwarz auf einem schwarzen Motorrad unterwegs war, der *Motorcycle Man* sein.

Es war lustig zu beobachten, wie die Augen der Menschen sie nicht mehr klar erkennen konnten und automatisch wegschauten. Keras Zaubersprüche machten es schwierig, Zee oder sie scharf zu sehen oder zu bemerken. Bis jetzt schienen die Zaubersprüche auch bei Kameras gut zu funktionieren, aber Kera wusste, dass sie sich nicht darauf verlassen konnte, dass das so bleiben würde. Früher oder später würde sie eine umfassendere Strategie brauchen.

Ein Problem nach dem anderen, MacDonagh.

Nachdem sie dann mittlerweile schon eine Stunde unterwegs war und sich entspannen konnte, fing sie gerade an zu denken, dass heute Nacht doch nichts los sein würde. Genau in diesem Moment erwachte ihr Scanner zum Leben. Es wurde ein Einbruch gemeldet ... in der Textilfabrik, in der Kera einige Tage zuvor den Kampf begonnen hatte.

In ihrem Kopf schrillten die Alarmglocken.

Das kann nicht wahr sein!

Nach der letzten Welle von Aktivitäten dort würde die Polizei dieses Mal schnell reagieren. Doch die Typen, die dafür verantwortlich waren, wollten mit Sicherheit genauso wenig wie Kera selbst, dass die

Polizei eingeschaltet wird. Das bedeutete, dass es entweder Nachahmungstäter waren, die Verwüstung anrichteten ... oder der eigentliche Einbruch war ganz woanders.

Kera verlangsamte ihr Tempo und hielt am Straßenrand, um einen Moment lang nachzudenken. Das Letzte, was sie jetzt wollte, war ein Unfall, während sie in Gedanken versunken war oder das Problem nicht durchdachte, einfach, weil sie sich nicht konzentrieren konnte.

Alles sagte ihr, dass dies eine Falle war, es schrie förmlich danach.

Sie hatten sich neu formiert und versuchten es ein weiteres Mal, was bedeutete, dass es eine Möglichkeit gab – wenn auch eine recht unwahrscheinliche – dass sie einen Weg gefunden hatten, Kera zu Fall zu bringen.

Und wenn es eine Falle *war* und sie *keine* Einmischung wollten ...

Sie wusste genau, wohin sie gehen würden. Sie fuhr bei der ersten Gelegenheit zurück in den Verkehr, wendete kurz darauf und fuhr eilig zurück zum Lagerhaus, wo sie damals ihre Fallen aufgestellt hatte.

Kera bezweifelte, dass einige von ihnen noch aktiv waren, aber sie hatte *keinen* Zweifel daran, dass sie nun neue erwarten würden. Während sie durch die Straßen raste, bereitete sie sich mit Glückszaubern und Verstärkungszaubern vor und mit solchen, die ihr helfen sollten, unbemerkt zu bleiben. Sie beschloss, den Kampf zu eröffnen, indem sie aus einem Winkel auftauchte, den sie nicht erwarten würden.

Die Fahrt auf dieser Strecke ließ sie wieder einmal an Chris denken und sie versuchte, die Gefühle zu unterdrücken. Es war nicht gut gewesen, dass er vor einigen

Tagen in den Kampf verwickelt worden war, dagegen war es umso besser, dass er jetzt nicht hier war.

Während der Fahrt versuchte sie, das Geräusch ihres Motorrads zu überdecken, obwohl sie danach besonders auf andere Fahrer achten musste, die sie aufgrund all ihrer Zauber nun gar nicht mehr hören oder sehen konnten. Es war schwer zu sagen, ob es funktionierte, aber es drehten sich zumindest keine Köpfe mehr nach ihr um.

Sie fuhr auf einer nahegelegenen Straße vorbei, einer mit guter Sicht auf das Lagerhaus. Sie konnte keine Bewegung erkennen. Plötzlich kam eine Erinnerung wieder auf – der Moment, als sie das letzte Mal hier beinahe von einer Kugel getroffen worden wäre, wenn sie sie nicht früh genug durch ihre erhöhten Sinne bemerkt hätte.

Das hier war der Ort, an dem der Schütze gewesen sein musste. Sie schaute sich um, sah aber niemanden dort ... nun, noch nicht.

Es ist Zeit, hineinzugehen.

Sie wollte Zee irgendwo zurücklassen, wo er ihr bei einer schnellen Flucht helfen würde, aber nicht irgendwo, wo sie vorgewarnt werden würden, dass sie hier war.

Das setzte natürlich voraus, dass sie mit der Falle richtig lag, aber ihre Vermutungen waren bisher immer richtig gewesen.

Kera parkte Zee also in einer Seitenstraße und schlich zurück zum Lagerhaus, wobei sie sich in der Dunkelheit so leise wie möglich bewegte. Das Lagerhaus war durch die Schlägerei im Inneren beschädigt worden und die Einsatzkräfte selbst mussten auch einige Schäden angerichtet haben. Kera war sich nicht sicher, ob es ihnen Spaß gemacht hatte, Abbruchkolonne zu spielen oder ob sie vielleicht noch gehofft hatten, andere Leute davon abzuhalten, etwas Gefährliches zu tun.

So oder so, es war zu erwarten, dass der Boden unter ihren Füßen nicht mehr stabil sein würde und dass keiner ihrer Zauber mehr wirkte.

Kera verstärkte rasch ihre Sinne, sodass sie trotz des Helmes klar und deutlich hören konnte. Außerdem bemerkte sie so, dass sich Leute im Inneren befanden, doch noch konnte sie nicht genau sagen, wie viele. Nur ihre Sicht gefiel ihr nicht, sie sah zwar schärfer und weiter, aber in der Dunkelheit half ihr das nicht viel.

Scheiße, was ist die magische Version eines Nachtsichtgeräts?

Rumschleicherei war nicht wirklich ihre Stärke, hauptsächlich, weil sie sich bisher immer blindlings in Situationen mit Waffen und Explosionen gestürzt hatte. Sie hatte es bislang nicht nötig gehabt, sich anzuschleichen.

Doch dieses Mal musste sie die Dinge genau durchdenken, sonst würde sie keine Chancen haben.

Es gab zwei Hauptorte, von denen Kera sich vorstellen konnte, dass sich Menschen dort in der Lagerhalle versteckten, in der Nische unter der Treppe, die aus Metall war und daher nicht ganz abgerissen wurde und in den Schatten entlang der hinteren Wand, wo ein umgestürztes Wandstück jemandem erlaubte, sich zu verstecken.

Kera experimentierte ein wenig mit Blick- und Helligkeitszaubern herum und verstärkte so ihre Sicht. Nun konnte sie auch im Dunkeln genug erkennen. Sie lehnte sich leicht in den Raum, gerade genug, um den Bereich unter der Treppe zu untersuchen. Ja, dort waren Leute und nicht gerade wenige. Wenn sie vorsichtig war, konnte sie vielleicht hineingelangen, bevor die Typen merkten, dass sie sich im Gebäude befand.

Kera machte sich bereit und begann, sich langsam in das Lagerhaus zu bewegen. Wenn sie schlau waren, wovon sie ausgehen sollte, würden sie alle möglichen Eingänge beobachten. Doch mit einer Kombination von Effekten konnte sie sie vielleicht davon abhalten, ihr Aufmerksamkeit zu schenken.

Mit einer Bewegung des Handgelenks sprach sie ihren ersten Zauberspruch. Er war einem Zauber in einem von Misses Kims Büchern nachempfunden. Der Original-Zauber ließ einen Ablauf von Tierlauten entstehen, welche immer wieder von der nächsten Ecke zu kommen schienen und seine Opfer verwirren sollte. Kera strengte sich an und nahm all ihre Vorstellungskraft zusammen, um den Zauber wie ein Motorrad klingen zu lassen.

Köpfe zuckten zur Seite, zwei Personen stürmten heraus, die anderen Kerle blieben aufmerksam stehen. Kera grinste zufrieden und schlich vorsichtig weiter.

Bald würde sie nah genug sein. Ein paar Schritte mehr, noch ein paar …

Eine Sprühdose explodierte in der Nähe ihres Helmes. Kera schnappte erschrocken nach Luft und schreckte zurück.

Das war ein Fehler.

Denn einen Moment später schnappten Eisengitter um sie herum hoch, eine Art Käfig, etwas, das in einem Verlies sicherlich nicht fehl am Platz wäre.

Verdammte Scheiße.

Es gab Gelächter und ein paar Juchzer, Männer grölten auf. Ein Licht ging an und leuchtete Kera direkt in die Augen. Sie kniff sie angestrengt zu, Panik stieg in ihr auf. Sie hörte Schritte, als jemand näher zu ihr trat.

»Hallo *Motorcycle Man*.«

Ihre Augen brannten leicht, als sie sie wieder öffnete. Das Licht in Kombination mit dem Helligkeitszauber bereitete ihr Probleme, doch sie ignorierte die Schmerzen.

Kera wusste, dass sie nicht in diesem *Käfig* bleiben wollte. Sie holte tief Luft und ging in sich. Ihr war bewusst, dass ein paar Metallstäbe sie nicht aufhalten konnten. Die Kerle vor ihr, von denen ihr Anführer sie nun grinsend musterte, wussten es nicht. Sie fühlten sich in ihrem Sieg bereits sicher.

Kera dachte sich eilig einen Notfallplan aus und führte diesen in Sekundenbruchteilen aus. Sie bewegte ihre Hände leicht und flüsterte ein paar magische Worte in das Innere ihres Helmes.

Die Gitterstäbe vor ihr begannen zunächst rot zu glühen, dann weiß. Der Mann vor ihr riss die Augen auf. Selbst geschützt durch Leder und Helm konnte Kera die gleißende Hitze, die von ihrem Zauber ausging, deutlich spüren. Die gegnerischen Männer spürten es ebenfalls, denn sie wichen panisch murmelnd zurück. Kera initiierte einen magischen Stoß, um die Metallstäbe aus ihrer Position zu schieben und kühlte sie dann bei der Landung ab.

Sie hatte nur verhindern wollen, dass die Metallstäbe etwas in Brand steckten, aber das schnelle Erhitzen und Abkühlen hatte den zusätzlichen Effekt, dass das Metall zerbrach.

Kera trat aus dem Käfig – sie fühlte sich wie in einem Film – und stemmte selbstbewusst die Hände in ihre Hüften. Herausfordernd starrte sie den Mann vor ihr an, welcher zu schwitzen begonnen hatte.

»Hast du Idiot *eine Ahnung*«, fragte sie ihn kalt, »was für einen gigantischen Fehler du gerade begangen hast?«

KAPITEL 10

Ben hatte gedacht, dass er mehr oder weniger wusste, worauf er sich einließ. *Motorcycle Man* war stark und schnell. Es waren Drogen im Spiel und auch seltsame Lichteffekte oder so etwas. Die Falle hatte genau wie beabsichtigt funktioniert. Sie alle waren durch das Geräusch des Motorrads abgelenkt worden, doch die Falle selbstverständlich nicht und der Bastard war direkt reingetappt.

Doch dann war der Plan aus dem Ruder gelaufen. Ben hatte nicht damit gerechnet, dass dieser Typ die Metallstangen einfach so schmelzen könnte, als wäre es nichts.

Scheiße. Er hielt für eine Sekunde inne. *Wie zur Hölle war das möglich?*

Alles, was er tun musste, war, den Biker dort zu halten. Dann würde sich die Falle für ihn um alle weiteren Probleme kümmern.

Ben verschränkte die Arme und starrte ihn an. »Glaubst du, deine kleinen Zaubertricks funktionieren wirklich, Alter?«

»Ich habe gesehen, wie du gezuckt hast.« Aus dem Inneren des Motorradhelms ertönte ein Lachen. Der Motorradfahrer – der überraschend winzig war, sicher einen Kopf kleiner als Ben selbst – trat vor.

Magie & Dating

Entschlossen, ihn noch in Reichweite des Messers zu halten, trat Ben auf ihn zu.

Sein Team sog den Atem ein, er spürte ängstliche Blicke in seinem Nacken.

Danke für das Vertrauen, Leute. Ben machte eine mentale Notiz, einen größeren Anteil der Auszahlung zu behalten, als er ursprünglich geplant hatte.

Er öffnete den Mund, um zu sprechen, doch der Motorradfahrer schnitt ihm augenblicklich mit einem hohen Tritt das Wort ab. Ben taumelte zur Seite und der *Motorcycle Man* packte ihn an der Jacke. Das nächste, was er wusste, war, dass er auf den Knien lag, mit etwas, das in seinen Hinterkopf stach.

Eine Waffe? Scheiße, verdammte Scheiße.

Die Auszahlung von *The Start-Up* war gut, gut genug, dass einige aus seinem eigenen Team ihn wahrscheinlich bescheißen würden, um sie zu bekommen.

»So, mein Lieber!«, rief der *Motorcycle Man* mit dröhnender Stimme. »Alles, was ihr tun müsst, ist, ein paar sehr einfache Fragen zu beantworten und euer Kumpel hier darf mit seinem Leben nach Hause gehen. Vielleicht nicht mit seiner Würde, aber mit seinem Leben.«

Es gab eine Pause. Ben biss die Zähne zusammen. Er wusste nicht einmal selbst, was für eine Reaktion er sich von seinen Leuten wünschte. Ihm helfen und dabei die Mission verraten? Oder ihn im Stich lassen, aber dafür den Zorn von ganz *The Start-Up* auf sich ziehen?

»Wer hat euch angeheuert?«, fragte der *Motorcycle Man*. Die Hand an Bens Kragen drückte fester zu. »Willst du jetzt antworten, Klugscheißer?«

»Fick dich«, krächzte Ben. Er würde sich keine Kugel für *The Start-Up* einfangen, aber er wollte auch nicht wie ein Schwächling vor seinem Team dastehen. Er war noch kein großer Name in LA, aber er hatte es mittlerweile zu etwas gebracht *und das* wollte er nicht im Bruchteil einer Sekunde aufgeben.

Nicht, indem er beim ersten Anzeichen von Ärger aufgibt.

»Meldet sich sonst jemand freiwillig?«, fragte der *Motorcycle Man*.

Eine Sekunde später war das Klirren des Messers – der nächsten Falle – zu hören und Ben hatte gerade genug Zeit zu befürchten, dass *er* nun im Weg des Messers war, bevor der *Motorcycle Man* sich zur Seite warf und Ben mit sich zog.

Das Messer kam aus dem Nichts und nur einer Kombination aus Keras stets zuverlässiger Intuition und guten Reflexen war es zu verdanken, dass sie rechtzeitig ausweichen konnte. Sie rollte sich zur Seite ab und ließ dabei das Metallstück fallen, mit dem sie den Idioten glauben machen wollte, sie hätte eine Waffe.

Sie musste jetzt *wirklich* eine herbekommen.

»Also gut, ihr kleinen Wichser«, rief sie, während sie sich wieder auf die Füße rollte. »So wollt ihr also spielen? Nun gut, dann lasst uns spielen.«

Sie ging auf den Anführer zu, der noch benommen auf dem Boden hockte und verpasste ihm einen Tritt gegen den Kopf. Er sackte in einem Haufen zusammen, Blut tropfte aus seiner Nase. Kera riss das Messer von der federbelasteten Stange, eine Falle, die gerade eben durch einen Mechanismus ausgelöst worden sein musste. Sie duckte sich hastig weg, da sie noch einen Hinterhalt dieser Art vermutete und eilte in Richtung Ausgang.

Sie musste vorsichtig sein, wie sie sich an diesem Ort bewegte. Es gab keine Möglichkeit, dass ihre Gegner voraussehen konnten, welchen Weg sie bei einer Flucht einschlagen würde, was bedeutete, dass es wahrscheinlich mehrere Fallen über das gesamte Gelände verteilt gab.

Fallen, die offenbar auch mit tödlichen Waffen versehen waren. Das alles war clever, musste sie zugeben, aber es machte sie auch wütend.

Sie hatte den Leuten hier nichts angetan. Die hatten bei irgendetwas mitgemacht, womit sie ursprünglich gar nichts zu tun hatten. Jetzt hatten sie unterschrieben, Kera zu Fall zu bringen, weil sie die Vorstellung nicht mochten, dass sich jemand gegen sie stellte, wenn sie Unheil in den Straßen von LA trieben. Oder wegen einer großen Summe Geld von den Personen, die die Fäden hinter all dem zogen.

Eine dreiköpfige Gruppe stürzte sich auf Kera. Sie wich vorsichtig, aber dennoch schnell nach links aus, packte den Arm eines Mannes und drehte ihn mit aller Kraft ein, während sie selbst sich duckte. Sobald sein Arm auf dem Rücken lag, zog sie ihn zu sich heran und stieß ihn dann mit all ihrer magisch verstärkten Kraft weg, plus einem Tritt als Zugabe. Er taumelte zu seinen beiden Freunden und jaulte über den Schmerz in seinem Arm.

Während seine Kollegen mit ihm überfordert waren, setzte Kera sich wieder in Bewegung. Sie glitt seitlich um die Gruppe herum und landete einen harten, präzisen Schlag auf den Oberschenkel des einen und die

Rippen des anderen Mannes. Beide Treffer sollten eher Schmerzen als Schaden zufügen und das erreichte sie auch, die Männer schrien laut auf.

Einer von ihnen hielt sofort die Klappe, als Kera ihm einen Tritt gegen den Kopf versetzte. Er ging zu Boden und stieß dabei gegen seinen Kumpel, welcher aus dem Gleichgewicht geriet. Kera half ihm bei seinem Weg zu Boden mit einem Tritt gegen die Brust.

Sie fand immer mehr Gefallen an dem Taekwondo, das Misses Kim ihr beigebracht hatte. Schläge waren schon was Tolles, doch Tritte hatten eine unglaublich stärkere Kraft.

Wieso war sie darauf bisher nicht selbst gekommen …

Kera starrte die Dreiergruppe an und keuchte. »Will jetzt jemand von euch antworten? Oder wollt ihr nur, dass ich mich weiter durch euren verdammten Haufen schlage?«

Keine Antwort. Nun, fairerweise musste gesagt werden, dass zwei von ihnen bewusstlos und gar nicht zum Reden in der Lage waren.

»Keine Antwort ist auch eine Antwort«, murmelte Kera. Da sie den Gegnern ihre Waffen abnehmen wollte, murmelte sie einen Zauber, um das Metall des Messers zu erhitzen und schleuderte es gegen die Wand, wodurch es ins Unkenntliche verformt wurde.

Kera sprang in die Luft, um den letzten der drei auch in einen bewusstlosen Zustand zu versetzen. Nachdem sie wieder gelandet war, stellte sie fest, dass sich bereits weitere Gegner auf dem Weg zu ihr befanden.

Ihr gönnt mir keine Pause, was? Nun gut, weiter geht's.

Kera rutschte in eine seitliche Haltung, wobei ihr Ellbogen herausschoss, um einen der Angreifer im

Solarplexus zu treffen. Als diese Frau sich mit dem typischen Keuchen und Würgen von jemandem, dem der Wind aus den Segeln genommen wurde, umdrehte, bückte Kera sich hastig, um einem Würgegriff zu entgehen, dann packte sie den Arm ihres nächsten Angreifers, drehte ihn mit aller Kraft und warf den Mann über ihre Schulter.

Hier zu kämpfen war anstrengend, bei Weitem nicht so angenehm wie in Misses Kims provisorischer Turnhalle. Der Boden war uneben, ihre Angreifer waren nicht richtig positioniert. Es funktionierte jedoch gut genug und der nächste Angreifer – ein schlaksiger Mann mit schwarzen Haaren und einer übergroßen Jacke – stürzte kopfüber auf die bereits am Boden liegende Frau.

Kera richtete sich auf, streckte sich kurz und setzte sich wieder in Bewegung. *Ein paar mehr*, dachte sie sich, bevor sie einen nächsten Verhör-Versuch starten würde.

In diesem Moment hörte sie das vertraute Geräusch einer Pistole, die entsichert wurde.

Ach nein, dachte Kera und verdrehte die Augen. *Ich bitte euch.*

Sie hatte nicht vor, sich mit Gegnern mit Schusswaffen anzulegen. Egal wie viel Glück sie hatte oder wie schnell sie war, das war kein Kampf, auf den sie sich einlassen wollte oder überhaupt konnte. Das war viel zu gefährlich.

Kera duckte sich, drehte sich herum und raste so schnell wie möglich zum Ausgang. Sie achtete aufmerksam auf ihre Umgebung und nutze ihre erweiterten Sinne, um weitere mögliche Fallen zu identifizieren.

Eine Person lag ihr im Weg – der Kopf dieser Bande, der immer noch vor Schmerzen stöhnte – und das brachte sie plötzlich auf eine Idee. Kera rutschte neben ihm auf die Knie, griff nach seinem Mantel und schnippte mit ihrer freien Hand, während sie einen Zauberspruch murmelte.

Kera belegte ihn mit einem Verfolgungszauber. Wenn sie ihn nicht dazu bringen konnte, ihr zu antworten, wenn sein Team um ihn herum war und seine Fallen aufgestellt waren, würde sie vielleicht später an ihn herankommen, wenn er allein war. Sie hatte den Zauber bisher noch nicht geübt, bloß darüber gelesen, doch das musste für heute ausreichen. Dazu warf sie einen Verwirrungszauber über alle hier Anwesenden, stieß sich dann vom Boden ab und rannte weiter.

Der Kampf war für ihre Verhältnisse kurz gewesen und sie hatte ihre Magie vernünftiger eingesetzt, sodass sie nicht annähernd so erschöpft war wie beim letzten Mal, als sie diesen Ort verlassen hatte. Kera sprintete aus dem Lagerhaus, auf Zee zu, schwang ein Bein über den Sitz und steckte den Schlüssel ins Zündschloss.

Zum *Glück* gab es den *Glücks*zauber. Nicht nur, dass sie den Schlüssel beim ersten Versuch direkt ohne Fummelei aus ihrer Jackentasche hervorholte, er passte auch sofort perfekt. Sie grinste, als sie das Motorrad auf Touren brachte und die Reifen quietschen ließ. Sie beglückwünschte sich selbst zu ihrer guten Vorbereitung, als auf einmal ein grelles Licht hinter ihr auftauchte und auf ihre Rückspiegel traf.

Na klar. Sie hatten auf sie gewartet. Die Fallen waren nicht alle *im* Lagerhaus gewesen. Ihre gute Laune verflog, als sie über ihre Schulter blickte und glaubte, die Umrisse eines Mustangs zu erkennen.

Magie & Dating

Natürlich war *dieser Mistkerl* verdammt noch mal involviert. Damit hätte sie von Anfang an rechnen sollen. Plötzlich ergab der Groll viel mehr Sinn.

Und der war bei weitem nicht der einzige Verfolger.

»Ich hätte sein Bier vergiften sollen, als ich die Gelegenheit dazu hatte«, zischte Kera. »Aber gut, dann erledige ich ihn auf eine andere Weise.«

Sie konzentrierte ihre Aufmerksamkeit auf das Fahren. Sie kannte diese Gegend recht gut und wollte diese Verfolgungsjagd nicht in irgendein Wohnviertel verlegen.

Andererseits würden ihr die kleineren Straßen eine Chance geben, zu entkommen.

Mit einer Grimasse rief sie die Kräfte des Universums an und versuchte, Zee einen Schub an Geschwindigkeit zu geben. Es war keine perfekte Lösung, da sie nun deutlich schneller fuhr, als es auf diesen Straßen sicher war, aber es half ihr, von den Leuten wegzukommen, die sie verfolgten.

Sie drehte eine große Runde und versuchte, ihre Verfolger abzuhängen, indem sie immer wieder ganz plötzlich abbog und letztendlich zum Lagerhaus zurückkehrte. Sicherlich würden sie nie damit rechnen. Mit ihrem Abstand durch ihre Geschwindigkeit und ihren Vertuschungszaubern konnte sie vielleicht bald entkommen.

Sie schlängelte sich durch die Straßen, im Zickzack, dennoch verloren ihre Verfolger sie nie ganz. Sie waren so klug gewesen, sich aufzuteilen, was bedeutete, dass sie nie sicher sein konnte, ob sie die richtige Richtung einschlagen würde, um sie abzuhängen.

Trotzdem kam sie langsam, aber sicher von ihnen los.

Geduld, sagte sie sich und grinste in den Motorradhelm. Geduld war nicht gerade eine ihrer Stärken.

Kera war fast zurück am Lagerhaus. Doch genau jetzt mussten die Dinge natürlich wieder aus dem Ruder laufen. Sie fuhr viel zu schnell auf einen Geländewagen zu, der ihr glücklicherweise gerade noch rechtzeitig auswich. Sie schoss daran vorbei und nahm die Ausrüstung auf dem Dach des Fahrzeugs wahr: Satellitenschüsseln.

Nicht auch noch das. Ein Nachrichtenservice.

»Was für ein Pech.« Kera legte noch einen Gang zu. »Zee, ich verspreche dir, dass du bald zur Ruhe kommst.«

Sie war jetzt kurz davor, ihren Verfolgern zu entkommen, *sooo kurz*. Sie fielen zurück und das Nachrichtenfahrzeug würde sie noch dazu weiter verlangsamen.

Was sie im Eifer des Gefechts – oder eher im Eifer der Flucht – völlig vergessen hatte, war, dass die Gangmitglieder die Aufmerksamkeit eines Nachrichtensenders natürlich auch absolut nicht wollten.

★ ★ ★

»*Da!* Siehst du das?«, rief Mia aufgeregt und griff Dougs Arm. »Da ist er!«

Sie hatte darauf bestanden, dass sie in das Lagerhaus statt in die Textilfabrik fuhren und Doug hatte sie für verrückt erklärt. *Aber ich hatte recht gehabt*, dachte sie triumphierend. Sie hatte absolut recht gehabt. Jetzt war er hier!

»Doug ...«

»Ja, ich sehe ihn, Mia!«, erwiderte ihr Partner. »Aber siehst du auch, was da *noch* ist?« Er stieß einen besorgten Seufzer aus.

Mia sah über ihre Schulter und fluchte. Der Motorradfahrer war nicht allein. Natürlich nicht, das wäre ja auch zu perfekt gewesen.

Nein, ihm folgte eine ganze Reihe von verschiedensten Autos, eines schneller als das andere. Einige von ihnen waren alte, verrostete Karren, andere wiederum waren schnittig, gut gepflegt und konnten es locker mit den Pferdestärken des SUV von Mia und Doug aufnehmen.

In diesem Moment wich einer der Sportwagen von seiner Gruppe ab und raste auf den Nachrichtenwagen zu. Mia realisierte dies gar nicht schnell genug. In dem Moment, in dem kalte Panik in ihr ausbrach, wich der Sportwagen wieder ab, kurz bevor es zu einem Zusammenstoß kommen konnte und schloss wieder zu seinen Kollegen auf.

Mia fing an zu zittern.

Was zur Hölle war das gerade?

»Willst du mich *verarschen*?«, schrie sie schrill auf. »*Was zum Teufel.* Doug?«

Dougs Gesicht war weiß und er zitterte ebenfalls.

»Der wollte uns ... Angst einjagen«, brachte er hervor. Er trat aufs Gaspedal. »Ich glaube, die wollen uns nicht hier haben. Natürlich. Die wollen keine Nachrichten. Okay, okay, ich muss uns nur hier rausbringen ...«

In diesem Moment bremste einer der Wagen vor ihnen hart ab und hätte Doug nicht schnell genug reagiert und hart auf die Bremse getreten, wären sie ihm aufgefahren. Der Sportwagen setzte sich wieder in Bewegung. »Oh mein Gott!«

Von dem Motorrad war gar nichts mehr zu sehen und von den meisten seiner Verfolger ebenfalls nicht. Bloß die Rücklichter von zwei Sportwagen waren auf der

Straße vor ihnen noch zu erkennen. Mia wusste, dass die es auf sie abgesehen hatten und nur darauf warteten, dass sie sich ihnen näherten. »Fahr, Doug!«, stieß Mia hervor, ihr Herz klopfte und ihr war übel vor Angst.

»Ich tue mein Bestes«, presste er durch zusammengebissene Zähne hervor und umklammerte angestrengt das Lenkrad. Ihm selbst ging es sicherlich auch nicht besser als ihr.

»Weiß ich doch«, erwiderte sie, von Herzen kommend. »Ich hab nur Panik!«

Doug warf ihr einen dankbaren Blick zu. »Und ich wollte mal Kriegsreporter werden. Ich lag wohl falsch. Gut, dass ich mich damals anders entschieden hatte.«

In diesem Moment tauchte ein Sportwagen direkt neben ihnen auf. Mia kreischte erschrocken auf. Ein Fenster wurde heruntergekurbelt, doch Doug blickte eisern auf die Straße und schenkte dem Typen keine Beachtung. Mia wollte es ihm gleichtun, doch sie war zu ängstlich, sie musste wissen, mit wem sie es da zu tun hatten.

Es handelte sich um zwei vermummte Männer, beide tätowiert. Mia bemerkte sofort die Pistole in der Hand des Beifahrers, sein Finger am Abzug.

»Doug, *brems ab!*«, schrie sie auf. »Der hat eine Waffe!«

Doug reagierte sofort. Ihr Geländewagen kam quietschend mitten auf der Straße zum Stehen, der Sportwagen schoss an ihnen vorbei. Die Schüsse, die für Mia und Doug bestimmt gewesen waren, verfehlten sie durch dieses Manöver und verloren sich in der Nacht.

Mia schluckte. Ihr Herz pochte und sie fühlte sich, als müsste sie sich übergeben. Doug war zum Glück gefasster und setzte den Wagen schon wieder in Bewegung. Doch die Jagd war noch lange nicht vorbei. Hinter ihnen tauchten Lichter auf. Doug umklammerte das Lenkrad, während sie auf eine Kreuzung zurasten. Mia wusste genau, was er vorhatte und hielt sich ebenfalls fest.

Doug deutete an, nach links abzubiegen, die Verfolger bogen ebenfalls mit ab. Im letzten Moment riss er das Lenkrad herum und raste in die entgegengesetzte Richtung davon und ließ so die Verfolger hinter sich.

Zumindest für einen kurzen Moment.

In diesem Moment kam ihnen ihre Rettung entgegen – der *Motorcycle Man*.

Das Motorrad kam aus dem Nichts angeschossen und raste in die andere Richtung an ihnen vorbei. Mia glaubte, ihn nicken zu sehen und dann war das Motorrad schon weit hinter ihnen. Die Journalistin riss den Kopf herum und starrte ihm mit offenem Mund hinterher, während er sich blitzschnell durch die Verfolger hindurchschlängelte.

»Oh mein Gott!«, rief sie aus, ihre Stimme brach.

Mit dem Motorradfahrer als Ziel brachen die Autos ihre Verfolgung von Doug und Mia ab. Sie drehten ab und begannen die Verfolgung ihres ursprünglichen Hauptziels, während Doug Gas gab und ihnen davonraste.

Die nächsten fünf Minuten sprachen Mia und Doug kein Wort. Mias Lippen zitterten, ihr Puls war auf hundertachtzig. Sie klammerte sich weiterhin fest, während sie sich zwang, tief ein und auszuatmen.

»Heilige Scheiße«, murmelte Doug dann, als sie an einer Ampel zum Stehen kamen. Mia drehte sich sofort um. Die Straße hinter ihnen war leer. »Heilige Scheiße, Mia. *Heilige Scheiße.*«

»Das war der *Motorcycle Man*«, bemerkte Mia, als wäre es nicht offensichtlich gewesen. Sie hatte die Hände in ihrem Schoß gefaltet und atmete immer noch gezwungen langsam. »Der war es, nicht wahr? Und du hast das Nicken gesehen, oder?«

»Ja.« Doug nickte. »Ja, das war er, eindeutig!« Er grinste und schüttelte den Kopf. »Bin ich verrückt oder hat er uns vor diesen Gangstern gerettet?«

»Ich glaube nicht, dass du verrückt bist«, versicherte Mia ihm leise. Ihr war kalt, jetzt, da das Adrenalin ihren Körper verlassen hatte. Ihre Zähne klapperten. »Ich glaube, er ist unseretwegen zurückgekommen.« Sie sah Doug an. »Das ist ...«

Sie starrten sich gegenseitig entgeistert an, keiner brachte ein Wort heraus, bis ein Hupen sie aus der Haut fahren ließ. Jemand an der Querstraße lehnte sich aus dem Fenster und fluchte, Mia bemerkte die grüne Ampel.

»Ups«, murmelte Doug und schüttelte den Kopf. Er setzte den SUV mit einem Ruck in Bewegung und atmete aus, als sie die Straße hinunterfuhren. »Gott, ich brauche ... ich weiß es nicht. Ich weiß nicht, ob ich einen Kaffee oder einen starken Drink gebrauchen könnte.«

»Bourbon Whiskey pur«, schlug Mia sofort vor.

»Hätte dich nie für einen Whiskey-Typen gehalten.«

»Ja, nun, man lernt jeden Tag etwas Neues.« Ihr Handy surrte und sie zog es eilig aus der Tasche. »E-Mail von der Arbeit. Jetzt noch? Mmmh, mal sehen.« Sie stockte. »Darin steht, dass wir morgen kommen sollen ... für ...« Ihre Stimme wurde leiser.

»Für was ...?«, fragte Doug zögernd.

Magie & Dating

»Für ein Treffen mit den Strafverfolgungsbehörden«, antwortete Mia fest. Sie schüttelte verwundert den Kopf. »Scheiße. Ich frage mich, worum es da geht?«

Im Grunde gab es ja nur eine einzige Angelegenheit, um die es momentan gehen konnte.

★ ★ ★

Einige Meilen entfernt fuhr Kera in ihre kleine Lagerhauswohnung, ihr Herz klopfte immer noch und sie war weit entfernt davon, zur Ruhe zu kommen.

Der heutige Abend war zu gleichen Teilen gut und erschreckend gewesen. Sie war den Fallen ausgewichen, die die Gangs für sie aufgestellt hatten, sie wusste, dass sie sich wie immer auf ihre Intuition verlassen konnte. Jedoch zeigten diese Fallen auch, dass sich ihre Gegner auf sie eingestellt hatten. Sie wussten, dass menschliche Kraft nicht ausreiche, um sie zu bändigen. Sie hatten beschlossen, sie gegen Stahlstangen kämpfen zu lassen und es würde von hier an nur noch weiter eskalieren. Diesmal waren einige schon mit Pistolen bewaffnet gewesen und dagegen würde Kera nicht ankommen.

Außerdem hatten die Typen fast einen Nachrichtenwagen gerammt, hätte Kera nicht eingegriffen.

Kera konnte einfach nicht aufhören, sich die Gesichter der Insassen vorzustellen. Die Augen der Frau waren groß und verängstigt gewesen. Der Mann am Steuer hatte grimmig geschaut. Sie waren panisch gewesen, komplett hilflos. Sie hatte nicht gewollt, dass die beiden sie sahen, mit Helm oder ohne, völlig egal. Ehrlich gesagt hatte Kera genau so sehr vor *ihnen* flüchten wollen wie vor ihren eigentlichen Verfolgern.

Doch sie hatte sie nicht diesen verrückten Gangstern überlassen können.

Sie seufzte, als sie Zee abschaltete und noch einmal nach vorn ging, um die Tür zu verriegeln. Sie würde morgen eine ernsthafte Diagnose bei ihm durchführen müssen, um sicherzugehen, dass die Jagd heute keinen dauerhaften Schaden angerichtet hatte und dann würde sie noch etwas mehr planen müssen.

Denn wenn sie diese Leute nicht an der Quelle ausschaltete, würden beim nächsten Mal tatsächlich unschuldige Zivilisten zu Schaden kommen.

In dem Moment, als sie sich erschöpft in ihr Bett fallen ließ, vibrierte ihr Handy. Zweimal. Stirnrunzelnd drehte sie es um – und stöhnte.

Die erste Nachricht war von Cevin, der ihr mitteilte, dass er den Dienstplan geändert hatte, um ihr eine Schicht direkt am nächsten Tag zu geben. Er entschuldigte sich für all die Schichten und das Geld, was sie seinetwegen verpasst hatte und Kera wusste, dass er sich Mühe gemacht hatte, um die Dinge zu verschieben. Das war eine Freundlichkeit, die sie nicht ablehnen konnte.

»Ich schätze, ich nehme mir eine Nacht Auszeit vom Retten der Welt, Zee«, meinte sie zu ihrem Motorrad. »Wahrscheinlich ist es das Beste für *deine* Gesundheit und vielleicht komme ich in der Zwischenzeit auf ein paar gute Ideen. Ich bekomme diese Nacht genug Schlaf.«

Die zweite Nachricht machte alle ihre Ideen wieder zunichte. Es war Jennifer, die sie fragte, wie es mit dem Projekt für Cevins neue Garderobe lief.

Ich werde morgen Abend arbeiten, antwortete Kera eilig. *Planänderung. Ich zeige dir dann ein paar Optionen.*

Sie sah Zee an und schüttelte den Kopf. »Und anscheinend stehe ich doch früh auf, um ein paar Hemden für Cevin auszusuchen. Was für ein Leben, nicht wahr, Zee?«

KAPITEL 11

Los Angeles, so stellte sich heraus, war voll von Motorrad-Enthusiasten. Es gab Bars. Es gab Bezirke. Es gab Social-Media-Gruppen. James und Mutter LeBlanc recherchierten stundenlang und beschlossen letztendlich, einfach mal persönlich und vor Ort nachzuforschen.

»Der Motorrad-Typ ist nachts unterwegs«, erklärte James seiner Begleiterin. »Auf diese Weise ist es unwahrscheinlicher, dass wir ihn zufällig so auf der Straße mitten in einer Heldentat erwischen. Oder *sie*.«

»Mmm.« Madame LeBlanc wickelte ihren Schal um sich und wartete darauf, dass James sich die Schuhe anzog.

Es gab strenge Regeln für den Aufenthalt im und für das Verlassen des sicheren Ortes, also hatten sie ihre Abreise mit MacDonald und Richardson abgesprochen. James missfiel diese Notwendigkeit, da er sich dadurch etwas mehr kontrolliert fühlte, als ihm lieb war. Andererseits musste er zugeben, dass es nützlich war, Zugang zu den Kontakten der Agenten zu haben.

Und er konnte sie kaum bitten, Informanten an einen Ort zu bringen, der nicht geschützt war.

Die Agenten hatten ein Treffen mit zwei Lokalreportern arrangiert und James und Mutter LeBlanc gebeten, sie unauffällig zu beobachten. Die Gruppen würden sich in etwa zwei Stunden dafür treffen. Das ließ James und Madame LeBlanc nicht viel Zeit für ihre kleine Tour durch LA, doch vielleicht hatten sie dennoch genug Zeit, um eine solide Spur zu bekommen.

Die beiden hatten die Viertel Little Tokyo und Chinatown ins Visier genommen, die Schauplätze des jüngsten Anstiegs der Bandengewalt – und das Epizentrum, an dem die Logos der *LA Witches* gesehen worden waren. Jemandem in der Gegend, so schlussfolgerte James, könnte immer wieder ein bestimmtes Motorrad aufgefallen sein.

Der Mann in der Motorradwerkstatt nebenan schien jedoch sofort eine Abneigung gegen sie zu haben.

»Kann ich Ihnen helfen?«, fragte er sofort in einem garstigen Tonfall, als sie noch nicht einmal die Türschwelle übertreten hatten.

»Ja, gerne«, erwiderte James. Er lächelte gespielt. »Wir sind Gastprofessoren an der UCLA und wir interessieren uns für die soziologischen Implikationen des Phänomens Motorradfahrer.«

Er erwartete nicht, dass irgendjemand sein Interesse teilte, aber er hatte schon vor langer Zeit gelernt, dass die Leute dazu neigten, Akademiker als grundsätzlich von der Realität der Welt abgekoppelt und daher nicht sehr bedrohlich anzusehen. Während ein Motorrad-Enthusiast einem Reporter vielleicht nicht unbedingt von der maskierten Bürgerwehr erzählen würde, wäre er eher bereit, einem verrückten Professor davon zu berichten.

Außerdem erwarteten die Leute einen gewissen Grad Exzentrizität von Akademikern, was bedeutete, dass die

Details von James und Mutter LeBlancs Kleidungsstil, Sprache oder Interesse nicht so bemerkenswert waren.

Der Besitzer öffnete sich jedoch nicht so leicht. Er hob bloß eine Augenbraue, weshalb James es daher erneut versuchte.

»Wir haben in letzter Zeit so viele positive Reaktionen für die Motorrad-Community gesehen«, führte er aus. »Die Idee, dass der ›Motorcycle Man‹ eine Qualität der Gemeinschaft zeigt, von der die Fahrer natürlich längst wussten, dass sie existiert, welche die anderen Leute aber nicht gesehen haben – dass Motorradfahrer von Natur aus hilfsbereite, gemeinschaftsorientierte Menschen sind.«

Die Stimmung des Inhabers wurde weicher. »Das ist wahr«, bestätigte er und richtete sich endlich auf, um den beiden gegenüberzustehen. »Die Leute kommen rein und sagen, sie wollen ihm einen Tribut zollen. Viele von ihnen wollen, dass ihre Motorräder ganz schwarz lackiert werden. Mir ist tatsächlich schon Material ausgegangen.« Er öffnete den Mund, um mehr zu sagen, doch schloss ihn dann wieder.

»Was ist los?«, fragte Mutter LeBlanc ihn verwundert. »Stimmt etwas nicht?«

»Sie sagten, Sie sind ... College-Professoren? Forscher?«

Sowohl James als auch Mutter LeBlanc nickten. »Akademiker.«

»Nicht Polizisten oder so?«

»Keine Polizisten«, bekräftigte Mutter LeBlanc mit einem Lächeln. Hinter ihrer gewohnten Freundlichkeit lauerte jedoch eine Fülle von Gefühlen. »Welche Polizisten würden schon so auftreten?«

Magie & Dating

Das schien den Mann hinter dem Tresen zu überzeugen. Er nickte. »Richtig. Also, viele der Leute, die hierherkommen, denken, dass die Bullen diesen Kerl vielleicht nicht mehr lange mögen werden, richtig? *Sie* wollen diejenigen sein, die Gangs hochnehmen und so weiter. Sie wollen nicht, dass dieser Kerl sie vorführt.«

James nickte verständnisvoll. Der Mann hatte mehr recht, als er selbst ahnte, obwohl seine Argumentation daneben war.

»Eine Menge Leute versuchen wie der Kerl auszusehen, damit die Bullen nicht herausfinden können, wer er genau ist«, erklärte der Besitzer. »Und einige von ihnen fangen an, so einen Scheiß wie er zu machen. Sie halten an, um bei Autounfällen zu helfen und solche Sachen.«

James spürte Madame LeBlancs plötzliche Anspannung. Das war genau das, was sie befürchtet hatten – dass sich die Selbstjustiz ausbreiten, Chaos anrichten und mehr Aufmerksamkeit auf den Motorradfahrer lenken würde.

James wusste jedoch, dass er sich unauffällig verhalten musste, sonst würde dieser Mann vielleicht verstummen. »Sie denken also, es ist eigentlich nur *ein* Typ«, stellte er klar. »Aber viele Leute imitieren ihn? Ich möchte sicherstellen, dass ich das richtig verstanden habe. Sie wollen nicht sagen, dass es von Anfang an mehrere Leute waren?«

»Genau, das glaube ich wirklich nicht«, erwiderte der Mann sofort. »Ich habe darüber nachgedacht. Diese seltsamen Taten scheinen immer von derselben Person vollbracht zu werden. Die Gemeinschaft hier will ihn schützen. Einige Leute haben Fotos von Personen gemacht, die sie für den *Motorcycle Man* halten, aber es ist nie das gleiche Motorrad. Der eine fährt eine Honda, auf dem anderen sieht man eine Kawasaki. Selbst die Fahrer sind unterschiedlich. Mal ist es ein breiter Kerl, mal ein kleiner, manchmal eindeutig eine Frau. Letztens hat mir einer erzählt, dass er ihn kürzlich gesehen hat und es war ein junges Mädel. Sogar eine, die ich kenne, weil sie hier öfter ist, da sie in einer Bar in der Nähe arbeitet. Wie auch immer. Ich glaube wirklich, diese ganzen Leute versuchen, *ihn* zu verstecken. Aber sie versuchen auch zu zeigen, dass die ganze Gemeinde so ist. Hilfreich, wissen Sie?«

James nickte. »Danke für Ihre Hilfe.« Seine Gedanken rasten. »Sie sagten, es gäbe eine Menge Bilder?«

»Oh, ja. Viele klare Bilder von verschiedenen Motorrädern, Helmen, all das. Von ganz gewöhnlichen Bikern, auf der Straße, tagsüber. Aber die wirklich großen Sachen, wie die Geiselnahme oder das Feuer? Da wird es schwierig. Es gibt Bilder, einige, aber keine dieser Aufnahmen ist kenntlich, bloß unscharf. Keiner kann das Motorrad sehen oder den Kerl gut erkennen.« Der Mann zuckte mit den Schultern. »Nicht, dass ich ein gutes Foto in einem brennenden Gebäude machen würde, aber es ist einfach ... sehr seltsam, wissen Sie? Es ist wie immer, wenn etwas Unerklärliches geschieht, UFOs, Bigfoot und und und. So viele Leute haben so etwas schon gesehen, aber keiner, *wirklich keiner* von ihnen bekommt ein scharfes Foto hin?«

Die beiden Thaumaturgen wussten genau, was er meinte. Bei den meisten dieser unerklärlichen Ereignisse gab es ziemlich einfache Gründe, warum es keine deutlichen Bilder gab: Magie.

Sie nickten bloß beide.

»Nun, vielen Dank für Ihre Zeit.« James schob eine seiner magisch kreierten Karten über den Tresen. »Wie ich schon sagte, sind wir fasziniert von der veränderten Wahrnehmung der Öffentlichkeit gegenüber Motorradfahrern und den damit einhergehenden Verhaltensänderungen, die wir in den letzten Wochen innerhalb der Gemeinschaft beobachtet haben.« Je mehr Jargon er in einem einzigen Satz ausstoßen konnte, desto mehr würde sich der Mann langweilen und ihn als exzentrisches Genie statt als Bedrohung abschreiben.

Aber er würde vielleicht anrufen, wenn er glaubte, dass James eine Arbeit produzieren würde, die der Motorradgemeinde schmeichelt und ihm weitere Informationen zustecken.

»Ich, äh ... ich werde das aufheben«, meinte der Mann. Er streckte eine Hand aus. »Übrigens, Mike.«

»Doktor Lovecraft«, entgegnete James selbstbewusst.

»Doktor LeBlanc«, fügte seine Begleiterin mit einem Lächeln hinzu.

Als sie wieder in den Sonnenschein heraustraten, blickte Madame LeBlanc James mit einem Stirnrunzeln an. »Nun, das könnte schwierig werden. Die Gemeinde hat ihn als einen der ihren angenommen. Es wird mehrere Klone auf der Straße geben.«

»Aber nur einer, der zaubert«, bemerkte James und dachte einen Augenblick darüber nach. »Eigentlich ist das perfekt, wenn man darüber nachdenkt. Ein Haufen Leute verkleiden sich als er und tun weiter gute Werke. Wir nehmen den tatsächlichen *Motorcycle Man* aus der Gleichung heraus und die Dinge laufen sehr langsam weiter, aber sie laufen noch. Irgendwann merken die

Leute dann, dass es schon lange kein großes Ereignis mehr gegeben hat und die ganze Sache stirbt langsam ab.«

»Sie vergessen dabei die Besprechung, die wir bald haben«, warf Mutter LeBlanc ein. Sie überprüfte eine Taschenuhr, die sie aus den Falten ihres Kleides gezogen hatte. »Die Verleumdungskampagne, die unsere Landsleute entschlossen sind zu führen.«

»Sie werden die Motorradgemeinde verärgern«, merkte James an. »Obwohl ich vermute, dass *das* nicht ihre größte Sorge ist.«

»Vielleicht haben Sie recht.« Madame LeBlanc schnupperte. »In der Zwischenzeit haben wir eine Stunde Zeit, bevor wir sie treffen müssen und ich rieche etwas Leckeres. Sollen wir essen?«

»Sie könnten doch auch einfach etwas aus ihrem Kleid hervorzaubern?«

»Ich müsste dennoch kochen. Und Kochen ist eine *Kunst*, James.« Sie lächelte ihn an und rauschte davon, wobei ihre Röcke wie ein Regenbogen um sie herumwirbelten. »Ich könnte ein leeres Gemälde hervorholen, schnell ein wenig mit Farbe darauf malen, aber es wäre noch lange kein Van Gogh.«

James schüttelte den Kopf, als er ihr folgte. »Eines Tages«, murmelte er, »werde ich herausfinden, wie dieser Zauber in Form eines Kleides funktioniert.«

★ ★ ★

Ted klopfte seinem Freund mit unnötiger und übertriebener Kraft auf den Rücken, wodurch Chris eine Menge seines Eistees auf seinen Teller verschüttete. Er schob sein Sandwich aus dem Weg und starrte auf den Teller, war aber dennoch nicht mehr oder weniger daran interessiert, es zu essen, als er es vor dem Malheur gewesen war. Null blieb Null.

»Kumpel, Kopf hoch!«, munterte Ted ihn viel zu motiviert auf. »Du hattest ein Mädel – eher vorübergehend als dauerhaft, aber immerhin – die nicht in deiner Liga spielte. Wenn du zwei Dates mit *ihr* bekommen konntest, ist der Himmel die Grenze. Du kennst jetzt dein Potenzial, du weißt jetzt, wie du auf die *Ladys* wirkst. Wenn du mich fragst, ist das Beste, was du als Nächstes tun kannst, dich zu steigern und dir beim nächsten Mal ein waschechtes Supermodel suchen. Vielleicht Heidi Klum? Ich meine, fang mit den Klassikern an, richtig?«

Chris hob sein Sandwich auf und nahm einen pflichtbewussten Bissen. Das Kauen war ein überraschend energieaufwendiger Prozess, wenn man kein Interesse am Essen hatte. Er war dankbar, dass dieses Stück vom Brot nicht mit Tee durchtränkt war.

Wahrscheinlich sollte er Ted auch dankbar sein, dass er ihn aus seiner Wohnung geholt hatte, aber das fühlte er noch nicht ganz.

Sein Freund fuhr fort. »Ich meine es ernst. Ist sie denn noch mit diesem *Seal* zusammen? Ich habe das Ganze nicht verfolgt, aber ich habe noch ganz spezielle Erinnerungen an sie aus meiner Pubertät. An sie, nicht an ihn, hehe. Ähm … Oder vielleicht die aus Transformers? Du weißt schon?«

Jemand an einem Tisch ihnen gegenüber warf Ted einen seltsamen Blick zu, kehrte aber kommentarlos zu seinem Spaghetti-Teller zurück, als Ted provokant zurückstarrte.

Chris schluckte. »Megan Fox, meinst du? Ja, sie ist ... ach, aber ich *will* keine von ihnen. Ich will *Kera*. Ich habe mich in *sie* verliebt, nicht in ihr Gesicht oder ihren Körper, sondern in *sie*, Ted. Klar, ihr Aussehen ist bombenmäßig, aber das ist nicht alles, was zählt. Alles an ihr ... ist perfekt. Ich habe sie abgewiesen. Sie fühlt sich vielleicht genauso beschissen wie ich, aber ich kann nicht zurücknehmen, was ich zu ihr gesagt habe.«

Das war schmerzhafter denn je, jetzt, da er akzeptiert hatte, was geschehen war. Er hatte etwas gesagt, womit er es für alle Zeiten versaut hatte. Er hatte sie zurückgewiesen, offenbar während er betrunken war. Kera war sich sicher gewesen, dass sie den Vorfall verstanden und sich lediglich an seine Wünsche gehalten hatte, ihm zu erlauben, die quälende, verzagte Konsequenz seines Handelns zu ernten.

Er wünschte nur, er könnte sich wenigstens daran erinnern, was er gesagt hatte. Es war alles verschwommen in seinem Kopf. Er wusste nicht einmal, worüber er wütend auf sich selbst sein sollte.

Ted schwieg einige Minuten lang und starrte mit einem seltsam philosophischen Ausdruck in die Ferne, während er an seinem Cheeseburger knabberte, doch Chris nahm es gar nicht wahr.

»Hey«, sagte Ted schließlich, »es tut mir leid, Kumpel. Ich möchte, dass du dich besser fühlst. Das ist alles.«

Chris schaffte ein schwaches Lächeln. »Ich weiß, Mann. Ich danke dir.« Er seufzte. »Also, wann fahren wir zurück zur *Mermaid*?«

Ted blinzelte ihn an. Sein Mund klappte auf, voll mit größtenteils zerkautem Essen. »*Was?*«

»Nun«, klärte Chris auf, »versuchst du nicht immer noch, die Telefonnummer dieser Brünetten zu bekommen?«

Ted schluckte seinen Bissen hinunter. »Oh, äh, ja. Na ja. Nein. Die hat mir einen Korb gegeben. Ist mir jetzt eigentlich auch egal. Ich weiß nicht, warum ich das damals so krampfhaft versucht habe. Ich würde ja gerne mit ihr reden, um mich zu entschuldigen. Aber ich werde dich nicht zwingen, wieder dorthin zu gehen. Nicht nach dem, was alles passiert ist.«

Chris war sich nicht sicher, was er von der Reaktion seines Freundes halten sollte. Er wirkte seltsam reflektiert und überlegt. Er hatte erwartet, dass Ted sich auf die Gelegenheit stürzen würde, mit einer attraktiven, jungen Frau zu flirten. Doch jetzt war er ganz anders drauf.

»Ted«, betonte er, »du hast mir geholfen, ein Date mit Kera zu bekommen, also sollte ich dir im Gegenzug ebenfalls helfen.«

Ted schüttelte den Kopf. »Auf keinen Fall, Mann. Also, gerne ... Aber nicht dort. Es gibt tonnenweise Bars und tonnenweise heiße Ladys auf der Welt, besonders in LA. Wir müssen nicht zurück zur *Mermaid* gehen. Du siehst im Moment beschissen aus, aber du scheinst besser als gestern drauf zu sein, also will ich dir das nicht vermasseln.«

Chris war seine Dankbarkeit fast peinlich und er errötete. In seinem momentanen emotionalen Zustand zu wissen, dass sich jemand für ihn interessierte ...

»Danke, Ted. Du bist doch ein ziemlich anständiger Mensch. Nüchtern.«

»Scheiße, sag's keinem.« Ted erschauderte. »Ich habe einen Ruf zu wahren.«

»Wer will schon als Idiot bekannt sein?«, erwiderte Chris und Ted lachte nur.

Als sie ihr Mittagessen beendeten und das Diner hinter sich ließen, um wieder zurück zur Arbeit zu fahren, bemerkte keiner von ihnen einen schlanken, mittelgroßen Mann mit schwarzen Haaren und einem dunklen Anzug, der am Tisch hinter Chris gesessen und somit jedes ihrer Worte mitbekommen hatte.

★ ★ ★

»Ist das nicht klasse?« Johnny Torrez grinste in seinen Kaffee. »Die große und glorreiche *reina de las ángeles rubias* steht auf streberhafte Büroangestellte und wurde dann von einem gekorbt.«

Vor ein paar Wochen hatte er Kera ein paar Mal angemacht, aber aus irgendeinem Grund war sie abweisend und unempfänglich gewesen. Wie die neusten Informationen deutlich zeigten, war ihr Geschmack bei Männern einfach nur schrecklich. Wenigstens hatte er später in derselben Nacht ihr schickes Motorrad zerschossen.

Als ob sie mit so einer Maschine überhaupt umgehen kann. So wie sie ausgesehen hatte, würde sie sich wohl nur trauen, im Schritttempo über die Straße zu eiern.

Und da die *Mermaid* immer noch auf Paulines Liste der Orte stand, in die sie eindringen mussten, könnte jede Information über sie oder ihre Angestellten oder Gäste, die er zufällig sammelte, nützlich sein. Sicher, im Moment war sie mehr an dem *Motorcycle Man* interessiert als an allem anderen, aber das würde sich ja irgendwann ändern.

Magie & Dating

Immerhin war Johnny trotz des Misserfolgs der letzten Nacht ziemlich sicher, dass sie jetzt näher dran waren als je zuvor. Aus der Ferne hatte er gesehen, wie die Falle funktionierte. Ben mochte eine Gehirnerschütterung haben und seine Gruppe hatte mehr als nur ein paar gebrochene Knochen, aber sie kamen dem Ziel näher, den verdammten Bastard auszuschalten.

Dann würden sie zu ihren ursprünglichen Plänen zurückkehren.

Eine Kellnerin kam vorbei. »Hey. Brauchen Sie noch etwas?«

»Nein, hier wäre ich fertig«, erwiderte Johnny und lächelte ihr breit zu. »Aber was machst *du* später am Abend?«

Nach einem weiteren Nachmittag, an dem Pauline sie alle minutenlang angeschrien hat, könnte er genauso gut etwas Spaß haben.

Keras Schicht würde heute Nachmittag wieder um drei beginnen, also dachte sie sich, dass sie davor viel Zeit haben würde, um nach Hemden zu suchen. Es war nicht etwas, auf das sie sich *normalerweise* freuen würde, aber diesmal mochte sie diese Abwechslung und dass sie mal etwas Langweiliges tat.

Hm. Das war ein Paradoxon.

Sie fuhr in den Außenbezirken der Gegend herum, auf der Suche nach einem weiteren Bekleidungsgeschäft, als ihr auf einmal ein Auto ins Auge fiel, welches im Verkehr von LA steckte.

Ein Mustang. *Der* Mustang. Sie würde diesen Wagen überall wiedererkennen.

Kera hielt nicht inne, um nachzudenken. Sie folgte dem Mustang und blieb ein paar Wagenlängen zurück. Sie hatte zwar immer ihre ›Nimm mich nicht wahr‹-Zaubersprüche auf Lager, aber die halfen auch nicht komplett – bei Tageslicht würden sie äußerst verdächtig wirken und mehr Aufmerksamkeit auf Zee lenken, als wenn sie einfach nur so fahren würde.

Zu ihrer Überraschung fuhr der Mustang in die Innenstadt und zu ihrem weiteren Erstaunen bog er auf den Parkplatz eines Bürogebäudes ein. Kera fuhr am Parkhaus vorbei und drehte eine Schleife zur Vorderseite, wo sie einen Parkplatz an der Straße ergatterte. Das Schöne an Motorrädern war eben, dass sie überall hinpassten.

Sie trabte vorsichtig bis zur Eingangstür des Gebäudes und schlüpfte in die Lobby, ihren Helm unter dem Arm, um nach einer der Tafeln zu suchen, die jede Firma im Gebäude anzeigen würden. Auf dem Parkhaus hatte schließlich ›Zutritt nur für Mitarbeiter!‹ gestanden.

Sie sah sich die Namen und Titel der Abteilungen und Firmen an, die allesamt vage und technisch klangen.

»Huh.« Vielleicht hatte ihr nächtlicher Straßenräuber einen langweiligen Tagesjob.

Das war seltsam, aber nicht unmöglich. Sie merkte sich die Namen, besonders die unscheinbaren, um später weiter darüber nachzudenken und ging wieder eilig zurück zu Zee, bevor jemand sie auf den Sicherheitskameras bemerken konnte.

KAPITEL 12

Doug schnippte ein zerknülltes Strohhalmpapier in den Mülleimer. Es war seltsam, wieder im Büro zu sein, nachdem er und Mia in letzter Zeit so viel Zeit im Außendienst verbracht hatten. Er langweilte sich bereits.

Und er war auch unruhig. Er und Mia hatten ihre Vorladung zu einem Treffen mit den ›Strafverfolgungsbehörden‹ erhalten, ein Begriff, der unspezifisch genug war, um beunruhigend zu sein. Zwischen dem und auch ihrer abenteuerlichen Begegnung mit den Gangs hatte Doug letzte Nacht nicht gut geschlafen.

Mia *hatte* entweder gut geschlafen oder sie hatte sich mit Kaffee und Energy-Drinks zugedröhnt. Er konnte nicht sagen, was es war. Sie saß an ihrem Computer und wechselte zwischen Phasen kurzen aber heftigen Tippens und langen Zeiten der Stille, in denen sie etwas las.

Er sah ihr Stirnrunzeln, bevor sie das Wort ergriff. »Frank sagt, es ist das *FBI*.«

Sie warf Doug einen geheimnisvollen Blick zu. Er hob die Augenbrauen. Frank Tranh war ihr Chef und er war viel milder gestimmt als das Klischee des Zeitungsredakteurs, der über Bilder von Spiderman schreit. Frank achtete im Allgemeinen auf sie und diese Vorwarnung war eine weitere Möglichkeit, das zu zeigen.

»Also denken wir immer noch, dass es um den *Motorcycle Man* geht?«, fragte Doug.

»Um was denn auch sonst?«, erwiderte Mia achselzuckend.

Doug nickte. Er war beeindruckt, wenn auch nicht überrascht, dass das FBI Bedenken darüber hatte, wie die Medien über dieses Thema berichteten. Angesichts der vielen unbelegten Informationen, die auf den Straßen kursierten, ganz zu schweigen von der öffentlichen Wahrnehmung dessen, was die Behörden als potenzielle Bedrohung ansahen, ergab das Sinn.

Er schaute Mia über die Schulter und las die E-Mail, die Frank weitergeleitet hatte. Sie war extrem langatmig und endete mit einer vagen Bitte um Zusammenarbeit.

Es war allerdings schwierig, herauszufinden, was damit nun genau gemeint war.

»Mein Gott«, beschwerte sich Doug. »Das ist der Grund, warum ich es hasse, mit Strafverfolgungsbehörden zu arbeiten. Siebzig *Millionen* Seiten Rechtssprache und schwachsinniger Regierungsjargon und Ausweichmanöver. Wenn sie wollen, dass wir etwas tun, warum zum Teufel können sie dann nicht in zwei einfachen Sätzen fragen?«

Mia runzelte die Stirn, wie sie es tat, wenn sie angestrengt nachdachte und verschränkte die Arme vor der Brust. »Das ist halt das FBI.« Als hätten sie bisher schon so viel Erfahrung mit denen gehabt.

»Vielleicht sollten wir vor dem Treffen mit dem Boss sprechen«, schlug Doug vor. »Vielleicht hat er mehr Kontext oder es gibt eine obskure Regel über die Zusammenarbeit mit dem FBI, mit der wir bisher noch nicht zu tun hatten. Besser ist es mit Sicherheit.«

Magie & Dating

Sie gingen den Flur entlang, Doug sah sich nach unbekannten Gesichtern um. Es waren keine zu finden, das Büro war generell ziemlich ruhig, da Mittagszeit war.

Sie klopfen an Franks Büro, welcher sie sofort hereinbat. Frank Tranh, ein großer Mann mit kurzen, schwarzen Haaren und einer schmalen Brille, saß mit einem erwartungsvollen Blick auf seinem Stuhl, er hatte sie eindeutig erwartet und war auf das Gespräch vorbereitet, wenn auch nicht begeistert.

»Hallo Frank«, begann Doug, trotz des großen Unternehmens standen sich alle Mitarbeiter nahe. »Wir sind hier wegen des Meetings in ein paar Minuten, das konntest du dir ja schon denken. Wir wollten noch einmal nach der E-Mail fragen, die du uns weitergeleitet hast. Wir haben nur eine ungefähre Vorstellung davon, was sie bedeuten mag. Irgendetwas über die Zusammenarbeit mit ihnen bei der Motorradfahrer-Story ist unsere Vermutung?«

»Wir wollen nicht, dass ausgerechnet *sie* sauer auf uns beide sind«, fügte Mia hinzu. »Wir möchten nur etwas Klarheit, bevor wir etwas weiter unternehmen.«

Frank nickte, seufzte und rieb sich die Augen. »Ja, ich habe den verdammten Roman auch viermal lesen müssen. Der Kern der Nachricht ist, soweit ich das beurteilen kann, dass sie wollen, dass wir aufhören, diesen mysteriösen Kerl mit *guter* Publicity aufzupäppeln. Sie wollen, dass wir uns zurückhalten und andeuten, dass die Situation komplizierter ist. Insbesondere sollen wir den Gedanken säen, dass der *Motorcycle Man* vielleicht doch der Bösewicht ist.«

Dougs Augenbrauen zogen sich zu einem Stirnrunzeln zusammen. »Was zur Hölle? Warum das?«

Frank bewegte sich in seinem Stuhl. »Anfragen wie diese von der Regierung sind selten. Ich glaube nicht, dass einer von Ihnen schon mal eine bekommen hat, oder?«

Doug und Mia schüttelten ihre Köpfe.

»Richtig. Meist geht es um internationale Nachrichten oder politische Berichterstattung. Die Sache ist die, dass wir versuchen, sie ernst zu nehmen und wirklich zu überlegen, ob wir mitmachen wollen. Sie haben ihre Gründe und wir haben unsere, aber sie können uns nicht immer die ihren nennen.«

»Woher wissen wir dann, dass beide Parteien auf der gleichen Seite sind?«, fragte Doug und biss sich nervös auf die Lippe.

Frank versuchte seine Sorgen zu mildern. »Betrachtet es so.« Er hielt seine Hände hoch, Handflächen nach außen. »Ihr bekommt vielleicht Zugang zu geheimen Informationen über laufende Ermittlungen. Die wissen Dinge, die wir nicht wissen. Es könnte eine ganz andere Seite der Geschichte geben, die wir noch nicht aufgedeckt haben. Wenn wir jemanden zum Helden machen und er sich als totales Arschloch entpuppt, könnte das die Arbeit der Strafverfolgungsbehörden behindern, unschuldige Menschen verletzen *und* uns dumm aussehen lassen. Dann verlieren wir Zuschauer, Leser *und* das Vertrauen der Öffentlichkeit.«

Doug biss sich auf die Zunge und versuchte kein Wort zu sagen, während ein Beben der Wut durch ihn ging. Alles in ihm wollte jetzt zur Tür rausgehen und nicht an dem Meeting teilnehmen.

»Aber der Motorradfahrer *ist* ein Held«, konterte er, nachdem er sich ein wenig beruhigt hatte. »Er hat alle möglichen gefährlichen Dinge getan und unter großem persönlichen Risiko das Leben von Menschen gerettet. *Natürlich* will die Öffentlichkeit davon hören und da er Maßnahmen ergriffen hat, um seine Identität zu schützen, ist es nicht so, dass wir *jemanden* verleumden.«

Frank zeigte mit dem Finger und hob die Augenbrauen. »Ja, genau und *warum* will er nicht identifiziert werden? Da wird etwas hinter stecken!«

Mia sprang ein. »Es könnte mehrere Gründe geben. Die Strafverfolgungsbehörden neigen dazu, Selbstjustizler genauso hart – oder noch härter – zu bestrafen wie normale Kriminelle. Die Medienpräsenz bedeutet auch, dass die Freunde der Leute, die er verprügelt hat, bei ihm zu Hause auftauchen könnten. So etwas in der Art. Oder vielleicht will er – oder *sie* – seinen Arbeitgeber nicht gefährden. Es gibt viele Gründe, warum seine Handlungen nicht ruchlos sein könnten.«

Der Vorgesetzte atmete tief ein und ließ die Luft in einem langen, röchelnden Atemzug der Verzweiflung heraus. »Hört mal, ihr beiden, es tut mir leid, aber ihr werdet beide an diesem Meeting teilnehmen und *höflich* sein müssen. Das traditionelle Nachrichtengeschäft hat mehr Konkurrenz als je zuvor, durch beliebige Websites und Social-Media-Influencer und das Letzte, was wir brauchen, ist, auf der schwarzen Liste des FBI zu landen.«

Als Doug und Mia nichts sagten, sondern nur wortlos zurückstarrten, beugte sich Frank vor. »Verstanden? Ich sage nicht, dass ihr irgendetwas versprechen müsst, aber ich sage euch, dass ihr da drin nicht einfach den Mund aufmachen sollt. Ich weise auch darauf hin, dass unsere Eigentümer sich vielleicht nicht in eurem Namen einmischen wollen, also seid euch darüber im Klaren, ob ihr bereit seid, eure Jobs deswegen zu verlieren.«

Mias Hände krampften sich zusammen.

»Ich *versuche* euch zwei in Sicherheit zu bringen«, meinte Frank und strich sich durch die Haare. »Bitte, tut mir nur diesen einen einzigen gottverdammten Gefallen, okay?«

»*Was zur Hölle?*«, stieß Doug aus.

»Geht in dieses Treffen mit der Möglichkeit, dass die etwas wissen, was wir nicht wissen«, erklärte Frank. »Denkt einfach über ihre Anfrage nach. Beurteilt es nach eigenen Vorzügen, aber sagt nichts, okay?«

Doug nickte bloß, da er seiner Stimme nicht traute. Nach einem Moment des Zögerns nickte auch Mia.

»Okay«, sagte Frank und wischte sich die Stirn ab. »Sie sind in Zimmer 204. Sie haben ausdrücklich darum gebeten, sich nur mit euch beiden zu treffen.«

»Großartig«, murmelte Doug. »Also, kann ich *dich* um einen einzigen gottverdammten Gefallen bitten? Wenn wir in einer Stunde nicht zurück sind, schick uns einen Suchtrupp.«

»Du hast es erfasst«, stimmte Frank zu und seufzte.

»Die Antwort, die ich erwartet habe, war: ›Du bist paranoid‹, aber okay.« Doug seufzte und hielt Mia die Tür auf. »Komm, lass uns herausfinden, was diese Typen wollen und hoffen wir, dass wir in einem Stück wieder rauskommen.«

In Raum 205 saßen James und Madame LeBlanc an einem Tisch und hielten ihre Augen starr auf den Monitor vor ihnen gerichtet.

Magie & Dating

Sie hatten zugestimmt, sich den FBI-Agenten in der Nachrichtenzentrale anzuschließen, hatten sich aber dafür entschieden, nicht selbst an dem Treffen teilzunehmen. MacDonald und Richardson waren sich einig, dass es das Beste war, der Presse nicht mehr als nötig zu geben und dass es *auch* keine gute Idee war, James und Madame LeBlanc etwas Unvorhersehbares tun zu lassen.

James erwähnte nicht, dass er und Madame LeBlanc in Bezug auf das FBI das Gleiche empfanden. Das konnten die sich auch denken.

Sie beobachteten die Videoübertragung von MacDonalds Anstecknadel, als die beiden Reporter den Raum betraten. Mia Angel war überraschend klein, während ihr Partner Douglas Lopez groß und kräftig war. Beide sahen äußerst unglücklich darüber aus, dort zu sein.

»Miss Angel«, begann Agent MacDonald. »Mister Lopez. Schön, Sie kennenzulernen. Ich bin Agent MacDonald und das ist Agent Richardson. Danke, dass Sie sich mit uns treffen.«

Die Reporter machten unverbindliche Geräusche.

»Wir verstehen, dass das, was wir hier von Ihnen verlangen, seltsam erscheint«, unterbrach Richardson. »Sie haben sich verpflichtet, die unvoreingenommene Wahrheit zu berichten und wir respektieren das. In der Tat waren wir von Ihrer bisherigen Berichterstattung über den *Motorcycle Man* sehr beeindruckt.«

Keiner der Reporter sprach, obwohl James Doug die Anspannung ansehen konnte.

»Sie werden vielleicht bemerkt haben«, fuhr Richardson fort, »dass es im Großraum Los Angeles einen Anstieg der Bandengewalt gegeben hat, sowie mehrere

Zusammenstöße zwischen Bandenmitgliedern und dem *Motorcycle Man*. Angeblich, versteht sich, denn wir können weder von den Gangmitgliedern noch von *Motorcycle Man* selbst eine Bestätigung ihrer Identität erhalten.« Er versuchte zu lächeln.

Die Reporter bewegten ihre Münder in die entsprechende Form, aber das Lächeln erreichte nicht ihre Augen.

»Die sind nicht aufnahmefähig«, bemerkte Mutter LeBlanc.

»Die Reporter in den Vereinigten Staaten haben einen sehr starken Glauben an die Pressefreiheit«, betonte James.

»Ja, James, ich weiß. Ich wohne hier schon eine ganze Weile.« Sie warf ihm einen Blick zu. »Ich meinte, wir sollten unser eigenes Treffen mit den beiden arrangieren.«

»Warum?«

»Weil sie für das FBI bisher nicht empfänglich sind und das waren wir auch nicht. Das ist einer der Gründe, warum ich nicht an diesem Treffen teilnehmen wollte. Ich wollte, dass sie die Zusammenarbeit mit uns als getrennt von der Zusammenarbeit mit dem FBI sehen.«

»Hmmm.« James überlegte eine Weile. »Na, wollen wir doch erst mal sehen, ob die da jetzt weiterkommen.«

Auf dem Videostream widersprachen Doug und Mia vehement den Behauptungen der Agenten über den mysteriösen Motorradfahrer.

»Sie erwarten *ernsthaft* von uns, dass wir so tun, als wüssten wir, dass der Anstieg der Bandengewalt das Ergebnis von *Motorcycle Man* ist und nicht umgekehrt?« Doug Lopez sah aus, als würde er gleich ein Aneurysma bekommen. »Ihnen ist schon klar, dass das eine Vermutung wäre?«

Magie & Dating

»Ich bitte Sie nicht um Mutmaßungen«, erwiderte Richardson einfach. »Ich bitte Sie, es zu recherchieren. Wir haben diesen Zyklus schon mehrere Male gesehen. Ein Vigilant versucht die Strafverfolgung zu umgehen, doch die Straßen werden für *alle* gefährlicher. Wir bitten Sie, diese Möglichkeit auch hier zu berücksichtigen. Wir bitten Sie, diese *Fragestellung* in Ihre Berichterstattung aufzunehmen.«

»Nein, das tun Sie nicht«, entgegnete Doug fest. »Sie sind mit dem Ziel hierhergekommen, den *Motorcycle Man* in der Presse anzuschmieren. Dass wir diese Frage stellen, würde unsere Berichterstattung verzerren. Wir haben uns auf die Fakten und auf die Zeugenaussagen konzentriert. *Motorcycle Man* hat Geiseln gerettet, an die die Polizei nicht herankam. Er hat Leute aus einem brennenden Gebäude gerettet. Er hat drei Geschwister aus einem Autounfall gerettet. *Nichts* davon sagt uns, dass er ein schlechter Mensch ist.«

»Wir haben nicht gesagt, dass er ein schlechter Mensch ist«, warf Agent MacDonald ein. »Die Dinge, die Sie erwähnt haben, sind gut. Ebenso können wir die Beweggründe für die verschiedenen Kämpfe verstehen, in die er mit Bandenmitgliedern verwickelt war. Angesichts der zunehmenden Kartellaktivitäten verstehen wir, warum ein vernünftiger, ethischer Bürger das Bedürfnis haben könnte, das Gesetz in die eigenen Hände zu nehmen.«

»Wo liegt dann das Problem?«, schoss Doug in einem aufgebrachten Tonfall zurück.

»Das Problem ist, dass die Dinge weiter eskalieren, als er anscheinend geplant hat«, antwortete Agent Richardson ebenso unverblümt. »Verstehen Sie das nicht?

Die Leute Richter, Jury und Henker spielen zu lassen ist ein gefährliches Spiel.«

Das drang zu den beiden Reportern durch. Sie seufzten, Mia schaute beschämt zu Boden.

»Denken Sie einfach darüber nach«, meinte Agent MacDonald und reichte ihnen ein Kärtchen. »Wir sind erreichbar, wenn Sie Fragen haben. Wir sind natürlich auch erreichbar, wenn Sie Hinweise haben. Wir versuchen dafür zu sorgen, dass die Stadt für alle sicher ist. Nochmal, wir glauben nicht, dass der *Motorcycle Man* ein schlechter Mensch ist. Wir sagen nur, dass er vielleicht Probleme verursacht, wenn er eigentlich versucht, sie zu lösen.«

Es gab gekünstelte Verabschiedungen von beiden Seiten. Die beiden Agenten verließen den Raum, die Magier blieben angespannt sitzen. Mutter LeBlanc und James tauschten Blicke aus.

»Sie haben sich besser geschlagen, als ich erwartet habe«, gab Mutter LeBlanc zu.

»Ich auch.« James schüttelte den Kopf. »Gott, das ist ein Haufen Irrer, nicht wahr? Wir sind hierhergekommen, um das Gleiche zu tun, was sie versuchen zu tun. Das wirft kein schmeichelhaftes Licht auf uns, oder?«

»Das Ziel ist nicht, für die Nachwelt gut auszusehen, James«, sagte sie ihm. »Es geht darum, das Richtige zu tun. Es geht darum, die Welt ruhig zu halten. *Das* ist unser Ziel.«

KAPITEL 13

Kera hatte sich ursprünglich vor ihrer Schicht in der *Mermaid* gefürchtet, doch sie merkte recht schnell, dass eine Dosis Normalität genau das war, was sie sich gewünscht hatte. Es fühlte sich nicht nur gut an, jemand anderes als der mysteriöse Held zu sein, sondern sie hatte auch die zusätzliche Ablenkung, sich auf das ›Cevin-Projekt‹ zu konzentrieren.

Nachdem Kera Jenn und Stephanie ihre Auswahl für Cevins Garderobe gezeigt hatte, diskutierten die beiden lange – angesichts der fast leeren Bar war das auch völlig in Ordnung.

Jennifer hatte derzeit das sprichwörtliche Mikrofon in der Hand. »Wenn ihr mich fragt, ist das Problem, dass er sich nicht für eine Richtung seines Looks entscheidet. Alle seine Hemden sehen zwar formell, aber auch irgendwie billig aus. Er muss entweder auf den Bad-Boy-Look setzen, den er wahrscheinlich nicht durchziehen kann oder er muss sich noch *schicker* anziehen.«

Keiner hatte erwähnt, über wen sie sprachen. Auf diese Weise konnten sie für den Fall, dass Cevin aus seinem Büro kam und sie belauschte, plausibel behaupten, dass es sich um einen anderen Typen handelte, den sie außerhalb der Arbeit kannten.

Stephanie, die an der Außenseite der Bar lehnte, während sie ihre Tische im Auge behielt, stimmte zu. »Japp, er fällt zwischen die Fronten. Es liegt auch an seiner Einstellung, aber ein Mann muss glauben, dass das, was er trägt, gut an ihm aussieht, sonst scheitert schon die Einstellung.«

Kera nickte. Was ihre Freundin beschrieb, hatte einige Überschneidungen mit der Glamour-Magie.

»Es ist wahr«, mischte sie sich ein. »Inneres und Äußeres können sich gegenseitig verstärken. Wie oben, so unten und so weiter.«

Jenn lachte: »Woher hast du das denn?«

Stephanie schloss unterdessen die Augen, als würde sie versuchen, an etwas zu denken.

»Irgendwo im Internet«, meinte Kera und zuckte mit den Schultern. »Ich kann mich nicht mehr erinnern, woher es kam. Vielleicht Twitter. Oh, hey, ich glaube, ich habe etwas, das Jenn gefallen würde. Ich bin gleich wieder da.«

Ein Gast, der weiter unten am Bartresen saß, hob ein leeres Glas in ihr Blickfeld. Sie eilte noch schnell hinüber und füllte es für ihn nach, bevor sie sich wieder dem Brainstorming widmete.

Sie zog ihr Handy heraus, als sie sich näherte und scrollte zu einem bestimmten Bild. »Hier. Guckt euch das hier mal an.«

Die anderen beiden Frauen lehnten sich neugierig heran. Es handelte sich um ein maßgeschneidertes Hemd, in einem dunklen Weinton, geknöpft, aber dafür gedacht, offen getragen zu werden, entworfen für Männer von Cevins Größe. Die Schultern waren steif und leicht hochgezogen, was sein Problem mit seinen hängenden Schultern lösen sollte. Passend dazu wurden ein schlichtes, weißes Unterhemd und eine schwarze Weste empfohlen.

»Das«, meinte Stephanie und deutete auf das Smartphone, »würde ihm gut stehen und etwas für ihn *tun*.«

Als diese Worte ihren Mund verließen, näherten sich auf einmal Schritte. Cevin stapfte von seinem Büro aus hinter die Bar, wo er eine seiner sporadischen Kontrollen durchführte, um sicherzustellen, dass alles reibungslos funktionierte.

Kera gab ihm eine Minute Zeit, um die Theke und den Boden abzusuchen, dann rief sie: »Hey, Cevin. Komm und sieh dir das an. Es betrifft dich.«

Der Mann seufzte und wanderte hinüber. »Okay, aber lass uns nicht zu viel Zeit verschwenden, ja?«

Sie zeigte ihm das Hemd und erwähnte, wie schön es an ihm aussehen würde. Sie konnte nicht anders, als zu denken, dass es ein gutes Kleidungsstück wäre, um es in einem Club oder bei einem ersten Date zu tragen und sie könnte ihm den Link schicken, wenn er wollte.

Zu ihrer Überraschung sah Cevin nicht besonders zweifelhaft als vielmehr entsetzt aus. »Das könnte ich *niemals* tragen«, meinte er unverblümt. »Es ist so ... ähm, ich weiß nicht. Oma-mäßig? Ich meine, na ja, besser kann ich es nicht ausdrücken.«

»Was?«, spottete Jenn. »Wie kommst du darauf? Es ist stilvoll!«

»Es ist *lila*«, protestierte Cevin.

Kera kniff sich in die Nase. »Nein, es ist *weinrot* oder vielleicht burgunderrot, je nach Lichteinfall. Ein tiefes Rot. Eine sehr maskuline Farbe.«

Er kreiste mit den Schultern und kratzte sich an der Seite. »Wenn ihr das sagt. Die Weste funktioniert allerdings gar nicht. Sie sieht aus wie etwas, das ein Anwalt tragen würde.«

»Anwälte verdienen normalerweise gutes Geld. Das ist keine schlechte Sache, vor allem, wenn man versucht, einen guten Eindruck zu machen«, wies Stephanie ihn darauf hin.

Der Mann blinzelte. »Willst du mir damit etwas sagen?«

Kera tauschte Blicke mit ihren Freundinnen aus. Als diese mit leichtem Kopfschütteln antworteten, erkannte sie, dass der Zeitpunkt gekommen war, ihn mit ihrem Plan zu überraschen.

»Ja«, bestätigte sie. »Tut mir leid, Cevin, aber da gibt es kein Entrinnen mehr. Du *brauchst* ein Date und wir werden dir helfen, eins zu bekommen. Das ist nicht verhandelbar. Du hast da nichts zu sagen. Wir werden alle kündigen oder so, wenn du versuchst, dich zu widersetzen.«

Ihr Chef stöhnte und hielt sich die Hand über die Augen und Jenn konnte sich ein Lachen nicht verkneifen. »Im Ernst«, stellte sie klar, »wir wollen, dass du gut abschneidest.«

Stephanie fügte hinzu: »Es gibt eine alleinstehende Dame an einem meiner Tische, mit der du mal sprechen solltest. Ich denke, du könntest ihr Typ sein.« Sie zwinkerte ihm zu. »Als Geschäftsführer hast du auch eine Ausrede, um rüberzugehen und nachzusehen, ob ihr das Essen schmeckt. Ich werde das beaufsichtigen. Du schaffst das.«

Kera warf einen Blick auf den besagten Tisch. Sie erkannte die Frau, die dort saß, als eine gelegentliche

Barbesucherin und erinnerte sich ihr gegenüber Cevin erwähnt zu haben. Die Frau war allerdings vage und zweideutig gewesen, sodass Kera keine Ahnung hatte, wie die Chancen ihres Chefs bei ihr stehen könnten.

Cevin zuckte zusammen. »Äh, na ja, ich, ähm, na ja ...«, stotterte er. »Nun...«

Jenn gab ihm einen sanften Schubs. »Na los. Erfülle deine Pflicht als Barbesitzer, indem du den Gästen das Gefühl gibst, willkommen zu sein.«

Kera antwortete: »Ja, tu genau, was sie sagt.«

Stephanie und Cevin gingen zum Tisch. Kera, die sich währenddessen über die Bar lehnte, konnte nur Bruchstücke des anschließenden Gesprächs hören. Sie erkannte, wie Cevin der Dame ein standardisiertes ›wir-lieben-unsere-Gäste‹-artiges PR-Gespräch anbot, gefolgt von einem weiteren Gespräch mit tieferer Stimme. Die Augen der Frau huschten nach links und rechts und sie biss sich sichtlich auf die Lippe. Schließlich platzte sie mit etwas heraus und brach in Gelächter aus.

Cevins Wangen färbten sich tomatenrot und er stammelte noch etwas, dann eilte er davon. Stephanie schritt ein, um seine Flucht zu decken.

Kera räusperte sich, als Cevin sich mit einem peinlich berührten Gesichtsausdruck näherte. »Oh-oh. Was ist passiert, Mann?«

Er duckte sich hinter die Theke und positionierte sich in der Nähe der Ecke, sodass er aus dem Blickfeld der Frau war. Er blickte finster drein und schien bereit, zurück in sein Büro zu sprinten, doch dann ließ er sich erweichen.

»Na ja, ähm, ich habe das Übliche gesagt, dann habe ich gefragt, ob sie irgendwann mal essen und etwas trinken gehen will.«

Er hielt inne, es herrschte völlige Stille.

»Und«, fuhr er fort, wobei sich sein Atem in einem Seufzer entlud, »dann ist sie durchgedreht und meinte, dass sie bereits zu Abend gegessen und etwas getrunken habe. Danach fiel mir nichts mehr ein, was ich hätte sagen können. Ich wollte vorschlagen, ich weiß nicht, Videospiele zu spielen? Oder ... ach was soll's. Das ist nicht mein Ding.«

Kera biss sich auf die Zunge, als sie nickte und versuchte, mitfühlend auszusehen. Doch Jenns Entschlossenheit, einen neutralen Gesichtsausdruck zu bewahren, war nicht so groß wie die ihre und sie brach in hilfloses Kichern aus.

»Das ist großartig!«, keuchte sie schließlich, nach gut einer Minute.

Kera und Stephanie warfen ihr verwirrte Blicke zu.

»Wie bitte?«, fragte Cevin und kratzte sich den Nacken.

»Nun, nein, eigentlich ist es echt scheiße.« Jenn winkte mit einer Hand ab.

Kera stöhnte und stützte ihren Kopf in die Hände.

»Aber was ich meinte, was großartig ist, war...«, fuhr Jenn fort, »dass du es wenigstens versucht hast, oder?«

Cevin sah aus, als wolle er mit dem Boden verschmelzen. »Ja, war ganz toll.« Er schlurfte zurück in sein Büro und wandte sich an Kera: »Wenn du Zeit hast, komm vorbei. Ich habe ein paar neue Sicherheitsvorkehrungen für die Barschließung abends getroffen.«

»Wird gemacht«, rief Kera. Als Cevin weg war, starrte sie Jenn an. »Ich glaube echt nicht, dass er sich deinetwegen jetzt besser fühlt.«

»Er wird oft abgelehnt werden«, meinte Jenn abwehrend und zuckte die Schultern. »Das wird jeder mal. So wird er sich daran gewöhnen und das ist gut so.«

»Ja, ich ...« Kera gab den beiden ein Zeichen, näher zu kommen, um nicht über die halbe Bar schreien zu müssen. »Ich glaube, das hat er eben noch nicht verstanden«, betonte sie. »Wenn er zu sehr abgewiesen wird, könnte er dann einfach aufgeben. Vielleicht müssen wir unsere Strategie hier überdenken. Gibt es eine Möglichkeit, dass wir ihn als jemanden ausgeben, der nicht sprechen kann? So als hätte er eine Sprachstörung oder so? Das könnte helfen.«

Jenn nickte. »Wahrscheinlich. Aber wir müssten das ordentlich recherchieren, damit es so klingt, als wüssten wir, wovon wir reden.«

Sie plauderten noch eine Minute lang über die neuen Taktiken, die sie verfolgen könnten, um Cevin mit jemandem zu verkuppeln, ohne zu einem Ergebnis zu kommen. Kera bemerkte, wie Stephanie auf ihren Arm und ihre Schulter starrte.

»Kera«, begann Stephanie langsam und zögernd, »woher hast du diese blauen Flecken?«

In ihren Augen war Sorge zu erkennen.

Mist, ich habe vergessen, sie zu verstecken, verfluchte Kera sich selbst. *Ich hätte ein langärmliges Hemd tragen oder einen Heilzauber anwenden sollen.*

»Oh, ich ... macht euch da keine Sorgen. Ich nehme gar nicht mehr wahr, wie das aussieht. Ich habe wieder mit Kampfsport angefangen. In der Highschool hatte ich bereits Karate trainiert und in letzter Zeit habe ich mit ein paar Leuten Sparring gemacht, die hauptsächlich koreanische Künste ausführen. Die sind sich ziemlich ähnlich.«

Jenn hob eine Augenbraue. »Verdammt, Mädchen. Erinnere mich daran, dich nicht zu verärgern. Ich bleibe einen Meter hinter dir, wenn ich das nächste Mal nach Ladenschluss rausgehen muss.«

»Ich habe auch darüber nachgedacht, einen Selbstverteidigungskurs zu besuchen«, überlegte Stephanie, »besonders bei all den gefährlichen Dingen, die in letzter Zeit passieren. Gibt es noch freie Plätze für einen weiteren in deinem Kurs?«

»Äh«, stammelte Kera, »ich meine, vielleicht? Es ist aber eher eine private Sache, keine kommerzielle Schule. Ich bin eher ein Lehrling als ein Schüler, wenn das Sinn ergibt?«

Jenn zuckte die Schultern. »Exklusiv, also? Ach, Steph, es gibt in LA sicher genug Angebote. Ich komme dann auch mit.«

Das schien Stephanie zufriedenzustellen. Kera warf einen Blick auf die hinteren Flure.

»Wenn ihr zwei die Bar für eine Weile übernehmen könnt, werde ich mit Cevin reden«, sagte sie dann zu ihren beiden Kolleginnen. »Okay?«

»Sicher.« Jenn winkte mit einer Hand. »Wir werden uns um die Menschenmassen kümmern, keine Sorge. Aber lass dein Handy hier. Wir wollen uns die Hemden ansehen.«

»Es wird mehr als nur ein Hemd brauchen«, erwiderte Kera, warf Stephanie ihr Smartphone zu und ging zurück.

★ ★ ★

Stephanie sah Kera gehen und fühlte eine Wolke sich über ihre Gedanken legen. Es war nicht typisch für diese

Frau, so ausweichend zu sein, besonders nach ihrem traurigen Moment ein paar Tage zuvor. Eine schlimme Trennung und jetzt blaue Flecken? Ganz zu schweigen von ›einer privaten Sache‹.

Wurde Kera etwa religiös? Oder so?

In den meisten Städten wäre das kein Problem, aber LA war notorisch voll von Sekten. Während sie meist auf Prominente Jagd machten, war es nicht ungewöhnlich, dass auch normale Leute hineingesogen wurden.

Stephanie überlegte kurz, dann entsperrte sie Keras Handy und navigierte aus dem Fotoalbum heraus.

»Ich sollte das nicht tun«, murmelte sie, »aber Mädchen, ich merke doch, dass mit dir etwas nicht stimmt.«

Eine der kürzlich genutzten Apps auf Keras Handy war die Lese-App. Stephanie öffnete sie und direkt sprang ihr ein Buch entgegen. Es war etwas, das wie eine Art Bedienungsanleitung aussah. Es gab Aufzählungspunkte und hervorgehobene Teile, mit Notizen von Kera.

Das Buch trug den ominösen Titel *So wird man eine knallharte Hexe*. Autor unbekannt. Ein verrückter Titel, aber dem Niveau der Notizen nach zu urteilen, schien es etwas zu sein, das Kera sehr ernst nahm.

»*Was zur Hölle ist das denn?*«, flüsterte Stephanie. Als ein Gast in ihre Richtung gestikulierte, wechselte sie zurück auf die Foto-App und steckte das Handy in ihre Tasche, bevor sie hinübereilte, um dem Gast mehr Wasser einzuschenken.

Sobald sie jedoch damit fertig war, suchte sie auf ihrem eigenen Handy nach diesem mysteriösen Buch. Sie konnte es bei keinem der großen Einzelhändler finden, aber die Suchmaschine lieferte ein paar Ergebnisse

– Kopien, die geraubt und auf andere Seiten hochgeladen worden waren.

Sie schickte den Link an sich selbst, um das Buch später herunterzuladen. »Ich versuche ja nicht, das Buch zu stehlen«, meinte sie, um es sich selbst zu erklären. »Ich versuche nur herauszufinden, warum eine gute Freundin eine Tonne Gewicht verloren hat, überall mit blauen Flecken auftaucht und immer so aussieht, als würde sie entweder ohnmächtig werden oder gleich anfangen zu weinen.«

KAPITEL 14

Während Doug Lopez auf seinem Büroschreibtisch tippte, setzte eine seltsam stählerne Entschlossenheit ein – die Entschlossenheit, weiterzumachen, wohl wissend, dass ihm die Konsequenzen seines Handelns wahrscheinlich nicht gefallen würden.

Wenigstens würde er nicht allein sein. Mia war voll und ganz auf seiner Seite. Sie waren mehr als nur Kollegen, sie waren jetzt sozusagen Komplizen.

»Das ist absoluter *Schwachsinn*«, hatte sie gestern Abend gewütet, nachdem sie weit außerhalb der Reichweite von Franks Büro gewesen waren. »Die amerikanische Presse unterliegt nicht der Zensur durch elitäre Institutionen. Den Scheiß können die sich für China aufsparen. Wir sind hier, um über die Fakten zu berichten.«

Ausnahmsweise hatte Doug keine schlauen Sprüche parat, die er hätte entgegnen können. Mia hatte gesagt, was er dachte, er konnte auch gar nicht widersprechen, selbst wenn er gewollt hätte.

»Wir sind nicht im Geschäft, um die Meinung der Leute zu ändern«, hatte er bekräftigt. »Es *gab* in letzter Zeit eine Plage von Verbrechen und jemand muss sich dagegen wehren, egal ob das verdammte FBI denjenigen als gefährliche Bürgerwehr oder was auch immer verleumdet haben will. Es ist nicht so, dass wir irgendetwas in die eine oder andere Richtung ermutigen würden. Wenn eine unglaubliche Geschichte passiert, sollten die Leute davon hören können. Wir berichten es so, wie es geschehen ist, mit Zeugenaussagen und allem drum und dran.«

Mia hatte vor Wut gezittert. So hatte er sie noch nie gesehen.

»Scheiß drauf. Ich sage, wir tun, was wir tun müssen – den Leuten erzählen, was passiert ist. Das ist alles.« Die junge Frau ballte die Fäuste. »Was können sie uns wirklich antun? War das alles nicht eigentlich als Vorschlag formuliert? So hatte Frank es zumindest formuliert. Verdammt noch mal. Ich weiß auch nicht. Hey. Können wir in eine Bar gehen? Ich brauche einen Drink. Unbedingt.«

Die beiden waren auch in dieser Hinsicht einer Meinung.

Heute, einen Tag später, wusste Doug, dass die beiden vielleicht einen Drink zu viel gehabt hatten – aber nicht so viel, als dass es ihre Fähigkeit, ihren Job zu machen, beeinträchtigen würde. Schließlich hatten sie Wochen damit verbracht, Informationen – in einigen Fällen aus erster Hand – über den *Motorcycle Man* und seine verschiedenen Heldentaten zu sammeln. Jetzt ging es nur noch darum, sie in eine zusammenhängende Geschichte zu packen.

Mia schlenderte hinüber, trank einen Schluck Kaffee aus einem Pappbecher und stellte einen zweiten auf den Schreibtisch, vor Dougs Nase. »Wie geht's dir?«

»Ziemlich gut.« Er beendete sein Tippen und gönnte sich dann eine Pause, um aufzutanken. Mia hatte seine

Magie & Dating

Gedanken über das Bedürfnis nach Koffein geahnt. Er nahm einen Schluck und erklärte dann: »Ich bin etwa zu zwei Dritteln mit meinem Abschnitt fertig. Hast du mit deinem schon angefangen?«

Sie nickte. »Nur den ersten Absatz, aber die Gliederung ist ja immer der schwierigste Teil. Ich fange gleich mit dem Rest an.«

Es handelte sich um ein bedeutendes Projekt – einen detaillierten Bericht über die Schlägerei von *Motorcycle Man* in der Textilfabrik und die Wellen, die sie im sprichwörtlichen Teich geschlagen hatte. Sie hatten Aussagen von Zeugen sowie anonyme Kommentare der Polizei, Fotos, Expertenrekonstruktionen dessen, was passiert sein könnte und unzählige Interviews von einigen der Gangmitglieder, die am Tatort verhaftet worden waren, angesammelt.

Doug hob seinen Becher. »Auf die Fakten und nur auf die Fakten.«

Mia stieß mit ihm an und die Journalisten tranken unisono ihren Kaffee, bevor sie sich wieder an die Arbeit machten.

Sie hatten ein kleines Zugeständnis an die Bundesbehörden gegeben – dass sie es vermeiden würden, den *Motorcycle Man* zu verherrlichen und so neutral und objektiv wie möglich zu bleiben. Aber während Doug tippte, wurde die Aufgabe dank seiner aufkeimenden Emotionen immer schwieriger.

Es war bekannt, dass ihr Selbstjustizler Menschen aus verunglückten Autos und brennenden Gebäuden gerettet hatte. Was die Schlägereien zwischen den Gangs anbelangt, so könnte man diese vielleicht als Gewalt von Kriminellen gegen Kriminelle abtun, aber selbst dann fiel es ihm schwer, den *Motorcycle Man* als den Bösewicht der Geschichte zu sehen, weil er so unfassbar knallhart war.

Er zog kurz in Erwägung, dass jemand anderes Mächtiges die Identität von *Motorcycle Man* angenommen haben könnte, um einen privaten Bandenkrieg zu führen – ein Hochstapler mit eigenen Zielen oder Motiven, die sich vielleicht von den altruistischen unterscheiden, die *Motorcycle Man* ursprünglich gezeigt hatte. Das könnte auch die mysteriöse Verbindung zu den *LA Witches* erklären.

Aber wenn das der Fall war, war die Nachahmung unglaublich perfekt gewesen. Es gab keine Beweise, die über bloße Vermutungen hinausgingen.

Doug hörte auf zu schreiben und drehte sich auf seinem Stuhl in die Richtung, in welcher seine Partnerin separat an dem Laptop arbeitete, den sie mitgebracht hatte.

»Hey, Mia«, rief er, »ich habe da eine Frage.«

»Ja?«, antwortete sie, ohne ihren Blick vom Bildschirm abzuwenden, die Tasten klapperten immer noch unter ihren Fingern.

Er hustete. »Wir haben das ja schon mal besprochen, aber es kam mir gerade wieder in den Sinn. Glaubst du, dass der *Motorcycle Man* ein guter Kerl ist? Ist dir in den Sinn gekommen, dass jemand anderes so etwas wie Nachahmungstaten begehen könnte? Oder auch, dass er – oder sie, was auch immer – ein totaler Mistkerl ist und das tut, um sich reinzuwaschen? Der Gedanke kam mir vor einer Minute.«

Sie antwortete nicht sofort darauf, obwohl sie aufhörte zu tippen. »Ja, daran habe ich auch schon mal gedacht, aber ich glaube nicht, dass das der Fall ist.« Sie drehte sich jetzt in ihrem Stuhl, um ihm gegenüber im Büro zu sitzen. »Es gibt nicht viele Gründe, warum jemand seine Identität verbergen will, die *so* schlimm sind, dass sie das, was er tut, negieren. Ich meine, ja, wir müssen hoffen, dass unser Held kein eigentlicher Serienmörder oder so etwas ist, aber ich bezweifle es. Selbst wenn diese Gründe schlecht sind, ist das, was er gerade tut, ja gut. Menschen zu retten wird nicht auf magische Weise zu einem Akt des Bösen, nur weil die Person, die sie rettet, eine schlechte und böse Vorgeschichte hat, oder?«

Doug atmete tief durch seine Nase ein, dann lächelte er. Die Frage gestellt zu haben und die Antwort seiner Partnerin zu hören gab ihm sofort ein besseres Gefühl. »Ja, ich würde sagen, du hast recht. Danke. Natürlich bedeutet das, dass wir, wenn wir unsere Meinung ändern und dem FBI nachgeben, unsere Tage in dem Wissen verbringen müssen, dass wir verlogene Mistkerle sind, die eigentlich nicht geeignet sind, Reporter zu sein.«

Mia gluckste, ein leiser, trockener Ton. »Ja. Wir könnten wegen dieser Sache unsere Jobs verlieren. Ich nehme an, das ist dir auch schon in den Sinn gekommen.«

»Natürlich«, antwortete er ohne zu zögern. »Und zwar sofort. Aber hey, ich habe früher Öl gewechselt. Die Autos der Leute brauchen immer eine Wartung. Es ist eine stabile Branche.«

»Und ich habe zu College-Zeiten gekellnert«, meinte Mia schulterzuckend. »Wir werden überleben und dafür hätten wir dann das Wissen, dass wir das Richtige getan haben.«

Eine Stunde später war der Bericht fertig. Doug kombinierte die beiden Abschnitte und las noch einmal drüber, wobei er alle Ungereimtheiten verbesserte. Dann schickte er seine Überarbeitung an Mia, damit sie dasselbe tun konnte und die Titelgeschichte war fertig.

Mia wandte sich mit großen Augen an Doug und hob ihre Augenbrauen.

»Nun, Doug, soll ich es einreichen? Es gibt kein Zurück mehr, sobald ich auf Senden gedrückt habe.«

»Tu es«, meinte Doug und biss sich auf die Lippe.

Ihr Finger senkte sich auf die Enter-Taste und das Klicken der Tastatur schien im Raum widerzuhallen. Sie nahm einen tiefen Atemzug. »Nur die Fakten und ein paar grundlegende Analysen. Wir erzählen den Leuten, was passiert ist, versuchen, wahrscheinliche Möglichkeiten zu ergründen, warum der *Motorcycle Man* seine Identität verheimlicht und das war's. Keine Verleumdung, keine Lobhudelei. Das ist das Gegenteil von dem, was wir eigentlich tun sollten. Aber es ist sicher. Vorerst.«

Doug nickte. »Darauf stoßen wir später noch einmal an, am besten wieder mit etwas Alkoholischem statt mit Koffein.«

Sie saßen da und warteten auf die Bestätigung, dass die Geschichte eingegangen war und eine nervöse Spannung stieg in ihnen beiden und in der Luft zwischen ihnen, bis sie beinahe spürbar wurde. Doug stellte sich vor, dass jeden Moment ein SWAT-Team die Tür ihres Büros aufbrach, ihnen trotz der Helligkeit des Raumes in die Augen leuchten, Waffen auf sie richten und ihnen befehlen würde, unwürdige Positionen auf dem Boden einzunehmen.

Aber nichts von alldem passierte.

»Huh«, witzelte Mia nach einigen Minuten der angespannten Stille. »Ich bin ein bisschen enttäuscht, dass hier noch niemand einen Tränengaskanister abgefeuert hat.«

Doug lachte nervös. »Genau das habe ich mir auch gerade gedacht. Es stellt sich heraus, dass es eigentlich ziemlich langweilig und zeitraubend ist, seinen Job zu verlieren, wenn man sich gegen das FBI stellt. Vielleicht sollten wir eine Story *darüber* machen.«

Mia fuhr ihren Laptop herunter und stand auf. »Du könntest an etwas dran sein, aber darum kümmern wir uns später. Ich glaube, es wird Zeit, dass wir nach Hause gehen. *Nachdem* wir uns Steaks und überteuerte Margaritas gegönnt haben, meine ich. Wenn wir gefeuert werden, wer weiß, wann wir wieder in der Lage sein werden, viel für ein Abendessen hinzublättern, also können wir es genauso gut dieses eine – vielleicht – letzte Mal tun.«

Doug fuhr seinen Computer ebenfalls herunter und bot Mia seinen Arm an. »Deine Logik ist tadellos. Los, lass uns gehen.«

* * *

Da Kera in ihrer Schicht für die Öffnung des Lokals verantwortlich war, musste sie diesen Abend nicht bis zum Ladenschluss dabei sein. Das war ihr ganz recht. Auf ihrem Weg nach draußen steckte sie ihren Kopf in Cevins Büro.

»Tschüss, Cevin, bis bald.«

Er winkte wortlos, drehte sich dabei aber nicht einmal um.

Kera betrachtete ihn zögernd. »Übrigens ...«

Cevin seufzte und wandte sich endlich zu ihr. »Was?« Kera konnte erkennen, dass er versuchte, nach seinem missglückten Anmachversuch weniger beschämt auszusehen.

»Du wirst dieses Hemd tragen«, sagte Kera streng zu ihm.

Cevin seufzte erneut. »Hört mal, ihr seid alle sehr nette Mädchen und ich schätze es, dass ihr helfen wollt, aber zum Sandsack gemacht zu werden, ist nicht wirklich etwas, was mir Spaß macht.«

»Ach, du willst mir also sagen, dass du *nie* eine Beziehung willst?«

»Wann habe ich *das* denn gesagt?«, protestierte Cevin.

»Du hast gesagt, du willst nicht zum Sandsack gemacht werden.« Kera zuckte mit den Schultern. »Also willst du es nicht mehr versuchen? Flirten ist *scheiße*, Mann. Du wirst oft einen Korb bekommen. Auch du wirst einige Frauen abweisen und dann ist es für die scheiße. Aber so ist das nun mal. Wenn du je mit jemandem ausgehen willst, musst du erstmal da durch.«

Cevin sah sie finster an und biss sich auf die Lippe.

»Und dafür musst du auch etwas an deiner Garderobe ändern«, fuhr Kera fort. »Probier doch mal einen neuen Look aus! Komm! Ich mache das auch für dich. Du musst nur Ja sagen.«

»Ich glaube nicht, dass dein Augen-Make-up an mir so gut aussehen würde«, witzelte Cevin, aber er schien zu überlegen.

»Dann vielleicht doch lieber das weinrote Hemd anprobieren, nicht wahr? Alternativ schminken wir dich.«

Sie warf ihm einen spöttischen Blick zu und ging hinaus. »Ich werde das Hemd bestellen und dann bleibt dir keine Wahl!«

Cevin antwortete nicht mehr, aber sie konnte sich vorstellen, wie er grimmig dreinschaute.

Die Nacht war für ihre Verhältnisse noch jung und Kera wusste genau, wie sie sie verbringen wollte, besonders jetzt, da ihre Schicht sie in eine bessere Stimmung versetzt hatte. Sie brachte Zee auf Touren und machte sich auf den Weg zu einem ihrer bevorzugten 24-Stunden-Drive-Ins. Dann setzte sie sich auf den Parkplatz und verschlang einen Burrito, während sie Energie für einen Hellseherzauber kanalisierte.

Der Mann, den sie letzte Nacht mit einem Peilsender markiert hatte, hatte eindeutig gewusst, dass es besser war, nicht allein gegen sie vorzugehen – womit er, um fair zu sein, recht hatte. Wenn Kera ihn allein erwischen konnte, wenn sein Team nicht da war und die Polizei nicht kam, hatte sie eine ziemlich gute Chance, Informationen aus ihm herauszubekommen.

Außerdem, wenn sie ihm Angst einjagen konnte, dass sie denjenigen, der ihn angeheuert hatte, ausschalten würde, würde er vielleicht die Nachricht verbreiten und einige ihrer Auftragnehmer dazu bringen, den Auftrag ganz fallen zu lassen.

Wenn sie erst einmal damit fertig war, herauszufinden, wer auch immer ihr Erzfeind eigentlich war, konnte sie sich mit dem langfristigen Plan beschäftigen, *Motorcycle Man* zu sein und Menschenleben zu retten, ohne ermordet oder enttarnt zu werden.

Sie wischte sich die Hände mit einer Serviette ab, warf diese dann in den nahegelegenen Mülleimer und holte tief Luft, bevor sie in eine Hellsehertrance verfiel. Dieses Mal war es viel einfacher, ihr Ziel zu finden, vielleicht weil sie nach einer bestimmten Person mit einem bestimmten magischen Zeichen pendelte. Er war nördlich von ihr, vielleicht in Chinatown, vielleicht noch weiter weg.

Kera schaute sich um, um zu sehen, ob jemand zusah und änderte dann schnell Zees Aussehen, indem sie ihm blaue Akzente gab. Sie änderte auch die Farbe ihres Helmes und ihrer Lederjacke, ebenfalls in Blau. Der beste Weg, sich an diese Person heranzuschleichen, war, sie glauben zu lassen, sie sei *nicht Motorcycle Man*. Jeder wusste eben, dass *Motorcycle Man* schwarz trug und ein komplett schwarzes Motorrad fuhr.

Sie startete das besagte Motorrad und fuhr los. Während der Fahrt überprüfte sie immer wieder ihre Zaubersprüche, um sicherzugehen, dass das Motorengeräusch gedämpft war und die Verwandlungen an ihrem Platz waren.

Es gab eine Möglichkeit, eine aktive Hellsehertrance aufrechtzuerhalten, während sie sich bewegte, aber Kera hatte den Dreh leider noch nicht raus. Sie musste immer wieder anhalten, um zu sehen, ob sie in die richtige Richtung fuhr. Glücklicherweise bewegte sich ihr Ziel nicht von seiner Position.

So dauerte all das eine Weile, doch schließlich fand Kera sich vor einem hohen Wohnhaus auf der Ostseite von Chinatown wieder. Sie fand eine abgelegene Ecke, in der sie Zee verstecken konnte und machte sich dann auf die Suche nach einer Gasse, die sie zur Hintertür des Gebäudes führen würde. Als sie diese kurz darauf gefunden hatte, war es nicht schwer, die Tür zu öffnen – ein Riegel, den sie mit Magie aufstoßen konnte – und so schlüpfte sie die Treppe hinauf.

Es dauerte jetzt nicht lange, bis sie herausfand, welche Wohnung die richtige war, woraufhin sie im Flur verweilte, um zu lauschen, ob es irgendwelche verdächtigen Geräusche im Inneren gab. Doch sie konnte bloß einen Fernseher hören, sonst nichts – kein Hin- und Hergeschiebe von Gegenständen, kein Gerede.

Um diese Uhrzeit würde dieser Kerl damit auch seine Nachbarn belästigen.

Kera machte sich bereit, entriegelte die Tür und schob sie vorsichtig auf. Keine Reaktion. Perfekt. Sie schlich sich vorsichtig in die dunkle Wohnung, lediglich der Fernseher im Wohnzimmer diente ihr als Lichtquelle. Sie schloss die Tür hinter sich und verriegelte sie, dann nahm sie sich die Zeit, um die Lage zu überprüfen.

Ihr Ziel befand sich auf der Couch, eingeschlafen, neben ihm eine Flasche Bier. Ansonsten war niemand anwesend.

Perfekt. Sie nahm sich einen Moment Zeit, um ihren Annäherungswinkel zu wählen. So schnell sie konnte, rollte sie ihn auf den Bauch, griff seine Handgelenke, legte sie auf seinem Rücken übereinander und sicherte sie mit einem Kabelbinder. Als er aufwachte, war sie gerade dabei, seine Füße zu fesseln, doch bis er die Situation vollständig begriffen hatte, war Kera schon längst fertig.

Sie saß gegenüber von ihm und sobald er sie sah, begann er zu schreien. Kera verdrehte die Augen und schnipste mit den Fingern. Dadurch löste sich ihre Verwandlung von ihrer Kleidung und anstatt eines blauen

Outfits war die schwarze Lederkluft zu sehen. Der Schrei des Mannes erstarb in seiner Kehle.

Kera studierte ihn eindringlich. Er war Vietnamese, von mittlerer Größe und schlank.

»Du weißt, wer ich bin«, begann sie. Sie hielt ihre Stimme tief. »Und du weißt auch, dass hier niemand zur Unterstützung ist. Lass uns doch ein wenig plaudern, ja?«

Er starrte sie an, aber er war immerhin klug genug, keine Drohungen auszusprechen, die er nicht zurücknehmen konnte.

»Wir beide wissen, dass wir persönlich keinen Streit miteinander haben«, fuhr Kera fort. »Du wurdest angeheuert, um mich auszuschalten. Ich verstehe das schon. Ein Job ist ein Job, richtig? Gutes Geld.«

Er betrachtete sie misstrauisch.

»Ich will nur wissen, wer dich angeheuert hat«, sagte sie ihm mit starker Stimme. »Das ist es, das ist alles. Ich will mich mit denen allein unterhalten, anstatt dass sie mir Dutzende von euch als Kanonenfutter hinterherschicken. Das ist doch in unser beider Interesse, oder?«

Er sah einen Moment lang weg und schluckte dann.

»Hast du etwas zu sagen?«, fragte Kera. Sie nahm sich einen Moment Zeit, um zu lauschen und sicherzugehen, dass sich niemand anschlich. Doch nichts dergleichen schien der Fall zu sein.

»Wie zum Teufel hast du mich gefunden?«, fragte er schließlich.

»Alles, was *du* wissen musst, ist, dass es funktioniert hat.« Sie war langsam genervt. »Hilf mir bei der Sache, wie wäre das? *Ich* will nicht, dass irgendwelche Leute verletzt werden oder schlimmeres, nur weil ein paar

Bastarde beschlossen haben, einen Anschlag auf mich zu verüben. Ich will mit denen reden und sie fragen, was ihr verdammtes Problem mit mir ist.«

»Du mischst dich in alles Mögliche ein, was du nicht verstehst«, spuckte der Mann sie an. »Was verstehst du denn nicht daran, dass sie hinter dir her sind? Du kannst nicht einfach reinkommen und den Leuten sagen, wie sie ihr Leben führen sollen. Du machst so etwas und jetzt musst du mit den Konsequenzen umgehen können.«

»Ach?« Kera legte den Kopf schief. »Ihr dürft also Leute überfallen und Geschäfte ausrauben und das ist auch gut so, aber niemand darf sich bei *euch* einmischen?«

»Du kannst dich nicht darüber beschweren, dass Leute sich nach deiner Einmischung in unsere Angelegenheiten jetzt auch in deine einmischen.«

Kera verdrehte die Augen. Nur dummes Gerede. Sie lehnte sich näher heran. »Und. Ihr. Auch. Nicht.«

Er sagte nichts, biss nur die Zähne zusammen und sah weg.

»Ich werde noch einmal fragen«, meinte Kera und betonte den Satz noch kräftiger als zuvor. »Wer hat dich angeheuert?« Sie wollte kein ›sonst‹ anhängen, denn sie war sich nicht sicher, ob sie es in sich hatte, jemanden zu verletzen, der sich gar nicht wehren konnte. Sie hatte immer noch Albträume von Deke Anastidis, an dessen Tod sie beteiligt gewesen war, als er durch sie aus dem Fenster gestürzt war.

Dieser Kerl hier mochte ein Idiot sein, aber sie wollte sich nicht auf eine eskalierte Konversation einlassen. »Was soll ich mit dir machen, wenn du nicht kooperierst? Du kannst es dir sogar aussuchen.«

Diese Drohung schien endlich zu wirken. »Start-Up«, presste der Mann verängstigt hervor.

»Start-Up?«, wiederholte Kera und runzelte dir Stirn. »Start-Up *was*?«

»Diese Gruppe wird *The Start-Up* genannt«, murmelte der Mann und ächzte. Er rollte mit den Augen. »Noch nicht einer der großen Namen, aber sie sind ganz sicher auf dem Weg nach oben.«

Na geht doch. Ein Name. Immerhin.

»Erzähl mir mehr von denen!« Da war eine Erinnerung, die sich ihren Weg an die Oberfläche bahnen wollte, doch Kera konnte nicht herausfinden, was genau es war.

»Ich kann nicht! Keiner weiß was über die!«, erwiderte der Mann verzweifelt. »Keine Namen, nichts. Die Anführerin ist eine Frau, das weiß ich, sie hat den Spitznamen ›Katharina die Große‹, aber mir sagt das nichts.«

Klingt nach einer Königin oder so, dachte Kera bei sich. *Katharina wird sicher nicht ihr richtiger Name sein.*

Ihr Opfer hörte nun gar nicht mehr auf, zu erzählen: »Manche behaupten, die Frau wäre eine Russin. Aber vielleicht sagen die das auch nur so. Die Russen sind ja immer die Bösen und so weiter. Keiner weiß, wie viele es wirklich sind. Mit Leuten wie uns reden immer nur zwei. Da ist ein großer, rothaariger Kerl, sehr muskulös und ein dünner, dunkelhäutiger Bursche. Ein Latino. Er hat einen Afro. Also na ja, er versucht ihn immer mit Gel zurückzukämmen, wenn er seinen großen Auftritt als unser Boss hat, aber wir können es uns alle denken.«

Das war nicht hilfreich. Es machte es nicht einfacher, die Leute anhand solcher Beschreibungen in ganz LA und Umgebung ausfindig zu machen.

»Das ist schon *alles*, was du über die weißt?«, fragte Kera.

»Sie machen keine große Sache aus sich.« Er zuckte mit den Schultern, so gut er es mit gefesselten Händen eben konnte. »Ich meine, sie waren auf einmal einfach da. Sie haben die anderen Gangs dazu gebracht, sich gegenseitig anzufeinden. *The Start-Up* hat einen gewissen Vertrieb und sie zahlen gut.«

»So ist das. Ich verstehe.« Kera überlegte einen Augenblick. Sie konnte sich nicht daran erinnern, jemanden verärgert zu haben, den sie als Russen identifiziert hätte, aber sie nahm an, dass sie es wohl irgendwann getan haben musste. Oder ... einen der anderen. »Erzähl mir von dem Rotschopf und dem Latino.«

»Na ja, der Rothaarige ist Europäer. Wir nennen ihn Ginger. Der Latino ...« Er zuckte wieder mit den Schultern. »Wie gesagt, wenn er mit uns redet, fühlt er sich immer so wichtig. Er achtet auf sein Auftreten. Er fährt einen Mustang, passt auch zu ihm und seiner Art.«

Er fährt einen Mustang.

Dieser Satz hallte nach. Kera wurde still.

Jetzt verstand sie, was los war. Jetzt ergab alles einen Sinn.

Und sie bekam augenblicklich die Erinnerung zurück, die sie eben noch versucht hatte, aufzudecken. Ein Schild hing an der Wand eines unscheinbaren Bürogebäudes, das auf eine Reihe vager, nach einem Startup klingender Namen in einem Gebäude verwies, an dem der Mustang-Fahrer geparkt hatte.

»Ich verstehe«, sagte sie schließlich, ihre Gedanken rasten immer noch. *Er* war es, von Anfang an. Dieser Bastard hatte damit zu tun, das hatte sie die ganze Zeit schon geahnt. Doch sie wusste bisher nicht, welche Rolle er spielte. Doch jetzt ...

»Irgendeine Idee, wo ich die beiden finden könnte?«

»Wir hatten sie in Little Tokyo getroffen. Irgendwo in einer Halle. Wenn sie ein richtiges Hauptquartier haben sollten, kennt das keiner.«

Kera schätzte, dass er die Wahrheit sagte. »Danke dir.«

Ihre Gedanken rasten noch immer, sie wusste gar nicht, was sie nun gleich als Erstes tun würde. Doch vorher musste sie sich noch um ihr Opfer kümmern.

»Also, die Dinge werden jetzt folgendermaßen ablaufen«, begann sie an ihn gerichtet. »Ich werde dich losbinden und dich hier lassen. Denk daran, was ich dir vorhin gesagt habe, wenn ihr Leute verletzt, dürft ihr euch nicht beschweren, wenn sich jemand wehrt. Du wirst nun das Gerücht verbreiten, dass ich nicht wirklich jemanden verletzen will. Dass *The Start-Up* ein Haufen feiger kleiner Schlampen ist, die Leute schicken, um mich auszuschalten, weil ich jetzt ein paar Mal ihre dreckigen Machenschaften manipuliert habe. Sie versuchen, sich aus einer Scheiße rauszukaufen, die sie angefangen haben und nicht beenden können.«

Der Mann runzelte die Stirn, nickte aber kräftig. »Und?«

»Und wenn die Leute es so machen, dass ich keine andere Wahl habe, als sie zu töten, dann werde ich sie töten«, sagte Kera ernst und war über ihre eigene Wortwahl überrascht. »Das gilt für dich, das gilt für jeden, den *The Start-Up* einstellt und anheuert, das gilt für die komplette Gang. Verstanden?« Sie sah, dass er sich anschickte, zu widersprechen. »Das ist keine Verhandlung.

Die Entscheidung ist gefallen. Versuch bloß nicht, mich zu verarschen. Du wirst nicht gewinnen.«

Sie schnitt seine Fesseln durch, ließ ihn dort liegen und ging quer durch den Raum.

»Wer *bist* du?«, fragte der Mann verzweifelt, als sie an der Tür angelangt war. Er hatte sich bereits wieder aufgesetzt und rieb sich die Handgelenke. »Wie machst du den Scheiß, den du machst?«

Kera antwortete nicht. Sie schloss bloß die Tür hinter sich und ging dann langsam den Korridor entlang, wobei sie ihr Aussehen mit einer neuen Verwandlung veränderte.

The Start-Up.

Das waren die Leute, die die *Mermaid* zunächst abgeschüttelt hatte und sie waren diejenigen, die jetzt versuchten, Kera auszuschalten. *Wussten* sie, dass sie der *Motorcycle Man* war? Sie war sich nicht sicher. Aber sie wusste, dass der Mann mit dem Mustang von ihrem Motorrad wusste. Ob er bereits eins und eins zusammengezählt hatte?

Die Wahrheit war, dass er sich wahrscheinlich in die Hose machen würde, wenn er wüsste, dass die blonde Kellnerin, die er damals angemacht und verschreckt hatte, seine größte Erzfeindin war.

Sie grinste. Jetzt hatte sie einen Namen und jemanden, hinter dem sie her sein konnte. Jetzt …

»Es wäre viel einfacher, sich mächtig zu fühlen, wenn man durch die Nacht geht«, murmelte Kera vor sich hin, »wenn die verdammte Hose nicht auf einmal rutschen würde.«

Es war Zeit für einen weiteren Burrito.

KAPITEL 15

Was zur verdammten ...?«, zischte Pauline. Sie knallte ihre Hände auf den Tisch.

Sven, der die Ehre gehabt hatte, die schlechte Nachricht zu überbringen, zog eine Grimasse und hob seine Schultern. Er lehnte sich in seinem Stuhl zurück.

»Ja«, bestätigte er. »Seit einer Stunde wissen wir Bescheid. Keine der Gangs will sich mit uns verbünden. Es sei nichts Persönliches. Mit ein paar kleinen und offensichtlichen Ausnahmen haben sie keinen besonderen Grund, uns zu hassen oder mit uns im Krieg zu sein. Es ist nur so, dass ...«

Pauline unterbrach ihn. »Dass *was*? Was, Sven? Kommen Sie auf den Punkt.« Sie wusste, dass er kurz davor war, auf den Punkt zu kommen, aber das war ihr egal. Sie war *wütend*.

Er täuschte ein Husten vor. »Sie sagen nun, wir hätten sie benutzt, um den *Motorcycle Man* und die *LA Witches* zu jagen. Sie werden der Reihe nach abgeschlachtet, so haben sie es ausgedrückt. Dass wir die Scheiße angefangen haben und sie nun benutzen, um es zu beenden. Niemand will mit uns zu tun haben und niemand will sich mit den *LA Witches* anlegen. Sie haben auf der Straße einen halbmythischen Ruf als *Henker*. Die großen Fische haben keine Angst vor ihnen, aber sie nehmen sie dennoch ernst. Die mittelgroßen Fische, also diejenigen, die wir rekrutieren wollen, haben Bedenken.«

Lia meldete sich zu Wort. »Ich habe ähnliche Dinge gehört und kann bestätigen, was Sven sagt. Niemand will riskieren, den Zorn der *LA Witches* auf sich zu ziehen, zumindest bis die Stadt mehr darüber weiß, wer sie sind und wozu sie fähig sind.«

Pauline wandte sich ab, um nicht wertvolle Zeit der Firma zu verschwenden, indem sie zusammenhangslos in ungelenker Wut schrie. Sie praktizierte in ihren Gedanken ein paar Entspannungs- und mentale Klarheitsübungen, die sie von verschiedenen TED-Talks und Motivationsrednern gelernt hatte und kehrte nach etwa zwei Minuten wieder in die Realität zurück.

»In Ordnung«, meinte sie dann mit gefasster Stimme. »Wir haben festgestellt, dass unsere potenziellen Verbündeten allesamt Feiglinge sind, die nicht verstehen, dass kalkuliertes Risiko ein wesentlicher Bestandteil jedes erfolgreichen Geschäfts ist. Sie alle sind offenbar damit zufrieden, die *LA Witches* und den dämlichen Motorradfahrer über uns alle hinweggehen zu lassen.«

»Sie wussten, worauf sie sich einlassen«, erwiderte Johnny. »Sie können jetzt nicht darüber weinen. Sie nahmen den Job an und wurden dafür bezahlt.«

»Ja«, stimmte Pauline leise zu. Ihre Nasenlöcher weiteten sich und ihre Augen verengten sich, aber sie sah Johnny nicht an. Seltsamerweise schien sie nun *weniger* wütend zu sein, als sie es noch vor ein paar Minuten gewesen war.

Das musste an den Beruhigungstaktiken liegen.

Lia begann, etwas über die Fortschritte zu berichten, die sie bei ihrem Dossier gemacht hatte, ungeachtet des Scheiterns ihres Hauptziels, aber Pauline gab ihr ein Zeichen, still zu sein. Sie tat es, widerwillig.

»Das«, fuhr ihre Anführerin fort, ihre Stimme wurde ruhiger, »ist lächerlich, Miss Min.« Ihr Ton war immer noch eisig. »Niemand kann mir sagen, wer diese Möchtegern-Gangster sind, wo sie ihren Sitz haben, wie viele es von ihnen gibt und und und. Nichts. Alle anderen Gangs verbiegen sich für sie auf der Basis von *Gerüchten* und ein paar dummen Schlägereien? Das ist absurd.«

Sie breitete einen Arm aus und zeigte damit auf Johnny. »Bis jetzt ist er der Einzige hier, der sich ihnen persönlich entgegengestellt hat. Ich brauche mehr Leute wie Johnny, die nicht einfach umkippen und sich tot stellen, sobald sie auf echten Widerstand stoßen. Wir waren die ersten, die sich ihnen entgegengestellt haben, nicht wahr? Wenn wir also *zu Ende bringen*, was wir angefangen haben, wird uns das vor unseren Konkurrenten und potenziellen Partner viel effektiver erscheinen lassen.«

Johnnys Mund stand vor Erstaunen offen, aber er schloss ihn sofort wieder und verzog ihn dann zu einem breiten, aber verhaltenen Grinsen. Pauline stöhnte innerlich auf, sie konnte seine selbstgefällige Art nicht leiden, doch äußerlich ließ sie sich das jetzt nicht anmerken.

Lia hob einen Finger und als Pauline nicht widersprach, begann sie erneut, zu reden: »Wenn niemand herausfinden kann, wo die *LA Witches* ihr Hauptquartier haben oder wer sonst für sie arbeiten könnte, ist es sinnvoll, vorsichtig zu sein.«

Magie & Dating

»Ja, ja, *behutsam*.« Paulines Stimme war ätzend wie Säure. »Oder – und hören Sie mir nun zu – was wäre, wenn wir in dieser Sache keine feigen, kleinen Schlampen wären?«

Sie blickte sich im Raum um. Lia saß wie erstarrt da und Sven schaute weg.

»Wir werden mit dem Hauptplan weitermachen«, fuhr Pauline fort. »Und damit meine ich die Vernichtung des *Motorcycle Man* und seines kleinen Harems von hochnäsigen Gangsterschlampen oder was auch immer sie sind.«

»Wir haben schon versucht, ihn zu vernichten und es hat nicht funktioniert«, gab Sven zu bedenken. »Die üblichen Methoden scheinen einfach nicht wirksam zu sein.«

»Nun«, schnauzte Pauline, ihr Temperament flammte wieder auf, »Sie müssen wohl einen Weg finden, diese Methoden zum Funktionieren zu bringen oder neue und bessere Methoden anwenden. Johnny wird die Planung der Operation übernehmen, da er anscheinend der Einzige von Ihnen ist, der kein feiges Miststück ist.«

Lias Gesicht errötete vor Scham und Svens Gesicht nahm einen Ausdruck an, als hätte er eine Verdauungsstörung.

Johnny hingegen grinste noch breiter.

Misses Kim zeigte auf das linke Bein der Trainingspuppe. »Du musst es genau so treffen. Wenn der Gegner hoch in Richtung deines Kopfes kickt, musst du sein Bein tief treffen. Damit er fällt.«

Kera atmete ein und aus. Das Konzept war dank ihrer Schulausbildung in *Shotokan*-Karate nicht schwer zu begreifen und ihr Gegner war eher eine Puppe als ein lebendiger, atmender, potenziell gefährlicher Mensch.

Misses Kim erwies sich als eine äußerst strenge und anspruchsvolle Lehrerin, die Kera durch einen Spießrutenlauf von Tests schickte und Unmengen von Wiederholungen verlangte, bis Keras Form absolut perfekt war. Das etwas begrenzte Englisch der Frau machte es ihr schwer, die Dinge im Detail zu erklären.

In mancher Hinsicht war sie dennoch die beste Ausbilderin, die Kera je hatte.

Kera duckte und drehte sich in einer Bewegung, ihr Geist war an vier oder fünf Orten gleichzeitig und versuchte, die vielen Faktoren, die im Spiel waren, in eine einzige zusammenhängende Aktion zu bringen, die erfolgreiche Ausführung einer schwierigen Bewegung. Sie stellte sich vor, dass die Puppe in *Bewegung* war und sie verletzen oder töten wollte. Dann schwang sie ihr Bein hinter der Puppe herum und ihr Fußspann prallte gegen sein Bein nahe der Unterseite der Wade.

Die Trainingspuppe kippte mit einem lauten Klatschen zu Boden. Kera rollte sich mit der gleichen Bewegung zur Seite und machte sich frei, dann sprang sie wieder in Kampfstellung. Sie starrte auf die gefallene Schaufensterpuppe.

Misses Kim nickte zufrieden. »Gut. Jetzt noch einmal.«

Kera runzelte die Stirn, stellte die Figur aber wieder auf die Füße und gehorchte.

Während sie weiterhin Kicks und Schläge, Würfe und Takedowns, Clinches und Submission Holds, Blocks und Ausweichmanöver sowie allgemeine Übungen zu Haltung, Bewegung und Denkweise trainierte, stellte sie fest, dass sie trotz ihrer wachsenden Müdigkeit besser abschnitt. Es war, als ob die Frustration und Wut ihres kurzen Lebens ein Ventil in ihren Handlungen fand.

Sie war Cheerleaderin gewesen und ein stereotypisches, reiches Mädchen in der Highschool, danach Informatikstudentin und dann Barkeeperin. Zorn und Unzufriedenheit über die Verbrechen, die an unschuldigen Menschen um sie herum verübt wurden, hatten ihr Gewissen immer geplagt. Gleichzeitig hatte sie sich oft nutzlos gefühlt, als ob sie sich zurücklehnen und dumme Dinge für reiche Mädchen tun sollte, anstatt irgendjemandem zu helfen oder etwas Konstruktives zu erreichen.

In diesen Tagen nahm sie sich endlich beider Themen auf einmal an.

Kera wusste, dass die Trainingseinheit des Tages fast vorbei war. Sie hatten über zwei Stunden lang trainiert, wobei Misses Kim hin und wieder Bewegungen demonstriert hatte. Das, obwohl ihre Krankheit es ihr schwer machte, viel zu tun und es fast unmöglich war, mit der jungen, energischen Frau zu kämpfen. Die ältere Dame wurde langsam müde.

Bei all ihrer Strenge und ihrem Perfektionismus lag jedoch in allem, was sie sagte und tat, eine Grundlage von Sanftheit und Sorgfalt. Als Kera einen Blick auf sie warf, sah sie die Augen der Frau vor Stolz leuchten.

Gegen Ende der Sitzung demonstrierte Misses Kim einen Wurf mit geringem Kraftaufwand und zeigte ihr, wie sie sich beim Abwurf bewegen und richtig fallen musste, um Verletzungen zu vermeiden.

Kera bewegte sich auf die ältere Frau zu, stieß gegen ihr Gesicht und fand sofort ihren Arm und ihr Handgelenk fest gepackt vor. Sie wurde herumgewirbelt und in dem Moment, als sie den Druck auf ihre Gelenke spürte, sprang sie in eine schützende Bewegung und war kurz frei in der Luft, bevor sie dennoch auf der Matte aufschlug.

Sie kam auf die Beine, schnaufte und blinzelte, überrascht, dass eine so gebrechliche Person sie mit so wenig Anstrengung umwerfen konnte.

Misses Kims Augen waren auf sie gerichtet. »Kera. Geht es dir gut?«

»Ja«, antwortete sie und klopfte sich den Staub ab. »Hätte mir den Arm übel zugerichtet, wenn ich das falsche Timing erwischt hätte, aber mir geht es gut. Die Matte hat den größten Teil des Sturzes abgefangen. Respekt.«

Der Mund der Frau verzog sich vor Frustration. »Ich weiß, ich weiß. Nein, was ich meine, ist ...« Sie schien ihr Gehirn nach den richtigen Worten zu durchforsten. »Bist du zufrieden mit ... deinem Leben? Du weißt schon, was ich meine. Was ist aus dem netten jungen Herrn geworden, den du mal mit zum Abendessen gebracht hast. Wie läuft es mit ihm?«

Keras Gesicht errötete. Die Kims hatten bisher immer stilvoll um diese Frage herumgetanzt und sie war ihr ebenfalls ausgewichen, weil sie einfach nicht darüber reden wollte. Sie war froh gewesen, dass sie bisher nicht direkt danach gefragt hatten, denn es wäre unhöflich und ungnädig gewesen, sich einer so direkten Anfrage zu entziehen.

Jetzt hatte sie jedoch keine Wahl.

Magie & Dating

»Ich ... na ja«, murmelte Kera. »Wir hatten noch ein zweites Date, und ... es war okay, denke ich.« Sie schluckte, fühlte sich wie eine Idiotin.

Misses Kims Gesichtsausdruck änderte sich nicht. »Mein Mann hat von ihm gesprochen«, fuhr sie fort. »›Was ist mit diesem Jungen passiert?‹ hat er mich gefragt. Wir mochten ihn beide und jetzt sind wir ... neugierig. Sehr neugierig.«

Keras Schultern sackten zusammen. Es würde kein Entrinnen geben.

»Ich habe ihn abserviert«, gestand sie. »Nicht, weil ich ihn nicht mag oder etwas schiefgelaufen ist. Ich mag ihn sehr gern. Aber es musste sein. Ich habe sein Gedächtnis ausgelöscht, habe Magie benutzt, um ihn vergessen zu lassen, was passiert ist. Dann habe ich ihm gesagt, er wolle mich nicht mehr sehen. Ich dachte mir, wenn er denkt, es sei seine Entscheidung, würde er nicht zu mir kommen oder mich ständig anrufen. Ich will nicht, dass er verletzt wird durch mich oder durch andere in meinem Leben. Mein Leben ist jetzt einfach viel gefährlicher, als es früher war.«

Diese Worte waren schneller und lauter aus ihr herausgesprudelt, als sie beabsichtigt hatte und nachdem sie sie gesagt hatte, fühlte sie, wie die Haut an ihrem Nacken vor Scham kribbelte. Doch da war auch dieses Gefühl, eine große Last, die von ihren Schultern genommen wurde. Sie war erleichtert, es endlich ausgesprochen zu haben.

Misses Kims Gesicht war nachdenklich gezeichnet und sie gab einen tiefen, kehligen Laut von sich. »Ich verstehe. Vielleicht war es die richtige Entscheidung. Vielleicht solltest du aber auch noch einmal darüber nachdenken. Es geht auch um dich, nicht nur um ihn. Denke daran.«

Kera trat von der Matte und zog ihren *Gi* aus, teilweise als Ausrede, um ihr Gesicht von den scharfen Blicken der Dame abzuwenden.

Was zum Teufel soll das bedeuten?, fragte sie sich. Sie denkt offensichtlich, dass ich nicht die richtige Wahl getroffen habe. Ich weiß, es geht um mich, zum Teil. Ich habe all diese widersprüchlichen, dummen Emotionen und jetzt habe ich das Gefühl, dass alles noch komplizierter geworden ist, als es ohnehin schon war.

Misses Kim winkte ihr zu, jetzt lächelnd. »Und jetzt, wo du das Training so gut absolviert hast, hast du dir eine Mahlzeit verdient.«

Die junge Frau nickte und folgte ihr in die Wohnung der Familie. Als sie am Esstisch der Kims Platz genommen hatte, brachte die Dame zwei Tabletts mit Essen, das teils frisch, teils übrig geblieben war. Kera vermutete, dass ihre Gastgeberin jetzt bei jeder Mahlzeit extra noch mehr kochte, um es ihr später zu geben.

Misses Kim deutete auf ein Bücherregal, welches durch die Türöffnung sichtbar war, die vom Esszimmer zum Wohnzimmer führte. »Da sind noch mehr Bücher, die dich ansprechen könnten. Schau sie dir ruhig mal an, gerne auch, während du isst. Ich muss gehen und noch eine ... Besorgung machen.«

Sie nickte ihr noch einmal zu und verließ den Raum, Kera blieb allein zurück.

Kera zuckte mit den Schultern. »Okay, nun dann. Ich hoffe nur, sie macht sich keine Sorgen wegen möglicher Fettflecken auf den Seiten.« Sie bediente sich an einem Bündel zusätzlicher Servietten, bevor sie in das

Nebenzimmer trat und ausführlich die Rücken aller im Regal sortierten Bücher betrachtete.

Die meisten Bücher schienen sich mit Magie, Religion, Okkultismus und mystischen Traditionen zu befassen, es gab aber auch Bücher über verwandte oder sich überschneidende Themen wie Kräuterkunde, Yoga und obskure Aspekte der Natur und Wissenschaft. Es befand sich mit Sicherheit eine Fülle von Informationen darunter und es gab keine Möglichkeit, dass Kera sie alle im Laufe einer einzigen Mahlzeit lesen und aufnehmen konnte.

Sie beschloss, dass sie dafür Platz schaffen musste, um die Bücher hier einmal alle aufzuschlagen und richtig zu überfliegen, also stürzte sie sich erst einmal auf das Essen. Ihr lief das Wasser im Mund zusammen, die Kalorien, die sie während des Kampfsporttrainings verbrannt hatte, schienen ihre Energie fast so sehr verbraucht zu haben wie das Zaubern.

Sie begann mit einem großen Stück gegrillten Schweinebauchs und ergänzte es mit würzigem *Budae Jjigae*-Eintopf, zusammen mit etwas gebratenem Reis. Außerdem gab es eine prall gefüllte *Manicotti*, ein Truthahn-Sandwich, eine Tüte Kartoffelchips und ein halbes Tablett mit Brownies. Kera probierte alles der Reihe nach.

Nachdem sie fertig war und sich überaus sorgfältig die Hände abgewischt hatte, schlug sie wahllos eines der Bücher auf und begann, die Einleitung zu lesen. Die Autorin sagte vieles, das vage klang, doch meist zutreffend war. Sie erklärte, dass Magie in gewisser Weise eine Art Vertrag zwischen dem Magier und den größeren Kräften innerhalb des Universums sei.

Sie erwähnte auch, dass sich vieles von dem, was ›Magie‹ genannt wurde, als Aspekte der natürlichen Realität herausgestellt hatte, die die gewöhnlichen Menschen nicht gut verstanden. Kera nickte beim Lesen – schließlich wusste sie darüber schon Bescheid – dann ging sie zu den verwirrenden Details des Buches über.

Als ihre Augen über eine besonders unübersichtliche Passage wanderten – eine, die intensive Konzentration erfordert hätte, um sie zu verstehen –, wurde der Verstand der jungen Frau unaufmerksam. Sie konnte über diese Thematik nicht so intensiv nachdenken, wie sie es eigentlich wollte, denn sie wurde abgelenkt.

Das lag an Misses Kims kryptisch missbilligender Bemerkung von vorhin. Sie war offensichtlich nicht einverstanden mit Keras Entscheidung, Chris aus ihrem Leben zu streichen.

Sie spannte die Muskeln entlang ihres Kiefers an. »Ich liebe diese Frau«, murmelte sie, »aber sie versteht einfach die Nuancen meiner Situation nicht. Sie denkt nicht klar. Sie greift auf das zurück, was sie weiß und das ist, wie die Dinge für *sie* vor Jahrzehnten und in einem anderen Land ausgegangen sind. Es ist unmöglich, dass die Dinge zwischen Chris und mir so glattlaufen, wie zwischen ihr und Mister Kim. Wobei das ja auch nicht wirklich mit glatt bezeichnet werden kann.«

Sie seufzte, als sie spürte, wie die Emotionen sie erneut zu überwältigen drohten. *Nein, Kera*, ermahnte sie sich streng. *Bitte nicht jetzt, nicht hier.*

Sie biss sich auf die Lippe und schloss ihre Augen, um nicht zu weinen. Es half, denn ein paar Sekunden später fühlte sie sich wieder stärker. Mit klarem Kopf kehrte sie zu ihrer Lektüre zurück.

Magie & Dating

Jedenfalls zu Beginn. Nur zehn Minuten später begannen die Gedanken wieder zu den Themen Liebe und Freundschaft zurückzukehren, die nun nicht mehr weit entfernt und ausgeschlossen zu sein schienen. Es war wie damals, als ihre Großtante in eine Pflegeeinrichtung in einem anderen Bundesstaat verlegt worden war – sie hatten sich weder sehen noch telefonieren können, es war einfach schmerzhaft gewesen.

Ihr Herz tat weh.

Sie war jetzt einfach nicht in der Verfassung für ernsthafte Recherche.

»Vielleicht ...«, mutmaßte sie, »gibt es ja süße Jungs, die auch Hexen sind. Oder, äh, Zauberer? Hexer? Was auch immer der Begriff ist. Aber das würde mir helfen. Wenn so ein hypothetischer Typ da draußen ist, lass mich dich bitte treffen.«

Einen Moment lang genoss sie die Vorstellung, bis ihr etwas anderes einfiel. »Ach, bei meinem Glück werden ihn diese Mistkerle, die im Land herumreisen, finden und seine Kräfte auslöschen. So wie sie mich wollen. Vielleicht auch sein Leben auslöschen.«

Sie schüttelte den Kopf über diese Gedanken und schaufelte sich eine weitere Gabel Reis und Fleisch in den Mund, während sie angestrengt versuchte, eine Möglichkeit zu suchen, etwas Positives daraus zu machen – so schwierig das auch war.

»Wenn sie ihn töten, könnte ich auf einen ewigen Rachefeldzug gehen. Für meinen Seelenverwandten, den ich nie treffen konnte. Scheiße, das klingt irgendwie *lustig*.«

Nach all den Ängsten, unter denen sie gelitten hatte, was passieren würde, wenn die Leute hinter dem Buch sie endlich finden würden – falls sie es tatsächlich konnten – musste sie ihre Aggressionen ja schließlich auch an *jemandem* auslassen.

Einige Minuten später kam Misses Kim zurück und sie hatte jemanden mitgebracht. Kera setzte sich auf und nickte dem Besucher freundlich zu.

»Kera«, begann Misses Kim, »das ist Richard. Er ist ein Freund der Familie.«

Kera stand jetzt auf, um sich richtig vorzustellen. Der Mann vor ihr war Anfang dreißig, in hervorragender körperlicher Verfassung und ebenfalls koreanischer Abstammung. Er trug ein blaues T-Shirt und eine locker sitzende, sportliche Hose.

»Hi«, grüßte er und streckte seine Hand aus. »Du kannst mich Rick nennen.«

Kera nahm die Hand, schüttelte sie und lächelte. »Ich bin Kera, aber das hat Misses Kim dir sicher schon erzählt. Was führt dich denn in … ihre Residenz? Ach, tut mir leid, du bist wahrscheinlich öfter hier gewesen als ich.«

»Dein neuer Sparringspartner«, erklärte Misses Kim ihr. »Er wird dir beim Training helfen.«

Kera hob überrascht eine Augenbraue, als der Mann nickte.

»Ja«, bestätigte er. »Wegen ihrer Krankheit hat Misses Kim mich gebeten, dir zu helfen, mehr Übung mit jemandem zu bekommen, der länger kämpfen und ein paar gute Treffer einstecken kann. Nicht, dass sie hilflos wäre.« Er gestikulierte auf die kleine Dame neben ihm. »Aber du weißt, was ich meine.«

Er schien etwas verlegen zu sein und Misses Kim beugte sich vor, um ihm etwas zuzuflüstern, was Kera

Magie & Dating

jedoch deutlich verstand: »Kera ist stärker, als sie aussieht.« Dann fügte sie ein paar Kommentare in ihrer Muttersprache hinzu.

Langsam nickend schaute Rick wieder zu Kera und sagte: »Okay, dann. Wir können eine halbe Stunde oder so warten, da es so aussieht, als ob du gerade mit dem Essen fertig geworden bist. Man sollte nie direkt nach dem Essen Sport treiben, es neigt dazu, Dinge zu ruinieren.«

Kera zuckte mit den Schultern. »Nee, alles gut, gib mir einfach fünf Minuten zum Aufräumen und ich bin bereit. Ich habe einen wirklich hohen Stoffwechsel.«

Er zuckte die Schultern. »Wie du meinst, Kera.«

Alle drei trugen dazu bei, den Tisch abzuräumen und das Waschbecken mit Seifenwasser zu füllen. Während sie arbeiteten, fragte Kera Rick über seinen Hintergrund im Kampfsport aus.

»*Tang Soo Do*«, erklärte er, »das hat einige Überschneidungen sowohl mit *Taekwondo* als auch mit *Shotokan*-Karate, also wird es dir sicher bekannt vorkommen. Misses Kim hat mir von deinem Werdegang erzählt. Ich trainiere, seit ich elf Jahre alt bin. Das sind jetzt 23 Jahre. Zurzeit habe ich den schwarzen Gürtel vierten Grades. Ich habe auch etwas *Judo* und brasilianisches *Jiu-Jitsu* gelernt, aber jeweils nur etwa ein Jahr lang und jetzt bin ich darin etwas eingerostet.«

Kera nickte begeistert, während sie ihr Geschirr in die Spüle schob. Er versuchte nicht prahlerisch zu klingen, aber seine Bilanz war verdammt beeindruckend.

Sie antwortete: »Schön. Ich bin, äh, weitaus weniger fortgeschritten als das. Ich meine, ich bin nicht schlecht, aber du musst aufpassen, dass du mich nicht umbringst, ja?«

Er lachte auf. »Abgemacht.«

Das Trio machte sich auf den Weg zu dem kleinen *Dojang*. Misses Kim bat Kera, ihre Schuhe und Socken wieder auszuziehen, zwang sie aber nicht, ihren *Gi* wieder zu tragen, da Rick seinen eigenen auch nicht mitgebracht hatte. Beide hatten Sportkleidung an, die für das jetzige Training gut genug sein würde.

»Leichter bis mittlerer Kontakt. Ist das okay?«, fragte er Kera, bevor er auf die Matte trat.

»Sicher«, entgegnete Kera selbstbewusst.

Sie nahmen ihre Positionen auf den gegenüberliegenden Seiten der Matte ein, dehnten sich und wärmten sich auf, bevor sie gegenüber traten und sich in Kampfstellung begaben. Kera achtete genau auf ihren Gegner und die Art, wie er sich bewegte. Alles sprach von großem Können und Selbstvertrauen.

Sie beschloss, auf keinen Fall Magie gegen ihn einzusetzen, auch wenn er wie ein äußerst schwieriger Gegner wirkte.

Das würde den Zweck verfehlen. Na ja, vielleicht eine leichte Steigerung der Geschwindigkeit und Stärke, aber ansonsten machen wir das auf natürliche Weise. Ich muss schließlich herausfinden, wie gut ich gegen jemanden bin, der keine übernatürlichen Fähigkeiten hat, aber dennoch extrem gut ist.

Während Misses Kim zusah, fragte Rick: »Bist du bereit?«

»Ja, *Sir*«, erwiderte Kera scherzend. Sie hob ihre Fäuste.

Sie bewegten sich in gegensätzlichen Winkeln vorwärts, täuschten an und wechselten mit schnellen Bewegungen die Richtung. Jeder versuchte, den anderen aus der Fassung zu bringen, indem er ihn zu einer falschen Einschätzung dessen verleitete, was als Nächstes kommen würde. Jeder wartete ab, ob der jeweils andere nicht zuerst angreifen würde.

Der Abstand zwischen ihnen verringerte sich und Kera sah ihre Chance.

Während er einen Tritt gegen ihre Beine versuchte, ging sie in die Tiefe und schlug auf seinen Unterkörper ein. Doch er war plötzlich hinter ihr und stemmte seinen Unterarm in ihren Rücken, während er ihre Beine mit seinem Fuß unter ihr ohne große Anstrengung wegschlug. Als sie fiel, packte er ihren Arm und hielt ihn hinter ihr fest, sobald sie auf der Matte lag.

»Uff«, machte Kera. »Unglaublich. Du hast diese Runde eindeutig gewonnen.«

Rick ließ sie aufstehen und sie gingen wieder aufeinander los. Diesmal war es nicht so schnell vorbei. Kera blieb auf den Beinen und sie wichen einander aus, tauschten schnelle Schläge inmitten von Schlangenbewegungen aus und versuchten, sich gegenseitig zu Fall zu bringen.

Kera war begeistert. Rick war möglicherweise der geschickteste Kampfsportler, gegen den sie je gekämpft hatte.

Im Laufe von zwanzig Minuten landete sie zwei oder drei anständige Schläge gegen ihn, aber meistens bekam sie diese selbst zu spüren. Überall. Er verzichtete darauf, sie schwer zu verletzen, aber sie würde wahrscheinlich genug blaue Flecken haben, um sich an den Anlass zu erinnern.

Schließlich trennten sie sich voneinander, ohne dass Kera auch nur eine einzige Runde gewonnen hatte.

Misses Kim verkündete: »Gut für das erste Mal. Das war äußerst viel Anstrengung für heute. Ihr müsst euch ausruhen. Beide.«

Keuchend ging Kera auf ihren Sparringspartner zu und schüttelte ihm die Hand. »Du bist gut«, bemerkte sie. »Unfassbar gut.«

»Danke.« Obwohl er genau ein komplettes Jahrzehnt älter war als sie, schwitzte er nur minimal. »Du bist auch nicht so schlecht. Es gibt noch Raum für Verbesserungen, aber für jemanden mit mittlerem Rang und Erfahrung würde ich sagen, dass du dich recht gut machst. Du bist *wirklich* schnell und stark, schneller als die meisten Leute, gegen die ich gekämpft habe. Du bist doch nicht auf PCP oder so was, oder?« Er lachte.

»Oh, ha«, antwortete sie und zwang sich zu einem dümmlichen Grinsen, »ich fürchte nicht. Danke für deine Worte.«

Weiß er es?, fragte sie sich nervös. *Ist er in das ganze Geheimnis der Thaumaturgie, Gatha oder wie auch immer man es nennt, eingeweiht, so wie es die Kims sind? Oder tappt er im Dunkeln über meine Fähigkeit, mich zu verbessern? Oder war es einfach nur ein Scherz?*

Sie verbrachten ein oder zwei Minuten damit, Luft zu holen und zwei Wasserflaschen auszutrinken, die Misses Kim herausgebracht hatte. Als sie fertig waren, sagte sie lächelnd: »Ihr solltet wieder kämpfen.«

Kera versuchte, nicht zusammenzuzucken. »Jetzt? Ehrlich gesagt, könnte er mich jetzt umbringen, so erschöpft bin ich von den paar Runden. Plus das ganze Training, das ich vorhin gemacht habe.« Sie hoffte, dass es wie ein Scherz klang. »Ich meine, vielleicht ein anderes Mal?«

Misses Kim runzelte die Stirn. »Nein. Nein. Du brauchst noch mehr Übung. Komm mal mit, Kera. Wir reden.«

Rick wartete stirnrunzelnd, während die Frauen nach draußen gingen und es sich im Hinterhof bequem machten. Als sie ganz allein waren, wandte sich die ältere Dame an Kera. »Da. Siehst du?«

Die blinzelte bloß und wartete auf eine Klarstellung seitens Misses Kim.

»Du siehst doch, dass Geschwindigkeit und Kraft nicht ausreichen. Nicht von selbst. Du musst die Technik haben. Du brauchst mehr Übung. Du musst dich weniger schlecht fühlen. Du bist gut, aber du bist nicht ganz bei der Sache. Ich merke das, Kera.«

Kera seufzte besiegt. »Okay, aber ich muss bald los und mich für die Arbeit fertig machen.«

Misses Kim führte sie an der Schulter zurück zum *Dojang*. »Zehn Minuten. Mehr nicht. Zwei Runden. Diesmal gewinnst du.«

Damit war Kera einverstanden.

Sie wiederholte ihre Anweisungen an Rick, der unbeholfen mit den Schultern zuckte, bevor er seine Kampfhaltung wieder einnahm. »Tut mir leid, Kera«, scherzte er, »aber ich werde ihr nicht widersprechen. Immerhin könnte sie mir in den Arsch treten, wenn sie wollte. Mal sehen, ob du mich jetzt erledigst.«

KAPITEL 16

Stephanie saß allein in ihrem Schlafzimmer, eine einzelne schwache Lampe in der Ecke hielt den Raum relativ dunkel, abgesehen von dem weißen Schein ihres Tablets.

Sie hatte sich durch ihre abschließenden Aufgaben heute Abend beeilt, verzweifelt, um nach Hause zu kommen und das seltsame Buch herunterzuladen, welches sie vorhin auf Keras Handy gefunden hatte. Bei all den merkwürdigen Dingen, die in letzter Zeit passiert waren, machte sie sich Sorgen, dass Kera in irgendetwas ganz Eigenartiges hineingeraten war.

Sie konnte das Buch immer noch nicht auf Amazon finden, aber es hatte eine gewisse Präsenz, einschließlich mehrerer Rezensionen auf *GoodReads*. Eine der neueren Bewertungen kommentierte, dass es irgendwann in den letzten paar Wochen aus der Publikation genommen worden war.

Stephanie kaute untätig an ihren Nägeln – eine schlechte Angewohnheit, die sie schon vor Jahren abgelegt zu haben glaubte –, während sie las, was die verschiedenen Benutzer zu sagen hatten. Ihre Kritiken und Kommentare waren gemischt. So war es immer im Internet. Wenn sie die Gedanken der Leute über einen Film las, den sie gut fand, gab es immer Leute, die ihn dennoch für einen ›elenden Scheißhaufen‹ hielten und wieder andere, die ihn als den besten Film der Kinogeschichte feierten.

Bei diesem Buch variierten die Ergebnisse der verschiedenen Personen selbst für Internetverhältnisse in einem lächerlichen Ausmaß.

Die Mehrheit, wahrscheinlich drei Viertel, bestand darauf, dass das Buch absoluter Unsinn sei. Dass nichts davon echt und seine Autoren Betrüger oder Scharlatane und dass alle anderen Rezensionen, die das Gegenteil behaupten, das Werk von Lockvögeln, Verrückten und geistig Behinderten seien.

»Interessant«, murmelte Stephanie.

Es gab auch einige, die das Buch als ›unterhaltsame Referenz‹ betrachteten. Sie nahmen es nicht ernst in seiner Aufgabe als Lehrbuch und hatten es gekauft, um etwas über Magie oder wie das Buch es nannte, *Thaumaturgie*, zu lernen – einfach nur zum Spaß.

Aber zusätzlich zu diesen gab es einige, die behaupteten, Magie sei tatsächlich real, funktional und erstaunlich. Personen, die die Kraft von sechs Männern erlangt hatten, andere dazu brachten, ihren Willen zu erfüllen, sich selbst von einer Grippe heilten oder lernten, Feuer aus der Ferne zu entzünden und nach Belieben wieder zu löschen.

»Jungs und Mädels«, flüsterte Stephanie zu dem Bildschirm, »entweder seid ihr alle total verrückt oder Kera ist wirklich in etwas verwickelt, von dem mehr Leute wissen müssen. Jetzt im Ernst.«

Zwei Rezensionen unter den längeren und ausführlicheren nahmen Bezug auf diverse Berichte, die in den Nachrichten gewesen waren. Vorfälle in South Carolina,

Florida, Texas, New Mexico und anderswo, bei denen es um Menschen ging, die behaupteten, seltsame Kräfte zu haben oder in merkwürdige Ereignisse verwickelt zu sein, nur um kurze Zeit später ohne schlüssige Beweise wieder zu verschwinden. Sie fuhren fort, zu behaupten, dass es eine ganz riesige Verarsche und Verschwörung gegen alle Bürger der USA war.

Stephanie lehnte sich zurück und ihre Augen blickten in die Ferne.

Warum, fragte sie sich nervös, *sollte Kera an diesem Zeug interessiert sein?*

Kera MacDonagh war nicht leichtgläubig, New-Age-mäßig oder der abergläubische Typ. Sie wirkte auf Stephanie immer wie eine geerdete, vernünftige, rationale Frau. Immerhin hatte sie Informatik studiert. Diese Leute waren nicht dafür bekannt, sich mit Hexerei zu beschäftigen.

Doch dann wiederum ...

Kera war in letzter Zeit das eine oder andere Mal zu spät gekommen, was für sie bisher ungewohnt war. Außerdem hatte sie in kurzer Zeit viel Gewicht verloren, rätselhafte Flecken auf ihrem Körper bekommen und war aus Gründen, die sie beschönigte – und über die Cevin ebenfalls nicht sprechen wollte – mehrere Tage lang nicht zur Arbeit erschienen und hatte sich ohne erkennbaren Grund plötzlich die Haare schwarz gefärbt.

Das war das Seltsamste.

Sie trug generell auf einmal nur noch schwarz. Schwarzes Make-up, schwarze Lederjacke, dazu auch noch einen schwarzen Helm, passend zu ihrem schwarzen Motorrad.

Sie muss diese Farbe ja wirklich lieben.

Magie & Dating

Oder...

Stephanie setzte sich kerzengerade auf. »Nein«, sagte sie streng zu sich selbst, »sie ist definitiv *nicht* der *Motorcycle Man*. Das ist doch lächerlich. Stephanie, du musst ins Bett gehen und dich etwas ausruhen. Du bist schon lange wach.«

Doch als sie sich die Zähne putzte, wollte ihr der Gedanke immer noch nicht aus dem Kopf gehen. Ihr schwirrten Hypothesen, Implikationen und Fragen im Kopf herum, von denen sie nicht wusste, ob sie sie beantworten oder ignorieren sollte. Oder wollte.

Als sie in ihr Schlafzimmer zurückkehrte, schaltete Stephanie ihr Tablet wieder ein und tat eine letzte Sache. Sie ging zurück zu der Seite, auf der sie eine raubkopierte PDF-Datei des Magie-Buches gefunden hatte.

»Ich sollte diesen Quatsch jetzt wirklich nicht machen«, murmelte sie resigniert, als sie die Schaltfläche drückte und eine Kopie herunterlud. Aber sie würde nicht herausfinden, ob das alles echt und ihre Freundin in Gefahr war, wenn sie nicht ihre verdammten Nachforschungen anstellte.

★ ★ ★

Zum ersten Mal seit einer gefühlten Ewigkeit fürchtete sich Johnny nicht davor, in Paulines Büro aufzutauchen, wenn er gerufen wurde. Er hatte einen federnden Schritt, während er sich näherte und an die Tür klopfte.

»Kommen Sie rein«, rief Pauline klar.

Als Johnny hereintrat, musste er zweimal hinschauen. Denn Pauline sah ... anders aus. Sehr anders. Sie schien jedoch nicht bereit zu sein, darüber zu sprechen. Sie kam gleich zur Sache, sodass Johnny auch gar nicht weiter darüber nachdenken konnte.

Pauline verschränkte die Arme und fuhr mit der Zunge über die Zahnspitzen. »Also gut, da ich mich auf keinen von Ihnen verlassen kann, dass Sie letztendlich herausfinden, was zum Teufel hier los ist, werde *ich* den Plan machen und Sie werden tun, was Ihnen gesagt wird.«

Johnny runzelte die Stirn. Er hatte sich vielleicht doch geirrt, dass dies ein gutes Treffen sein würde. »Bei allem Respekt, *Boss Lady*, wir *wissen*, was hier los ist. Es geht nur darum, unsere Feinde aufzuspüren und mit ihnen fertig zu werden.«

Sie antwortete mit einer Stimme, die zwar scharf, aber überraschenderweise nicht wütend war: »Sie haben im Wesentlichen recht und ich schätze Ihre Einstellung. Niemand sonst hat so viel Engagement gezeigt wie Sie, Johnny Torrez. Allerdings beschönigen Sie die Besonderheiten, die nämlich kompliziert sind.«

Johnny runzelte die Stirn, entgegnete aber nichts. Er war sich nicht ganz sicher, wohin das hier führen sollte.

Pauline sah ihn ernst an. »Ich werde eine Aufklärungsoperation durchführen, die darauf abzielt, den *Motorcycle Man* und die *LA Witches* aus der Reserve zu locken, damit wir endlich mehr über sie erfahren können. Diese Informationen werden wir dann nutzen, um sie ein für alle Mal zu eliminieren. Rohe Gewalt hat sich bisher als äußerst ineffektiv erwiesen. Wir hätten von Anfang an Spionage und Täuschung einsetzen sollen.«

Johnny nickte. Ihm fiel nicht ein, was er dazu sagen konnte.

Magie & Dating

»Sie werden mich bei diesem Job begleiten, da Sie der Einzige sind, der ein akzeptables Maß an Begeisterung dafür gezeigt hat, unsere Feinde zu jagen und sie in den verdammten Dreck zu stampfen, wo sie hingehören. Jetzt ist nicht die Zeit für übermäßige Vorsicht oder Besonnenheit.«

»Ich fühle mich geehrt.« Er lehnte sich an die Wand und grinste. »Also, was ist das Wesentliche an Ihrem Plan?«

»Dazu wollte ich gerade kommen«, wies Pauline ihn zurecht. »Erstens werde ich persönlich zu der Operation kommen, wenn auch in Verkleidung. Wahrscheinlich in der Rolle von ... sagen wir, in der Rolle der dämlichen, naiven Freundin eines dummen, reichen Playboys.«

»Oh, das erklärt ... Ihr Aussehen.« Johnny betrachtete sie erneut, von oben bis unten. Sie trug ganz anderes Make-up und Kleidung sowie eine rotbraune Perücke. Außerdem hatte sie Overknee-Stiefel über ihrer Jeans an. Die zeigten, wie schön ihre Beine waren. *Wow.*

Johnny verengte seine Augen, obwohl sein Mund vor Belustigung verzogen war. »Heißt das also, ich werde den reichen Playboy spielen?«

»Höchstwahrscheinlich, ja«, bestätigte sie. »Es sei denn, ich finde kurzfristig jemand Besseren und in diesem Fall wären Sie dann unser Leibwächter. So oder so, wir werden eine gute Verwendung für Sie finden. Was den Zeitpunkt angeht, wann wir das machen, so ist es heute Abend. Ich hasse es, Zeit zu verschwenden. Wir machen uns sofort an die Arbeit. Was den Ort betrifft, würde ich sagen, dass es am sinnvollsten ist, den Ort zu überwachen, an dem unsere Probleme damals begannen. Zu den Leuten, die uns schon die ganze Zeit über ein Dorn im Auge waren.«

Ihre Hände waren zu festen, knochigen Fäusten geballt und ihre roten Nägel hinterließen ebenso rote Spuren auf ihren Handflächen.

Johnny nickte und verstand sofort, welchen Ort sie meinte. Die Aussicht erfüllte ihn mit einem vagen, leisen Grauen, aber auch mit einer gewissen bösartigen Erregung.

»Die *Mermaid*«, mutmaßte er. Pauline lächelte kühl.

Doug Lopez' Mund machte eine Reihe von verzweifelten Bewegungen, wie ein Fisch, bevor er ganze Worte hervorbringen konnte. »Was soll der Scheiß?«

Mia eilte von ihrem Schreibtisch herüber. »Was ist es? Oh nein, es hat doch nichts mit *unserer* Geschichte zu tun, oder? Uff, warte, das musst du mir nicht beantworten. Natürlich hat es das.«

Sie schaute über seine Schulter auf den Bildschirm seines Laptops. Er sah sich gerade ihren neuesten Bericht über den *Motorcycle Man* und seine Heldentaten an.

Und dieser war verändert worden. *Erheblich.*

Mias Mund ahmte den von Doug nach und verdrehte sich in seltsamen Formen, während sich ihre Augen in zornigem Unglauben wölbten. Unangekündigt kamen zufällige, seltsame Laute heraus. Doug hätte sie dafür geneckt, wäre die Situation nicht so verdammt ernst gewesen.

Jemand hatte hier und da Sätze umformuliert, andere gestrichen und wieder woanders ein paar neue Absätze hinzugefügt, die alle auf ein bestimmtes Ziel ausgerichtet waren, dem FBI zu schmeicheln. Der Bericht erfüllte nun den ›Vorschlag‹ der Behörden, den Motorradfahrer zu verleumden und die ehrliche Meinung der Öffentlichkeit zu unterdrücken.

Es gab kryptische Andeutungen, dass der *Motorcycle Man* das Alter Ego eines psychisch gestörten Berufsverbrechers und seine Stunts nur Ablenkung von seinen anderen illegalen Aktivitäten gewesen seien. Ganz zu schweigen davon, dass der Artikel die heldenhaften Rettungsbemühungen des Vigilanten in den Schatten stellte, indem er behauptete, er sei rücksichtslos und dumm gewesen und habe die Bevölkerung unnötig gefährdet, indem er sich stets weigerte, die Dinge den Profis zu überlassen.

Ans Ende der Geschichte war eine Werbung für eine Live-Reportage gesetzt worden, die der Sender auf seinem TV-Kanal ausstrahlte und die in drei Minuten beginnen würde.

»Na, wollen wir uns das überhaupt ansehen?«, fragte Doug. »Ich bin mir da nämlich nicht sicher, ob ich das will. Das wird ein totaler Mist werden. Ich meine, schau dir *das doch* an.« Er winkte mit der Hand zu dem Bildschirm. »Und wir hatten null Anteil an dieser Live-Show, also werden alle positiven Nuancen, die vielleicht in unserer Textstory übrig geblieben sind, jetzt damit aus dem Fenster fliegen.«

Mia rieb sich die Augen und Doug hatte wieder einmal das Gefühl, dass sie einen kräftigen Drink gebrauchen könnte.

»Oh, Mann. Ja, das wird ätzend, aber wir müssen es uns anschauen. Wir müssen wissen, was sie mit unserer Arbeit machen, damit wir unsere Wut auf ein angemessenes Maß kalibrieren können.«

Nickend stimmte Doug zu: »Du hast wahrscheinlich recht. Ich schätze, es wird irgendwo zwischen ›richtig sauer‹ und ›Atomexplosion‹ liegen.«

»Höchstwahrscheinlich. Dafür brauche ich erstmal einen Kaffee, du bist diesmal dran, ihn nachzufüllen.«

Mia setzte sich und schaltete schon mal auf den Live-Stream des Senders, während ihr Partner zur Kaffeemaschine eilte. Er kam mit zwei gefüllten Kaffeetassen zurück, als die Reportage pünktlich zur vollen Stunde begann.

Die Journalistin, die den Stream leitete, war eine neue Mitarbeiterin namens Sandy, mit der Doug und Mia bereits ein paar Mal zusammengearbeitet hatten. Sie hatte jedoch meistens mit anderen Abteilungen zu tun und soweit die beiden wussten, war sie bisher nicht mit dem Fall des mysteriösen Motorradfahrers vertraut.

»Guten Abend, verehrte Damen und Herren«, begann sie und posierte vor einer üppigen und wohlhabenden Vorstadtsiedlung. »Mein Name ist Sandy Satkowiak und ich heiße Sie herzlich willkommen zu unserer heutigen Sonderreportage *Motorcycle Man: Freund oder Feind? Ein besonderer Live-Bericht.* Wir sind hier in der Nähe von Los Feliz, um mit einigen Anwohnern zu sprechen, die sich versammelt haben, um über den schattenhaften Vigilanten zu diskutieren, über den jeder spricht, doch dessen wahre Identität und Beweggründe im Dunkeln bleiben.«

Doug stöhnte. »Der *Motorcycle Man* hat nicht einmal in dieser Gegend operiert. Sie haben absichtlich die Innenstadt gemieden, wo die Leute eher Informationen aus erster Hand erhalten würden. Was für eine Frechheit.«

Magie & Dating

»Ja«, brummte Mia, »und sie bereiten schon die Bühne für einen Rufmord vor, indem sie das lächerliche Wort ›schattenhaft‹ benutzen, obwohl sie etwas Neutraleres wie ›mysteriös‹ hätten sagen können. Verdammt noch mal.«

Sie hatte das schreckliche Gefühl, dass ihr Wutpegel in Richtung des ›nuklearen‹ Endes des Spektrums tendieren würde, welches Doug vorhin beschrieben hatte.

Sandy fuhr fort, einen kurzen, groben, halbherzigen Überblick über die Situation zu geben, bevor sie innehielt, um ein paar Anwohner aus der Menge der lokalen Beobachter zu interviewen. Doug und Mia fragten sich, ob diese Bürger – und ihre Aussagen – echt waren oder ob sie in die Menge eingeschleust worden waren.

Sandy interviewte in diesem Moment einen mürrisch aussehenden, dicken Mann in einem netten Hemd: »Was halten Sie davon, dass der *Motorcycle Man* die örtlichen Gesetze und Sitten komplett missachtet? Neue Fakten über den Fall deuten darauf hin, dass er möglicherweise einen kriminellen Hintergrund hat und als Teil seiner Selbstjustiz die Bezirksgrenzen überschritten hat.«

Dougs Fingerspitzen krallten sich in den Schreibtisch, Mias Gesicht war weiß.

Der Mann gab eine relativ unverbindliche und elliptische Antwort, in der er darüber schwadronierte, dass er niemanden unterstützt, der das Gesetz bricht und dass die meisten Leute besser die Polizei rufen sollten, wenn sie ein Problem haben.

Sandy interviewte schnell zwei weitere Personen, beides Frauen, von denen die eine sagte, sie wolle den Motorradfahrer mögen, sei sich aber nicht sicher, was sie wirklich denken solle und die andere verärgert fragte, warum der Motorradfahrer das Bedürfnis habe, sein Gesicht und seine Identität zu verbergen, wenn er doch so gut und tugendhaft sei.

»Außerdem«, führte Sandy aus, während sie wieder in die Kamera schaute, »haben wir kürzlich neue Informationen erhalten. Wir haben von einem Agenten des FBI erfahren, welcher unter der Bedingung der Anonymität spricht, dass es sich bei dem sogenannten *Motorcycle Man* um eine Person handeln könnte, die zuvor in eine staatliche psychiatrische Einrichtung eingewiesen wurde oder möglicherweise um einen Soldaten für ein lokales Syndikat des organisierten Verbrechens ...«

Sie fuhr damit fort, ein halbes Dutzend verschiedener Verschwörungstheorien aus dem Internet anzusprechen, wobei sie es sorgfältig vermied, sich auf eine von ihnen festzulegen, aber dennoch andeutete, dass sie alle wahr sein könnten. Nicht eine einzige stellte den heldenhaften Motorradfahrer in ein positives Licht.

Doug und Mia konnten einfach nur den Kopf schütteln und sich mit großen Augen anschauen. Es war grauenvoll.

Dann gab es einen kurzen Schnitt zu einigen Infografiken über die Kriminalitätsstatistiken von LA und vergangenen Fällen von vermeintlichen Selbstjustizlern, die Probleme verursachten, während sie versuchten, sich selbst oder andere vor Plünderern, Randalierern und Straßenräubern zu schützen. Dann kehrte die Kamera zur Live-Übertragung von Sandy zurück, die sich in die Ausläufer der Berge unweit des Griffith Observatory begeben hatte, um einen besseren Blick auf die Stadt unter ihr zu haben.

»Und so«, schloss sie ab, »kämpft Los Angeles weiterhin mit Unentschlossenheit in einer ohnehin unsicheren

Zeit. Das FBI hat uns versichert, dass sie an dem Fall dran sind und dass alle Schuldigen für alle begangenen Verbrechen zur Rechenschaft gezogen werden. Wie denken Sie über diese Lage, meine Damen und Herren?«

Doug klappte den Bildschirm seines Laptops zu, während Sandy sich von den Zuschauern verabschiedete und atmete einige Male tief durch, wobei er dem Drang widerstehen musste, das Gerät an die Wand zu schleudern.

»Was für eine Scheißshow«, murmelte er.

Mia war weitaus weniger zurückhaltend. »Oh, diese Bastarde! Sie haben zwar nicht direkt gelogen, aber sie haben die ganze Sendung damit verbracht, die Fakten dermaßen zu verdrehen und ihre Scheiß-Agenda in den Köpfen der Zuschauer zu verankern. Als ob das öffentliche Vertrauen in die amerikanischen Nachrichtenmedien nicht schon miserabel genug wäre! Was für eine verdammte Scheiße! Wir sind echte Journalisten, mit Integrität und diese Idioten lähmen uns auf Schritt und Tritt. Ein *Held* wird deswegen zu Fall gebracht. Meine Güte noch mal!«

Sie trat wutentbrannt gegen den Mülleimer, sodass der Inhalt auf dem Boden verschüttet wurde und verbrachte dann einen Moment damit, sich zu beruhigen. Dann schüttelte sie den Kopf über ihren Wutausbruch und schnappte sich einige übrig gebliebene Servietten, um die Sauerei zu beheben.

Doug konnte unterdessen kaum mehr tun, als regungslos dazusitzen und ins Leere zu starren. Er war genauso wütend wie seine Partnerin, aber seine Wut wurde von einem kalten, kranken Gefühl der Hoffnungslosigkeit und Vergeblichkeit betäubt. Nach all ihrer Arbeit an der *Motorcycle Man*-Story war *dies* nun das Endergebnis.

In einem schwachen Versuch, sich abzulenken, checkte er hastig seine E-Mails.

»Oh, sieh mal«, murmelte er resigniert. »Der Chef hat uns ein paar E-Mails geschickt. Willst du sie lesen?«

»*Nein*«, schnappte Mia. »Definitiv nicht. Danke der Nachfrage. Der Alte kann mir jetzt auch gestohlen bleiben.«

Doug nickte bei ihren Worten bekräftigend. »Ebenso. Ich kann den *Arschkriecher* im Moment nicht ertragen. Ich frage mich, ob er die E-Mails selbst geschrieben hat oder ob es nur Mist vom FBI ist, den er höflich an unsere Posteingänge weitergeleitet hat.«

Mia stand auf und warf die letzten Servietten in den Papierkorb, der wieder an seinem rechtmäßigen Platz stand. »Wen kümmert's?«, knurrte sie. »Die haben den völlig unter Kontrolle.«

Sie ließ sich erschöpft zurück in ihren Stuhl sinken und fuhr sich mit den Fingern viel öfter als nötig durch die Haare.

Um das unangenehme Schweigen zu brechen, witzelte Doug: »Es ist effektiv, das muss ich ihnen lassen – die hinterhältigen, heimtückischen Techniken, die sie benutzt haben. Sie haben ja nie gesagt, dass irgendetwas von diesem Zeug bestätigt oder Beweise geliefert wurden. Sie haben diese verrückten Ideen einfach in den Raum geworfen und lassen die Leute die Lücken selbst ausfüllen. Wenn jemand den letzten Teil der geistigen Arbeit selbst erledigen muss, fühlen sie sich ihrer falschen, inkorrekten Schlussfolgerungen jetzt sicherer. Brillant.«

Magie & Dating

Ein Schaudern ging durch Mia, doch sie zwang sich, still sitzen zu bleiben. Ein weiterer Wutanfall würde nichts lösen. »Ja, brillant. Das ist ein Wort dafür. Aber damit werden sie nicht durchkommen. Wir *müssen* jetzt etwas tun.«

Doug atmete durch die Nase ein und durch den Mund aus, als würde er anstrengenden Sport betreiben. »Wir sind uns einig, wie immer. Aber was zum Teufel *können* wir tun?«

»Ich weiß es nicht«, gab Mia hoffnungslos zu, »aber wir sind schlau. Wir werden es herausfinden. Und zwar bald.«

★ ★ ★

Mister und Misses Kim setzten sich zusammen zum Abendessen. Obwohl im Nebenzimmer das Licht an war, um für zusätzliche Beleuchtung zu sorgen, hatten sie eine einzige Kerze in der Mitte des Tisches brennen.

Sam war den Abend über bei einem Freund, also waren sie nur zu zweit. Sie aßen nicht mehr so oft zusammen, ohne dass jemand anderes anwesend war und sie genossen es ungemein, wenn sich diese seltene Gelegenheit bot.

»Mir geht es in letzter Zeit viel besser«, teilte Ye-Jin ihrem Mann auf Koreanisch mit. »Nichts ist schlimmer geworden, seit Kera ihre Heilsitzungen begonnen hat und wenn ich wieder aufstehe und Kampfsport trainiere, fühle ich mich stärker und gesünder. Als wäre ich wieder fünfzehn Jahre jünger.«

Ihr Mann schenkte ihr ein kleines, aber warmes Lächeln. »Gut, sehr gut. Ich wusste immer, dass meine

Blume einen Weg finden würde, die Fröste zu überstehen. Du warst schon immer stark. Sam ist fast erwachsen, aber er braucht trotzdem noch seine Mutter um sich. Du wirst noch gesünder werden, das weiß ich.«

»Das denke ich auch«, antwortete sie ihm und lächelte sanft.

Sie fassten sich kurz an den Händen und aßen dann ihre Mahlzeit, ein einfaches, dennoch äußerst schmackhaftes und nahrhaftes Hühnchengericht, zusammen mit starkem grünen Tee. Zunächst unterhielten sie sich über das tägliche Leben und wie es Sam ging, aber Mister Kim wurde nach einer Weile seltsam distanziert und nachdenklich. Seine Frau versuchte immer wieder, ein weiteres Gespräch anzufangen, aber er driftete immer wieder in seine eigenen Gedanken ab.

Als beide den größten Teil ihrer Mahlzeit zu sich genommen hatten, schaute sie über den Tisch und fragte ihren Mann: »Mein Lieber, was ist los? Ich merke, dass dich etwas beschäftigt. Es wäre besser, es offen auszusprechen, als es köcheln zu lassen.«

Er runzelte die Stirn, lehnte sich in seinem Stuhl zurück und stieß einen Seufzer der Resignation aus. Sie erkannte den halb verärgerten, halb erleichterten Ausdruck auf seinem Gesicht. Dieser bedeutete, dass er eingesehen hatte, dass sie recht hatte. Wie so oft.

»Ich mache mir Sorgen um Kera«, meinte er schließlich. »Sie nimmt zu schnell zu viel auf sich und ich fürchte, dass sie nicht in der Lage sein wird, das alles zu bewältigen. Die Dinge sind in letzter Zeit so kompliziert geworden.«

Er ballte seine steifen Finger zu Fäusten, löste sie wieder und rieb sich dann die Knöchel. Seit Kera ihre

Magie & Dating

Fähigkeiten genutzt hatte, um heilende Energie in seine Hände zu leiten, war seine Arthritis so gut wie verschwunden, doch alte Gewohnheiten starben schließlich schwer.

Ye-Jin gab einen leisen Laut von sich, als sie über seine Worte nachdachte. »Sie hat einen guten Verstand«, betonte sie. »Immer wieder hat mich Kera mit ihrem Verständnis überrascht, besonders für eine so junge Person. Sie will nicht alles lernen oder alles tun, was mit Magie zu tun hat. Nein. Hinter ihrer scheinbaren Unbekümmertheit verbirgt sich Besonnenheit und Vorsicht.« Sie zögerte. »Aber sie verschließt sich vor Menschen. Ich bin besorgt über ihre Entscheidung, das Gedächtnis des Jungen zu löschen. Es war eine große Entscheidung, die sie für ihn gefällt hat.«

»Ja«, erwiderte Mister Kim. »Und ich habe Angst um sie. Ich wünschte, sie hätte einen besseren Lehrer als mich. Sie hat natürlich einen guten in dir, liebste Ye-Jin, aber das ist für die Kampfkünste. Wenn es um Magie geht, bin ich kein großer Meister. Sie könnte außerdem auch einen guten Mentor für das Leben im Allgemeinen gebrauchen. Jemanden, der sie besser beschützen und ihr ein wenig Vernunft einreden könnte. Wie du schon sagst, lässt sie sich nicht davon überzeugen, dass sie sich all diesen Schwierigkeiten nicht allein stellen muss.«

Misses Kim legte ihre Hand auf seine Schulter und rieb ihm den Nacken. »Mein Lieber, du bist viel besser als nichts, auch wenn wir nicht lange genug in Korea geblieben sind, damit du deine Fähigkeiten voll beherrschen kannst. Außerdem haben die Kinder heutzutage doch das Internet, oder nicht? Das könnte ihr helfen, Dinge zu lernen. Sie könnte mit anderen Menschen in Kontakt kommen, die ähnliche Erfahrungen gemacht haben.«

Ihr Mann stöhnte. »Ja, das mag sein, Ye-Jin. Aber da ist auch noch die Sache mit diesen Leuten, die im ganzen Land nach Personen suchen, die die Gabe haben. Ich erinnere mich noch daran, wie die Leute damals zu mir kamen, nachdem klar wurde, was ich war. Wir hatten beide Angst um unser Leben. Du erinnerst dich doch? Wir mussten fliehen. Das war doch einer der Gründe, warum wir nach Amerika kamen. Ich will nicht, dass Kera das Gleiche passiert. Sie könnte etwas Dummes tun und dann nach Mexiko fliehen müssen. Wer weiß?«

»Natürlich erinnere ich mich noch. Doch wir können jetzt nicht wissen, was passieren wird«, betonte Ye-Jin. »Es kann auch sein, dass ihre Erfahrung anders ist als unsere. Besser als unsere. Es ist viele Jahre her und dies ist ein anderes Land. Wir werden ihr helfen, wo wir können, aber es ist sinnlos, sich über Dinge zu sorgen, die noch gar nicht eingetreten sind. Vielleicht auch nicht eintreten werden.«

Sie stand auf und begann, das Geschirr einzusammeln.

Als ihr Mann ihr seinen Teller reichte, fügte er hinzu: »Sie hätte versuchen sollen, mit dem Jungen etwas zu unternehmen. Er wäre wahrscheinlich gut für sie gewesen. Vielleicht auch nicht, aber die Dinge hätten aufgrund ihrer eigenen Verdienste erfolgreich sein oder scheitern können, anstatt darauf zu basieren, dass sie sich versteckt und die ganze Sache selbst sabotiert. Sie macht sich damit nur unglücklich. Traurig und einsam und verängstigt.«

Ye-Jin brachte das Geschirr in die Küche, dann ging sie zurück zum Tisch. »Wir können ihr Ratschläge geben, aber nicht viel mehr als das. Es ist nicht unsere Aufgabe, Entscheidungen für sie zu treffen. Sie ist Anfang zwanzig, sie ist nicht sechzehn, nicht wie Sam. Ach, wegen Sam. Ich denke, wir sollten mal wieder etwas mit ihm unternehmen. Irgendwo hinfahren. Etwas Lustiges machen. *Quality-Time*, so nennt man das doch in Amerika? Es ist schon zu lange her und wir haben uns die letzten zwei, drei Monate zu sehr auf Kera konzentriert.«

Mister Kim lächelte sie an. »Ja, ich glaube, du hast recht, Liebste. Wir alle lieben Kera, aber wir drei müssen mal weg, wenn auch nur für einen Tag. Ich lasse mir etwas einfallen und spreche mit Sam darüber, wenn er zurückkommt.«

»Gut.« Ye-Jin küsste ihren Mann auf den Scheitel, der daraufhin aufstand und ihr in die Küche folgte, wo sie gemeinsam das Geschirr säuberten.

KAPITEL 17

James war froh, dass sie früh mit den Vorbereitungen begonnen hatten, denn es dauerte eine gute halbe Stunde, bis die ganze notwendige Technik zum Laufen gebracht worden war. Dann mussten sie diese mit ein wenig Magie verbessern, ganz zu schweigen von den obligatorischen Tarnzaubern, um zu verhindern, dass das FBI mithörte. Jeder, der sich außerhalb des Raumes befand oder die Überwachung innerhalb des Raumes beobachtete, würde also eine leise gemurmelte Unterhaltung über sehr langweilige Dinge hören.

James hoffte, dass es sie in den Wahnsinn treiben würde, schließlich hatte er in einem Hotel sein wollen und nicht hier. Madame LeBlanc und er hatten darauf hingewiesen, dass sie selbst genügend Möglichkeiten hatten, inkognito zu bleiben, aber die Agenten hatten darauf bestanden, dass sie hierblieben.

Doch da ihre Kontakte äußerst nützlich waren, hatten James und Madame LeBlanc beschlossen, die Bedingungen zu akzeptieren, obwohl sie beide nicht gerade erfreut darüber waren, in alten, brüchigen Betten zu schlafen, anstatt in neuen, luxuriösen Kingsize-Betten.

Jetzt endlich war die Videokonferenz startklar.

James und Mutter LeBlanc saßen dicht nebeneinander gedrängt an einem kleinen Schreibtisch in einem der Schlafzimmer des Safe Houses. Auf dem Bildschirm des Laptops wurde das Bild langsam scharf und offenbarte die anderen zehn Mitglieder des Rates der Thaumaturgie, die in ihrer üblichen Anordnung saßen, obwohl sie sich nicht im Hauptquartier, sondern im Haus von Ratsmitglied Lauren Jones versammelt hatten.

Lauren war die vielseitigste Thaumaturgin unter ihnen, was ihre Begabung für verschiedene Arten von Magie anging. Sie war auch die beste Lehrerin, also war es passend, dass sie eine Gesprächsrunde darüber moderierte, ob sie einen neuen Schüler aufnehmen sollten oder nicht. Sie war eine durch und durch durchschnittliche, aber freundlich und jugendlich aussehende Frau und musste die Leute oft daran erinnern, sie mit ›Lauren‹ anzusprechen, anstatt mit ›Miss Jones‹ oder ihrem persönlichen Nicht-Favoriten ›Hey, hübsche Dame‹.

James winkte in die Kamera und beobachtete die Bewegung in der unteren Ecke des Bildschirms. »Hallo, meine Damen und Herren. Danke, dass Sie sich uns anschließen.«

Mutter LeBlanc winkte ebenfalls und schenkte ihnen ein nettes Lächeln und Nicken. »Wir wissen es zu schätzen, dass Sie so kurzfristig zusammengekommen sind.«

James fiel etwas auf, während er die einzelnen Mitglieder und ihre Anordnung musterte. Obwohl Lauren den Veranstaltungsort zur Verfügung stellte, ließ die Anordnung der Mitglieder an ihrem Tisch darauf schließen, dass Lady Mitchell das Sagen hatte.

Natürlich, dachte er bei sich, aber er war sich ziemlich sicher, dass er es schaffte, seine Bestürzung nicht auf seinem Gesicht zu zeigen. *Es wäre besser, wenn sie nicht wieder so pingelig abschweifen würde wie beim letzten Mal.*

»Guten Abend«, begann Mitchell ernst. »Unter der Annahme, dass dies tatsächlich so wichtig ist, wie Sie uns gesagt haben, sind wir bereit, es als unsere Zeit wert zu betrachten. Natürlich *verschwenden* Sie bitte auch keine Zeit. Lassen Sie uns hören, was Sie beide zu berichten haben.«

Die anderen Mitglieder nickten, wenn auch mit weit weniger unfreundlichen Gesichtsausdrücken. James wollte das hier genauso wenig tun wie sie. Ratssitzungen waren nicht sein Ding. Er hatte keine Bedenken, auch diese hier schnell und effizient hinter sich zu bringen.

»Natürlich. Um die Tagesordnung zusammenzufassen, wir haben einen neuen Plan bezüglich des neusten potenziellen Rekruten, der hier in Los Angeles ist und welcher uns so viele Kopfschmerzen bereitet hat.«

Vier oder fünf der Leute auf der anderen Seite des Bildschirms schreckten aus ihren Sitzen auf. Mit einer solchen Ankündigung hatten sie nicht gerechnet. Wahrscheinlich hatten sie schon gedacht, dass ihre beiden eigensinnigen Kollegen verkünden würden, dass sie das Problem bereits in den Griff bekommen haben und nach Hause kommen würden.

Jeder – außer Hugh Buchanan, der immer wortkarg war – versuchte sofort zu sprechen. Inmitten des allgemeinen Getöses konnte James eine Handvoll Wiederholungen von ›Welcher Plan?‹ ausmachen und mindestens eine Person benutzte das Wort ›lächerlich‹.

Mutter LeBlanc hob eine Hand, um sie davon zu überzeugen, still zu sein und Mitchell tat das Gleiche an ihrem Ende. Stille trat ein, Mitchell übernahm wieder die Führung.

»Ein neuer Plan, sagen Sie, James? Warum? Hat der alte denn nicht schon genug Probleme für alle verursacht?«

James räusperte sich laut und faltete seine Hände zusammen. Anstatt auf ihre ungläubige Frage zu antworten, wich er ihr aus, um seine Absicht weiter zu erklären.

»Das Individuum, das wir im Visier haben, besitzt eine Macht, wie wir sie seit vielen Jahren nicht mehr gesehen haben. Dies ist ein Heiler mit einmaligen Fähigkeiten, meine Freunde, und seine Handlungen lassen tatsächlich doch auf mehr Weisheit und Selbstbeherrschung schließen, als wir anfangs erwartet hatten. Es gibt hier ein Potenzial, dessen Verschwendung geradezu tragisch wäre.«

Mary Mitchell gab ein gackerndes Geräusch von sich, während sie ihre Augen bedeckte und bemerkte: »Sie meinen natürlich die Person, die sich als Superheld ausgibt und die Aufmerksamkeit des FBI auf sich gezogen hat, ja?«

Unter den zehn Anwesenden zirkulierte deutliche Unzufriedenheit.

James ließ sich nichts anmerken, sondern fuhr fort und versuchte, seinen Standpunkt so deutlich wie möglich zu machen, bevor Mitchell ihn weiter sabotieren konnte.

»Unser angehender Thaumaturg hat es geschafft, nicht auszubrennen, obwohl er schon länger aktiv ist als die anderen. Er hat seine Identität verborgen gehalten und wir vermuten, dass er einige rudimentäre Techniken gelernt hat, um den Gebrauch von Magie zu verschleiern. Wer auch immer diese Person ist, das ist ein Niveau an Einfallsreichtum, das unseren Respekt verlangt. Sie tut unnötig auffällige und bombastische Dinge, ja, aber sie scheint nicht nach persönlicher Berühmtheit zu streben. Es ist nicht so, als hätte sie einen selbstverherrlichenden Kult oder so etwas gegründet.«

Die anderen Thaumaturgen waren still. Damian Diaz, ein Feuerspezialist spanischer Herkunft, meldete sich zu Wort: »Mutter, was sagen Sie dazu? Sie haben noch kein Wort gesagt.«

Mutter LeBlanc räusperte sich und erklärte: »James und ich haben eine leichte Meinungsverschiedenheit bei diesem Thema, doch ich kann bestätigen, dass alles, was er gesagt hat, wahr ist. Ich stelle seine Schlussfolgerungen infrage, aber ich bin gezwungen zuzustimmen, dass wir es mit einem ... *außergewöhnlichen* Individuum zu tun haben.«

»Sehr gut«, meinte Mary Mitchell knapp. »Was wären das denn für Schlussfolgerungen, Mister Patterson?«

James konnte gerade noch verhindern, dass er vor laufender Kamera zusammenzuckte. Sie hatte seinen unausstehlichen Spitznamen benutzt, den jemand vor Jahren auf einer Party in die Runde geworfen hatte, in Anspielung darauf, dass sowohl er als auch dieser berühmte Autor in der Werbebranche angefangen hatten.

»Ich schlage vor, dass wir diese Person in unsere Kunst aufnehmen. Unter strenger Aufsicht, das versteht sich von selbst. Legen Sie Regeln fest, aber bieten Sie ihr auch die Möglichkeit, weit über das hinauszugehen, was sie sich selbst beibringen könnte. Bieten Sie unsere Führung an, aber wenn sie sich doch als hoffnungslos und unerreichbar erweisen sollte, dann folgen wir der Standardprozedur für unberechenbare Personen. Aber nicht, bevor wir versucht haben, das Beste aus einem solchen Talent zu machen. Nicht, bevor wir versucht haben, das zu erreichen, worauf wir uns ursprünglich geeinigt haben, nämlich unser Wissen und unsere Traditionen an einen verdienten Schüler weiterzugeben.«

Er setzte sich aufrechter hin, während er sprach und legte alles an Leidenschaft in seine Stimme, was er konnte und spielte mit der für gewöhnlich unterdrückten Angst des Rates, in die Irrelevanz abzugleiten.

Die Blicke auf ihren Gesichtern ließen ihn denken, dass es vielleicht, nur vielleicht, tatsächlich funktionierte.

Lady Mitchell ließ sich nicht so leicht abschrecken. »James, Sie sprechen davon, unsere Tradition zu bewahren, doch diese Person stellt sie zur Schau. Sie benimmt sich wie eine menschliche Abrissbirne. Thaumaturgen sollten eigentlich ein ruhiges, unauffälliges Leben führen, da unsere Arbeit mehr Menschen betrifft als bloß die Bewohner einer einzelnen Stadt, wenn auch in einem milderen Maßstab. Daher auch weniger unerwünschte Aufmerksamkeit.«

Amanda Moore, die wegen ihrer komplett schwarzen Garderobe den Spitznamen ›Die Dunkle Hexe‹ trug – vor allem fand sie, dass diese Farbe schlank macht, aber sie genoss auch den mysteriösen Ruf, den sie ihr einbrachte – mischte sich ein. »Und Tieren. Der Natur. Wir dienen nicht nur der Menschheit.«

»In der Tat«, bestätigte Zacharia. »Unsere Disziplin existiert zum Nutzen aller Kreaturen, die unter dem Himmel oder sogar unter der Erde leben.«

Rufus Mayer fügte hinzu: »Sie sind sowieso miteinander verbunden. Das eine kann leicht zum anderen werden, wenn man es ein wenig anstupst.« Er war schließlich ein Transmutationsspezialist. »Natürlich ist es, wie Mitchell schon sagte, am besten, wenn man nichts von unserer Tradition zu *öffentlich* macht.«

James kochte vor Verärgerung. Sie brachten gute Argumente vor, aber alle schienen die Hauptstoßrichtung seiner Argumentation zu verfehlen. Sie zogen die Debatte mit Tangenten in die Länge, die mit ihren persönlichen Agenden zu tun hatten, während sie Mitchell nur halbherzig zu unterstützen schienen.

Madame LeBlanc blieb still. Sie hatte zugestimmt, die Meinung des restlichen Rates zu James' Vorschlag zu hören und sah keinen Sinn darin, zu sprechen, bis sich so etwas wie ein Konsens abzeichnete.

Frustriert schlug James mit der Faust auf den Schreibtisch. Der Bildschirm ratterte und der Knall drang durch das Mikrofon, was die anderen Ratsmitglieder in der Videokonferenz aufschreckte.

»Wenn die traditionelle Methode, den Kopf unten zu halten, so narrensicher ist«, wollte er wissen, »warum sterben wir dann aus? Beantworten Sie mir das. Wir *müssen* uns anpassen. Wir müssen reformieren, wie wir an diese Dinge herangehen und den offenen Geist haben, der notwendig ist, um eine Infusion von neuen Leuten zu akzeptieren. Ja, wir müssen sicherstellen, dass sie die meisten Regeln befolgen. Doch sind wir wirklich so allwissend, dass wir denken, dass *uns* niemand anderes etwas beibringen kann? Diese Person hat vielleicht Wege gefunden, mit einer Macht zu arbeiten, die unser Orden längst vergessen hat und die uns auf unserem Weg im einundzwanzigsten Jahrhundert von Nutzen sein könnten.«

Ein Raunen ging durch den Raum der Anwesenden. Keiner sprach sich offen für James aus, doch er konnte dennoch erkennen, dass er zu ihnen durchgedrungen war. Ausgerechnet Zacharia griff seine Worte auf und Rufus, Amanda, Damian und Samantha gaben zögernd zu, dass er wahrscheinlich recht hatte.

Nach einigen Minuten Diskussion kehrte wieder Ruhe ein.

»Nun«, griff Mary Mitchell das Wort wieder auf, »es sieht so aus, als wäre es hier ein Unentschieden. Mutter LeBlanc? Hugh? Haben Sie etwas hinzuzufügen?«

Hugh Buchanan hustete und lehnte sich nach vorne, sein grimmiges, aber dennoch irgendwie freundliches Gesicht war von intensiven Gedanken gezeichnet. »Ich ziehe es vor, nur dann das Wort zu ergreifen, wenn ich mir sicher bin, was gesagt werden muss, denn diejenigen, die reden, bevor sie etwas wissen, sind es selten wert, dass man ihnen zuhört. Aber in der Flut der Rhetorik, die aus Mister Lovecrafts Mund zu kommen pflegt, würde ich sagen, dass zumindest ein kleiner Funke Wahrheit enthalten ist. Ich sage, wir sollten ihm erlauben, mit seinem Plan fortzufahren. Natürlich unter der Bedingung, dass er ihn sofort abbricht, falls etwas schieflaufen sollte.«

James fühlte sich, als ob ihm Flügel aus dem Rücken gewachsen wären. »Ich danke Ihnen, Hugh.«

Mary Mitchell runzelte die Stirn. »Ich verstehe. Nun denn. Den anderen fünf von uns mag es vielleicht nicht gefallen, aber es scheint so, als hätten Sie das nötige Minimum an Unterstützung, um weiterzumachen, James.«

Madame LeBlanc hob ihre Hand. »Betrachten Sie mich vorerst als neutral positioniert, obwohl ich mich weiterhin an dem Plan beteiligen werde. Ich glaube, dass James' Vohaben, da es eine ausfallsichere Option enthält, grundsätzlich solide ist.«

Nach weiteren zwei Minuten voller Unklarheiten und Formalitäten war die Konferenz beendet.

James sagte zu ihnen: »Ich danke Ihnen nochmals für Ihre Zeit, meine Damen und Herren. Ich habe den starken Verdacht, dass dieser Rat sich für die richtige Vorgehensweise entschieden hat.«

»Wir werden sehen«, antwortete Mary Mitchell und schürzte ihre Lippen. »Viel Glück an Sie beide.«

James lehnte sich nach vorne und schaltete die Video- und Audioeingänge aus. Dann lehnte er sich auf der Couch zurück, pustete seinen Atem zur Decke und zerzauste sein Haar.

Mutter LeBlanc lächelte. »Gute Leistung. Ich habe zugestimmt, mich an das Urteil des Rates zu halten und das werde ich auch. Sie mögen in der Tat einen Punkt haben, aber alles hängt davon ab, was wir entdecken, wenn wir den Motorradfahrer persönlich treffen. Ich habe das Gefühl, dass wir unsere endgültige Entscheidung schnell fällen können, wenn das geschehen ist.«

»Richtig.« James nickte erleichtert. »Das war's also soweit. Nächste Aufgabe ist dann, ihn zu finden.«

★ ★ ★

Eine halbe Stunde später saß er auf einer Couch im Unterschlupf und wartete darauf, dass seine Partnerin endlich mit dem Anziehen fertig war. Sie hatten eine

Magie & Dating

kurze Nachbesprechung mit Richardson und MacDonald gehabt, dann hatten sie ihre Pläne für den Abend beschlossen. Sie würden auf einen Drink in eine Bar namens *Mermaid* gehen. Diese war in den Nachrichten im Zusammenhang mit einem Bericht über zunehmende Rowdys und Bandenaktivitäten in der Gegend von Little Tokyo erwähnt worden. Daher schien es ein guter Ort zu sein, um die Suche nach ihrem zukünftigen Schüler zu beginnen.

James seufzte und warf einen Blick auf sein Telefon, das ihm sagte, dass es nun 20:23 Uhr war. Sie hatten die Happy Hour schon lange verpasst, aber er nahm an, dass selbst eine uralte Frau – im positiven Sinne – mit all der Weisheit und den Wunderkräften mehrerer Leben sich nicht hetzen ließ, wenn es darum ging, sich für eine Nacht in der Stadt fertig zu machen.

Er hatte sich einen schönen Anzug und eine Krawatte herausgesucht. Sie waren vielleicht ein bisschen altmodisch, aber passten für seine Zwecke. Er fragte sich, ob Madame LeBlanc ihr Kleid gerade in etwas Modernes umarbeitete.

Um 20:25 Uhr konnte er Schritte im Stockwerk über sich hören. Mit grimmiger Zufriedenheit nickend, stand James auf und ging seinem ›Date‹ entgegen.

Er stoppte, als sie die Treppe herunterging. Mutter LeBlanc sah ... anders aus.

»Wie gefällt es Ihnen?«, fragte sie und breitete ihre Arme aus.

Ausnahmsweise hatte sie ihr wallendes, regenbogenfarbenes Kleid beiseite gelegt. Stattdessen trug sie enge schwarze Leggings, die im Licht schimmerten und an einen Ölfilm erinnerten und eine übergroße, indigoblaue Bluse, die sie in der Taille gegürtet hatte und deren Saum halb über die Oberschenkel reichte. Obwohl diese ihrer Figur schmeichelte, schien sie fast so viele Falten und versteckte Taschen zu haben wie ihr übliches Kleid.

»Nun«, kommentierte James und betrachtete den Stoff genauer, »es ist anders. Auf eine gute Art. Schick. Wissen Sie, ehrlich gesagt, wenn ich hier verblüfft wirke, dann liegt das wohl hauptsächlich daran, dass ich Sie in all den Jahren noch *nie* etwas anderes habe tragen sehen als Ihr buntes Kleid.«

Madame LeBlanc zuckte mit den Schultern. »Ich werde keine übermäßige Aufmerksamkeit erregen, indem ich in meiner üblichen Kleidung in die Bar gehe. Das hier ist eher konservativ, finden Sie nicht auch?«

»In gewisser Weise, ja«, räumte er ein. »Weniger ungewöhnlich und sehr modebewusst. Schöne Farbe. Jetzt noch die passenden Schuhe?«

Sie schritt zur Garderobe und sah sich die kleine Auswahl an Schuhen an. »Nichts Schönes hier. Ich muss wohl eine kleine Verwandlung auf mein Standard-Paar legen. Nun, *so* ist es besser.« Sie betrachtete zufrieden ihr Werk. »Ich verstehe, dass junge Leute heutzutage in Bars gehen, um sich durch ihr Aussehen oder andere soziale Zeichen zur Schau zu stellen. Das ist in der meisten Zeit der Geschichte auf die eine oder andere Weise üblich.«

James wandte seine Gedanken den praktischen Dingen zu. »Okay, wie auch immer. Gehen wir den Plan durch. Wir parken irgendwo in der Nähe der *Mermaid* und gehen ein kurzes Stück zu Fuß, damit wir einen Vorwand haben, die Gegend zu überblicken. Ein Gefühl dafür bekommen, wer und was in der Nähe so los ist.«

»Ja, natürlich«, bestätigte Mutter LeBlanc. »Und während wir die Kundschaft beobachten, sollten wir ein paar rudimentäre Gedankenlesungen und Auren-Erkennungen durchführen. Das ist eine einfache Methode, um übermäßige Verschleierung zu erkennen, die uns vielleicht in die richtige Richtung weist. Der *Motorcycle Man* wird vielleicht nicht sofort da sein, aber jemand könnte Informationen haben, die uns zu ihm führen können. Oder zu *ihr*.«

Sie traten aus dem Haus und in den Rolls-Royce, von dem James hoffen musste, dass er kein allzu verlockendes Ziel für Autodiebe sein würde. Zugegeben, er hatte natürlich Möglichkeiten, ihn vor solchen Leuten zu schützen, aber dennoch.

Als James den Motor startete und auf die Straße fuhr, brummte etwas in seinem Gehirn – eine überwältigende Neugier, die nach Befriedigung verlangte.

Er konnte sich nicht mehr beherrschen.

»Madame LeBlanc«, begann er mit leiser Stimme und ließ seine Zunge über seine Lippen fahren. »Ich muss das nun fragen. Mit Ihrem neuen Outfit und allem drum und dran, können Sie immer noch – Sie wissen schon – diesen *Trick* machen?«

Sie drehte ihren Kopf zu ihm, dann griff sie wortlos in eine der zahllosen Falten ihrer Bluse und zog ein lebendes Huhn heraus. Es gackerte sie an und versuchte, mit den Flügeln zu schlagen und eine einzelne weiße Feder wehte zu Boden.

»Ja.« Mutter LeBlanc stopfte den Vogel dorthin zurück, wo sie ihn hergeholt hatte.

★ ★ ★

Doug und Mia parkten den SUV in einer Seitenstraße und stiegen aus.

»Nun«, begann Doug und blickte sich um, »hier sind wir, reiten auf den Rockschößen der Geschichte von jemand anderem. Haben keine eigene Karriere mehr.«

Wenn er schon dachte, dass sie vor ein paar Nächten zu viel getrunken hatten, hatte er das Gefühl, dass es *heute Abend* noch schlimmer werden würde. Sie waren beide in einer verdammt guten Stimmung – seiner Meinung nach wohlverdient.

Mia überprüfte ihr Make-up in einem Taschenspiegel. »Trey Mancuso ist gut und er war sicher nicht derjenige, der unseren Artikel geändert hat. Wenn das alles zusammenhängt, wie diese Agenten behaupten, ist das hier ein guter Ort, um mit den Nachforschungen zu beginnen. Ich will immer noch herausfinden, was zum Teufel hier los ist!« Sie seufzte. »Auch, wenn wir jetzt nicht mal mehr als Reporter angestellt sind. Diese Bastarde können uns zwar aus dem Journalismus nehmen, aber nie den Journalismus aus uns.«

»Wie auch immer«, meinte Doug resigniert. »Selbst wenn wir nichts an Informationen finden, finden wir den Alkohol.«

Sie gingen an der Menge der Mitte-Zwanzigjährigen vorbei, die sich draußen versammelt hatten und die die beiden kurz beäugten, bevor sie sich wieder ihren lauten, ungestümen Gesprächen widmeten. Doug stieß die Eingangstür auf und sie setzten sich an einen Ecktisch mit guter Sicht auf den Rest des Lokals.

Das Lokal war voll und es sah so aus, als würde es einige Minuten dauern, bis einer der Kellner bei ihnen sein konnte. Sie saßen in mürrischem Schweigen und taten so, als würden sie die Speisekarte lesen. Das Lokal war äußerst belebt, aber keiner der anwesenden Gäste wirkte rüpelhaft oder sogar gewalttätig.

»Hey«, scherzte Doug, »Brutstätte von Bandenaktivitäten, richtig? Bandenkram ist unsere Spezialität. Wir werden in kürzester Zeit eine tolle Story haben. Dann sind wir als Freelancer unterwegs.«

»Hm, ja.« Mias Stimme war kaum hörbar. »Besser als nichts.«

Eine junge Frau kam vorbei und stellte sich als Stephanie vor, ihre Kellnerin für den Abend. Die beiden Journalisten grüßten sie, lehnten das Essen ab und gingen direkt zu den Getränken über. Doug bestellte einen Whiskey mit Cola, Mia einen *Swimming Pool*. Beide baten darum, die Getränke stärker als normal zu bekommen.

Stephanie notierte sich die Bestellungen. »Kein Problem. Ich bin gleich zurück.«

»Danke«, erwiderte Doug und lächelte ihr freundlich zu.

Nur zehn Minuten später hatten beide bereits die Hälfte ihrer Drinks ausgetrunken und fühlten sich langsam angeheitert. Sie schauten sich in der Bar um und bemerkten reflexartig die Personen, die ihnen lästig oder interessant erschienen, aber sie konzentrierten sich nicht wirklich auf eine von ihnen.

»Scheiße«, fluchte Mia und fuhr sich durch die Haare. »Es ist einfach nicht das Gleiche. Für eine Weile wird *nichts mehr so sein wie früher*, nicht wahr?«

Doug rührte seinen Whiskey-Cola mit einer Gabel um. »Wahrscheinlich nicht. Wenn wir ihr Angebot angenommen hätten, hätten wir gegen unsere eigenen Werte verstoßen. Jetzt haben wir den Salat. Das wissen wir. Nichts, was wir heute Abend finden, wird daran etwas ändern, also betrinken wir uns und hoffen, dass uns etwas in den Schoß fällt. Richtige Nachforschungen können wir in einer anderen Nacht anstellen, wenn die Welt nicht mehr so schrecklich und lächerlich erscheint.«

Mia kippte den Rest ihres Cocktails hinunter. »Wie auch immer. Stehen wir jetzt schon auf einer schwarzen Liste? Immerhin wurden wir verdammt noch mal verkauft. Frank hat uns den Fluss runter nach *Shit Creek* verfrachtet, ohne Paddel. Hat uns diese ›Wahl‹ – die keine verdammte Wahl war, – in den Schoß gelegt. Wir waren endlich dabei, etwas zu erreichen und ...« Sie schüttelte den Kopf. »Ja, wir sind definitiv auf einer schwarzen Liste.«

Ihr Partner zuckte mit den Schultern. »Wer weiß?« Dann kam ihm etwas in den Sinn – ein Bekämpfe-Feuer-mit-Feuer-Gedanke.

»Mia«, meinte er mit leiser Stimme, praktisch ein Flüstern, »ich habe eine Idee, wie wir es ihnen heimzahlen können und unsere teuflische Rache haben und so.«

Sie sah ihn an, mit großen Augen und skeptisch. »Was? Wie? Du redest doch nicht davon, Amok zu laufen, oder?«

»Verlockend, aber nein.« Er schaute sich um, um sicherzustellen, dass niemand zuhörte. »Du weißt doch noch, wie Frank stolz behauptet hat, dass Regierungsangestellte immer einige ihrer Informationen an Journalisten weitergeben? Nun, nichts spricht dagegen, dass wir selbst ein wenig durchsickern lassen.«

Ihr Interesse war geweckt, Mia setzte sich aufrechter hin und verbannte das Rauschen aus ihrem Kopf. »Hm.

Du meinst, wir sollten weiter heimlich die wahre Geschichte veröffentlichen?«

»Jepp.« Er grinste. »Wenn die schon über Vermutungen und Verschwörungstheorien berichten, als wären es Fakten, dann ist es nur angemessen, dass wir genau das Gegenteil tun.«

Seine Partnerin fuhr sich mit dem Finger über die Lippen. »Ich mag das. Nun, warte. Es gibt ein Problem. Wir müssen immer noch die journalistische Grundethik beachten. Wir müssen sicherstellen, dass wir nur Fakten berichten, denn wir wollen ja nicht wie große Trottel dastehen, wenn sich herausstellt, dass der *Motorcycle Man* tatsächlich ein totaler Bastard ist.« Sie seufzte. »Und was ist, wenn die doch recht haben?«

»Wenn sie recht hätten«, erwiderte Doug, »dann hätten sie den Beweis, dass die Gewalt der Gangs eine Reaktion auf den *Motorcycle Man* war, aber wie *könnte* das sein? Der Typ hat seine Karriere sozusagen damit begonnen, Leute bei einem Autounfall zu retten. Da war keine Verbindung zu Gangs, keine Antwort auf Bandengewalt.«

»Richtig.« Sie schüttelte den Kopf. »Ach, ich weiß doch auch nicht. Weißt du, wie du dich fühlst, wenn du merkst, dass du deinen Job verloren hast und niemand zugeben will, dass es aus einem absolut schwachsinnigen Grund ist? So geht's mir.«

Doug runzelte die Stirn und leerte den Rest seines Drinks. »Ja. Es hat sich herausgestellt, dass ich wohl auch weiß, wie sich das anfühlt.«

Er schaute hinüber, als zwei Personen, ein schlanker Mann und eine exotisch aussehende Frau, mehr oder weniger aus dem Nichts aufgetaucht, sich an den Tisch direkt neben dem der beiden Journalisten setzten, obwohl es in der Nähe recht viele freie Plätze gab. Zu allem Übel drehte sich das unübliche Paar auch noch direkt zu Doug und Mia um und lächelte die beiden breit an.

»Hallo«, grüßte der Mann, der in einem makellosen dunkelblauen Anzug und roter Krawatte adrett aussah, obwohl irgendetwas an ihm auf eine kaum wahrnehmbare, beunruhigende Weise nicht stimmte. Doug runzelte die Stirn, aber vermutlich lag es an seinem eigenen Alkoholpegel.

»Guten Tag, Sie beide«, meinte die Frau, die in einer übergroßen Bluse, welche als kurzes Kleid diente, eine auffällige Figur machte. Irgendetwas an ihr war ein wenig seltsam und auch beunruhigend. Ihr Akzent erinnerte an das Bayou-Land in Louisiana.

Während Dougs Mund sich irritiert verzog, akzeptierte Mia die Unterbrechung und antwortete: »Guten Abend. Wir waren gerade dabei, unsere Drinks zu beenden, falls Sie also Gesellschaft erwarten, werden wir leider bald gehen.«

»Oh, nein, schon in Ordnung.« Die Frau griff in die Falten ihrer Bluse, als würde sie nach etwas suchen, doch dann legte sie ihre schlanken, dunklen Hände auf den Tisch. »Wir sind gerade erst in der Stadt angekommen und es ist sonst niemand bei uns.«

Der Mann fügte hinzu: »Wir sind auch nur auf einen schnellen Drink unterwegs. Wir haben von einigen Einheimischen von diesem Ort gehört und dachten uns, wir schauen mal vorbei, da es schon zu spät ist, um durch Beverly Hills zu fahren und nach all den Villen der Berühmtheiten Ausschau zu halten. Aber wir haben ganz zufällig gehört, dass Sie diesen Motorrad-Typen erwähnt haben.«

»In der Tat«, bestätigte die Frau hastig. »Es scheint, als ob jeder über ihn spricht. Ich muss gestehen, ich bin neugierig.«

Der Mann lächelte. »Ich auch.«

Doug wollte ihnen bloß eine knappe Zusammenfassung dessen geben, was jeder wusste. Er war wirklich nicht in Stimmung, zu reden. Doch aus irgendeinem Grund, den er nicht identifizieren konnte, fühlte er den Drang, *mehr* zu sagen. Das Paar, um wen auch immer es sich handelte, schien ihm vertrauenswürdig zu sein. Die obskure Fremdartigkeit, die sie umgab, verstärkte dieses Gefühl nur noch.

»Ähm, nun«, begann Doug zögernd und fragte sich im Hinterkopf, ob er im Begriff war, einen Fehler zu machen. »Es gibt viel Gerede, aber das meiste davon ist Müll. Die Regierung ist nicht sehr glücklich mit ihm, aber bis jetzt sieht es so aus, als würde er gute Dinge tun, oder?«

Doug sah zu Mia hinüber und bemerkte, wie sie auf dem Sitz hin und her rutschte. Sie fühlte sich sichtlich unwohl und war offenbar hin- und hergerissen, ob sie ihm antworten und mehr dazu erzählen sollte. Anstatt auf die Geschichte um den *Motorcycle Man* einzugehen, sagte sie nur: »Schön, Sie kennenzulernen. Ich bin Mia und er ist Doug. Und Sie sind?«

»Jay«, stellte sich der Mann an Mia gerichtet vor.

»Sie dürfen mich Em nennen«, meinte die Frau.

Doug erwiderte die Begrüßung und fuhr fort, zu schwafeln. »Nun, wir sind Reporter und wir haben einen gewissen Anteil an diesem ganzen verdammten Fiasko. *Oder* wir waren zumindest involviert, bis die *Höheren* uns rausgenommen haben und aus unserer Arbeit ihren

Müll gemacht haben. Das ist ein Teil davon, warum wir betrunken sind. Nicht wahr, Mia?«

Mitgerissen von der Begeisterung ihres Kollegen und unfähig dem unerklärlichen Drang zu widerstehen, ihren neuen Freunden die Wahrheit zu sagen, gab Mia schließlich nach.

»Ja, das ist richtig. Es war ein Haufen Scheiße. Wenn wir uns nicht schwer irren, ist der *Motorcycle Man* ein echter *Held*. Wir haben seine Identität nie aufgedeckt, aber wir waren vor Ort, als er ein Gebäude voller Menschen rettete. Dann ...«

Sie fuhr fort und jeder Zweifel verließ ihren Verstand, dass sie vielleicht nicht so viel preisgeben sollte, während Em und Jay verzückt zuhörten und an ihren Getränken nippten.

Als alles erzählt war – außer den langweiligen technischen Details – teilten sich die beiden Journalisten noch ein Glas Wasser, um sich auf die Heimfahrt und den nächsten Tag vorzubereiten.

»Oh, noch eine Sache«, fügte Doug hinzu. »Wir haben darüber nachgedacht, die wahre Geschichte über das Internet oder so an die Öffentlichkeit zu bringen, aber Mia hat vorgeschlagen – schlau wie sie ist – dass wir auf weitere Informationen warten sollten. Für den Fall, dass sich herausstellt, dass der *Motorcycle Man* doch ein Bösewicht ist.«

»Richtig«, bestätigte sein Partner. »Wir haben immer noch *gewisse* Standards als Journalisten, Freelancer oder angestellt, verdammt noch mal.«

Jay und Em tauschten kurze Blicke aus.

»Das«, meinte die Frau dann, »ist eine ausgezeichnete Idee und ich rate euch, euch nicht weiter in Gefahr dafür zu begeben. Die Wahrheit wird sich mit der Zeit offenbaren, wie sie es immer tut und ihr habt schon eine Menge durchgemacht. Ihr werdet euch von eurer emotionalen Erschöpfung erholen müssen, bevor ihr fit für die nächste Etappe seid.«

»Auf jeden Fall«, bestätigte ihr Begleiter. »Überanstrengt euch nicht und riskiert nicht, einen Fehler zu machen, indem ihr zu einem solchen Zeitpunkt Fakten nachjagt. Nehmt euch ein paar Tage frei und fahrt in ein Spa oder so. Nachdem ihr euch erfrischt habt, könnt ihr alle verfügbaren Informationen durchgehen und von dort aus weitermachen.«

Doug und Mia nickten. Das seltsame Paar war so freundlich und vernünftig, dass sie es praktisch unmöglich fanden, ihnen zu widersprechen. Irgendwo hatten sie ja recht. Es war wirklich schon gefährlich gewesen, was Doug und Mia bisher riskiert hatten.

»In der Tat«, schloss Jay, »würde ich sagen, ihr beide solltet nun nach Hause gehen und etwas schlafen.«

»Ja«, antwortete Doug überzeugt. »Das hatten wir sogar vor. Verdammt, bin ich müde.«

Mia rieb sich die Augen. »Ich auch. Wir sollten wirklich gehen. Hey, es war wirklich nett, euch beide kennenzulernen. Genießt eure Zeit in LA!«

»Oh, das werden wir«, sagte Em mit einem breiten Lächeln. »Da bin ich mir sicher!«

»Oh, das werden wir«, meinte Mutter LeBlanc und warf den beiden ein breites Lächeln zu. »Da bin ich mir sicher!«

Sie und James sahen zu, wie die beiden Journalisten ihr Getränk leerten, aufstanden und dann vorsichtig aus dem Vordereingang schlurften. Weg waren sie.

James sah ihnen nach. »Das war erhellend. Ich finde es vernünftig, dass sie sich diesen Spuk nicht antun wollen. Auf jeden Fall werden sie für den Rest des Wochenendes sicher aus dem Weg sein. Wahrscheinlich auch bis nächste Woche.«

Madame LeBlanc nippte an ihrem Drink. »In der Tat. Der Vorschlag mit dem Spa war gut, sie könnten eine Pause gebrauchen. Wir, auf der anderen Seite, haben nun Arbeit zu erledigen. Ich nehme an, Sie haben bisher noch niemanden bemerkt, der sich ... qualifizieren könnte?«

In diesem Moment kam die Kellnerin Stephanie vorbei und die beiden Ratsmitglieder verstummten.

»Sind die beiden etwa gegangen, ohne zu bezahlen?«, fragte Stephanie verwundert.

James winkte mit einer Hand. »Wir übernehmen die Rechnung für sie. Wir haben es ihnen angeboten und sie haben vergessen, es Ihnen zu sagen.«

»Oh, ach so ist das«, erwiderte Stephanie erleichtert. »Danke Ihnen.«

Als sie weg war, beantwortete James endlich die Frage seiner Partnerin: »Ich habe auch noch niemanden gespürt. Hier sind heute Nacht nur Normalsterbliche, wie es scheint.«

»Enttäuschend«, stellte Madame LeBlanc fest.

Sie warf einen Blick durch das Lokal und ihre Augen verweilten auf drei jungen Männern, die sie beäugten, dann auf einer Gruppe zwielichtig aussehender Personen, die anfingen, ihre Stimmen zu erheben und mit den Fäusten zu fuchteln und schließlich auf einer kleinen Gruppe junger Frauen, die zwei oder drei Drinks zu viel getrunken hatten und wild herumgackerten, sodass sie alle um sich herum störten.

»Nichts«, erkannte sie, während sie ihren Blick wieder auf James richtete. »Und es ist furchtbar laut hier drin, nicht wahr? Es wäre doch schön, wenn sich alles so weit beruhigen würde, dass ich mich selbst denken hören kann.«

James gluckste in sein Glas. »Nun, meinen Sie?«

Ohne weitere Worte arbeiteten sie an einem leichten Beruhigungszauber, der sich über den größten Teil der Bar legte. Die Menge an Energiekanalisierung war genau richtig und die Gäste fielen entweder in glückliche Entspannung oder in sanfte Neutralität, je nachdem, wie ihre Stimmung vorher gewesen war.

Madame LeBlanc lächelte. »Ja, so ist es tatsächlich besser.«

Nach einem Moment der ruhigen Kontemplation fiel ihr etwas auf und als sie es identifizierte, hatte sie einen Vorschlag, über den es sich zu sprechen lohnte.

»James«, begann sie und schaute ihn ernst an. »Ich kann hier tatsächlich eine schwache Signatur verspüren, doch sie ist so verblasst, dass ich sie erst jetzt bemerke. Eine Restsignatur. Spüren Sie sie ebenfalls?«

Er runzelte die Stirn. »Kaum? Ich bin noch nicht so feinfühlig wie Sie. Immerhin *bin* ich so alt wie ich aussehe. Praktisch ein Kleinkind im Vergleich.«

Mutter LeBlanc ignorierte diese Bemerkung und fuhr fort: »Jemand hat hier Thaumaturgie betrieben und das ist noch gar nicht so lange her. Der *Motorcycle Man* ist heute Abend vielleicht nicht anwesend, aber ich vermute, dass dies einer seiner regelmäßigen Treffpunkte ist.«

James bewegte seinen Kopf langsam auf und ab. »Ja, das könnte gut sein. Sollen wir ihm eine Nachricht hinterlassen?«

»Auf jeden Fall.« Madame LeBlanc schien hyperaufmerksam und doch ruhig. Sie nahm die Informationen auf, die alles um sie herum lieferte, während sie gleichzeitig über das Thema nachdachte, um das es ging. »Aber es darf keine Warnung sein. Wir gewinnen nichts, wenn wir ihn verscheuchen. Der Motorradfahrer muss auf uns zukommen wollen und einen guten Grund haben, unsere Hilfe zu suchen.«

James bestellte ein Glas Whiskey-Cola bei der Kellnerin, die gerade zufällig in der Nähe war, allerdings mit weniger Whiskey als gewöhnlich, da er sich weigerte, Mutter LeBlanc später sein Auto fahren zu lassen.

»Ja«, erklärte er, als sie wieder allein waren. »Der *Motorcycle Man* tut eindeutig gute und hilfreiche Dinge und *versucht* zumindest, darüber Stillschweigen zu bewahren. Auch wenn er in dieser Hinsicht verdammt inkompetent ist, wenn man bedenkt, dass die ganze Stadt über ihn spricht. Auf jeden Fall ist hier ein altruistisches Motiv am Werk. Wir wollen, dass er erkennt, dass er mit unserer Hilfe noch mehr Menschen helfen kann.«

Mit ihrer gemeinsamen und privaten Sprache aus subtilen Handgesten und Beschwörungsformeln, die als leise nonverbale Laute getarnt waren, sprachen die beiden Thaumaturgen ihren Zauberspruch und baten die göttlichen Kräfte, die Kanäle der Macht zu öffnen, die sie dann in einen zufälligen Ziegelstein in der Westwand einbrachten. Er lag in der Nähe der Verbindung zwischen dem Hauptraum und dem Bereich für die Angestellten und grenzte an den Bürgersteig im Freien, sodass der Zauber das gesamte Grundstück umhüllen konnte.

Bei der Annäherung würde eine Person mit der Gabe die beabsichtigte Botschaft in ihrem Geist hören können. Ohne dass sie es wüssten, würden James und Madame LeBlanc wissen, sobald sie es hörte. Spuren der Nachricht würden für eine Woche oder länger an dieser Person haften und sie selbst würde wahrscheinlich nichts davon mitbekommen.

»Perfekt«, murmelte James, nachdem der Zauber beendet war. »Das sollte den Job erledigen. Nun, wir können sehr überzeugend sein, wenn wir es wollen, was meinen Sie?«

Madame LeBlanc hob ihr Wasserglas und sie stießen vorsichtig an. »Natürlich, wenn das hier scheitern sollte, können wir sie immer noch so aufspüren. Ihre Idee, das Buch zu veröffentlichen, hat uns zu diesem Individuum geführt, was sich vielleicht als eine gute Sache erweisen wird. Aber wir dürfen die gleichen Fehler nicht zweimal machen.«

»Das ist wahr«, gab James zu. »Okay, ich bin hungrig. Ich glaube, die servieren hier Essen, aber ich würde gern noch mehr von der Stadt sehen. Was halten Sie davon, wenn wir das nächste Fünf-Sterne-Restaurant, das wir finden, aufsuchen?«

Madame LeBlanc strich sich über das Kinn. »Ein spätes Abendessen klingt zwar nett, aber nicht in einem Fünf-Sterne-Lokal. Wirklich, James, man muss nicht viel ausgeben müssen, um gut zu essen. In Los Angeles gibt es einige der besten Straßenrestaurants der Welt. *Fast* so gut wie in New Orleans.«

»Gut.« Er seufzte. »Wir machen es auf Ihre Art.«

KAPITEL 18

Eine weitere Nacht in der Mermaid, dachte Kera und ließ ihren Blick über den Boden schweifen. *Es ist allerdings seltsam, wie sehr sich die Stimmung in den letzten Tagen verändert hat. Ist das hier auf einmal das Scheißviertel der Stadt geworden? Hat es sich herumgesprochen, dass das hier der Treffpunkt für alle Idioten der Stadt ist?*

Zunehmend schien es, dass ihre Gäste weniger zum Spaß oder zur Entspannung da waren, sondern eher, um sich eine miese Laune wegzusaufen, Ärger zu suchen, sich vor anderen unausstehlich zu benehmen oder nach ›Zielpersonen‹ Ausschau zu halten, denen sie Drogen oder andere illegale Waren und Dienstleistungen verkaufen konnten. Neulich hatte es draußen auf der Straße eine Schlägerei gegeben, glücklicherweise nicht in Keras Schicht. Wäre sie nämlich dabei gewesen, hätte sie sich wahrscheinlich eingemischt, was nicht gut gewesen wäre.

Sie füllte den Whiskey und die Cola eines lässigen, wortkargen Typen mittleren Alters nach, der eine halbe Stunde zuvor reingeschlurft war, woraufhin er dankend nickte. Alle anderen schienen für den Moment in Ordnung zu sein, trotz der vagen Spannung, die wie eine Wolke über dem Ort hing. Kera drehte sich zu ihrem Getränketresen, um den Bestand zu prüfen.

Magie & Dating

Cevin schlenderte aus seinem Büro, um einen Blick in das Lokal zu werfen und nach Jenn und Kera zu sehen.

»Seid ihr Mädels okay?«, fragte er. Es hatte eine doppelte Bedeutung, die sie beide aufschnappten – er wollte sicherstellen, dass sie nicht überarbeitet waren oder in Rückstand gerieten, aber auch feststellen, ob sich irgendwelche Probleme wie Belästigungen zusammenbrauten.

Jenn nickte. »Ja, bei mir ist alles gut.« Sie war nicht so empfindlich oder aufmerksam wie ihre Kollegin und schien sich außerdem weniger an der Verschiebung der Demografie zu stören. Kera drehte sich zu Cevin um, während sie antwortete:

»Mir geht's gut. Ich habe von diesem Kampf vor ein paar Nächten gehört. Zum Glück wurde niemand allzu schwer verletzt und es ist außerhalb des Grundstücks der *Mermaid* passiert. Trotzdem, war nicht mindestens einer der Kerle hier drin, bevor er in den Schlamassel geraten war?«

Der Mund ihres Chefs verzog sich. »Ja, leider. Es braucht nur ein oder zwei Leute, um zu verbreiten, dass dies kein sicherer oder stilvoller Ort mehr ist. Ich meine, ja, es war nur ein Vorfall, aber da war auch noch eine Frau, die am Eingang belästigt wurde und ein anderer Arsch, der auf dem Parkplatz nebenan mit Drogen gedealt hat. Das summiert sich so langsam. Ehrlich gesagt macht es mir große Sorgen, dass sich dieser Ort in die Art von Bar verwandeln könnte, die ich wirklich, wirklich nicht leiten möchte.«

Kera legte eine Hand auf seinen Arm. »Das wird es nicht, Boss. Ein paar faule Äpfel haben sich verirrt, das ist alles. Die Cops sind in all diesen Fällen aufgetaucht, richtig? Sie werden die, die immer Ärger machen, herauspicken, dann werden andere Arschlöcher wissen, dass sie nicht mit dem Zeug durchkommen und die Dinge werden sich wieder normalisieren. Es herrscht momentan sowieso so eine aufgebrachte Stimmung in LA, aber das wird alles wieder.«

Kera war sich nicht sicher, ob das stimmte, aber es zu sagen, schien ihren Chef ein wenig zu beruhigen. Er schenkte ihr ein schwaches Lächeln, nickte und ging in die Küche, um nach allen zu sehen und ein bisschen bei den Essensbestellungen zu helfen. Cevin konnte zwar beim besten Willen nicht kellnern, aber er konnte kochen.

Nachdem er gegangen war, wandte sich Kera den Gästen zu, die die Bar säumten, sowie den anderen an den Tischen und Ständen im Essbereich. Sie studierte sie und spürte die Energien ihrer Haltungen und Absichten.

Sie konnte sich nicht sicher sein, woher das auf einmal kam, doch in den letzten Tagen waren diese Dinge immer deutlicher für sie geworden. *Passiv.* Es war nicht erforderlich, dass sie einen Zauber aussprach, ihr Verstand nahm jetzt irgendwie mit größerer Leichtigkeit auf, was andere Leute dachten.

Es muss ein später Nebeneffekt des Erlernens der Magie sein, überlegte Kera. *Als ob man, sobald man sein Bewusstsein für die göttlichen Kräfte des Universums öffnet, nicht anders kann, als Dinge wahrzunehmen, die man vor dem Öffnen des geistigen Auges vielleicht nicht bemerkt hätte.*

Oder vielleicht war es doch etwas anderes.

Na ja, wie auch immer, das Wichtigste war, dass es ihr half.

Sie konnte sich vorstellen, dass die neuen Leute, die neue Art von Klientel, die trotz ihrer Fassade der

Magie & Dating

Partyfreude zur negativen Stimmung beitrugen, zu *Forschungszwecken* hier waren. Genauer konnte sie es nicht eingrenzen, aber sie studierten etwas und versuchten, Dinge herauszufinden. Dass sie nicht in der Lage war, zu bestimmen, was, beunruhigte Kera.

Hoffentlich sind sie nicht gekommen, um mich zu erforschen. Sie hielt ihre Besorgnis von ihrem Gesicht fern. Wenn sie sie beobachteten, könnten sie diesen Stimmungsumschwung bei ihr bemerken.

Da war noch etwas anderes – ineinandergreifende Spannungs- und Feindschaftslinien, die sich teilweise zwischen verschiedenen Gruppen an verschiedenen Tischen kreuzten. Bandenfehden vielleicht oder möglicherweise hatte jemand aus Gruppe 1 den Lebensgefährten einer Person in Gruppe 2 ausgespannt.

Was auch immer es war, es roch, als würde sich Ärger zusammenbrauen.

Kera überprüfte ihre Gäste, dann bat sie Jenn, ein paar Minuten auf die Bar aufzupassen, während sie sich in den Pausenraum zurückzog. Dort öffnete sie ihren Spind und holte das Grimoire heraus.

»Mal sehen, mal sehen«, murmelte sie fast nicht hörbar. »Ich weiß doch, dass hier irgendwo ein Beruhigungszauber drin war.«

Sekunden später hatte sie diesen gefunden. Die Beschwörungsformel und die Handgesten waren einfach und unterschieden sich nicht wesentlich von denen für den Heilungszauber und den Zauber des Vergessens, obwohl sich die geistige Arbeit des Kanalisierens wesentlich unterschied. Sie überprüfte die Formel noch einmal, dann machte sie sich wieder an die Arbeit.

Als sie wieder an ihrem Platz war, nahm Kera die Gruppen ins Visier, die sie zu beunruhigen begonnen hatten und sprach den Zauber viermal kurz hintereinander, wobei sie die Auswirkungen in der Bar verteilte. Keiner schien zu bemerken, was sie tat, von außen sah es bloß aus, als würde sie nach leeren Gläsern oder gehobenen Händen Ausschau halten.

Die Auswirkungen waren augenblicklich zu spüren. Gespräche, die zuvor laut und voller schallendem Gelächter waren, wurden gedämpft und ruhiger. Jungs und Mädels, die lebhaft und nervös wirkten und bereit waren, aus ihren Sitzen zu springen, sackten zusammen und seufzten, als wären sie auf Beruhigungstabletten. Vor allem aber verschwanden die elektrischen Ströme der Feindseligkeit fast völlig.

Jenn, die in diesem Moment hinter der Bar hervorkam, schaute sich verwundert um und blinzelte. »Ist etwas passiert, das ich verpasst habe?«

Keras Bauchmuskeln spannten sich an. »Nichts Wildes, zumindest nichts, seit ich wieder hier war. Ich glaube, die werden langsam alle müde. Es ist ja schon ziemlich spät.«

Scheiße, ich habe es vielleicht übertrieben, schimpfte sie mit sich selbst, während Jenn schulterzuckend zu ihren Tischen lief. *Ich hätte eine zusätzliche Minute oder so damit verbringen sollen, die Menge an Energie zu begrenzen, die ich in sie kanalisiert habe.*

Cevin verließ in diesem Moment wieder die Küche. Auch er bemerkte die große Veränderung, verglichen mit dem, was er zehn Minuten zuvor erlebt hatte.

»Huh«, kommentierte er, »das ist ja seltsam. Ich bin rausgekommen, um zu sehen, warum es auf einmal so still geworden ist. Ist etwas passiert?«

Magie & Dating

Kera wiederholte die lahme Ausrede, welche sie bei Jenn benutzt hatte, denn schließlich war es gut, konsequent zu sein. Es fiel ihr auf, dass sie sich selbst auch müde und benommen fühlte, wahrscheinlich von einer Kombination aus Arbeit und der Belastung durch den Spruch gerade.

Japp. Ich habe zu viel Energie in diesen Zauberspruch gesteckt, also muss ich jetzt körperlich dafür bezahlen. Was ist mit den Leuten? Wird es irgendwelche bleibenden Nebenwirkungen geben? Hoffentlich nicht, das wollte ich nicht.

»Nun«, fügte sie zu ihrem Chef hinzu, »es ist gut, dass, ähm, die Dinge nicht so schlecht laufen, wie du befürchtet hast, oder? Wir sind quasi einer Kugel ausgewichen.«

Er zuckte mit den Schultern. »Ich denke schon. Für heute.«

Kera überblickte erneut den Barbereich und bemerkte zum ersten Mal, dass die attraktive Frau, mit der Cevin es am anderen Abend vermasselt hatte, wieder anwesend war. Diesmal war sie mit einer anderen Frau da, wahrscheinlich eine Freundin. Glücklicherweise gehörten sie zu keiner der Gruppen von Schwachköpfen, die Kera neutralisiert hatte.

Mentale Notiz, sagte sie sich. *Wenn diese Frau wieder hier ist, war Cevin vielleicht doch gar nicht so erfolglos, wie wir dachten.*

»Hey, Kera«, meldete sich ein Typ an der hinteren Ecke der Bar. »Mir geht hier die Luft aus.« Er winkte ihr mit seinem Glas zu. Seine Stimmung war heiter, aber seine Wortwahl war ärgerlich.

Sie wollte ihn anschnauzen, geduldig zu sein – schließlich war es voll und die drei Kellnerinnen hatten genug zu tun – aber ihr guter Wille setzte sich wieder durch. Sie sagte nur: »Okay, kein Problem, bin schon da.«

Der Entzug ihrer Energie hatte ihre Stimmung deutlich beeinträchtigt. Sie fühlte sich, als wäre sie vor fünf Minuten nach zu wenig Stunden Schlaf aufgewacht, hätte noch nicht einmal eine Tasse Kaffee getrunken und es würde nur schlimmer werden, je länger die Nacht andauern würde.

Zunehmend fiel es ihr schwer, nett zu anderen Menschen zu sein.

Doch dank des Beruhigungszaubers schien auch eben niemand in der Bar geneigt zu sein, sich zu beschweren oder einen Streit mit ihr anzufangen.

Magie ist wirklich ein zweischneidiges Schwert, nicht wahr? Sie schüttelte den Kopf und überlegte, ob sie sich mit einem Drink hinter die Ecke schleichen sollte. *Sie löst ein Problem und schafft ein anderes. Wenn ich mich das nächste Mal so aufgeregt fühle, kann ich mich nicht darauf verlassen, dass das thaumaturgische Äquivalent von Valium mich rettet, vor allem, wenn ich meine Fähigkeiten verstecken soll. Ups.*

Sie beruhigte sich, indem sie den Vorrat überprüfte, dann stand sie auf, um die Gruppen und die Tische zu betrachten und zu sehen, ob sie noch jemandem einen neuen Drink machen musste. Alles war gut, stellte sie fest ...

Bis ihr Blick auf einer bestimmten Person hängen blieb. Ihr Kiefer spannte sich an und ihre Nasenlöcher blähten sich.

Er war es – *Mustang Man*, der Bastard, der damals auf Zee geschossen hatte und der versucht hatte, etwas von Cevin zu erpressen. Der sie davor angemacht hatte und wenn sie sich erinnerte, war er seitdem mindestens einmal aufgetaucht, obwohl sie als Vergeltung sein Auto beschädigt hatte.

Der Mann, der eines der bekannten Mitglieder von *The Start-Up* war.

Er war mit einer Frau zusammen hier und Kera war sich nicht sicher, ob das eine gute oder schlechte Sache war. Nun, zumindest bedeutete es, dass er heute wahrscheinlich nicht mit ihr flirten würde.

Seine Partnerin war etwa so alt wie Kera, vielleicht etwas älter. Sie konnte es nicht einschätzen. Sie war auf eine einfache Art attraktiv, mit langen, kastanienbraunen Haaren, starkem bläulichen Lidschatten und Overknee-Stiefeln, die ihr bis zur Hälfte der Oberschenkel reichten, obwohl sie darunter enge Bluejeans trug. Die beiden unterhielten sich sporadisch und sie schienen viel mehr Zeit damit zu verbringen, die anderen Gäste anzuschauen.

Und das Personal. Die Frau fiel Kera ins Auge und sie nickte kurz und knapp, bevor sie sich wieder an die Arbeit machte.

Zehn Minuten später hatte Kera ein paar weitere Drink-Wünsche erfüllt und einige neue Gäste begrüßt, zu denen ein weiteres Pärchen gehörte, das harmlos wirkte, sowie ein paar grobschlächtig aussehende Kerle, die bisher ruhig geblieben waren, aber später Ärger machen könnten. Cevin ging wieder vorbei. Er schaute nun öfter nach dem Rechten als sonst.

Plötzlich hatte Kera eine Idee.

»Hey, Cevin«, rief sie und er eilte zur Bar hinüber. Er schaute sie stirnrunzelnd an, während sie ihm mit leiser

Stimme von ihrem Plan berichtete: »Schau dir mal das Mädel dahinten an, die mit den langen, braunen Haaren und den geilen Stiefeln. Ich, äh, habe sie hier schon mal gesehen und ich nominiere sie hiermit als deinen nächsten Eroberungsversuch. Na? Ernsthaft, geh und rede mit ihr.«

Blinzelnd wandte sich ihr Chef dem Tisch zu. »Sie? Sie ist mit einem *Kerl* zusammen hier! Hast du das nicht gesehen?«

»Hey«, versicherte Kera ihm, »ich habe dir nicht gesagt, du sollst sie unverhohlen um ein Date bitten oder etwas Gewagtes sagen. Vielleicht ist das ja nur ein Kumpel. Fang einfach ein kurzes Gespräch an und schau, wie es läuft. Wenn du mit ihr ausgehst, ist es *gut*. Versuchen wir es also mit umgekehrter Psychologie. Bei der anderen Dame vor ein paar Nächten hast du dich zu sehr bemüht. Wenn du dich diesmal *gar nicht* anstrengst, geht es vielleicht besser. Es ergibt absolut Sinn, wenn man darüber nachdenkt.«

Cevin zuckte sichtlich zusammen, als er darüber nachdachte. Es war offensichtlich, dass ihm die Idee nicht gefiel.

»Das Letzte, was ich will, ist einen Streit in meiner eigenen Bar anzufangen. O Gott. Mir gefällt nicht, wie der Typ aussieht, mit dem sie zusammen ist. Er sieht nach Ärger aus.«

Teil von Keras Experiment war es gewesen, zu sehen, ob Cevin sich an den Mustang-Typen erinnern würde und es schien so, als würde er das nicht mehr. Das war wahrscheinlich gut. Der Mann war gefährlicher, als einer von ihnen gedacht hatte.

»Okay«, antwortete sie, »vielleicht hast du ja recht und er ist der übermäßig beschützende oder eifersüchtige

Magie & Dating

Typ. Zur Not kannst du den Tisch dann immer noch an mich übergeben?«

Cevin schürzte die Lippen. »Stephanie hat ihn schon unter Kontrolle, das ist ja das Problem. Vielleicht könntest du ja schonmal nachsehen, ob sie überhaupt etwas Neues wollen. Sag mir dann, ob sich ein Versuch lohnt, ja? Ich vertraue der weiblichen Intuition mehr als meiner eigenen, wenn es um solche Dinge geht.«

Sie lachte, obwohl ein Teil von ihr nervös war. *Ich habe deutlich mehr Intuition als die durchschnittliche Frau, das steht fest.* »Klar doch. Eine Sekunde.«

Kera beendete die Zubereitung eines Getränks für einen anderen Gast und ging dann auf das eigenartige Paar zu. Beide bemerkten sie und musterten sie, während sie sich näherte.

»Hi«, grüßte sie mit einem breiten Lächeln und winkte ihnen zu. »Eure Bedienung hat leider viel zu tun und hat mich geschickt, kann ich euch noch etwas bringen?«

Die Frau wandte ihren Blick ab, schaute auf ihr Glas und sagte dann: »Ja, das wäre perfekt.« Ihre Stimme war scharf und klar – irgendwie passte sie nicht zu ihrem Aussehen. Sie reichte Kera ein Glas, das zu einem Viertel mit Whiskey Sour gefüllt war, die Orangenscheibe lehnte an dem restlichen Eis.

Der Kerl sagte nichts, stattdessen reichte er ihr mit einem grimmigen Gesichtsausdruck sein leeres Bierglas.

Kera lächelte. »Kein Problem.« Sie nahm die Gläser und ihr Bewusstsein streckte sich ihnen entgegen, versuchte, den Charakter ihrer Gedanken und Gefühle zu spüren – ein weiterer Teil der seltsamen, passiv-aktiven Fähigkeiten, die sie erwarb, seit sie sich zum ersten Mal mit Thaumaturgie beschäftigt hatte.

Sie war beeindruckt von dem, was sie fühlte und das nicht auf eine gute Art. Keiner der beiden gab Schwingungen ab, die man als gut oder angenehm bezeichnen könnte und die Art von diesen Schwingungen war bei beiden ähnlich.

Im Fall der Frau war es noch viel stärker. Ständige, brodelnde Wut gemischt mit Einsamkeit und dem verzweifelten Wunsch, sich zu beweisen, ungeachtet der Konsequenzen. Eine Seele in mehr oder weniger ständigem Schmerz, die den Schmerz wahrscheinlich auf andere ausdehnen wollte.

Als sie sich umdrehte, um zurück zur Bar zu gehen, hielt Kera inne, um ihre Gefühle nicht zu offensichtlich werden zu lassen. Irgendetwas an dem Paar machte ihr Angst. Es machte ihr Angst, dass die mysteriöse Frau noch gefährlicher schien als ihr Begleiter und das sollte was heißen, schließlich hatte Kera diesen bereits in Aktion erlebt und wusste, wie gefährlich er war.

Sie wusste tief im Inneren, dass dies die Frau sein könnte, die *The Start-Up* leitete. Die Frau, über die so gut wie niemand etwas wusste. Wenn das wirklich so war, wusste Kera nun endlich, woher die Gefahr kam.

Aus irgendeinem unerklärlichen Grund hatte Kera Mitleid mit ihnen. Sie verstand es selbst nicht. Bevor sie wusste, was sie überhaupt tat, hatte sie bereits eine Beschwörungsformel fast lautlos gesprochen und zog die Kraft des Universums herab.

Zaubersprüche auf solche Personen zu wirken, ist das die richtige Entscheidung? Das könnte riskant sein, aber ich glaube, die beiden brauchen ein bisschen Magie, damit sie den Anwesenden hier nicht den Abend versauen.

Magie & Dating

Der Zauber wirkte und beruhigende Energie floss über den Mann und die Frau, betäubte ihre Spannungen und lenkte ihre Gedanken auf friedlichere Angelegenheiten. Sie fügte noch eine kleine Dosis Gedächtnislöschung hinzu, um das Ganze abzurunden.

Sie blinzelten verwundert und entspannten sich sofort offensichtlich.

Kera schritt zur Bar, versicherte den Gästen dort, dass sie gleich bei ihnen sein würde und schenkte dem Paar neue Getränke an. Als sie sie wieder an ihren Tisch brachte, bemerkte sie, dass deren Stimmung deutlich sanfter war als zuvor.

»Oh, das ging ja schnell«, meinte die Frau zu ihr. »Ähm, danke.«

»Ja, wow«, stimmte ihr Partner zu. »Das war ... nett.«

Kera lächelte, sagte ihnen, dass es hier eben einen exzellenten Service gab und eilte hastig zurück zur Bar. Mit etwas Glück würden die beiden jetzt nichts anstellen und sowohl Kera als auch die komplette Kundschaft der *Mermaid* würden einen guten Abend haben. Sie vermutete, dass die beiden eigentlich noch viel mehr brauchten als einen einzelnen temporären Zauber, eben wie ein Vulkan mehr brauchte als einen Eimer Eiswasser.

Kera ging ein oder zwei Schritte die Bar hinunter, um nach allem und jedem zu sehen und bemerkte Cevin, der auf sie zustapfte. Wieder schien seine Stimmung nicht gut zu sein und sie konnte erahnen, warum.

»Hi, Cevin«, begrüßte sie ihn. »Brauchst du Hilfe bei irgendetwas?«

Er blickte finster drein, allerdings nicht zu ihr. »Das ist mein Satz, nicht wahr? Aber nein, es sei denn, du kannst in der Zeit zurückgehen und verhindern, dass diese Sendung von neulich rausgeht. Unsere Kundschaft hat eine Wendung zum Schlechten genommen und ... Scheiße. Kann ich diesen Sender wegen Verleumdung verklagen?«

Kera nickte in Richtung eines Doppeltisches, der mit Reportern besetzt war. »Nun, da sind sie, wenn du ihnen ein paar juristische Papiere servieren willst, zusammen mit was auch immer sie eigentlich bestellt hatten. Ach Gott, ich bin so schlecht, was Witze angeht.«

Dennoch entlockte ihm ihr Spruch ein leichtes Kichern, also nahm sie an, dass seine Laune durch die jüngsten Ereignisse nicht *allzu* sehr getrübt worden war. »Vielleicht später. Du weißt doch, dass sie immer nach ihrer nächsten Story suchen. Ich wette, sie *wollen*, dass es wieder einen Kampf oder einen Drogendeal gibt, direkt vor ihren Augen. Es ist ihnen egal, was das mit unserem Ruf anstellt.«

Kera wies darauf hin: »Wir haben jetzt dennoch mehr Gäste und diese Reporter gehören auch dazu, nicht wahr? Man sagt, jede Werbung ist gute Werbung? Mehr Leute bestellen Essen und Getränke.«

Cevin schien einen Moment lang zu überlegen, schüttelte aber dann den Kopf. »Die Küche ist für so große Gruppen nicht ausreichend besetzt. In der Tat werde ich wieder jeden Moment dort hinten aushelfen dürfen. Wir ziehen eine Klientel an, das ich hier nie haben wollte und mir ist es egal, ob sie uns mehr Einnahmen schenken. Was passiert, wenn der Reiz des *Neuen* verflogen ist und wir nur noch diese beschissene Bar sind, von der jeder denkt, dass sie voller Gangmitglieder und Arschlöcher ist?«

Magie & Dating

Bevor Kera einen anderen Weg finden konnte, ihn aufzumuntern, flitzte er mit überraschender Geschwindigkeit in Richtung Küche davon, das, worüber er vor Sekunden noch geredet hatte.

Zwanzig Minuten später, nachdem die Köche aufgeholt hatten und Kera mehrere Runden durch das Lokal gedreht hatte, stand er wieder hinter der Bar, zog sich die Schürze aus und überprüfte sie auf Anzeichen von Flecken.

Kera war mit dem letzten Tisch fertig, trat zurück an die Bar und winkte Cevin zu sich.

»Cevin, ich denke, was wir brauchen, um dich auf andere Gedanken zu bringen, ist ein weiterer Versuch der Operation ›Besorg dir ein Date‹. Was sagst du dazu, Boss?«

Seine Reaktion erinnerte sie an eine Katze, die sich zurückzieht, um sich aufzuplustern und zu fauchen. »Igitt, nein, das Thema hatten wir doch schon. Das letzte Mal war schon ein schrecklicher, peinlicher Reinfall, nicht wahr? Das ist doch genug.«

»*So* schlimm war es nicht«, entgegnete sie. »Und der Weg zum Erfolg ist mit Misserfolgen gepflastert. Wenn du ein paar Minuten auf die Bar aufpasst, werde ich mich mal umsehen, ob ich eine interessierte Dame für dich finden kann. Komm schon, das wird lustig.« Sie stupste ihn mit dem Ellbogen in die Seite.

Jenn erschien hinter ihnen. »Dem schließe ich mich an. Tut mir leid, Cevin, aber aus der Sache kommst du nicht mehr raus.«

Seufzend stimmte er zu, Kera zuerst eine Erkundungsrunde machen zu lassen.

Während er und Jenn die potenziellen Gefährder der friedlichen Stimmung im Auge behielten, schritt Kera durch das Lokal, einmal um zu prüfen, ob jemand Nachschub brauchte, aber auch, um die Gäste nach einzelnen Damen zu filtern.

Sie fand eine. Was für eine.

Du liebe Güte, staunte Kera. *Diese Dame muss ein Supermodel sein. Das ist vielleicht schon zu viel des Guten. Trägt sie einen Ring? Mhm. Oh, verdammt. Armer Cevin. Sein Weg zum Erfolg wird mit einem Haufen weiterer Steine gepflastert sein, oder?*

Die Frau ähnelte einer jungen Monica Bellucci, dachte Kera weiter. Als sie sie fragte, ob sie etwas brauche, wirkte sie äußerst höflich, wenn auch ein wenig unnahbar.

»Dann werde ich gleich wieder mit deinem Wunsch bei dir sein«, erwiderte Kera freundlich, »und lass es mich oder meine Kolleginnen gern wissen, wenn du noch eine weitere Bitte hast. Außerdem wird unser Chef gleich vorbeikommen, um ein wenig mit den Gästen zu plaudern. Genieß den Rest des Abends!«

Die attraktive Frau nickte höflich, aber nicht besonders freundlich.

Kera ging, um Cevin zu holen. »Ich habe eine gefunden und du hast Glück. Sie ist heiß. Na ja, ich kann mir nie sicher sein, was Männer jetzt genau heiß finden und was nicht, aber ich wäre schockiert, wenn du anderer Meinung wärst. So will ich es mal ausdrücken.«

Cevin zitterte sichtlich vor Nervosität und rückte seinen Kragen zurecht. »*So* heiß? Das bringt ja gar nichts. Hab etwas Erbarmen, Kera. Je heißer sie ist, desto demütigender wird es sein, wenn sie mich abschießt.«

Kera warf einen Blick über Cevins Schulter und fand Jenn, die ihr zunickte und sich über die Bar lehnte, um

Magie & Dating

Cevin mit beiden Händen nach vorne zu schieben. Als er in ihre Richtung stolperte, nahm Kera ihn am Arm und führte ihn auf halbem Weg zu Miss Fast-Bellucci, bevor er komplett begriff, was hier gerade im Begriff war, zu geschehen.

»Mach dir keine Sorgen«, flüsterte sie.

Er ist wahrscheinlich dem Untergang geweiht, dachte Kera.

Die Frau sah auf, als die beiden sich näherten. Cevin starrte sie an, also ergriff Kera die Initiative. »Hallo, hier bin ich wieder, wie versprochen mit dem Chef. Cevin.« Cevin nickte ihr professionell zu, aber leider nicht sehr freundlich. Besser als nichts. »Er, äh, ist auch für die Sicherheit an diesem Ort zuständig. Sie haben vielleicht etwas von diesem Mist in den Nachrichten gehört. Nun, da er hier das Sagen hat, will er natürlich, dass sich all unsere Gäste sicher fühlen. Richtig?«

Cevin schluckte. »Ja, so ist es. Ich habe zusätzliche Kameras und Flutlichter im Außenbereich installiert.« Er klang immer noch viel zu professionell, aber immerhin stotterte er nicht herum, ohne ein Wort herauszubringen. »Und, äh, ich habe Erfahrung im Umgang mit *gewissen* Personen, die hier vielleicht vorbeikommen könnten. Wir haben unsere Methoden, um solche Dinge zu regeln. Die *Mermaid* ist immer noch ein respektables Etablissement.«

Die Augen des Supermodels öffneten sich einen Spalt breit. »Oh, wirklich?«

Sie wirkte neugierig und hatte Cevin noch nicht abgewimmelt, was Kera als Fortschritt ansah. Cevin selbst wirkte selbstbewusst.

»Jepp«, bestätigte Kera. »Ich muss zurück an die Bar. Viel Spaß!«

Sie ging, doch Cevin blieb glücklicherweise, wo er war und obwohl der Lärm der restlichen Gäste alles übertönte, unterhielten sich die beiden weiter. Ganz zu schweigen davon, dass Kera eine warme, leicht positiv gestärkte Schwingung um die beiden herum spüren konnte.

Verdammt! Wer hätte das gedacht? Ich meine, er ist groß und Besitzer eines Lokals, aber dennoch...

Jenn fiel ihr ins Auge, als sie an die Bar zurückkehrte. »Ooh! Wie ist es denn gelaufen? Er ist nicht zurück, also ist das wahrscheinlich ein gutes Zeichen.«

»Erstaunlich gut bisher«, berichtete Kera. »Na ja, ich habe auch nur zwei Sätze mitbekommen. Er könnte es immer noch mit einer dummen Bemerkung vermasseln, aber er hat einen guten Anfang gemacht. Er wirkte selbstbewusst. Die Frau sieht aus wie Monica Bellucci, finde ich, du auch?«

»Hm ... könnte sein?« Jenn blinzelte, vermutlich hatte sie gar kein Bild vor Augen. »Aber ja, es ist an der Zeit, dass er mit jemandem Fortschritte macht.«

Knapp zehn Minuten später kam Cevin zurück und sah verschwitzt, aber glücklich aus.

Kera überprüfte das Lokal nach Arbeit und als sie keinen Gast erkannte, der ihre Aufmerksamkeit forderte, schlich sie sich an Cevin heran. »Na? Hast du ein Date?«

Cevin wirbelte herum, sein Gesicht rot und seine Hände zitterten.

»Nun«, begann er und grinste schwach, »nicht genau, aber wir haben die ganze Zeit geredet, ohne dass ich mich zum Affen gemacht habe. Sie sagte, sie würde irgendwann mal wieder vorbeikommen! Ich dachte mir, dass das genug ist und ich mein Glück nicht überstrapazieren sollte. Ich kann sie ja das nächste Mal fragen, ob sie mit mir ausgeht, oder?«

Kera kämpfte gegen den plötzlichen schauspielerischen Drang an, mit einem Seufzer in Ohnmacht zu fallen. Vor Niedlichkeit, versteht sich. Stattdessen lächelte sie.

»Ja, guter Plan. So fühlt sie sich auch nicht direkt bedrängt. Herzlichen Glückwunsch!«

»Danke.« Sein verlegenes Grinsen wurde breiter und es sah aus, als würde er aufrechter stehen als sonst. »Nach der verdammten Woche, die ich hinter mir habe, nehme ich diesen Gewinn gerne an. *Jeden* Gewinn, wenn ich ehrlich bin.«

Keras Stimmung stieg seinetwegen und blieb auch die nächste Zeit über so. Doch vielleicht eine Stunde später *spürte* sie etwas, weit bevor sie es sah und das beunruhigte sie. Stephanie war müde und irgendetwas machte ihr eindeutig zu schaffen.

»Hey, Steph«, rief sie. »Geht es dir gut? Du siehst so fertig aus.« Stephanie schaute hoch und warf Kera einen verwunderten Blick zu. »Ich meine, die Schicht ist schon anstrengend heute. Sag mir Bescheid, wenn du eine Pause machen willst. Ich kann deine Tische so lange übernehmen.«

Die andere Kellnerin zuckte die Schultern und antwortete: »Oh, danke dir. Ich glaube, ich komme zurecht. Ja, alles ist gut. Nur müde, wie du schon bemerkt hast.«

Da war mehr, Kera konnte es spüren. Die andere Frau ging etwas aus dem Weg.

Sie ging *ihr* aus dem Weg. Vielleicht.

Kera beschloss, es nicht zu erzwingen. Es könnte ein persönliches Problem sein, das sie nichts anging und wenn Stephanie es später besprechen wollte, wusste sie, dass Kera immer ein offenes Ohr haben würde.

Einen Moment später wechselte Steph das Thema. »Hast du noch mal was von Chris gehört?« Diese Frage traf Kera wie ein Schlag. »Konntet ihr euch aussprechen oder so?«

Kera wusste genau, dass Stephanie ihr ansehen konnte, wie schlecht sie sich auf einmal fühlte. »Äh. Na ja, nein. Wir hatten keinen Kontakt mehr ...«, stammelte sie als Antwort.

Sie fühlte sich, als hätte ihr jemand in den Magen geboxt und ihr Gesicht errötete. Verdammt. »Es sollte einfach nicht sein.«

»Schade«, meinte Stephanie nur, sah sie mitleidig an und machte keine weitere Bemerkung. Glücklicherweise ging sie daraufhin sofort los, um nach einem Tisch zu sehen.

Kera biss sich auf die Zunge, während sie jemandem den Tequila nachfüllte und zog sich dann in die am besten beschattete Ecke der Bar zurück.

Verdammt noch mal, Steph. Ich weiß, dass du das nicht böse gemeint hast, aber hättest du nicht etwas anderes sagen können? Aus Chris und mir wird nichts mehr, und zwar meinetwegen.

KAPITEL 19

Lia saß allein im gemieteten Büro von *The Start-Up*. Sie überprüfte die Zeit auf ihrer Armbanduhr. Es war 10:14 Uhr. Das Meeting hätte um 10 Uhr beginnen sollen. Lia wunderte dies äußerst. Es war ungewöhnlich für Pauline, zu spät zu kommen und sie begann sich zu fragen, ob sie einen Autounfall oder so etwas gehabt hatte.

Doch nur etwa eine Minute später näherten sich zwei Paar Schritte und die Tür öffnete sich. Herein schritt Pauline, mit einem wie immer strengen Gesichtsausdruck, dicht gefolgt von Johnny.

Lia spürte sofort, dass etwas nicht stimmte, jedoch war es nicht die Art von Falschheit, die sie erwartet hatte.

Beide wirkten entspannt und unbeeindruckt. Weniger angespannt als sonst, geschweige denn der brodelnde Zorn, den Lia angenommen hätte, angesichts dessen, was auch immer passiert war, um sie aufzuhalten. Sie fragte sich, ob sie *etwas* geraucht oder eingeschmissen hatten, bevor sie sich auf den Weg gemacht hatten. Pauline nahm eigentlich seit Monaten keine Drogen mehr, doch der Stress der letzten Zeit könnte sie zu einem Rückfall veranlasst haben.

Sie hatten sich in der Nacht zuvor nicht mehr gemeldet, obwohl sie zusammen auf einer wichtigen

Mission gewesen waren. Lia hatte sofort befürchtet, dass zwischen den beiden irgendetwas vorgefallen war. Egal, was es gewesen wäre, ob gut oder schlecht, bei zwei so bekanntermaßen aufbrausenden Menschen konnte sie sich nicht vorstellen, dass *irgendetwas* gut ausgehen würde.

Doch heute gab es keine Spannungen zwischen ihnen, aber auch keine schnellen Blicke oder heimliches Anlächeln.

Seltsam.

Es lag in Lias Natur, alles sorgfältig zu bedenken und zu berechnen, bevor sie sprach oder handelte. Sie blieb still, als die beiden ihre Plätze einnahmen und die Situation beurteilten. Das Wichtigste, was es zu besprechen gab, soweit es Lia betraf, war der jüngste Nachrichtenbericht über den Motorradfahrer, welcher ihn in ein schlechtes Licht rückte und vermuten ließ, dass sein öffentlicher Rückhalt viel schwächer war, als sie vermutet hatten.

Sie hatte keine Ahnung, wie Pauline darauf reagieren würde. Wenn sie sanftmütig war, würde sie die Nachricht nun vielleicht besser aufnehmen. Es könnte aber auch bedeuten, dass sie es bereits wusste und gestern einem totalen Nervenzusammenbruch erlegen war.

Andererseits wirkte Johnny ebenso entspannt. Lia ertappte sich dabei, wie sie sich wünschte, dass Sven anwesend wäre, um die Dinge auszugleichen. Der war jedoch leider damit beschäftigt, ein anderes mögliches Bandenbündnis aufzuspüren.

Pauline nahm ihren Platz am Kopfende des Raumes ein, aber ungewöhnlicherweise lehnte sie sich gegen das Podium. »Guten Morgen zusammen. Wie geht es euch?«

Magie & Dating

Lia blinzelte. *Euch?*

»Mir geht es gut, Pauline, danke. Ich hoffe, auf dem Weg zur Arbeit ist nichts passiert. Haben Sie beide die letzte Berichterstattung über den *Motorcycle Man* gesehen?«

Johnny lehnte sich in seinem Sitz zurück und lachte auf eine ruhige, angenehme Art, die ganz untypisch für ihn war und die ihn viel sympathischer machte. »Nope. Welche Geschichte?«

»Ja«, echote Pauline, immer noch in einem äußerst lockeren Tonfall, »was meinst du, Lia?« Sie klang ein wenig neugierig, aber vor allem gelangweilt.

Lia räusperte sich und hoffte, nicht in ein Minenfeld zu laufen und erzählte den beiden von dem Sonderbericht in den Nachrichten, von allen Informationen, welche er enthalten hatte, sowie von dem, was in der begleitenden Print-Story stand und von den Höhepunkten der öffentlichen Kommentare, die sie zu beiden Reportagen gesehen hatte. Das Wesentliche war, dass sich die Presse und einige der einfachen Leute aus heiterem Himmel auf einmal gegen den noch zuvor verehrten und gefeierten Helden gewendet hatten.

Paulines Aufmerksamkeit schien während Lias Bericht nicht ganz auf ihr zu liegen, als ob es sie gar nicht sonderlich interessierte. Das wunderte Lia nur noch mehr. Gegen Ende sagte Pauline einfach nur gelassen: »Oh, ich denke, das ist gut. Das macht die Dinge vielleicht einfacher. Es scheint aber in letzter Zeit alles gut gelaufen zu sein, oder?«

»Jepp«, stimmte Johnny zu und zuckte mit den Schultern.

Lia runzelte die Stirn und spielte kurz mit dem Gedanken, dass ihre Kollegen durch außerirdische Replikationen ersetzt worden waren.

Aber wahrscheinlich waren es wirklich *nur* Drogen.

»Äh, es ist nicht schlimm, auf keinen Fall«, meinte Lia hastig, »aber ich dachte, es könnte Sie und uns betreffen. Es verändert unsere Herangehensweise aus der PR-Perspektive und könnte sowohl unsere potenziellen Allianzen als auch unseren Produktfluss beeinflussen, wahrscheinlich auf eine positive Weise. Darf ich Sie beide außerdem fragen, wie es gestern Abend gelaufen ist?«

Pauline starrte sie ausdruckslos an. »Was ist letzte Nacht passiert?«

Lia war nun zunehmend genervt. Wenn sie und Johnny sich einen Drogenrausch gegönnt hatten, war die Hälfte des oberen Echelons der Organisation effektiv gelähmt. Sie erklärte, wie Pauline einen Plan angedeutet hatte, um den *Motorcycle Man* mit Johnnys Hilfe aufzuscheuchen, was anscheinend bedeutete, undercover zu einem nahegelegenen Treffpunkt von ihm zu gehen.

Während sie sprach, wirkte Pauline immer noch gelangweilt, war aber vor allem irritiert von all den ›neuen‹ Informationen, welche sie ganz offenbar vergessen hatte.

»Was?«, schnappte sie. »Lia? Wann habe ich das gesagt? Moment, ich glaube, ich erinnere mich an etwas. An nicht viel. Johnny, es ist doch nichts passiert, oder?«

»Ich weiß es nicht«, antwortete er ihr. »Ja, nicht viel. Es war okay. Die Bar war nett.«

Dann verloren sie das Gespräch aus den Augen und begannen zu diskutieren, was es zum Mittagessen geben sollte.

Lias Hand zitterte. Sie wollte den Stift, den sie in der Hand hielt, zerbrechen und die Stücke auf ihre Chefin schleudern. Dieses Maß an Verantwortungslosigkeit hatte sie bei ihr noch nie gesehen.

»Verdammt noch mal, Pauline! Was zum Teufel ist los mit *dir*?«, explodierte sie. »Das war ein wichtiger Teil unserer Mission, wie du gestern selbst betont hast und jetzt wisst ihr nichts mehr darüber? Und noch dazu benimmst du dich, als hättest du den Verstand verloren! Johnny ebenfalls. Wenn es ein Problem gibt, was die Mission oder was dich angeht, kannst du mir wenigstens sagen, was es ist? Bitte, ich möchte dir helfen, aber ich habe keine Ahnung, was los ist.« Sie holte tief Luft und fragte sich, ob sie einen schweren Fehler gemacht hatte.

Johnny zappelte herum und schaute Lia dann mit einem ›Was ist dein Problem?‹-Ausdruck an, wie ein Teenager, der sich darauf vorbereitet, sich über einen freimütigen Klassenkameraden lustig zu machen. Dann setzte er sich wieder auf seinen Platz und schien das Interesse am Geschehen zu verlieren.

Gleichzeitig verzerrte sich Paulines Gesicht, als widersprüchliche Gedanken und Emotionen sie zu durchströmen schienen. Spuren ihres alten, schrillen Ichs begannen durchzuscheinen.

»Lia«, begann sie mit schärferer Stimme, »was glaubst du, wer du ...« Sie hielt inne. »Warte. *Warte*. Ich fange an, mich zu erinnern. Verdammt. Unfassbar! Ich glaube, irgendwas war in meinem Drink. Ja. Wir waren in der *Mermaid* und hatten einen Drink. Nur einen. Das ist alles, woran ich mich erinnern kann. Jemand muss etwas in meinen verdammten Drink getan haben!«

Nun, das ist nicht gut, dachte Lia und biss sich auf die Unterlippe, *aber wenigstens wird sie wieder normal.*

Johnny mischte sich ein, hatte aber nicht viel hinzuzufügen. »Ja, vielleicht«, murmelte er. »Aber das schien ganz nett da. Alle haben, ähm, nur so abgehangen. Es war ... nicht so ernst. Wer hätte uns denn da was in den Drink packen sollen?« Er zuckte mit den Schultern.

Vorne im Raum hatte sich Pauline von ihren Mitarbeitern abgewandt. Ihre Fäuste zitterten und ihr hellblonder Pferdeschwanz, der ungewöhnlich zerzaust war, schwankte hinter ihr.

»Warum kann ich mich nicht *erinnern*, was passiert ist?«, wütete sie. »Das ist doch Blödsinn. Ich will nicht hier sein. Ich brauche eine gottverdammte Dusche und bequeme Kleidung zum Wechseln. Irgendjemand wird dafür bezahlen. Wenn ich unglücklich bin, verdienen *die* es auch, unglücklich zu sein. Punkt.«

Sie drehte sich auf dem Absatz um, stürmte aus dem Büro und schlug die Tür hinter sich zu. Johnny und Lia saßen schweigend da, er wich ihren musternden Blicken stets aus. Dann lachte er in dem seltsamen, faulen Ton eines verächtlichen Teenagers und begann, mit seinem Handy zu hantieren.

Murmelnd sagte Lia zu niemandem speziell: »Ich mochte sie lieber als sie ernst und beherrscht war.«

»Das alles ist so verdammt bizarr«, witzelte Doug Lopez, während er in seinem Notizbuch blätterte. Er hatte es sich in einem herrlich bequemen Liegestuhl in einem Spa gemütlich gemacht, mit einem Handtuch um die Hüften und einem alkoholfreien, vitaminreichen Cocktail neben sich. »Es muss uns sehr wichtig gewesen sein, als wir uns dafür entschieden haben, aber jetzt ist es so, als ob es uns nicht wichtig wäre? Warum war das wichtig für uns? Ich weiß es nicht. Uff. Ich vermisse es, diese Art von Motivation zu haben.«

Mia Angel saß neben ihm auf einem ähnlich bequemen Stuhl und nippte an einer braunen Glasflasche Kombucha mit Himbeergeschmack. »Ich scheine mich vage daran zu erinnern. Wir müssen schlimmer ausgebrannt sein, als ich dachte. Es ist wirklich schön, sich mal zu entspannen. Dieser Job wurde langsam zu stressig.«

Doug nickte, um anzuzeigen, dass er sie gehört hatte, aber er war in die Seiten der Zeitschrift vor sich vertieft.

»Mann, Mia, schau dir das alles mal an. So aufregend wie es in letzter Zeit war, ist das hier doch einfach super, oder? Wir waren dabei, als *Motorcycle Man* diesen Terroristen zu Fall gebracht hat und am Ende der Schlägerei sind wir ihm noch durch die Straßen hinter diesen Gangstern hergejagt. So ein Mist. Ist es falsch, sich nostalgisch zu fühlen für Dinge, die bloß in den letzten zwei oder drei Wochen passiert sind?«

Ein Angestellter kam vorbei und bot ihnen warme Handtücher an. Mia nahm eines an, bedankte sich bei dem Mann und wischte sich damit das Gesicht ab. »Ein Teil von mir möchte den Rest des Urlaubs genießen. Wir haben härter gearbeitet, als es für unsere Gesundheit gut war, aber du hast recht. Wir waren so kurz vor einem Durchbruch. Der andere Teil von mir …«

Sie hielt inne. Eine Idee war ihr gekommen und sie war sich nicht sicher, ob sie sich traute, sie laut auszusprechen. Doug wäre wahrscheinlich damit einverstanden, aber sie befürchtete, dass sie es trotzdem bereuen könnten. Es würde kein Zurück mehr geben, wenn die sprichwörtliche Katze erst einmal aus dem Sack war. Wenn sie etwas sagen würde, wäre ihre kleine Urlaubs-Dekompression-Session für immer vorbei.

Scheiß drauf, dachte sie und atmete tief ein.

»Hey, Doug. Wir sollten zurück zur *Mermaid* gehen und nachsehen, ob irgendetwas Interessantes vor sich geht. Wir könnten unsere Energie auch so zurückbekommen, richtig?«

Ihr Partner wurde hellhörig, seine Augenbrauen hoben sich und seine Augen huschten umher, als Gedanken und Emotionen in seinem Gehirn auftauchten und sich formten.

»Das ist eine ausgezeichnete Idee. Wann?«

»Ähm.« Sie nippte an ihrem Drink. »*Bald*. Man muss es ja nicht sofort machen. Vielleicht morgen. Oder heute Abend, wenn wir nichts anderes zu tun haben. Ich bin so oder so einverstanden. Aber ich will noch ein wenig entspannen.«

Insgeheim hoffte sie jedoch, dass er darauf bestehen würde, so schnell wie möglich zu gehen.

Doug setzte sich aufrechter hin. »Dann lass es uns heute Abend machen. Ich meine, ich fühle mich ziemlich entspannt, also kein Grund zur Eile, aber heute Abend klingt doch gut.«

Mia lächelte. »Klar, was auch immer.« Sie zog ihr Handy heraus und prüfte die Uhrzeit. »Es ist erst viertel nach zwei. Wir haben noch genug Zeit.«

Doug leerte seinen Cocktail und begann sich zu strecken, als ob er jeden Moment aufstehen wollte.

»Hey«, bemerkte er, »um die Dinge schön einfach zu machen, wir sind im Urlaub! Wir müssen keine Stunden aus unserem Arbeitsplan nehmen, um dies zu tun oder unseren Aufenthaltsort erklären oder rechtfertigen zu müssen. Frank muss sich nun sicher aus Frust volllaufen lassen. Aber wir machen das zum *Spaß*.«

Mia trank ihren Kombucha aus und stellte die Flasche auf den kleinen Beistelltisch. »Wie wahr. Wenn etwas Seltsames passiert, können wir immer sagen, dass wir den Ort genossen haben, als wir dort waren, doch der Nostalgie wegen wollten wir zurück nach LA.«

»Richtig.« Doug stand auf. »Zugegeben, ich nehme an, wir müssen den wachsenden Ruf der Stadt als Brutstätte von Kleinkriminalität und Idiotentum berücksichtigen, aber so schlimm scheint es nicht zu sein. Wir sind *Reporter*. Wir haben Erfahrung darin, zu wissen, was angesagt ist, um der Gefahr aus dem Weg zu gehen.«

Mia stand ebenfalls auf und ließ die verschiedenen Möglichkeiten in ihrem Kopf Revue passieren. Irgendetwas fühlte sich immer noch seltsam und falsch an, wie zum Beispiel, dass sie sich an so wenig ihres letzten Tages in der Stadt erinnern konnte und die seltsam plötzliche Art ihres Zwangs, den Fall komplett aufzugeben und eine Pause zu machen, wenn die Dinge in LA gerade so angespannt waren.

Sie zuckte mit den Schultern. »Pah. Was ist das Schlimmste, was passieren könnte? Wir trinken zu viel Bier und essen ein paar wenig überzeugende Zwiebelringe?«

Doug sammelte seine Sachen mit erhöhter Energie ein, obwohl er im Vergleich zu seinem üblichen Selbst immer noch recht lustlos wirkte.

»Das ist die richtige Einstellung. Wir haben schon viel Schlimmeres überlebt. Ich wette, es wird *nichts* passieren.«

Michael Anderle

★ ★ ★

»Perfekt!«, grinste Kera und hob das Paket in einer triumphierenden Bewegung hoch. Cevins Hemd war an ihrem freien Tag angekommen, aber sie war bereit, extra zur *Mermaid* zu fahren, um es ihm zu bringen. »Cevin wird es brauchen müssen, falls Monica Belluccis Doppelgängerin heute wieder da ist.« Sie runzelte die Stirn und legte das Paket auf ihren Küchentisch. »Hoffentlich kommt sie die nächsten Tage mal vorbei, aber bitte nur während meiner Schicht. Verdammt, lass sie nicht heute kommen. Ich will es miterleben.«

Gut zwanzig Minuten später waren sie und Zee auf dem Weg zur *Mermaid*. Obwohl es ein warmer Tag war, hatte Cevins neue Mode sie daran erinnert, dass sie und die Kims geplant hatten, bald ein Magie-blockierendes Outfit zusammenzustellen. Nun, das konnte genauso gut heute sein. Also hatte sie noch schnell das gesammelte Eisen und Silber in ihren Rucksack geworfen, bevor sie ihre Lederausstattung übergestreift hatte.

Kera stürmte durch die Eingangstür der *Mermaid*, das Paket in der Hand. Die Bar war geöffnet, aber es war noch früh und nur zwei Gäste lungerten herum.

Stephanie und Jenn bemerkten sie sofort und drängten sich um sie herum. Sie hatten natürlich augenblicklich erkannt, warum Kera hier war.

»Genau«, bestätigte sie die neugierigen Blicke. »Der Tag ist gekommen. Hey, Cevin! Sonderlieferung für dich.«

Ihr Chef schlenderte hinaus, perplex, aber nicht unzufrieden, Kera zu sehen. Dann wanderte sein Blick hinunter zu dem Paket, das die Mädchen in seinem Auftrag zu öffnen begonnen hatten und seine Gesichtszüge wandelten sich.

»Oh, nein«, stöhnte er. »Du hast das Ding doch nicht wirklich bestellt, oder? Das lila Hemd?«

Kera hob einen Finger. »Weinrot, nicht lila. Hier, du solltest es sofort anprobieren. Es wird wahrscheinlich vom Transport zerknittert sein, aber es geht ja um die Farbe.« Sie zog es heraus und entfaltete es, während alle drei Frauen darüber grübelten, wie es wohl aussehen würde.

Cevins Gesicht wurde bleich. »Gott, es ist so *schick*. Viel zu schick für jemanden wie mich. Ich weigere mich, das zu tragen. *Ich weigere mich, das zu tragen!* Es tut mir leid, Mädels. Ich weiß es zu schätzen, dass ihr Geld für mich ausgebt, aber ihr spendet es besser einem bedürftigen französischen Aristokraten oder so.«

Jenn tat so, als wäre sie schockiert und beleidigt. »Er lehnt unser Geschenk ab! Das habe ich noch nie erlebt. Was für eine Art von Undankbarkeit ist das?«

»Ja«, mischte sich Stephanie ein und presste ihre Lippen zusammen. »Das war unser vorgezogenes *Danke-für-alles-bester-Chef-der-Welt*-Geschenk. Wenn du es nicht annimmst, schenken wir dir halt auch nichts zu Weihnachten. Das wäre nur fair.«

»Komm schon«, lockte Kera und zwinkerte ihm zu. »Probiere es heute Abend für eine Stunde lang an und wenn du es absolut nicht magst, musst du es auch nicht mehr tragen.«

Er wehrte sich weiter, aber schließlich zermürbte ihn ihre geballte Überredungskunst. Er warf seine Hände hoch. »Gut. Ich weiß es besser, als mich mit drei Frauen gleichzeitig zu streiten. Hier, gib das her. Ich akzeptiere mein Schicksal, aber ich probiere es vorher allein im Büro an.«

Cevin nahm das Hemd an sich und betrachtete es argwöhnisch. Stephanie musste bei den Gästen zurückbleiben, doch Kera und Jenn folgten ihrem Chef zurück in sein Büro. Als Kera in den Gang eintrat, der in den Privatbereich der Mitarbeiter führte, schlug ihr eine dumpfe Welle warmer Luft entgegen, zumindest fühlte es sich so an. Sie bekam augenblicklich Kopfschmerzen.

»So viel zu *allein* umziehen«, brummte Cevin, aber er schloss die Tür nicht. Er faltete das Hemd auseinander und zog es über sein unscheinbares T-Shirt. Er betrachtete sich im Spiegel mit einer Mischung aus Verwirrung und Missbilligung, klappte den Kragen herunter und fummelte an den Ärmeln herum, während die jungen Frauen heranrückten, um ihm zu helfen, alles anzupassen.

Kera verschränkte die Arme, musterte ihn und tippte mit dem Fuß auf den Boden. Die Kopfschmerzen raubten ihr ein wenig den Fokus. »Ehrlich gesagt, es steht dir großartig. Das ist nicht einmal eine Notlüge.«

»Dito«, meinte Jenn. »Das Model wird es lieben. Warum hast du diese Farbe denn nicht schon früher getragen?«

Er schnitt eine Grimasse. »Es ist besser, wenn ich diese Frage nicht beantworte. Wie auch immer, ich werde das hier nicht ausleiern lassen, indem ich es *während* der Arbeit trage.«

»Oh, aber du hast versprochen, es eine Stunde lang zu tragen«, erinnerte Kera ihn. »Das wird dabei schon nicht ausleiern.«

Magie & Dating

Unfähig, mit ihr zu streiten, beschloss er, es hinter sich zu bringen und schlurfte nach vorne. Stephanie schaute sich das Hemd in Bewegung an und kommentierte: »Oh, das sieht wirklich gut aus. Wir hätten es schon einen Monat früher für dich kaufen sollen.«

»Es sieht lächerlich aus«, erwiderte Cevin in einem monotonen Tonfall. »Also ja, wenn du mich schon vor einem Monat in Verlegenheit hättest bringen wollen, ergibt das natürlich Sinn.«

Er ging zurück ins Lokal, hinter die Bar. Einer der beiden anwesenden Gäste, ein Stammgast, nickte Cevin zu: »Schickes Hemd, Cevin.«

»Ernsthaft?« Cevin konnte es immer noch nicht fassen.

»Passt zu deinen Haaren«, meinte der Kerl und runzelte die Stirn.

Cevin drehte sich um und betrachtete sich im Spiegel der Bar. »Ich meine, es ist nicht mehr so *schrecklich* ...«

Kera schlenderte nach hinten, um gespielt ihren Spind zu überprüfen, dann verschwand sie schnell in der Toilette. Sie brauchte jetzt unbedingt einen Moment, um sich zu entspannen. Irgendetwas hier zerrte an ihr, störte ihre Konzentration und verpasste ihr Kopfschmerzen.

Was zur Hölle war das?

In diesem Augenblick schlug *es* zu.

Wir wissen, wer du bist und was du tust.

Kera schnappte erschrocken nach Luft und trat einen Schritt nach hinten, dabei krachte sie gegen eines der Waschbecken. *Was zur Hölle?*

Ein Paar von Stimmen, die unisono sprachen, aber nicht wirklich da waren. Nein, Kera hörte mentale

Stimmen, die von irgendwo draußen direkt in ihr Gehirn sprachen. Sie blieb an Ort und Stelle, klammerte sich an den Rand des Waschbeckens, weitaus verängstigter als sie es gewesen war, als sie neulich den Mustang-Typen in ihrer Bar entdeckt hatte.

Aber hab keine Angst, wir sind nicht dein Feind. Wir wollen dir helfen. Wir verstehen, was du gerade durchmachst.

»Was zur Hölle?«, keuchte Kera mit heiserer Stimme. »*Wer?*«

Sie hatte keine Ahnung, ob die Besitzer der übersinnlichen Stimmen in der Nähe waren. Vielleicht beobachteten sie sie. Die doppelte Stimme klang sanft und herzlich und doch sprach sie mit einem Maß an Macht, von dem sie irgendwie sicher war, dass es ihre eigene in den Schatten stellte.

Ganz zu schweigen davon, dass diese Personen eine solche Technik beherrschten, von der Kera noch nicht einmal gehört hatte. Kera konnte Leuten Gedanken zuflüstern, die sich in ihrer unmittelbaren Nähe befanden und selbst das war mit einem hohen Maß an Konzentration und Energie verbunden. Doch *das hier* war weitaus fortgeschrittener.

Du willst Menschen helfen. Lass dich von uns führen und unterstützen. Mit unserer Hilfe kannst du weit mehr gute Taten vollbringen, als du es allein könntest. Wenn du uns finden willst, dann wirke einen Fireflyzauber gerade in den Himmel und wir werden dich finden. Das ist deine einmalige Chance. Wir freuen uns darauf, dich kennenzulernen.

Dann waren die Stimmen verstummt.

Kera schluckte, ihre Hände klammerten sich immer noch ans Waschbecken, ihre Beine zitterten.

Das waren sie. Die, die auf der Suche nach ihr waren. Kein Zweifel!

»Scheiße. Scheiße, Scheiße, *Scheiße*«, wisperte Kera. *Sie* waren hier. Sie hatten einen Zauber gewirkt, der weitaus mächtiger als jeder Gedankenzauber von Kera es je gewesen war. Sie hatten den Fireflyzauber erwähnt, einer der ersten aus dem Buch.

Sie waren es, die das Buch in die Welt gesetzt hatten.

»Ich. Bin. Nicht. Interessiert«, spuckte sie heraus und legte alle Abfälligkeit in ihre Stimme, die sie konnte. Sie wusste nicht, ob die sie hören konnten, aber sie hatte nicht vor, hierzubleiben, um das herauszufinden. Sie ging und eilte davon, bevor sie überhaupt sehen konnte, wie Cevin sich machte.

★ ★ ★

Pauline hatte die drei anderen Mitglieder des Kernteams angewiesen, sich um 17:30 Uhr wieder im Büro zu versammeln, deutlich später als üblich. Zu diesem Zeitpunkt waren die meisten anderen Leute im Gebäude bereits dabei, ihre Sachen zu packen und nach Hause zu gehen, wenn sie nicht sogar schon weg waren.

Pauline war zu einer Entscheidung gekommen und sie fand, dass es keinen Grund gab, weitere Zeit zu verschwenden, bevor sie es ihren Leuten mitteilte.

Lia kam um 17:25 Uhr, gefolgt von Sven und Johnny, die gemeinsam um 17:27 Uhr eintrafen. Pauline nickte zufrieden. Sie hätte es in ihrem heutigen Zustand gar nicht gut aufgenommen, wenn einer von ihnen zu spät gekommen wäre. Das wussten die drei.

Sie räusperte sich und nahm den Anblick ihrer drei Mitarbeiter in sich auf.

»Da nun alle eingetroffen sind, werden wir gleich beginnen. Zunächst möchte ich von jedem von Ihnen einen *kurzen* Überblick über die Fortschritte erhalten, die Sie heute gemacht haben. Beschränken Sie Ihre Ausführungen auf zwei oder drei Minuten. Sobald Sie sie beendet haben, habe ich wichtige Neuigkeiten. Miss Min, wir fangen mit Ihnen an.«

Pauline stand und hörte zu, eine Schicht gut geübter Geduld lag über ihrem brodelnden Kern aus Emotionalität und Impulsivität. Sie hörte die Dinge, die ihre Untergebenen ihr erzählten, halb mit und legte die wichtigen Teile für die weitere Verwendung in ihrem Gedächtnis ab.

Als Lia damit fertig war, ihr zu versichern, dass ihre Produkte wieder zu fließen begannen und Sven und Johnny einige vielversprechende Hinweise auf andere Bandenbündnisse oder potenzielle Scheinfirmen erwähnten, unterbrach Pauline sie mit einer erhobenen Handfläche.

»Sehr gut«, beurteilte sie. »Sie haben Ihre Zeit heute nicht verschwendet. Ich würde gerne mehr Fortschritte sehen, aber was Sie beschrieben haben, ist ausreichend. Doch all das verblasst im Vergleich zu dem, was wir als Nächstes tun müssen.«

Die Veränderung der Stimmung im Raum hin zu ernster Besorgnis war deutlich spürbar. Ihre drei Untertanen lehnten sich näher heran, um ihr gebannt zuzuhören.

Pauline ließ ihre Gedanken zurück zur letzten Nacht schweifen und wieder einmal stellte sie fest, dass sie sich an fast nichts erinnern konnte. Wut stieg in ihr auf und jetzt war es an der Zeit, dieser Luft zu machen.

»Jemand hat mich verarscht«, begann sie mit eiskalter, wütender Stimme. Lia, Sven und Johnny zuckten bei dem heftigen Wechsel in ihrer Stimme zusammen. »Ich kann mich nicht daran erinnern, was letzte Nacht in dieser Bar passiert ist, was bedeutet, dass die *Zasranets*, die sich dort versammeln oder dort arbeiten – oder was auch immer machen – dachten, sie könnten damit durchkommen, mich unter Drogen zu setzen, als wäre ich eine typische amerikanische *Dura*.«

In Svens Wange bildete sich ein Auswölbung, weil seine Zunge sich dagegen drückte. Er war der Einzige, der ein wenig Russisch verstand, doch auch die anderen beiden wussten, ohne die genaue Bedeutung der Schimpfworte zu kennen, wovon Pauline redete.

Bevor sie Fragen stellen konnten, fuhr Pauline fort. »Die *Mermaid* ist dabei, eine Art Vulkan zu werden. Sie haben unsere Geschäftspartnerschaft abgelehnt, sie haben unsere Feinde beherbergt und jetzt haben sie mich persönlich angegriffen. Sie ist ein verdammt großer Vulkan, der ausbrechen könnte. So etwas muss selbstverständlich *ausgelöscht* werden. Das ist die Botschaft, die wir senden müssen.«

Lia runzelte die Stirn. Sven zog eine Grimasse. Johnny schien das Für und Wider abzuwägen, anstatt zu jubeln, wie sie alle es hätten tun sollen. Das machte Pauline noch wütender.

»Was haben Sie dazu zu sagen?«, fragte sie in den Raum.

Lia hob eine Hand. »Ah, Pauline, entschuldigen Sie, aber Sie sollten sich das vielleicht noch einmal überlegen. Es könnte eine Menge Auswirkungen haben, welche wir momentan gar nicht vorhersehen können.«

Johnny drehte seinen Kopf, um zu sehen, was Sven zu sagen hatte, bevor er selbst antwortete.

Sven hüstelte. »Ich bin mir ebenfalls nicht sicher. Wenn wir andere Gangs ausschalten, wird die Polizei nicht übermäßig aggressiv bei der Verfolgung sein. Die sind normalerweise froh, wenn wir uns gegenseitig umbringen. Doch wenn wir *Zivilisten* ausschalten, werden sie uns auf den Fersen sein. Das verdammte FBI wird auftauchen und vielleicht auch DHS, ATF – alles Mögliche. Besonders, wenn wir einen, wie Sie sagen, Vulkan auslöschen wollen. Sagen Sie mir bitte, dass das eine Metapher war?«

Die Augen der Chefin loderten. »Das war keine gottverdammte Metapher. Ich will, dass dieser Ort *komplett ausgelöscht* wird.«

Sven verstummte. Johnny zuckte mit den Schultern. Er ging immer noch auf Nummer sicher in seinem neu gewonnenen Zustand der Gnade und sagte nichts.

Pauline beachtete das gar nicht, sondern erzählte weiter von ihrem Plan. Sie zeigte auf Lia. »Ich möchte, dass Sie die notwendigen Nachrichten an all die anderen Gangs hier koordinieren, ob sie mit uns zusammenarbeiten oder nicht. Sie beide ...«, erklärte sie und schaute auf Johnny und Sven, »werden denen dann diese Nachrichten überbringen und dafür sorgen, dass ihnen unser Plan ganz klar ist.«

Johnny sprach zum ersten Mal, seit Pauline enthüllt hatte, was sie tun würden. »Wie lautet diese Nachricht?«

»*Haltet euch von der Mermaid fern*«, antwortete Pauline streng. »Gehen Sie nicht weiter darauf ein, aber wenn der Ort in einer Dunstwolke aufgeht, wird jeder wissen, dass wir dafür verantwortlich waren.«

Magie & Dating

Lia erkundigte sich: »Sie meinen, Sie wollen das tun, um unsere Chancen auf eine Fusion mit einer anderen Gang zu erhöhen? Damit die sehen, wie stark *wir* sind und Angst bekommen?«

»Korrekt!«, bestätigte Pauline. »Damit die Leute wissen, was passiert, wenn sie mich verärgern. Sie werden auf den Knien zu uns kriechen und *betteln*, sich uns anzuschließen oder Geschäfte zu machen, die unseren Interessen entsprechen.«

Jeder ihrer Mitarbeiter gab ein langsames, sanftes Nicken von sich. Keiner sprach.

Pauline rümpfte die Nase. Ihre Leute zeigten nicht die Teamplayer-Attitüde oder die Bereitschaft, die Extrameile zu gehen, die sie von Mitarbeiten erwartete, die in der Welt der Unternehmensgründungen aufsteigen wollten.

Doch sie würden trotzdem gehorchen.

»Gehen Sie nun«, meinte sie streng zu ihnen. »Ich melde mich später mit den Details. Treffen Sie alle weiteren Vorbereitungen, die Sie für nützlich halten, aber klären Sie sie zuerst mit mir ab.«

Sie setzte sich, öffnete einen Ordner und ignorierte die drei, während sie hinausschlurften. Irgendwie hatte sie den Eindruck, dass sie untereinander tuscheln wollten, aber das taten sie nicht. Stattdessen verließen sie schweigend das Gebäude.

Lamar starrte auf sein Telefon, sein Atem war flach.

Ihm gefiel nicht, was in letzter Zeit vor sich ging. *The Start-Up* und die *LA Witches* hatten sich gegenseitig mit Leuten beworfen, als wäre es ein verdammtes

Schlachtfeld und *Motorcycle Man* war dabei keine große Hilfe mehr. Lamar war unterdessen sogar von *The Start-Up* angesprochen worden, sich an ihrer Kampagne gegen denjenigen zu beteiligen, den sie bekämpften.

Er hatte es nicht akzeptiert. Irgendetwas an dieser Gruppe machte ihn stutzig. Sie tauchten mit tiefen Geldreserven auf und begannen, mit wahnsinniger Effizienz die Kontrolle über den Drogenmarkt zu übernehmen, aber einfach niemand wusste, wer sie leitete oder wie viele Leute sie hatten.

Bandenchefs mochten ein wenig Geheimniskrämerei, das war zu erwarten, aber völlige Anonymität war seltsam.

Und jetzt sah es so aus, als hätte er recht gehabt.

Die Botschaft, die alle Gangs erreicht hatte, war klar: *Haltet euch von der Mermaid fern. Die LA Witches werden heute Abend vernichtet, ebenso wie eurer geliebter Motorcycle Man. The Start-Up wird keine Einmischung dulden.*

Lamar kannte die Regeln, so etwas hatte es in LA schon oft gegeben. Niemand würde sich einmischen. *The Start-Up* würde erwarten, dass nur die beiden Gangs anwesend waren, plus *Motorcycle Man*. Sie würden erwarten, dass die Dinge erledigt sein würden, bevor die Polizei eingreifen konnte.

Denn Gang-Business war Gang-Business und jeder, der bereit war, ein ziviles Gelände in einen Krater zu verwandeln, würde keine Einmischung dulden.

Das war zu viel. Lamar schüttelte den Kopf. Das ging zu weit über die Grenze. Man schoss nicht in einem Restaurant. Manchmal wurden Zivilisten verletzt, aber das war nicht dasselbe, wie mit Waffengewalt in ein Lokal zu stürmen, das voll von ihnen war.

Er wusste, was er zu tun hatte.

KAPITEL 20

Kera hatte keine Ahnung, was sie als Nächstes tun sollte. Der Gedanke, dass ihre Verfolger in der *Mermaid* gewesen waren und sie bemerkt hatten, war erschreckend. Sie wollte am liebsten fliehen, einfach nur weg von hier. Die Tatsache, dass sie sie so genau geortet hatten und vermutlich sogar schon eine Vermutung hatten, *wer* genau sie war, war beängstigend.

Kera verließ die *Mermaid,* eilte zu ihrem Motorrad und machte sich sofort auf zu dem einzigen Ort, an dem sie sich jetzt noch beschützt fühlen würde – zu dem Haus der Kims. Sie fuhr schneller als erlaubt, aber nicht zu schnell, um aufzufallen. Eine Polizeikontrolle war das letzte, was sie jetzt noch gebrauchen konnte.

An ihrem Ziel angekommen, stellte sie den Motor ab und ließ Zee auf dem schmalen Parkplatz neben dem Laden der Kims stehen, an einem Platz, an welchem er wenig Aufmerksamkeit erregen würde.

Sam stand hinter der Kasse und winkte ihr zu, als die den Laden betrat.

»Oh, hi, Kera! Schön, dich zu sehen. Mom und Dad sind oben, wenn du sie sehen willst.«

Sie nickte ihm zu und lächelte, während sie an ihm vorbei und in den Flur zur Wohnung ging. »Danke, Sam.«

Sie fand seine Eltern in ihrem Wohnzimmer vor. Misses Kim lag auf der Couch, scheinbar schlafend, ihr Mann saß auf einem Stuhl neben ihr, sein Gesichtsausdruck ernst. In Keras Gehirn schrillten die Alarmglocken los. *Oh, nein. Ihr Krebs ist wieder schlimmer geworden, ist es das? Er metastasiert schneller, nicht wahr? Scheiße, Scheiße, Scheiße!* Sie wusste nicht, wie sie damit umgehen sollte, zusätzlich zu allem anderen.

»Hi, entschuldigt die Störung, aber ich, äh, ich müsste euch etwas sagen«, begann Kera außer Atem. »Aber erstmal, ist hier alles in Ordnung?« Sie versuchte, sich nichts von ihrer Beinahe-Panik anmerken zu lassen.

»Ja«, antwortete Mister Kim und warf ihr einen ernsten Blick zu. »Uns geht es gut. Mach dir keine Sorgen. Aber wir wollen mit dir sprechen. Es geht um deine jüngsten Entscheidungen.«

Die junge Frau wich einen Schritt zurück. Es war eine Erleichterung zu wissen, dass ihre Vermutung falsch gewesen war, aber jetzt musste sie andere Dinge in Betracht ziehen. »Okay. Was auch immer es ist, du musst es nicht beschönigen. Ich wollte euch auch etwas Dringendes berichten.«

Ye-Jin wälzte sich um und öffnete ihre Augen. Kera seufzte innerlich, jetzt hatte sie sie auch noch aufgeweckt. Die alte Dame sah nicht gut aus, aber sie schien auch nicht zu leiden oder schwer krank zu sein. Kera legte ihr eine Hand auf die Schulter und versuchte, sich zu entspannen.

Mister Kim begann: »Wir wissen, dass sich dein Leben unermesslich verändert hat, seit du entdeckt hast, wer und was du wirklich bist.« Seine Worte wirkten wie eine einstudierte Rede, jedoch eine von Herzen kommende. »Es war äußerst ehrenhaft von dir, dass dein erster Gedanke war, sich für das Wohl anderer aufzuopfern. Du erlaubst es dir nicht, untätig daneben zu stehen und zuzulassen, dass andere Menschen verletzt werden, wenn du ihnen doch helfen könntest. Aber ich denke, du hast begonnen, dich zu fragen, wie ein langes Leben ohne jemanden in deiner Nähe aussehen könnte.«

Keras stoische Fassade bekam einen Riss. Ein Kloß bildete sich in ihrer Kehle, aber sie schluckte ihn sofort herunter und nickte. Sie spürte jedes Mal aufs Neue, wie sich ihre Nackenhaare aufstellten und sich ihr Magen umdrehte, sobald das Gesprächsthema auch nur in die entfernteste Nähe von Chris abschweifte.

Bei ihrer offensichtlich negativen Reaktion tauschte das Paar einen besorgten Blick aus, dann fuhr Mister Kim fort: »Wir bitten dich nur um eines, nämlich dass du respektierst, dass wir Menschen sind, die mehr Jahrzehnte des Lebens gesehen haben als du, weit mehr. So haben wir eine Perspektive auf die Dinge entwickelt, welche du sorgfältig bedenken solltest. Wirst du zustimmen, zuzuhören und über die Dinge nachzudenken, bevor du aufspringst und überstürzt handelst?«

Kera stöhnte fast laut auf, biss sich aber auf die Lippe und nickte ernst.

»Wir haben Grund zu der Annahme, dass die Dinge für dich ... schwieriger werden«, fuhr Mister Kim fort. »Wir haben diese Geschichten in den Nachrichten gesehen und du hast neulich Ye-Jin von der Entscheidung erzählt, die du bezüglich Chris getroffen hast.«

Kera wartete ab, doch Mister Kim schien in diesem Moment nach den richtigen Worten zu ringen. Seine

Frau murmelte ihm etwas auf Koreanisch zu, er hörte ihr zu und nickte dann.

Er schaute wieder zu Kera. »Die jungen Leute sind oft eher bereit, sich für jemanden zu opfern, weißt du? Besonders Leute wie wir mit unseren besonderen Talenten. Es ist eine höchst ehrenwerte Sache. Doch wir, die viel mehr erlebt und gesehen haben, trauern auch um viele Personen, die in ihrem Leben noch viel Gutes hätten tun können, wenn sie weitergelebt hätten. Du verstehst, was ich meine? Wenn bald eine Zeit kommt, in der du vor der Option stehst, dich für eine Chance auf den Sieg in den fast sicheren Tod zu stürzen, dann bitte ich dich, Kera, von Herzen, es dir zweimal zu überlegen.«

Misses Kim legte eine Hand auf ihre und Kera schloss ihre Augen, unfähig zu sprechen. Sie fühlte sich geehrt, anders konnte sie es gar nicht beschreiben. Ihre Liebe und Sorge vermischte sich mit ihrem stetigen rücksichtslosen Verlangen, in die Schlacht zu stürmen und zu helfen, wo sie nur konnte und mildterte dieses.

»In Ordnung«, murmelte sie, ihre Stimme zitterte. »Danke euch für diese Worte. Ich, ähm ... ich werde versuchen, schlau zu sein. Ich werde kein Märtyrer sein, ich werde nichts riskieren.«

Die Kims lächelten sie breit an, Misses Kims Lippen zitterten. »Danke dir, meine Liebe.«

Kera schluckte. Jetzt war wohl sie an der Reihe. »Äh, dann ...«, begann Kera und bemerkte auf einmal, wie ihre Beine zu zittern begannen. Sie holte einen Stuhl heran und setzte sich. »Ich bin dran. Also, ich glaube ... ich glaube, die Leute, die nach meiner Magie gesucht haben, haben mich gefunden.«

Magie & Dating

Die Kims sahen sie mit einem besorgten Gesichtsausdruck an.

»Sie haben eine Nachricht für mich hinterlassen«, erklärte Kera und merkte, wie nun auch ihre Stimme zu zittern begann. »In der Bar, in der ich arbeite. Es war eine Nachricht in meinen Gedanken! Sie sagten, dass sie mir nichts Böses wollen und dass sie wissen würden, was ich gerade durchmache. Ich ...« Sie versuchte, Worte für das Grauen zu finden, welches sich in diesem Moment in ihrer Brust zusammengerollt hatte. »Es war krank. Ich hatte einfach kein gutes Gefühl dabei. Meine Macht wird sicher ausgelöscht. Das Buch wurde ja schon aus dem Shop entfernt. Ich ...«

Die Kims starrten sie weiterhin wortlos an.

Keras Kopf ruckte plötzlich hoch, als ihr etwas einfiel. »Was, wenn ich sie dadurch jetzt *hierher* führe?«, keuchte sie.

Das Paar erstarrte. Mister Kim schluckte und seine Frau legte ihm eine Hand auf den Arm und sprach eilig auf Koreanisch. Sie hielt Kera einen Finger hin und schien zu argumentieren und etwas zu sagen, das ihr Mann gar nicht hören wollte. Wie immer lag Keras Intuition da richtig, denn Mister Kims Augenbrauen zogen sich jetzt zusammen und er antwortete ebenso schnell und winkte mit den Händen ab. Misses Kim flüsterte ihm sanft einige Worte zu und Mister Kim seufzte, dann nickte er schließlich und sah zu Boden. Er sah Kera einen Moment lang nicht an, dann stand er auf, verließ den Raum und kam rund eine Minute später mit einem kleinen Seidenbeutel zurück.

»Das hier ist für dich, liebe Kera.« Er zog ein kurioses Objekt von der Größe und den Abmessungen einer

Untertasse hervor und hielt es ihr vor die Nase. Kera nahm es stirnrunzelnd entgegen. Es war aus einem Stein, einer, der aussah wie Jade oder Kristall und auf beiden Seiten waren Formen und Buchstaben eingraviert. Ein Mandala-Muster, vermutete sie, ein altes Relikt buddhistischen, taoistischen oder volkstümlichen koreanischen Ursprungs.

»Danke euch«, entgegnete sie. »Was ist das?«

»Ein *Gerät*«, antwortete Mister Kim ihr. »Ein Relikt, das deine Magie vor den Augen der anderen blockiert. Wir hatten es bis heute Morgen völlig vergessen. Ein alter Freund gab es uns damals vor all den Jahren, kurz bevor wir Korea verließen. Er sagte, es würde uns vor neugierigen Blicken schützen. Damals haben wir ihm nur halb geglaubt. Aber bevor du vorhin kamst, habe ich es mit ein paar Zaubersprüchen getestet. Es funktioniert tatsächlich und ist viel leichter bei sich zu tragen als ein Mantel mit einem Haufen eingenähtem Eisen und Silber, nicht wahr?«

Kera bestaunte das seltsame *Ding* voller Argwohn. Wenn es stimmte, was Mister Kim sagte, würde ihr das Relikt sehr nützlich sein. Doch andererseits würde die Familie es vielleicht noch mehr benötigen.

»Kommt ihr denn ohne es zurecht?« Sie kramte in ihrer Jackentasche umher, um ihnen das Silber zu zeigen, das sie heute Morgen noch schnell mitgenommen hatte.

Mister Kim nickte und lächelte sie an. »Ja, wir sind sicher. Man muss übrigens darüber nachdenken und daran glauben, damit es funktioniert. Es wirkt auf den Geist genauso wie auf die Energien des Universums selbst. Nun denn. Was du von hier an tust, ist eine

Magie & Dating

Entscheidung, die nur du allein treffen kannst, aber wir hätten noch eine Bitte.«

Kera nickte ernst. »Alles.«

»Ich habe dich vorhin gebeten, vorsichtig mit deiner Kraft umzugehen und sie nicht zu verschwenden«, sagte Misses Kim, »aber könntest du ein bisschen heilen? Ich frage ungern. Doch ich verspüre einen leichten Schmerz, genau hier.« Sie zeigte auf die Stelle. »Mir geht es an sich schon viel besser, deshalb möchte ich nicht, dass du dich verausgabst.«

»Natürlich nicht.« Kera nickte. »Ja, gerne, ich werde dir natürlich helfen.«

Sie zog ihren Mantel aus, kniete sich neben die Couch und machte sich an die Arbeit.

★ ★ ★

James und Madame LeBlanc waren in das Safe House zurückgekehrt und fanden die beiden Agenten wartend vor. Madame LeBlanc verschwand in der Küche und James setzte sich zu Agent Richardson, der ihn in eine lockere Unterhaltung verwickelte. Er erzählte eine Anekdote über etwas, das seine Partnerin einmal getan hatte, in der es um ein ferngesteuertes Auto und ein paar sehr große Schweine ging, die sich von einer Farm losgerissen hatten.

»Und da sie ja MacDonald heißt und wir auf einer Farm waren, konnte ich nicht widerstehen, sie zu fragen …«

James hatte eigentlich vorgehabt, ihm zuzuhören, doch die Worte des Agenten wurden in diesem Moment ausgeblendet, als so etwas wie ein Alarm seinen Geist erfüllte.

Er nickte und lachte weiterhin, ohne ein äußeres Zeichen zu geben, was geschehen war.

»Entschuldigen Sie mich«, murmelte er dann einige Sekunden später, stand auf und ging in die Küche, wo Mutter LeBlanc und MacDonald gerade dabei waren, Tee zu kochen.

Madame LeBlanc fing seinen ernsten Blick auf und beide nickten sich zu.

MacDonald bemerkte dies und fragte neugierig: »Wollen Sie sie vor den extrem ungenauen Anekdoten von Agent Richardson warnen? Oder gibt es ernste Neuigkeiten zu berichten?«

James runzelte die Stirn. Ihre Neugierde störte ihn. »Ertappt. Doch es handelt sich in diesem Fall um eine dieser außergewöhnlich ernsten Sachen, bei denen, wenn Sie nicht tun, was wir sagen, wir uns weigern werden, weiterhin zu kooperieren und Ihnen das Leben zur Hölle machen. Wenn Sie kooperieren, wird das dazu führen, dass wir alle unsere gemeinsamen Ziele schneller erreichen.«

Während MacDonald die Augen verengte, rief Richardson: »Das habe ich gehört!«

Madame LeBlanc meldete sich zu Wort. »Bitte verlassen Sie umgehend das Haus oder bleiben Sie zumindest in dem Zimmer in der nordöstlichen Ecke des zweiten Stocks.«

Zwei Minuten und eine kleine Auseinandersetzung mit einer eingeschnappten MacDonald später wählten die beiden FBI-Agenten den Raum im Nordosten.

James und Madame LeBlanc schlossen sich im Wohnzimmer ein, das in der südwestlichen Ecke des ersten Stocks lag.

»Draußen wäre besser gewesen, aber wir nehmen, was wir kriegen können«, murmelte James resigniert. Er hatte eine mit Wasser gefüllte Metallschüssel aus der Küche mitgebracht.

Madame LeBlanc zog langsam die Vorhänge zu. »Standardverfahren?«

Wie so oft schon tarnten und schirmten sie den Raum ab und verfluchten die Wanzen, die die Agenten verteilt hatten. Wieder einmal würde die Technik versagen und ihnen keine nützlichen Informationen darüber liefern, was die Thaumaturgen genau taten.

James stellte die Schale in die Mitte des Fußbodens und sie knieten sich beide daneben und kanalisierten ihre Kräfte in einem vollwertigen Hellseherzauber, um die gewirkte Magie ihrer Zielperson – und somit auch sie – ausfindig zu machen.

Nichts geschah.

Die beiden starrten die reglose Schale an. James brach schließlich das Schweigen. »Was zum Teufel?«, brachte er hervor.

»Irgendetwas stimmt nicht.« Mutter LeBlanc rieb sich das Kinn und ihr Gesicht verzog sich vor Besorgnis. »Wir können unmöglich an dem Zauberspruch gescheitert sein. Hier muss ein zusätzlicher Faktor am Werk sein, etwas Fremdes, das wir nicht berücksichtigt haben.«

James lehnte sich zurück und rieb sich die Hände. »Ähm, okay. Hier ist ein Vorschlag. Wir sagen dem Rat *nicht*, dass wir alles getan haben, um sicherzustellen, dass wir diese Person aufspüren können und es aber irgendwie verdammt noch mal nicht funktioniert hat. Ja?«

Mutter LeBlanc ignorierte ihn und ging zu einem nahegelegenen Bücherregal, in welchem sie nach ein bisschen Suchen eine Karte von Südkalifornien fand. Sie legte diese auf den Boden der Hellseherschale. »Natürlich nicht so gut wie die direkte Verfolgung«, gab sie zu, »aber wir werden in der Lage sein, jede thaumaturgische Aktivität in der Gegend von LA zu sehen.«

James ärgerte sich immer noch wegen des fehlgeschlagenen Ortungsversuchs. »Gut mitgedacht. Obwohl es den Zweck dessen, was wir letzte Nacht getan haben, zunichtemacht, nicht wahr?«

»Nicht ganz«, konterte Mutter LeBlanc. »Achten Sie auf die Schale.«

Fast eine Stunde lang saßen sie vor der Schale auf dem Boden und starrten die im Wasser versunkene Karte an. Die FBI-Agenten waren wahrscheinlich längst ungeduldig geworden. Doch dies hier war zu wichtig für James und Mutter LeBlanc, um auch nur mehr als einige Sekunden an diese beiden Personen zu denken.

Mutter LeBlancs Augen zuckten für einen Sekundenbruchteil nach oben. »James, drehen Sie etwa Däumchen?«

»Nein«, schnappte er zurück. »Und Sie haben Ihre Augen vom Wasser genommen. Aber nicht lange genug, um zu sehen, dass ich mich bloß gekratzt habe, das muss ich Ihnen lassen. Doch haben Ihre Blinzelpausen viel zu lange gedauert. Ich glaube, ich habe gesehen, wie Sie die Augen für eine halbe Sekunde am Stück geschlossen haben, vielleicht auch länger.«

Sie schnaubte. »Wie wollten Sie das denn sehen können, wenn Sie nicht auch zwischendurch ihren Blick abwenden?«

James wollte etwas erwidern, doch in exakt diesem Moment brach eine grüne Lichtfackel zwischen den beiden auf.

Magie & Dating

Die Augen der beiden Thaumaturgen waren sofort auf die Hellseherschale gerichtet, doch sie hatten Mühe, das Gesehene zu verarbeiten. Die ätherische Flamme war nicht wie die, die sie zuvor gesehen hatten, diese hier drehte sich willkürlich und schien viel schwächer zu sein, als sie es von einem Magieanwender vom Kaliber des Motorradfahrers erwartet hatten.

Und dann war sie wieder verschwunden.

Mutter LeBlanc blinzelte. »Interessant.«

»Was zur Hölle. Ich kann nicht einmal genau sagen, wo das war. Es sah so … verwirrt aus.«

Sie waren noch am Grübeln, als sie Schritte im Flur hörten, dann ein Klopfen an der Tür.

»Leute?« Es war MacDonald. »Wir haben ein Problem.«

James warf Madame LeBlanc einen besorgten Blick zu. Mithilfe einiger Zauber waren ihre magischen Werkzeuge innerhalb einer Minute sorgfältig aus dem Weg geschafft und sicher verpackt. Als sie den Agenten die Tür öffneten, hatte deren Gesichter eine gräuliche Farbe angenommen.

»Lamar hat uns gerade kontaktiert«, meinte Richardson ernst.

»Aus welchem Grund?«, fragte James skeptisch.

»Alle Gangs haben die Anweisung bekommen, sich heute Abend von einer gewissen Bar in Little Tokyo fernzuhalten«, berichtete MacDonald. »*The Start-Up* sagt, sie werden diese Bar in einen, ich zitiere, ›riesigen verdammten Krater‹ verwandeln, falls die *LA Witches* sie nicht vorher aufhalten. Wir gehen rein!«

James und Mutter LeBlanc sahen sich gegenseitig an, alle Alarmglocken schrillten. Die *LA Witches* waren bloß eine Person. Die würde es gar nicht leicht haben, sich auf dieser Ebene einzumischen.

»Ich denke, wir sind uns einig, dass es das reinste Chaos wird, wenn der Motorrad-Typ in so etwas verwickelt wird«, merkte James an.

»Genau unsere Worte«, stimmte MacDonald heftig zu.

Mutter LeBlanc streckte die Hand aus und legte sie auf ihren Arm. Ihre braunen Augen waren heiter. »Wir haben soeben seine Spur gefunden«, erklärte sie. »Wir werden uns um ihn kümmern. Sie kümmern sich um *The Start-Up* und um diese Bar.«

»Okay.« MacDonald nickte mit dem Kopf. »Wir werden all unsere Ressourcen in Bewegung setzen. Gute Jagd.«

»Ihnen auch«, entgegnete James und nickte den beiden Agenten ernst zu.

★ ★ ★

Sich auf die Heilung zu konzentrieren, lenkte sie ein wenig von dem Sturm von Ängsten ab, der in ihr aufgekommen war, seit sie die bizarre übersinnliche Botschaft erhalten hatte. Zum Teil, weil es so verdammt schwer war. Sie gab alles, bis sie das altbekannte Schwindelgefühl spürte, welches ihr sagte, dass sie an ihre Grenzen stieß.

»Okay, okay«, keuchte sie, »es tut mir leid, aber ich glaube, ich muss jetzt aufhören.«

Misses Kim legte ihre Hand auf die von Kera. »Ich danke dir, liebe Kera. Es ist genug. Ich fühle mich schon besser.«

Sie ruhten ein paar Minuten lang schweigend nebeneinander, die ältere Dame lag auf der Couch, die jüngere blieb auf dem Boden neben ihr sitzen.

»Du solltest dich etwas ausruhen«, meinte Mister Kim schließlich zu Kera. »Richtig ausruhen. Ja?«

»Richtig.« Kera stand vorsichtig auf und wankte auf ihren Füßen. Als Mister Kim ihr eine Tüte Gebäck aus dem Laden reichte, lächelte sie. »Ihr beide kümmert euch so gut um mich. Womit habe ich euch nur verdient?«

Mister Kim lächelte und klopfte ihr auf die Schulter. »Ich denke, du kennst die Antwort darauf schon längst. Jetzt geh dich ausruhen. Bitte. Heute Abend wird nicht mehr gezaubert, ja?«

Kera umarmte ihn fest und ließ sich von ihm auf den Rücken klopfen, dann tat sie dasselbe mit seiner Frau, wenn auch etwas sanfter, angesichts ihres Zustands. »Ich danke euch beiden sehr. Ich werde mich ausruhen und ich verspreche, dass ich heute ruhig bleibe, wie ihr wünscht.«

★ ★ ★

Sie verabschiedeten sich herzlich voneinander und Kera schritt hinaus. Das Paar blickte ihr nach.

Als sie weg und das Geräusch ihres Motorrads in der Ferne verhallt war, sahen die beiden Eheleute sich tief in die Augen. Sie brauchten sich gar nicht die Mühe zu machen, zu sprechen. Es war sinnlos zu fragen, wie der andere sich fühlte, sie wussten es.

Beide waren sich in ihrer nächsten Vorgehensweise einig. Die Schlussfolgerungen waren offensichtlich, alle beide, Ehemann und Ehefrau, hatten sich zu einem eigenen Opfer bereit erklärt.

Ye-Jin wies darauf hin: »Sie wird sehr wütend auf uns sein, wenn sie es erfährt.«

»Ja«, räumte Mister Kim ein. »Ja, das wird sie. Nun, ich werde Sam sagen, dass er für die Nacht zu einem Freund gehen soll. Wir haben Vorbereitungen zu treffen.«

Einige Blocks entfernt machte Kera eine Pause, um noch einmal in völliger Ruhe das magische Relikt der Kims zu betrachten und es dann sicher in einer der tiefen Innentaschen ihrer Lederjacke zu verstauen. Sie dachte auch über die Bitte der Kims nach, vorsichtig zu sein.

In diesem Moment begann ihr Helm, den sie abgesetzt hatte, zu surren. Stirnrunzelnd nahm sie ihn hoch und betrachtete ihn sorgfältig. Ihr fiel beinahe sofort ein, dass er immer noch auf den Polizeiscanner eingestellt sein musste.

Und dieser war gerade mit äußerst ernsten Stimmen gefüllt.

Sie setzte sich sofort den Helm auf, um besser hören zu können. Bei den Worten fiel ihr die Kinnlade herunter.

»Und Sie sind sich absolut sicher?«, fragte eine der Stimmen hart.

»*Ja*«, schnappte ein anderer zurück, sichtlich gereizt. »Es gibt nicht viel, was sich auf ›Wir werden die *Mermaid* in einen verdammten Krater verwandeln‹ reimt, oder?«

Bei diesen Worten fing Kera augenblicklich an zu zittern.

Die Mermaid?

»Das FBI wird mobilisiert«, erklärte die erste Stimme. »Sie behaupten, sie hätten die Zuständigkeit für diesen Fall. Sie sagen, diese Leute seien aus Nevada hergekommen.«

»Es ist mir scheißegal, woher sie kommen«, schnauzte wieder jemand anderes.

Kera zog den Helm ab, ihr Atem kam in schnellen Zügen. Sie klammerte sich an Zees Lenker fest, um nicht zu Boden zu stürzen. Der Energieverbrauch von Misses Kims Heilung machte ihr allen Übels noch deutlich zu schaffen.

Denk nach, denk nach, denk nach!

Sie hatte den Kims gerade versprochen, dass sie ihr Leben nicht wegwerfen würde. Dass sie heute Abend ruhig bleiben würde.

Aber dies hier war ein Notfall, ein äußerster Notfall.

Was also blieb ihr anderes übrig?

KAPITEL 21

Also!«, begann Agent Richardson, während er hastig 5,56 mm NATO-Munition in eines der Magazine seines Sturmgewehrs lud, »ich nehme nicht an, dass wir eine genaue Schätzung bekommen können, wie viele Gangmitglieder dort sein werden, oder? Wir müssen also schätzen, mit wie viel Unterstützung wir stürmen werden. Die übliche Philosophie ist ›überwältigende Gewalt‹, da sie die Wahrscheinlichkeit verringert, dass die bösen Jungs dann dumm genug sind, sich zu wehren.«

MacDonald zuckte mit den Schultern. »Keine verdammte Ahnung. Wir müssen wirklich alles grob abschätzen. Die Cops reden nicht. Lamar sagte, er glaube nicht, dass es irgendeine Bombe gibt, also sei ›Krater‹ offenbar metaphorisch gemeint. Wie viele Feinde sich *Motorcycle Man* gemacht hat, weiß niemand. Lamar sagte, *The Start-Up* habe andere Gangs gewarnt, sich von dort fernzuhalten, also scheint es sich um eine Feindschaft zwischen diesen beiden Banden zu handeln.«

Richardson seufzte, während er weiter Magazine lud. »Okay, das schränkt es immerhin schon ein. Wir werden also mit zwei Trupps stürmen. Das LAPD SWAT-Team steht bereit, um uns zu unterstützen – eine Abordnung regulärer LAPD-Polizisten. Es ist mir scheißegal, was die sagen, das ist eine nationale Operation. Wir kämpfen nicht nur gegen einen Feind, sondern gegen zwei. Wir wollen, dass alle wissen, dass Widerstand gegen die Verhaftung dieses *Helden* einer Kriegserklärung gegen die Regierung der Vereinigten Staaten gleichkommt.«

Es waren zwei weitere FBI-Agenten anwesend, Almeida und Barker, doch beide waren nicht gesprächig. Wie Richardson und MacDonald waren sie in voller paramilitärischer Kampfausrüstung gekleidet, abzüglich ihrer großen, schweren Helme, die sie nur ungern aufzusetzen schienen, zumindest bis es nötig war.

MacDonald schaute grimmig. »Wir wollen nur die Bedrohung beseitigen und niemand muss verletzt werden. Aber ich nehme an, wenn gewalttätige Kriminelle dabei sind – und das werden sie – werden wir keine Wahl haben.«

Richardson wedelte mit einer Hand. »Wir werden tun, was wir tun müssen. Nicht weniger. Übrigens hat sich das Hauptquartier auf eine Geiselnahme als Vorwand für den Umgang mit der Öffentlichkeit geeinigt.«

Agent MacDonald stand auf und zog ihre kugelsichere Weste zurecht. »Das Problem wird sein, wie genau der *Motorcycle Man* vorhat aufzutauchen, schließlich wird er nicht von Anfang an dort sein.« Sie sah zu Almeida und Barker. »Das andere Team hat die Aufgabe, ihn abzulenken, doch wir wissen nicht, wie weit er gehen könnte.«

»Wir haben Vorgehensweisen für mehrere Situationen, auch wenn unser anderes Team scheitern sollte«, erwiderte Richardson unverblümt. »Sie alle wissen doch, wie das ist. Dann kommt er halt zur *Mermaid*. In der Zwischenzeit gibt uns die Geiselnahme einen Vorwand, den Ort zu stürmen und gleichzeitig alle Zivilisten in der Nähe zu evakuieren. Es wird den Anwohnern und Touristen nichts passieren und als Sahnehäubchen obendrauf wird auch niemand von ihnen etwas sehen.«

Almeida gluckste und hob seine halbautomatische Benelli M4-Schrotflinte und musterte sie. »Also wenn ja wohl jemand verletzt wird, dann sind es diese Drecksäcke, die versuchen, eine harmlose Bar in einen verdammten Krater zu verwandeln. Ich wusste, dass einer von den Gang-Bastarden irgendwann ausflippen würde. Ich bin ehrlich gesagt froh, dass ich einer von denen bin, der dabei sein darf, wenn sie endlich das bekommen, was sie verdienen.«

»Ja, eindeutig!«, fügte Agent Barker energisch hinzu. Er hatte seine Heckler & Koch MP5K Maschinenpistole nun vollständig geladen und hob sie hoch. »Das wird ein Erlebnis. Die Art von Sache, für die ich mich gemeldet habe.«

»Roger«, sagte Richardson und lächelte, froh, dass die beiden ihm zugeteilten Agenten den mürrischen Stoizismus zugunsten von Humor hinter sich gelassen hatten. Das sorgte für bessere Energie für den Kampf und für eine bessere Stimmung und Kooperation im Team. Er ließ sie für einen Moment hinter sich und trat ins Badezimmer, wo er sich im Spiegel betrachtete.

Nachdem er sein Gewehr und die Positionen aller anderen im Gebäude geprüft hatte, hielt er es einhändig und richtete es auf die Decke, während er seine Brust in seiner Weste aufblähte und seinen Kopf in einer Weise neigte, die das vage Macho-Grinsen in seinem Gesicht und den starken Kieferansatz betonte. Einen Moment poste er so vor dem Spiegel und beobachtete sich dabei stolz.

»Oh, ja«, kommentierte er mit tiefer, gehauchter Stimme. »Das ist ein *knallharter Typ,* genau hier.« Er tippte auf die Glock 17M, seine übliche Dienstwaffe, an seiner Seite und beklagte sich innerlich, dass er kein großes, furchteinflößendes Kampfmesser hatte, das zu den Waffen und der schwarzen Rüstung passte.

Er würde auf diese Möchtegern-Gangster einen krassen Eindruck machen.

Richardson kehrte zurück zu seinen Leuten, um zu sehen, ob sie bereit waren. Sie standen mit einer stillen Spannung dort, die darauf hindeutete, dass die Zeit für ein Rendezvous mit den anderen FBI-Agenten und ihren Kontakten im LAPD gekommen war.

»Brechen wir auf«, forderte er in einem Befehlston und marschierte los.

»Brauchen wir noch eine dramatische Musikmontage?«, fragte MacDonald ihn. Sie zwinkerte ihm amüsiert zu, was andeutete, dass sie seine Worte gehört haben könnte.

Er bewahrte so viel Würde, wie er konnte, während er antwortete: »Ja, bitte. Das wäre ausgezeichnet.«

James und Mutter LeBlanc diskutierten ihre Optionen, während sie sich vorbereiteten. Es war klar, dass sie den *Motorcycle Man* abfangen mussten, bevor er – oder sie – zur *Mermaid* eilen konnte. Die Frage war nur, wie die beiden das am besten anstellen sollten.

»Also, ja«, begann James, »es gibt unzählige Möglichkeiten, wie das schiefgehen könnte, besonders wenn ...«

In ihrer Hellseherschale strahle ein grünes Licht auf und James verstummte augenblicklich. Beide starrten das Glühen an.

»*Das* ist anders«, betonte Mutter LeBlanc. »Schwach, aber beständig. Ein Beispiel für weitaus disziplinertere Magie als das, was wir bisher von hier gesehen haben.«

James kaute auf seiner Unterlippe, als er die Karte untersuchte. Die Phosphoreszenz kam von irgendwo eine Meile oder so östlich ihrer aktuellen Position, also nicht von der *Mermaid.*

Er fügte hinzu: »Disziplinierter, ja, aber auch gefährlicher. Spüren Sie es? Es ist unheilvoll. Ich kann nicht genau sagen, warum.«

Stirnrunzelnd konzentrierte sich Madame LeBlanc. »Ja. Es gibt, wie wir vorhin postuliert haben, ein Element, das wir noch nicht ganz verstehen, das hier am Werk ist. Ich denke, wir müssen sofort handeln, James. Aber wo sollen wir anfangen? An dem Ort, an dem *das* passiert, was auch immer es ist?«

»Ja«, meinte James nach einem Moment. »Es ist unsere beste Spur zu diesem Zeitpunkt.«

»Ausgezeichnet.« Madame LeBlanc streckte ihm eine Hand entgegen. »James. Wir müssen nun unser Bestes geben. Wir haben keine Wahl. Wir *werden* diese Person davon abhalten, in der Bar mehr auszulösen, als sie selbst bewältigen kann. Ob wir das tun, indem wir sie als Lehrling einstellen oder indem wir ihre Macht ausschalten, liegt an ihr selbst.«

James nickte. Er konnte sich jedoch einen kleinen, humoristischen Seitenhieb nicht verkneifen. »Okay, aber lassen Sie uns nicht so tun, als wäre ich der Einzige, der hier nervös ist.«

»Das sind Sie ganz sicher nicht«, erwiderte Madame LeBlanc mit einem ernsten Gesichtsausdruck. »Diese Person hat mehr Macht als viele Thaumaturgen, die ich bisher gesehen habe und ich habe ziemlich viele gesehen. Wenn wir ihre Macht ausschalten wollen, müssen wir schnell und entschlossen vorgehen.«

★ ★ ★

Cevin parkte seinen Truck auf seinem üblichen Platz hinter der *Mermaid*. Als er ausstieg, griff er nach seinem neuen Hemd, welches er vorsichtig auf einem Bügel transportierte, damit es nicht zerknitterte. Mit einer Hand öffnete er die Hintertür, trat ein, dann hängte er das Hemd in sein Büro und ließ es erst einmal dort, während er die Bar für den Abend vorbereitete.

Nachdem das Wesentliche erledigt war, ging Cevin zurück, zog sich um und schaute skeptisch in den Bürospiegel.

Trotz der seltsamen, grenzwertigen Farbe, war der Schnitt des Hemdes tatsächlich äußerst schmeichelhaft. Es ließ seine Schultern breiter und seine Haltung gerader wirken und wenn er die Ärmel bis zu den Ellbogen hochkrempelte, sah das irgendwie ... erwachsen aus. Halbwegs formell und lässig-leger zugleich.

»Na sowas«, kommentierte er mit leiser Stimme und hoffte, dass seine Angestellten ihn nicht hören konnten. »Sieht das tatsächlich anständig an mir aus oder bin ich verrückt geworden? Oder war ich die ganze Zeit verrückt und das ist jetzt der Beginn der Vernunft? Oh Mann, das ist schwer zu sagen.«

Seine Gedanken schweiften ab zu seinem bevorstehenden Versuch, Nadine, die unfassbar hübsche Besucherin von neulich, um ein Date zu bitten. Er würde es heute Abend tun, vorausgesetzt, sie würde da sein. Jenn, Stephanie und Kera hatten ihn rücksichtslos zur Unterwerfung gezwungen.

Sein Herz schlug schneller, das merkte er. Er fragte sich, ob er gerade aufgeregt war. Im Allgemeinen war Aufregung keine Emotion, die er mit sich selbst in Verbindung brachte, aber er war bekannt dafür, dass er sich von Zeit zu Zeit in Dingen irrte.

Natürlich war ein Teil des Problems mit der Aufregung, dass sie häufig mit Angst gepaart war. Die beiden gehörten zusammen wie Salz und Pfeffer.

Er holte tief Luft, dann sprach er zu sich selbst, während er in den Spiegel starrte.

»Nadine ist nicht an dir interessiert. Blödmann. Eine Frau wie sie kann sich unmöglich zu einem Trottel wie dir hingezogen fühlen. Ich meine, hast du sie *gesehen*, Mann? Mit dir zu reden, war nur etwas, das sie aus Höflichkeit oder aus Langeweile, getan hat. Heute Abend fragst du sie, ob sie mit dir ausgeht und sie wird nein sagen. Das ist auch gut so. Die Scharade wird vorbei sein. Du wirst daraus etwas gelernt haben. Richtig?«

Andererseits war das Gespräch lebhaft gewesen. Sie hatte enthusiastisch gewirkt. Nach Meinung von Jenn, Steph und Kera verhielt sich eine Frau nicht so, wenn sie nicht interessiert war. So etwas konnte man kaum schauspielern.

Magie & Dating

Cevin versuchte nicht zu stöhnen, aber ein schwacher gutturaler Laut entkam trotzdem seiner Kehle. Natürlich wollte ein Teil von ihm glauben, dass Nadine ihn wirklich besser kennenlernen wollte. Doch falls sich das entgegen aller Wahrscheinlichkeit und allen gesunden Menschenverstandes als wahr herausstellte, würde sein Leben äußerst kompliziert werden.

Er würde für einen höheren Standard gehalten werden. Er würde etwas zu verlieren haben, anstatt sich in einem beständigen Zustand bequemer Mittelmäßigkeit entspannen zu können. Das machte ihm eine Heidenangst.

Aber es könnte auch eine gute Sache sein. Vielleicht. *Möglicherweise.*

»Wie auch immer«, murmelte er zu sich selbst. »Ich werde sie um ein Date bitten und, äh, sehen, wie es läuft. Das wird ein Spaß. Laut Jenn habe ich einen guten ersten Eindruck gemacht, also wenn ich auch einen guten *zweiten* Eindruck machen kann, liege ich goldrichtig.«

Er lächelte in den Spiegel, dann kehrte sich das Lächeln um.

»Es sei denn, irgendetwas läuft schief. Es sei denn, es wird wieder eine *dieser* Nächte. Nur Stress, nervige Gäste, Chaos. Das färbt ab und vermasselt alles andere.«

Er verfluchte sich innerlich dafür, dass er daran dachte und hoffte, dass er nicht auch seine Chancen verflucht hatte.

Es stimmte, er *war* in letzter Zeit gereizt und einige Dinge waren seltsam gelaufen. Vor allem seit diesem bizarren Vorfall, bei dem ein mysteriöser Angreifer auf Keras Motorrad geschossen hatte. Das war der Anfang all seiner Sorgen gewesen. Hinzu kam der wachsende

Bekanntheitsgrad der Bar – ihr plötzlicher Ruf als schäbiges Etablissement, das eine raue und fragwürdige Kundschaft anzog.

Schritte näherten sich und blieben dann vor der Bürotür stehen. Cevin drehte sich und zwang sein Gesicht zu einem neutralen Ausdruck, damit es nicht so aussah, als sei er bei etwas Lächerlichem erwischt worden.

Jenn stand in der Bürotür. Sie grinste ihn an.

»Hey, Chef. Das Hemd war es wirklich wert. Sieht echt gut aus!« Mit diesen Worten ging sie weiter in Richtung Pausenraum.

Cevin atmete ein und dann aus. »Okay, ja. Vielleicht haben sie recht gehabt. Alles wird gut. Ja. Genau! Alles wird gut werden.«

Er richtete seinen Kragen und ging hinaus, um nach dem Rechten zu sehen.

»Ich sollte mich entspannen. Das wird eine *tolle* Nacht.«

KAPITEL 22

»Zee«, flüsterte Kera und legte eine Hand auf den Tank ihres Motorrads, »wir sind dabei, das Richtige zu tun, aber es wird gefährlich werden. Trotzdem, ich brauche dich nur, um mich dorthin zu bringen und auch danach wieder heraus. Du kannst das Schlimmste aussitzen. Einverstanden?«

Sie nahm sein Schweigen als Zustimmung.

Zufrieden sprang sie auf den Sitz, startete den Motor und ließ ihre Lagerhaus-Wohnung hinter sich. Der Rucksack auf ihrem Rücken war schwerer als sonst, als sie sich in den dichten, lauten Verkehr von Los Angeles stürzte, nicht in Richtung der *Mermaid*, sondern in Richtung des Hauptquartiers in der Innenstadt von dem, was sie für *The Start-Up* hielt.

Es war bereits am Dämmern und die Nacht würde in wenigen Minuten hereinbrechen. Sie musste hoffen, dass es nicht zu spät war, aber sie bezweifelte es. Irgendwie, aus welchem Grund auch immer, war sie sich sicher, dass die Meisterleistung ihrer Feinde genau um die ›Prime Time‹ oder ein wenig später kommen würde, aber wahrscheinlich nicht nach Mitternacht.

»Hey!« Kera brüllte durch ihren Helm, als irgendein Depp in einem roten Geländewagen sie an der Kreuzung schnitt. »Herrgott, ich kann *unter* dein Scheißfahrzeug sehen.« Sie hatte ihre Sinne selbstverständlich schon vor Aufbruch magisch erweitert. »Ist denn diese *Leiter* gesichert? Sieht nicht so aus, mein Guter. Puh! Die Bullen sollten diesen Kerl wegen übermäßiger Hebeleistung anhalten.«

Glücklicherweise konnte sie niemand über den Lärm ihres Motorrads und all der anderen Fahrzeuge auf der Straße hören.

Zu Hause hatte sie alles an Essen inhaliert, was sie zur Verfügung hatte, einige schreckliche, verpackte Snack-Kuchen, einen Cheeseburger und einen Energy-Drink. Dann hatte sie eine gute halbe Stunde damit verbracht, sich aufzuwärmen und jede Kampfsportart, die ihr einfiel, noch einmal schnell zu üben – alles, was ihr gleich helfen könnte.

Sie hatte auch ihren Geist darauf eingestellt, in den Kampfmodus zu kommen. Das bedeutete, dass sie ihr Gehirn zum Ausblenden von Ablenkungen gezwungen hatte und die göttlichen Kräfte des Universums in Bereitschaft hielt, wenn sie ihre Hilfe denn brauchen würde.

Vor ihr bildete sich auf einmal ein kleiner Stau, verursacht durch die schlimmste aller möglichen Straßenbedingungen – einer roten Ampel. Als sie die Hälfte der Straße hinter sich hatte, schaltete die Ampel auf Grün, sodass Kera glücklicherweise nicht allzu sehr abbremsen musste.

Die anderen Fahrer schienen es jedoch nicht besonders eilig zu haben.

»Hey!«, brüllte Kera, wieder unfassbar aufgebracht. »Seid ihr alle am Steuer eingeschlafen oder was? Um Himmels willen!«

Sie verlangsamte Zee auf Schritttempo, gerade als der dichte Verkehr wieder zu fließen begann. Die Fahrt verlief für die nächsten paar Minuten reibungslos und Keras Gedanken kreisten um das, was die Kims gesagt hatten, sowie um die unausgesprochenen Implikationen, die dahinter steckten.

Es ist, als könnten sie in meinen Kopf sehen. Ich fühle mich, als hätte mich jemand nackt gesehen oder so, grübelte sie. *Woher wussten sie das alles? Hatten sie dasselbe durchgemacht, als sie jünger waren? Ich hatte angenommen, dass sie zusammen leben und glücklich sein wollten und dass das der Grund für alles gewesen war. Die Kims hatten doch nie einen Grund, zu denselben Schlüssen zu kommen wie ich, oder? Wenn ich sowieso kein normales Leben führen und mit jemandem zusammen sein kann, warum sollte ich dann nicht mich und mein Glück für das Allgemeinwohl riskieren können?*

Da war noch etwas anderes, aber sie wollte es nicht zugeben – sie wollte die einzige Magiefähige sein, die bereit war, für andere zu sterben, weil sie nicht für sich selbst leben konnte. Diese Idee hatte auf eine tragische Art etwas Romantisches.

Aber es war auch schön, nicht allein zu sein. Andere hatten ihren Schmerz gespürt.

Scheiße. Ich habe mich schon an den Gedanken gewöhnt, irgendwann im ›Dienst‹ getötet zu werden oder wie auch immer man das hier nennt. Jetzt, wo ich mir dessen nicht mehr sicher bin – jetzt, wo ich meinen Freunden einen Eid geschworen habe, mich nicht umbringen zu lassen, wenn ich es verhindern kann – wird das alles wieder so kompliziert. Ich muss meine ganze Existenz neu ordnen.

Aber zuerst ...

»Hey!«, schrie Kera wieder einmal, als ein Idiot neben ihr aus seiner Spur auf sie zusteuerte, bevor er abbremste und wieder zurückfiel. »Wenn du *schon* betrunken bist, ist der erste Schritt, zuzugeben, dass du ein Problem hast. Es gibt Hilfe, okay?«

Sie holte tief Luft und fuhr weiter. Wenn sie gestresst war, ließ sie dies immer als Wut auf der Straße raus.

Weniger davon, MacDonagh. Wenn du wegen sowas gleich noch angehalten wirst, wirst du es nicht mehr rechtzeitig in die Stadt schaffen.

Während sie tief einatmete und sich bereitmachte, wandte sich Kera nach Osten in Richtung Finanzdistrikt und wirkte eine Kombination aus Tarnzaubern und Verwandlungen auf sich. Sie trug ihre Nietenjacke, welche, so hoffte sie, die offensichtliche Signatur ihrer Magie unterdrücken würde, falls die anderen Magiefähigen immer noch nach ihr suchten. Schließlich brauchte sie eine Verschleierung und mit dem Stein der Kims hatte sie nun doppelten Schutz.

Die Verzauberung wurde gewirkt. Wer ab jetzt einen Blick in ihre Richtung warf, würde eine junge Frau südasiatischer Abstammung auf einem hellblauen Roller sehen und nicht die komplett in schwarz gekleidete Person auf dem schwarzen Motorrad.

Nur wenige Augenblicke später erspähte Kera ihr Ziel vor sich, ein älteres, gut erhaltenes Bürogebäude, das aus einem anderen Gebäude umgebaut worden war – vielleicht eine Bank oder eine kunstvoll verzierte Fabrik – ähnlich wie Keras Lagerhaus-Wohnung. Dieses hier hatte jedoch überall auf der Fassade Firmenschilder.

Das war's für dich, Zee.

Magie & Dating

Sie fuhr langsam vorbei und bemerkte, dass einige der Fenster verdunkelt waren. Hoffentlich würde ihr dies helfen, einzugrenzen, auf wen sie es abgesehen hatte. Sobald sie außer Sichtweite des Gebäudes war, bog sie in eine Seitenstraße ein und parkte dann auf einem leeren Parkplatz.

Kera sah auf ihren Lenker hinunter. »Bereit für deine Pause, Zee?«

Sie atmete tief ein, stieg ab und lenkte ihn in den Schatten, wo er hoffentlich sicher sein würde.

Ihre Hand umklammerte die kleine Scheibe in ihrer Jackentasche – das Relikt der Kims. ›Glaube daran‹, hatten sie gesagt. Kera hatte in letzter Zeit zu viel gesehen und getan, um *ungläubig zu sein*, also war alles, was nötig war, Vertrauen in ihre Freunde zu haben.

Als sie sich leise in Richtung der Büros bewegte, sprach sie einen allerletzten Zauber. Es würde vielleicht nicht funktionieren, aber es war einen Versuch wert – ein Beruhigungszauber, so weit verbreitet und so mächtig, wie sie sich traute, ihn zu beschwören, der auf jeden wirken sollte, bei dem sie den Zauber zuvor schon einmal angewendet hatte. Mit etwas Glück würden dadurch einige ihrer Feinde zu unterkühlt sein, um viel Widerstand zu leisten.

Sie bemerkte, dass sie die Straße würde überqueren müssen, um das Gebäude zu erreichen. Es gab nicht viel Deckung. Hoffentlich wirkte ihre Verwandlung nicht fehl am Platz.

Dann mal los!

★ ★ ★

Johnny Torrez hatte nachgedacht. Er arbeitete, auch wenn nicht so schnell, wie es möglich war. Sie hatten genug Zeit, um mit einer leichten Verzögerung davonzukommen, vorausgesetzt, Pauline nahm ihren Zeitplan nicht zu genau unter die Lupe.

»Wirf mir noch einen Draht zu«, forderte Sven von ihm und Johnny sah von seiner Arbeit auf.

Er schnappte sich gleich mehrere von den gummierten Kupferdrähten und warf sie seinem Freund zu, der sie auffing und sich wieder seiner eigenen Arbeit zuwandte. Sven hatte Erfahrung im Bau von Hightech-Bomben, während Johnny besser mit einfachen Brandsätzen zurechtkam.

Am anderen Ende der Büroräume rief Pauline etwas in ihrem scharfen, wütenden Ton und Lia antwortete mit leiser Stimme, um sie zu beruhigen.

»Ja, genau«, murmelte Johnny vor sich hin. »Es ist besser, einen kühlen Kopf zu bewahren, während wir das hier angehen.«

Aber er war nicht *cool* drauf – aber auch nicht heiß. Irgendwie lauwarm. Durchwachsen.

Er *mochte* den Gedanken, dass die *Mermaid* nicht mehr existierte, wenn er bedachte, wie viel Ärger ihm dieser gottverdammte Ort bereitet hatte. Ihm gefiel der Gedanke, dass *Motorcycle Man* versuchen würde, sie aufzuhalten und dann mit einem Knall abtreten würde. Die Motorhaube von Johnnys Mustang wäre gerächt, sie würden eine Menge Ansehen auf der Straße gewinnen, weil sie *Motorcycle Man* ausgeschaltet hatten und Pauline würde aufhören, über all seine Fehler zu meckern.

Andererseits ...

Was Lia und Sven gesagt hatten, ergab eine Menge Sinn – dass das Töten mehrerer Zivilisten mehr Ärger bedeutete, als es wert war. Dass es den Zorn Gottes auf sie ziehen würde, in Form von jeder einzelnen anderen Gang in Amerika, die nur ihren Aufenthaltsort kennen müsste, bevor sie sie wie Käfer zerquetschen würde.

Johnny hoffte, dass die Bullen nicht allzu früh auftauchen würden. Sie würden kommen, auf jeden Fall, aber Johnny wollte das meiste seines Plans schon erledigt haben, bevor sie durch verängstigte Zivilisten auf den Plan gerufen werden würden.

Sie hatten den anderen Gangs extra eine Ausgangssperre erteilt, was bedeutete, dass niemand petzen durfte und die Polizei im Voraus nichts über ihren Plan wissen konnte.

Aber es gab ja immer die Möglichkeit.

Es müsste einen Spitzel geben und die Bullen müssten ihm glauben. Doch Johnny hielt das nicht für wahrscheinlich.

Außerdem gab es angesichts von Paulines völligem Desinteresse, es sich noch einmal zu überlegen, noch ein anderes Problem. Johnny vermutete, dass es allen drei Leutnants in den Sinn gekommen war, aber es war zu gefährlich, es laut auszusprechen. Es war die Möglichkeit, dass Pauline ausflippte. Während des Jobs. Ein wenig war sie schon so weit. Fast bereit, sich einweisen zu lassen. Sie hatte den Verstand verloren, war *loco en la cabeza* und andere Ausdrücke dieser Art. Vielleicht war sie mal geistig komplett gesund gewesen, aber etwas hatte sich geändert, und zwar abrupt.

Dies war ein beunruhigender Gedanke, vor allem, wenn die beiden dabei waren, sich langsam zu verstehen.

Das lässt mich nicht gut aussehen, dachte Johnny. Er hatte die neue, blutrünstige Pauline gemocht, die sagte, was sie meinte und Probleme auf altmodische Weise löste, aber es war doch möglich, dass sie mittlerweile zu weit ging.

Während er verschiedene Haushaltsgegenstände in Benzinkanister füllte, kam ihm ein dummer und lächerlicher Gedanke.

Du kannst es abblasen. Denk drüber nach, Johnny. Du kannst sagen: ›Nein, ich mache da nicht mit!‹ und einfach weggehen. Sag ihr, du hättest ein schlechtes Gewissen oder so.

Er blinzelte und ein Schauer überkam ihn. Feigheit, Untreue und mangelnde Konsequenz waren *keine* Eigenschaften, die einem Mann auf der Straße zum Aufstieg verhalfen. Er hasste sich selbst dafür, überhaupt an so etwas zu denken.

Es gab doch sicher eine Chance, dass er ganz von der Straße wegkam. Er würde in einem Apartmentkomplex in den Vororten von Muncie in Indiana oder so leben, eine nette Freundin und einen normalen, beschissenen Job haben. Es wäre wahrscheinlich ätzend, aber er müsste sich nicht jede wache Minute Sorgen machen, dass ihn jemand umbringen würde, wenn er zu schwach zum Leben wäre.

Nur ist es nicht ganz so einfach, nicht wahr, Johnny?, fuhr seine innere Stimme fort. *Oh, nein. Du weißt es doch. Pauline kennt Leute. Reiche Leute. Sie hat Beziehungen. Ob es richtig oder falsch, legal oder illegal ist, macht dann auch keinen Unterschied, denn das Gesetz ist nur ein Vorschlag für die Leute, die genug Geld haben. Und Pauline ist Russin. Hast du schon herausgefunden, ob sie tatsächlich ein Teil der verdammten* Organizatsiya *war? Oder vielleicht noch ist? Nein, hast du nicht. Egal wie schlau oder hart du bist, du bist nicht John Wick, sondern bloß Johnny und du kannst es bestimmt nicht allein mit der russischen Mafia aufnehmen, wenn sie herausfinden, dass du eine ihrer Prinzessinnen in die Enge getrieben hast.*

»Hast du etwas gesagt?«, unterbrach Sven seine Gedanken. Johnny schoss hoch.

Hatte er etwas von alldem gerade etwa laut gesagt?

»Nein«, entgegnete Johnny schnell. »Mein Handy hat geklingelt. Warte mal.«

Er überprüfte das Gerät. Er hatte tatsächlich eine neue SMS von einem seiner Informanten erhalten, aber es war nichts Weltbewegendes. Der Typ behauptete, einen Konvoi von drei oder vier Polizeiwagen in der Gegend von Little Tokyo gesehen zu haben. Johnny machte sich eine mentale Notiz, aber das bedeutete nicht unbedingt, dass es heiß herging. Die fuhren öfter mal durch die Viertel, um die Lage zu checken und danach ging es zum Donutladen.

Doch falls das diesmal nicht der Fall sein sollte, *dann* könnte es ein Problem geben.

Er berichtete Sven davon, der nur nickte und dann aufstand. »Ich geh mal eine rauchen. Willst du dich anschließen?«

»Ja«, antwortete Johnny und erhob sich ebenfalls vom Boden. »Sicher.«

Durch die Seitentür in der Nähe der Stelle, an der das Lagerhaus mit der stillgelegten Ladenfront zusammenkam, standen die beiden einige Minuten später zusammen im Schatten und blickten auf den Flickenteppich von elektrischen Lichtern in der Stadt hinaus. Sven zündete sich eine Zigarette an.

»Dieser Scheiß heute Abend«, erklärte er, »muss mit äußerster Vorsicht gemacht werden. Wenn wir etwas so Großes machen wollen, muss es richtig gemacht werden. Es gibt viele, viele Möglichkeiten, wie es schiefgehen kann.«

Johnny nickte. Er war ja nicht dumm. Sven drückte seinen totalen Mangel an Enthusiasmus und Glauben an das Projekt aus, wenn auch auf indirekte Weise, für den Fall, dass Pauline sie belauscht hatte.

»Kein Scheiß«, stimmte Torrez zu. »Ich meine, *alles oder nichts*. Richtig? Es gibt immer ein Element des Risikos. Diesmal ist es zwar ein bisschen höher als mir lieb ist, aber die Auszahlung *wird* es wert sein.«

»Vielleicht«, meinte Sven. Er tätschelte die Rückseite seiner Jacke oberhalb des Hosenbundes und tastete nach seiner Ruger. »Du hast doch deine Waffe, oder?«

Johnnys Hand ging an seine Seite, wo er seine Beretta halboffen in einem Holster unter seiner Jacke trug. Sven wusste natürlich schon längst, dass er das verdammte Ding hatte, doch das war gar nicht der Punkt.

»Natürlich. Ein Ersatzmagazin.«

Sven zog an seiner Zigarette. »Gut. Wenn das Gesetz auftaucht, endet es nicht damit, dass du verlangst, mit deinem Anwalt zu sprechen. Wie du schon sagtest, es geht um alles oder nichts. Darauf muss man *vorbereitet* sein.« Er tippte sich an die Seite des Kopfes.

In gewisser Weise schätzte Johnny es, dass sein Freund ihm Ratschläge gab und sicherstellte, dass sie auf der gleichen Seite waren, aber diese waren überflüssig. Er sträubte sich.

Magie & Dating

»Du erzählst mir nichts Neues, Sven. Ich bin im *Barrio* durch die Scheiße gegangen und habe keine Ahnung, wie ich am Leben geblieben bin. Mit Pauline setzen wir viel aufs Spiel, aber wir haben auch eine echte Chance, etwas im Leben zu erreichen, um ...«

In diesem Moment hielt er inne und Sven und er drehten sich augenblicklich in Richtung Straße.

»Warte mal«, flüsterte der große Schwede. »Was war das für ein Geräusch?«

★ ★ ★

Kera hatte angefangen zu zaubern, sobald sie einen Fuß auf den Asphalt gesetzt hatte. Sie war nun auf halbem Weg über die Straße. Ein zufälliges Auto kam vorbei und sie stellte sich zur Seite, um zu warten, bis es vorbeigefahren war. Der Fahrer interessierte sich nicht für sie, wahrscheinlich weil sie immer noch wie eine ausländische Touristin aussah und nicht wie eine finstere Gestalt mit schwarzem Motorradhelm.

Als sie fast auf dem Grundstück angelangt war, auf dem das Büro lag, hielt sie noch einmal inne. Sie hatte nämlich jemanden flüstern gehört.

»Was war das für ein Geräusch?«

Die Stimme kam von hinter der Ecke des Gebäudes. Die Vorderseite des Gebäudes versperrte ihnen zwar die Sicht, aber das bedeutete auch, dass Kera dummerweise übersehen hatte, dass es einen Seiteneingang gab, vermutlich komplett mit Wachen gefüllt.

Genug mit dem Versuch, unauffällig zu wirken. Ich werde auch keine Zeit damit verschwenden, mich für Schlampigkeit zu kritisieren, entschied sie und ihre

Hände ballten sich zu Fäusten. Sie verwarf den Glamourzauber und entschied sich dafür, direkt in der Gestalt des *Motorcycle Man* zu erscheinen, so wie ihn sich die meisten Leute vorstellten.

Besser noch, eine ganze Bande von *Motorcycle Men*.

Sich stark konzentrierend, sprach Kera einen Geisterklangzauber in Verbindung mit drei aufeinanderfolgenden Glamourzaubern, verschmolz und projizierte sie zu einem Trio von Illusionen, die wie sie in ihrer Ledermontur und ihrem Helm aussahen und die in der Lage waren, hörbare Schritte, Schreie und Rascheln zu erzeugen.

Kaum hatte sie die Aufgabe beendet, bewegten sich die leisen und schnellen Schritte der Wächter aus verschiedenen Winkeln um die Seite des Gebäudes. Kera ließ sich flach neben dem Bordstein fallen und befahl ihren Doppelgängern, sich in Richtung des Gebäudes aufzufächern.

Während Kera ihnen dabei zusah, tauchte ein großer, breiter Mann in einem schönen, schwarzen Anzug an der Ecke auf, die ihr am nächsten war. Er zielte und feuerte etwas ab, das wie ein stupsnasiger Revolver aussah, woraufhin laute Knallgeräusche zweimal die Luft spalteten, als die Mündung der Waffe aufblitzte und kleine Rauchwolken aufstiegen.

Die Illusion, die dem Mann am nächsten war, bewegte sich hin und her, während sie sich näherte. Der Wachmann zielte genau, offensichtlich war er ein guter Schütze. Aber es bedeutete auch, dass er vermutlich nicht viel Munition hatte und keinen Schuss verschwenden wollte. Er runzelte konsterniert die Stirn, als die Kugeln hinter der schemenhaften Gestalt, die nicht langsamer wurde, Schmutz aufwirbelten.

Magie & Dating

Kera ließ das Double wahnsinnig lachen, als es sich vorwärts bewegte. Der Mann zog sich in das Gebäude zurück und eine Sekunde später ertönte ein weiterer Schuss, aber sie konnte nicht feststellen, woher dieser gekommen war.

Im selben Moment feuerte jemand anderes aus einer anderen Ecke auf die beiden anderen Doppelgänger. Ein zweiter Wachmann.

Dieser Wachmann musste eine Waffe mit höherer Kapazität haben, wahrscheinlich eine halbautomatische Pistole und hatte sich in die andere Richtung um das Gebäude geschlichen. Er feuerte ein halbes Dutzend Schüsse auf die Doppelgänger ab, doch auch ohne Erfolg.

Kera hielt nach Blitzen Ausschau, konzentrierte sich auf das Echo des Lärms und versuchte mithilfe ihres erweiterten Bewusstseins herauszufinden, wo genau jeder einzelne der Schützen positioniert war. Sie war sich sicher, dass der große Kerl im Fenster nahe dem Seiteneingang in Deckung gegangen war, während der andere aus seiner Deckung hinter einem Müllcontainer in der Nähe der hinteren Ecke des Gebäudes zu feuern schien.

Sie ließ die Illusionen bedrohlich umherjagen, als hätten sie einen Plan, beide Männer zu töten. Das Problem war, dass sie ja gar nichts tun konnten, sondern nur als Ablenkung dienten. Aber sie würden ihr ein wenig Deckung und Zeit verschaffen, so viel war klar.

In der Zwischenzeit hörte Kera eine gellende Stimme zwischen den einzelnen Schüssen – eine Frau schrie lauthals in einer fremden Sprache aus den Tiefen des Inneren des Gebäudes.

Der große Mann gab seinen nächsten Schuss ab. »Deckung!«, rief er und der Kerl auf der anderen Seite eröffnete erneut das Feuer und schoss weitere vier oder fünf Kugeln über den Platz, während sein Partner nachlud.

Eine der Kugeln schlug nur etwa einen Meter von Kera entfernt auf dem Boden ein.

Scheiße! Ich kann diesen Trick nicht ewig aufrechterhalten. Ich muss sie weglocken oder sie beide an denselben Ort locken, damit ich die Bastarde festnageln kann. Dann erst kann ich den Rest der Party aufmischen.

Da sie wusste, dass sie ein großes Risiko einging, sprang Kera auf und wirkte einen weiteren Zauber, um ihre Geschwindigkeit und Reflexe zu verbessern, sowie einen, um einen groben, durchsichtigen, magischen Schild vor ihr zu bilden. Sie tat so, als ziele sie mit einer Handfeuerwaffe auf das Gebäude und ließ ihre Illusionen die Schüsse nachahmen, die sie von den Wachen gehört hatte.

Der Mann in der hinteren Ecke fluchte auf Spanisch – das konnte Kera immerhin verstehen, anders als die Sprache der Frau vorhin – und Kera hörte, wie er ein Magazin auswarf, um ein neues zu laden. Dann sprang er aus seiner Deckung hervor, fuchtelte mit einer großen Pistole herum und feuerte wild auf die dunklen Gestalten.

Kera ließ die drei Doppelgänger erstarren und dann kurz in Richtung ihrer Position fliehen. Sie dirigierte die drei nur wenige Sekunden in Richtung eines angrenzenden Grundstücks, auf welchem eine Ansammlung kleiner Nebengebäude und verschiedener Bäume mehr Deckung bot.

Der Mann mit der Pistole, der nachgeladen hatte, rief im Befehlston: »Schnappt sie euch!«

Kera sah über ihre Schulter, als sich die dunklen Gestalten der beiden Wachen näherten und ihre Pistolen zum Feuern erhoben. Sie kreierte einen mächtigen Schutzschild und positionierte ihn genau so, sodass er ihr volle Deckung bot.

Beide Männer drückten gleichzeitig auf den Abzug. Funken sprühten hinter der Hexe, als die Kugeln einschlugen, andere gingen durch die Illusionen hindurch und sprengten Stücke von Bäumen oder Wänden weg.

Kera drehte sich zu ihnen herum, der Lichtstrahl einer nahen Straßenlaterne beleuchtete ihre Gesichter. Den großen Kerl mit dem Revolver hatte sie noch nie gesehen, doch mit dem anderen konnte sie etwas anfangen, es war der Mustang-Kerl, dessen ihr bestens vertrautes Gesicht nun vor Wut und Frustration verzerrt war.

Was für ein Zufall. Zeit, es zu beenden, dachte Kera. *Der Rädelsführer könnte entkommen, wenn ich das Gebäude nicht in den nächsten zehn Sekunden belagere.*

Für einen Moment zog sie es in Erwägung, die beiden zu töten. Sie hatten schließlich schon oft versucht, *sie* zu töten und was sie in der *Mermaid* vorhatten, war unaussprechlich. Doch irgendetwas an der Verzweiflung im Gesicht des kleineren, dunkleren Mannes und dem seltsam unbedrohlichen, fast vernünftigen Auftreten des größeren, blasseren Kerls ...

Ganz zu schweigen davon, dass sie immer noch Schuldgefühle hatte, weil sie Deke Anastidis in den Tod gestürzt hatte, obwohl das in Notwehr und größtenteils zufällig gewesen war.

Nein. Ich werde sie nicht töten. Mit Sicherheit nicht. Ich werde mich nicht auf ihr Niveau herablassen. Nun, es sei denn, es lässt sich nicht vermeiden.

Als die Männer ihre Waffen auf ihr Gesicht richteten, streckte sie ihre Hände weit aus und traf die beiden mit dem stärksten Bewusstseinsstörungszauber, den sie aufbringen konnte, ohne sich dabei selbst ernsthaft zu schwächen – eine Mischung aus Beeinträchtigung des Kurzzeitgedächtnisses, Entspannung und Verwirrung.

Die Männer taumelten zurück. Ihre Arme fielen auf die Seiten und sie ließen augenblicklich ihre Pistolen fallen. Der große, breite Mann stand einen Moment lang mit offenem Kiefer da, dann setzte er sich plump auf den Boden und starrte ins Leere. Sein Begleiter torkelte wie betrunken im Kreis herum, bevor er auf den Rücken fiel und reglos liegen blieb.

In der darauf folgenden Stille atmete Kera schwer. Die Schüsse waren laut genug gewesen, dass vielleicht bereits jemand die Polizei gerufen hatte. Vielleicht war auch ein Polizei-Fahrzeug nah genug, um die Schüsse gehört zu haben. Sie musste verschwinden und sie musste schnell dabei sein.

»Okay, Jungs, lasst mich die nur schnell an mich nehmen und dann werde ich euch auch schon in Frieden lassen.« Kera hob die zwei Waffen auf. Sie stopfte die kleinere der beiden, eine Ruger LCR, die nur noch drei Schuss hatte, in ihre Jackentasche. Die größere Beretta 92, deren Magazin noch zu etwa zwei Dritteln gefüllt war, steckte sie in den hinteren Bund ihrer Hose, natürlich erst, nachdem sie sie gesichert hatte.

Sie hatte beide Modelle schon einmal abgefeuert, damals, als ihr Vater ihr erlaubt hatte, das

Magie & Dating

Scheibenschießen als Hobby zu betreiben. Als sie an diese Tage zurückdachte und langsam das Adrenalin abschwächte, fiel ihr auf, dass ihre Ohren wieder einmal schmerzhaft klingelten. Ihr Tinnitus. Im Eifer des Gefechts war er ihr gar nicht aufgefallen, so konzentriert war sie gewesen.

Kera versuchte krampfhaft, die Geräusche zu ignorieren, entließ ihre drei Illusionen zurück in die Schatten und sprintete auf das Gebäude zu.

Ich sollte mir schnell einen magischen Ohrenschützerzauber ausdenken, dachte sie scherzend. *Alle Gang-Mitglieder, die noch da drin sind, werden wahrscheinlich auch bewaffnet sein. Das Abfeuern einer Waffe in Innenräumen ist noch schlimmer. Aber das Schlimmste ist es, angeschossen zu werden, also haben meine Schilde Priorität.*

Sie konnte nicht all ihre Magie verschwenden, nicht in diesem Kampf, der vermutlich erst der zweite von vielen in diesem Gefecht heute werden würde. Als sie das Gebäude erreichte, schlug ihr bereits das erste Gefühl der Müdigkeit entgegen. Sie hatte jetzt schon mehr Magie eingesetzt als beabsichtigt.

Kera eilte zur Seitentür und riss sie kräftig auf. Kaum hatte sie das getan, kam ihr jemand mit einer automatischen Waffe entgegen.

»Gottverdammt!«, schrie sie und schmiss sich zu Boden. Sie rollte sich um das Gebäude herum, so schnell wie möglich. Ihr Schild hatte einige der Kugeln aufhalten können, die restlichen hatten den Türrahmen und den Boden um sie herum zerstört.

Kera konnte spüren, wie ihre thaumaturgische Barriere schwächer wurde.

Sie täuschte ein Stöhnen des Schmerzes vor, damit derjenige, der geschossen hatte, dachte, er hätte sie getroffen. Schnell sprach sie einen weiteren Bewusstseinsstörungszauber, der den Kerl dazu brachte, sich brabbelnd und taumelnd vom Bürogebäude zurückzuziehen. Dann schlich Kera zur Vorderseite des Gebäudes, um zum Haupteingang zu kommen.

Da es bereits nach Geschäftsschluss war, überraschte es nicht, dass die Tür verschlossen war. Kera sprach einen kleinen, aber konzentrierten Zauber, der den Metallteilen befahl, sich zu öffnen und die elektronischen Teile davon abhielt, Signale an die Alarmanlage zu senden.

Das funktionierte einwandfrei und so machte sie sich vorsichtig auf den Weg ins Innere.

Treppen führten zu beiden Seiten der Lobby hinauf zu den Bürosuiten im zweiten Stock. Ihre Ziele lagen eindeutig auf der linken Seite, der Seite, von der aus sie zuvor beschossen worden war – aber *wo genau*?

Kera hielt inne und lauschte achtsam, dann schlich sie weiter die Treppe hinauf.

Der Ort war genau die Art von Firmenalbtraum, vor dem sie sich zu Collegezeiten gefürchtet hatte. Sie sah Plakate mit motivierenden Slogans mit verschiedenen Schlagworten wie ›Erfolg‹ und ›Teamwork‹ und ›Weltverbesserer!‹ und ›Einzigartiger Kundenservice!‹. In zahllosen Konferenzräumen hingen Whiteboards, vollgekritzelt mit Flussdiagrammen voller bunter Grafiken.

»Grausig«, murmelte Kera fast lautlos und eilte weiter ihrem Ziel entgegen.

Sie bemerkte eine Tür, hinter der sichtbar noch Licht brannte. Sie beeilte sich, sich direkt dahinter zu positionieren, damit sie von ihr verdeckt war, wenn sie sich öffnen sollte.

★ ★ ★

Wenn Doug und Mia zusammen an Fällen arbeiteten, war es normalerweise Doug, der fuhr, doch heute Abend saß ausnahmsweise mal Mia am Steuer.

Vielleicht lag es daran, dass sie eigentlich ja gar nicht auf der Arbeit waren.

Tatsächlich wäre Mia gerade lieber überall anders als hier, sie fühlte sich, als würde sie kurz davorstehen, in Ohnmacht zu fallen – aber nicht vor Angst.

Sie blinzelte angestrengt, um ihre Augen auf der Straße zu halten. »Doug. Fühlst du dich auch müder, je näher wir der *Mermaid* kommen?«

Ihr Partner gähnte. »Ja und wie.«

Zu wissen, dass sie nicht allein war, spendete in diesem Fall auch nicht viel Trost. Es gab Zeiten, in denen geteiltes Leid nicht gleich halbes Leid war.

Doug fügte hinzu: »Ich fing an, es zu fühlen, als es dunkel wurde, glaube ich. Es ist, als ob der Gedanke, dorthin zu gehen und diesem Scheiß nachzugehen – ich weiß nicht, wie ich es anders ausdrücken soll – das Universum provoziert, uns vom Gegenteil zu überzeugen. Also, dass wir wieder umdrehen sollen. Kann man das schon als Verschwörungstheorie bezeichnen?«

Mia bremste abrupt ab, nur knapp vor dem Überfahren eines Stoppschildes und versuchte, ihre Besorgnis über ihre nachlassenden Fähigkeiten zu verbergen. »Es gibt bessere Verschwörungen, über die man berichten kann, als dass wir auf einmal beide müde werden, aber ja. Das alles hier ermüdet unfassbar. Willst du Kaffee?«

»Sicher«, nickte Doug.

»Gut, denn ich *brauche* ihn, um dorthin zu kommen, ohne dass wir vorher getötet oder verhaftet werden.« Mia hielt Ausschau nach dem nächstgelegenen Drive-in und fand einen innerhalb der nächsten Minute. Dafür liebte sie LA.

Sie bestellten zwei Kaffee, einen mittleren für Doug und einen großen für Mia und parkten das Auto auf dem Gästeparkplatz, um ihn in Ruhe zu trinken. Glücklicherweise hatte Mia auch um einen kleinen Becher mit Eiswürfeln gebeten. Sie schüttelte die Hälfte davon in ihr Getränk, bevor sie den Rest an ihren Partner weitergab.

Doug war beeindruckt. »Verdammt, du bist schlau. Wir hätten sonst *Minuten* warten müssen, bis der Scheiß abgekühlt wäre. Die erhitzen den Kaffee ja auf eine Temperatur, die Eisen schmelzen kann.«

Nachdem die beiden Journalisten eine ordentliche Portion Koffein intus hatten, ging es für sie weiter in Richtung Bar.

»Es ist doch seltsam«, kommentierte Mia, während die Straßenlaternen und die Häuser an ihnen vorbeistreiften und Autos wahllos um sie herum hupten, »ich kann mich wirklich nicht erinnern, jemals *so* ausgebrannt gewesen zu sein. Wir waren doch immer energiegeladene Typen, nicht wahr? Ist es das, was andere Leute täglich bei ihren Jobs erleben und wir haben es bis jetzt noch nie erlebt?«

Doug schwenkte den Kaffee in seinem Becher. »Das liegt im Bereich des Möglichen, aber warum sollten wir gleichzeitig und aus heiterem Himmel getroffen werden?

Und dann noch bei so einem spannenden Fall? Ich glaube das ja nicht. Wie ich schon sagte, muss es sich um eine Verschwörung des Universums gegen unser Recht handeln, über diese Geschichte zu berichten.«

Obwohl das Koffein ein wenig half, fühlte sich Mia immer noch benommen und ausgelaugt, als sie nach ihrer Fahrt endlich an der *Mermaid* ankamen. Das Lokal schien nicht gut zu laufen, es standen nur zwei Autos vor der Tür. Sie und Doug stapften hinein und murmelten sich gegenseitig zu, dass sie nur höchstens eine Stunde bleiben würden, da Schlaf langsam lebenswichtig wurde.

Sie setzten sich, vage bewusst, wie still es war und erst, als sie sich in die Stühle fallen ließen, überblickten sie den Ort genauer.

»Heilige Scheiße«, rief Mia aus. »Es ist *menschenleer*. Haben die geschlossen?«

Doug rieb sich das Kinn. »Nein, kann nicht sein. Das Licht ist an und die Tür war offen. Aber es ist schon komisch, oder? Aber immerhin haben sie kostenlose Mozzarella-Sticks rausgelegt. Und Salsa-Dip, natürlich.« Er gestikulierte auf das Essen vor ihnen.

Mia konnte sich nicht erinnern, dass die *Mermaid* ihren Gästen Vorspeisen servierte. Die meisten Lokale taten das nicht, also war es möglich, dass sie sich aus Versehen an den Tisch von jemandem gesetzt hatten. Was für ein Zufall, zig Tische waren frei und sie setzten sich an den einen besetzten.

Dennoch, Doug griff einfach zu, das Essen sah schließlich unfassbar gut aus.

In diesem Moment ertönte ein lautes Krachen. Glas klirrte, Schritte ertönten. Mehrere Personen, gehüllt in schwarze Ausrüstungen, stürmten durch den Vordereingang, die Hintertür und aus der Küche. Das alles geschah so schnell, dass Mia es gar nicht realisieren konnte und es schon zu spät war – die Personen hatten sie umzingelt.

Die Journalisten erstarrten, als Stimmen sie anschrien und ihnen mit Taschenlampen ins Gesicht geleuchtet wurde.

»*Keine Bewegung!*«, brüllte ein Mann, offenbar ohne zu bemerken, dass die beiden sich aus lauter Angst natürlich keinen Millimeter bewegt hatten.

Mia starrte sie panisch an. Die meisten der paramilitärischen Typen hatten FBI-Marken auf ihren Westen, einige andere gehörten anscheinend zu dem LAPD SWAT-Team. Eine Person trat auf sie zu, hob ihr Helmvisier und zeigte ihre Dienstmarke.

»Agent MacDonald, FBI«, sagte die verärgert aussehende Frau. »Wer sind Sie und was machen Sie hier? Dieser Ort wurde wegen einer Geiseldrohung evakuiert. Sind Sie sich dessen überhaupt bewusst?«

Als sich Mias Mund geräuschlos auf und zu bewegte, atmete Doug in unverhohlener Erleichterung aus.

»O Gott sei Dank«, meinte er. »Dann nichts wie raus hier. Agent MacDonald, ist es in Ordnung, wenn ich diese Mozzarella-Sticks mitnehme?«

KAPITEL 23

Kera stand vor der Tür, die in weitere Büros führte, so positioniert, dass niemand sie entdecken konnte. Sie hatte dank ihrer erweiterten Sinne das, was dahinter lag, erforscht. Mehrere Gänge und Räume lagen vor ihr. Jemand hielt sich dort auf, und zwar nicht nur eine Person. Anschließend hatte sie einen Scan nach potenziellen Gefühlen und Absichten der Personen durchgeführt, um sich auf das, was sie nun erwartete, vorbereiten zu können. Jedoch hatte sie nichts außer Angst und Wut erkennen können, was keine große Überraschung und wenig hilfreich war.

Es blieb also nichts übrig, als dieses Büro zu stürmen und endlich in Erfahrung zu bringen, was genau hier vor sich ging.

Kera kanalisierte einen weiteren Strom von Energie in sich selbst, der ihre Geschwindigkeit, Stärke und geistige Schärfe auf Kosten einer wachsenden Müdigkeit in ihrem Hinterkopf erhöhte, welche sie in kurzer Zeit leider einholen würde.

Also würde sie sich hier beeilen müssen.

Sie schob die Tür auf und trat in einen kurzen, schwach beleuchteten Korridor. An der Decke war eine Kamera angebracht. Sie hatte keine Ahnung, ob sie in diesem Moment beobachtet wurde. Höchstwahrscheinlich war das der Fall. Sie konnte nicht riskieren, dass sie einen Tipp bekamen, dass sie schon so tief in das Gebäude vorgedrungen war.

Kera eilte nach vorne, stellte sich auf die Zehenspitzen und benutzte den Lauf einer der Pistolen, um die Kamera zur Seite zu drehen. Vielleicht war es schon zu spät, aber es war besser als nichts. Sie trat vorsichtig um die nächste Ecke, in einen offenen Bereich zwischen einer Reihe von Türen, die zu anderen Büros führten.

Sie musterte den Ort und die Gegenstände, die vor ihr verteilt worden waren. Selbst mit ihrem begrenzten Wissen über Sprengungen konnte sie erkennen, dass Leute hier Bomben zusammengebaut hatten.

Was zur Hölle?

Doch das war gar nicht das, worauf sie ihre Aufmerksamkeit eigentlich richten sollte – zwei Frauen standen am Ende des Bereiches, hinter einem schweren, umgestürzten Metalltisch.

Eine von ihnen war groß und hatte blondes Haar, welches zu einem Zopf zusammengeflochten war und hielt eine Waffe in der Hand, die Kera trotz ihrer Erfahrung nicht benennen konnte. Es musste sich um eine Waffe handeln, die hier gar nicht zugelassen war. Die andere Frau, kleiner und schmaler mit schulterlangen, schwarzem Haar, zielte bereits mit einer kleinen Taschenpistole auf Kera.

Bevor Kera das richtig wahrnehmen konnte, hatten sie bereits das Feuer eröffnet.

Ohrenbetäubender Lärm und grelle Blitze erfüllten den Raum. Kera tauchte reflexartig ab, rollte gegen die Wand und nutzte die minimale Deckung, die ihr ein Stapel Kisten bot, die mit Drähten und Komponenten gefüllt waren, von denen sie hoffte, dass sie nicht explosiv waren. Die panzerbrechenden Kugeln aus dem Sturmgewehr der Blondine konnten die Kisten selbstverständlich durchdringen, also wusste Kera, dass sie ausweichen und ihren Schutzschild wieder herbeirufen musste.

Sie nutzte ihre Chance, um die Tür eines der Büros zu öffnen und hineinzustolpern, während die beiden Frauen nachluden. Ihre Ohren klingelten so laut, dass sie kaum hören konnte, aber darauf konnte sie sich jetzt beim besten Willen nicht konzentrieren.

Kera rief die höheren Mächte an und zog mit deren Hilfe Energie aus dem Universum. Sie nutzte diese, um eine Barriere erscheinen zu lassen, deutlich stärker als zuvor.

Auf dem Flur ertönten erneut Schüsse. Die beiden Frauen versuchten, Kera festzunageln, während sie sich auf sie zubewegten, um auf sie zu schießen wie auf ein in eine Falle gelaufenes Reh.

Kera wartete in Ruhe ab, sie wusste genau, wann ihr perfekter Moment kommen würde. Sie konnte erkennen, dass die beiden Frauen näher dran waren, ins Büro zu feuern. Nicht mehr lange.

Stille trat ein, nachdem sowohl das Gewehr als auch die Pistole klickten, sie waren leer.

Jetzt!

Kera sprang wieder heraus, zog die Pistole, die sie vorhin einem ihrer Gegner abgenommen hatte und zielte abwechselnd auf die beiden Frauen. Sie wollte sie nicht treffen, sondern sie nur so weit erschrecken, damit sie sich zurückzogen. Sie feuerte einen Schuss über den Kopf der Schwarzhaarigen und die beiden anderen zur Seite der Blondine ab.

Die Blondine fluchte laut auf, in einer Sprache, die Kera nicht verstand, dann drehte sie sich um und flüchtete quer über den Flur in das am weitesten entfernte Büro.

War das Russisch?, fragte sich Kera. Ist das die, für die ich sie halte? Nein, sie sieht anders aus als die Frau in der Bar mit dem Mustang-Idioten, aber die unangenehme, beunruhigende, seelenlose Ausstrahlung ist dieselbe.

Sie hatte jedoch keine Zeit, dem Gedanken nachzugehen, denn die andere Frau stürmte bereits auf Kera zu, eine Tastatur befand sich in ihren Händen, dabei rief sie: »Pauline, bleib zurück!«

Kera schaltete sofort wieder in den Kampfmodus um. Ihre Gegnerin war eine kleine Frau ostasiatischer Abstammung, irgendwo zwischen fünfundzwanzig und jugendlichen dreißig, gekleidet wie eine Büroangestellte. Die Geschwindigkeit, mit der sie sich bewegte und die Art und Weise, wie sie die ›Waffe‹ in den Händen hielt, deuteten jedoch darauf hin, dass sie kein Schwächling war.

Kera spürte auf einmal die Auswirkungen davon, so viel Magie kanalisiert zu haben, besonders nachdem sie zuvor noch Misses Kim geheilt hatte.

Die Tastatur peitschte ihr entgegen, die Frau brüllte und trat um sich. Kera riss den Arm hoch und das Plastik der Tastatur knallte gegen ihren Unterarm. Sie stöhnte, riss sich dann wieder zusammen, wich dem Tritt aus und schlug der Frau im Gegenzug in den Magen. Die stieß ein ›Uff‹ aus und ließ sofort die Tastatur fallen.

Sie stürzte sich auf Kera und die beiden begannen einen Zweikampf.

Kera erkannte augenblicklich, dass die andere Frau ebenfalls Kampfsporterfahrung hatte, *Jiu-Jitsu, Hapkido* und vielleicht *Krav Maga*. Die beiden rangen heftig miteinander, jeder versuchte, den anderen mit einem Handgelenkgriff oder einem Gelenkbruch zu erwischen, dazwischen versuchten sie, sich gegenseitig in die Augen zu kratzen oder mit den Knien in Leisten und Bauch zu treten. Kera hatte einen leichten Vorteil, da ihre Gegnerin noch kleiner als sie selbst war.

Die Asiatin schrie ununterbrochen, als wäre sie von einem alten Kriegsgeist besessen.

»Ich erledige dich jetzt an Ort und Stelle! Was ist dein Ziel? Was willst du hier?«, forderte sie, ihre Hände rissen wild an Keras Helm und Armen, dann riss sie mit all ihrer Kraft das Visier nach oben. Kera atmete heftig aus. Verdammt. »Ha, erwischt! Ich *wusste,* dass du eine Frau bist! Sie zwingt uns nur dazu, weil du dich nicht zurückhalten konntest und die Zicken-Königin der ganzen Stadt sein musstest.«

Kera wurde immer müder, hatte sich aber mittlerweile dem Kampfstil der Frau angepasst und außerdem war sie immer noch wie high von ihren thaumaturgischen Infusionen. Sie erspähte eine Lücke in der Verteidigung ihrer Gegnerin und schlug ihr mit dem Ellbogen seitlich an den Kopf.

Die Frau fiel zurück, keuchend und strampelnd und Kera schritt nach vorn, um ihr einen kräftigen Stoß zu versetzen. Aufgrund Keras doppelter Stärke krachte ihre Gegnerin heftig gegen die Wand. Sie brach in sich zusammen, lebendig, aber angeschlagen und wahrscheinlich kampfunfähig.

Im selben Moment öffnete sich eine Tür vor ihr. Kera sah auf und erstarrte. Die blonde Frau, Pauline war sie vorhin genannt worden, lehnte sich durch die

Türöffnung ihres Büros und richtete ihre frisch nachgeladene Waffe auf sie.

»Du hast verloren«, knurrte die blonde Frau trocken. »Und ich werde jetzt deine kostbare *Mermaid* zu Fall bringen.«

Sie drückte ab. Ein Sperrfeuer aus heißem Blei wurde freigesetzt. Kera rannte zur Seite, nicht nur um sich selbst zu schützen, sondern auch um die hilflose Asiatin aus dem Gefahrenbereich zu retten. Kugeln verglühten in ihrem Schild, während sie sich hinter den Tisch duckte, den die beiden Frauen vorhin zu ihrem eigenen Schutz benutzt hatten.

Das war's, bestätigte Keras Verstand. *Mir ist schwindelig und ich bin erschöpft. Ich habe zu schnell zu viel Magie eingesetzt, ohne eine Reserve-Energiequelle dabei zu haben und jetzt will mich dieser russische Möchtegern-Konzern mit militärischer Überschuss-Hardware aus der Sowjet-Ära umbringen. Mein Visier ist hinüber und ich glaube, die andere Pistole ist rausgefallen, während ich da hinten rumgeturnt bin. Vielleicht bin ich doch keine so knallharte Hexe.*

Sie holte tief Luft, drehte sich um und rannte los. Sie schaffte es, sich rennend, kriechend, springend und stolpernd den Weg zurück zum Korridor und in die Lobby des Büros zu bahnen. Das alles dauerte viel zu lange und sie war sich sicher, dass Pauline jeden Moment auftauchen und sie mit ein paar Dutzend Kugeln durchlöchern würde.

Aber das tat sie nicht ... noch nicht. Tatsächlich klang es so, als wäre sie gar nicht mehr anwesend. Als wäre die andere Frau einfach aus einem Fenster geklettert oder durch einen Ausgang verschwunden, den Kera vorhin nicht bemerkt hatte. Wenn das der Fall war, konnte sie entkommen, zur *Mermaid* stürmen und auf dem Weg so viele Leute erschießen, wie sie konnte, anstatt bloß den einen Ort zu bombardieren.

Und Kera hatte keine Energie mehr. Nicht nur, dass jede weitere Anwendung von Magie sie ausbrennen könnte, sie wusste auch nicht, wie lange die Wirkung des Relikts der Kims anhalten würde.

Sie könnte sich also noch mehr Ärger einhandeln, wenn sie jetzt weiterhin versuchte, Magie zu nutzen.

Aber ich muss es schaffen, sagte sie zu sich. *So oder so, ich muss das jetzt beenden. Heute Abend.*

Kera biss ihre Zähne zusammen und sah sich um. Das Erste, worauf ihr Blick fiel, war die Kaffeestation des Büros. Mit dem verzweifelten Hunger eines Hundes, der neben dem Esstisch wartet, zog Kera sich kriechend dorthin zurück, griff nach einer Tasse und drückte den Hebel.

Es kam nur ein winziges Rinnsal schwärzlicher Flüssigkeit heraus, nicht einmal eine halbe Tasse.

»Verdammt noch mal«, wütete Kera. »Geizige Bastarde.« Sie griff mit zittrigen Fingern nach den Zuckerpaketen – es waren nur zwei, gerade eben genug – und kippte sie in die Tasse. Dann gab es nur noch eine andere Möglichkeit, hier irgendwie an Energie zu kommen und Kera verzog ihr Gesicht bei diesem Gedanken. Sie griff nach dem künstlichen Sahneersatz.

»Scheiße. Das ist eines der ekelhaftesten Dinge, die ich je getan habe. Ich hasse diese Dinger, das kann doch kein Mensch mögen.« Sie schluckte einen plötzlichen Kloß im Hals hinunter, riss das Papier auf und fügte es ihrem halbherzigen Getränk hinzu.

Sie stolperte zum Waschbecken, füllte die Tasse mit kaltem Wasser auf und rührte das Gemisch mit dem Finger um. Das war widerlich, aber besser als nichts.

Draußen in den Schatten bewegte sich etwas. Kera schaute auf. Sie konnte nicht viel sehen, jedenfalls nicht genug, um zu wissen, ob Pauline nun endlich für Runde zwei zurückgekommen war.

Kera neigte ihren Kopf zurück und schüttete die dünne, ekelhaft süße Mischung in ihren Mund. Sie schluckte schnell, um den abartigen Geschmack zu minimieren und erschauderte. Doch sie konnte die Wirkung innerhalb von Sekunden spüren. Kalorien und schlechte Kohlenhydrate waren genau das, was sie für einen Vitalitätsschub brauchte.

Keine Sekunde zu spät.

Die Außentür, die Kera vorhin noch geöffnet hatte, krachte nach innen. Kera zuckte zusammen. Pauline stapfte hinein. Ihr Gesicht, das unter anderen Umständen vielleicht attraktiv gewesen wäre, war schrecklich verzerrt vor bösartigem Hass und ihr gebleichtes Haar löste sich bereits aus ihrem Zopf. Ihre Finger – ihre Nägel rot lackiert – umklammerten den Karabiner an ihrer Schulter auf eine Weise, die vermuten ließ, dass sie mit Waffen vertraut war.

Als hätte Kera das nicht sowieso schon am eigenen Leib erfahren.

Kera tauchte hinter den Empfangstresen ab, als ihr Erzfeind erneut das Feuer eröffnete. Wieder wurde die quälende Lautstärke der Waffe durch den geschlossenen Raum noch schlimmer. Während ihre Ohren rauschten und Trümmer flogen, erfüllte ein einziger Gedanke ihren Geist.

Magie & Dating

Sie ist es, die unheimliche Frau aus der Mermaid, die als Date von dem Bastard verkleidet gewesen war! Hah! Sie war als einfaches Flittchen verkleidet, aber sie ist in Wahrheit die Anführerin der ganzen Operation. Mustang-Bastard ist nur ihr Lakai. Verstehe. Keiner von ihnen scheint ein guter Mensch zu sein, aber ich glaube nicht, dass er meine Bar in die Luft jagen wollte. Diese Schlampe hat ihn dazu gezwungen!

Dieses Wissen, kombiniert mit dem leichten Schub durch ihren schrecklichen Kaffee, brachte sie von dem Abgrund zurück, vor dem sie sich wenige Augenblicke zuvor noch befunden hatte.

Kera wartete die Schüsse ab. In dem Moment, als sie verstummten und das Magazin leer war, fuhr sie hoch und stürzte hinter dem Schreibtisch hervor. Die Russin versuchte noch nachzuladen, ließ die Waffe aber nach einer Sekunde fallen, als sie merkte, dass ihr keine Zeit mehr dazu blieb.

Stattdessen schlug sie kräftig nach Kera.

Normalerweise war es für Kera eine der leichtesten Aufgaben, auszuweichen und sich zu ducken, doch sie war zu sehr aus dem Gleichgewicht. Sie duckte sich bloß ein wenig und ging direkt zum Gegenangriff hinüber. Kera schwang ihr Bein mit aller Kraft nach oben, streckte es, soweit sie konnte und zielte. Treffer. Die Sohle ihres Stiefels krachte in Paulines Gesicht.

Die große Frau schrie auf, als sie gegen die Wand schlug. Doch sie fasste sich direkt wieder und fummelte an einer Messerscheide an ihrem Oberschenkel herum. Sie zückte ein langes, großes Messer und grinste bedrohlich.

Ihr Gesicht sah noch fahler aus und auf ihrer Wange bildete sich ein hässlicher, roter Fleck. »Du hast verloren. Ich habe es schon einmal gesagt und ich sage es noch einmal. Es gab die ganze Zeit nur *eine* von euch, stimmt's? Ihr habt keine Bande! Nur eine einzige Frau! Du bist ein Nichts! Alles, was du willst, ist die Welt zerstören, die ich aufzubauen versuche ...«

Kera fiel in eine Kampfhaltung und hob ihre Hände. Das Messer machte alles komplizierter, vor allem da Kera selbst nicht bewaffnet war, doch etwas von ihrer gesteigerten Geschwindigkeit und Kraft blieb erhalten, ganz zu schweigen von allem, was sie aus ihren Sitzungen im *Dojang* mit Misses Kim gelernt hatte.

»Und du bist komplett verrückt und dein Plan ist geisteskrank!«, bemerkte Kera und funkelte sie kalt an.

Kreischend schlug Pauline mit der Klinge nach ihr, indem sie zunächst auf ihr Gesicht zielte und dann mitten im Schlag die Richtung wechselte. Doch Kera hatte diesen Trick schon geahnt, ihrer Intuition und ihren erweiterten Sinnen sei Dank.

Als Paulina das Messer in die Tiefe riss und in ihre Brust rammen wollte, sprang sie einen Schritt nach hinten, aus der Reichweite und fegte mit dem Fuß hart an der Seite von Paulines Knie entlang. Der Schlag traf, aber nicht so kräftig, wie Kera es sich gewünscht hatte. Dennoch wackelte ihr Knie und ihr Stoß auf Keras Herz ging weit daneben. Doch ganz verfehlte sie sie leider doch nicht, sie traf Keras Unterarm und das Messer drang durch ihre Lederjacke und schlitze ihre Haut auf. Die Klinge war erschreckend scharf und Kera keuchte auf, zögerte jedoch keine Sekunde.

Sie schlug Pauline mit dem Handballen gegen den Kiefer. Ihre Gegnerin taumelte zurück, was der Hexe genug Zeit gab, in den offenen Teil der Lobby zurückzukehren, sich besser zu positionieren und Pauline so in die Ecke zu drängen.

Kera warf einen Blick um sich herum und suchte nach etwas, mit dem sie Pauline außer Gefecht setzen könnte. Doch nichts von den Gegenständen bot sich hier an. Also packte Kera augenrollend eine Topfpflanze und schleuderte sie mit erhöhter Kraft auf Pauline. Sie traf sie gegen die Brust, ein voller Erfolg. Pauline fiel auf die Knie.

Doch sie behielt das Messer in der Hand und überraschte Kera nur wenige Sekunden später mit einem plötzlichen Hieb auf ihre Beine.

Kera stolperte und konnte gerade noch vermeiden, die Klinge in ihre Kniescheibe zu bekommen. Pauline stürzte sich auf sie, schlug ihr mit dem Ellbogen ihres linken Arms gegen die Brust und beugte sie über eine niedrige Tischplatte, das Messer im Anschlag, um ihr ins Gesicht zu stechen.

Kera ergriff panisch Paulines Handgelenk und ihre Augen schlossen sich, während die Klinge bedrohlich über ihr zitterte.

»Ich brenne die *Mermaid* ab, nachdem ich dich erledigt habe«, versprach Pauline ihr in einem bedrohlichen Flüsterton. Kera grunzte.

Angst, Wut und Adrenalin hatten ihre Fähigkeit klar zu denken ausgelöscht und Pauline hatte sie so festgenagelt, dass sie fast nichts tun konnte, außer das Messer in Schach zu halten.

Doch dann fiel ihr etwas ein, eine letzte Chance!

Ich könnte sie mich abstechen und ihren Kopf dann direkt auf den Tisch schlagen lassen. Dann wäre sie nicht in der Lage, Cevin, Jenn oder Stephanie oder sonst jemandem einen Scheiß anzutun.

Doch das war mit einem Opfer verbunden.

Und ich hatte den Kims nicht nur den Sieg, sondern mein Überleben versprochen.

Kera holte tief Luft. Sie war stark. Sie hatte trainiert und sich auf Momente wie diesen vorbereitet. Ihre Gegnerin war ein wenig größer, doch Kera war athletischer, breiter und eine bessere Kämpferin. Ihre Kraft war immer noch magisch verstärkt.

Sie würde das schaffen!

Kera stemmte sich mit all ihrer letzten Kraft gegen ihre Angreiferin und drückte sich und sie nach oben.

Pauline wich zurück und mit ihr das Messer. Ihre blutunterlaufenen Augen weiteten sich vor Angst. Kera beruhigte sich und konzentrierte alles auf die Entschlossenheit – die *Gewissheit* viel mehr, dass sie dieses Gebäude lebend verlassen würde und die *Mermaid* gerettet sein würde.

Pauline hatte sich nun nicht mehr unter Kontrolle. Sie versuchte, sich ein letztes Mal gegen Kera zu werfen, mit aller Kraft, die sie aufbringen konnte.

Pauline hielt das Messer mit beiden Händen und zielte auf Kera, doch inzwischen hatte Kera sie beide an Paulines Vorteil vorbeibewegt. Sie drehte sich und nutzte die Bewegungen der blonden Frau gegen sie, indem sie das Messer nach unten und zur Seite lenkte. Die Klinge schlug auf die Oberfläche des Schreibtisches und fiel zu Boden.

Kera duckte sich blitzschnell in einer Gegenbewegung, so wie Misses Kim es ihr beigebracht hatte, dann beugte sie sich wieder hoch und trat mit dem Fuß fest zu. Er traf Pauline mit aller disziplinierten Kraft, die ihr Körper aufbringen konnte, direkt in ihr Gesicht.

Magie & Dating

Pauline schrie auf, als sie das Gleichgewicht verlor. Sie fiel hart und ihr Hinterkopf knallte mit einem furchtbaren Knirschen gegen die Ecke des Kühlschranks. Sie sackte in sich zusammen, eine rote Lache breitete sich unter ihr aus, während ihre hasserfüllten Augen glasig wurden.

Kera wurde übel bei dem Anblick, sie begann zu zittern, ihre Beine gaben nach.

Bei der Betrachtung von Paulines friedlichem Gesicht wurde ihr regelrecht schlecht.

Verdammt. Verdammt noch mal. Was habe ich getan? Ich ...

Einen Moment lang war alles still, abgesehen von dem Geräusch eines vorbeifahrenden Autos draußen.

Kera hielt sich an dem Tisch fest, damit sie nicht zu Boden stürzte, so schwach und zittrig fühlte sie sich.

Sie ist ... sie ... ich habe sie ...

Sie konnte nicht einmal daran denken.

In diesem Augenblick ertönten Sirenen und rissen Kera zurück in die Realität. Selbstverständlich waren die Schüsse nicht unbemerkt geblieben. Ein Wunder, dass bisher noch niemand eingegriffen hatte.

Kera richtete sich auf, klopfte sich den Staub ab und atmete heftig ein und aus. Sie schwitzte und zitterte, sie konnte kaum glauben, was gerade geschehen war.

Es war unfassbar, dass sie noch lebte und Pauline tot war, dass sie Pauline getötet hatte, dass sie nun schuld an dem Tod eines Menschen war, eines zweiten Menschen nach Deke, und ...

Aber sie hatte keine Wahl gehabt.

Kera riss sich zusammen und verdrängte all diese Gedanken. Die Polizisten würden bald hier sein und sie hatte noch eine Sache zu erledigen, bevor sie gehen konnte.

Kera ballte ihre Fäuste und streckte ihre Finger abwechselnd, um langsam wieder die Kontrolle über ihren Körper zurückzubekommen. Sie hob ihre Hände, um Schwingungen aller Art wahrzunehmen. Sie konnte die Lebensenergie von ihren drei zuvor besiegten Gegnern, die Asiatin hier oben und die beiden Kerle unten noch wahrnehmen, keiner von ihnen war bei Bewusstsein, aber sie waren dennoch empfänglich für magische Suggestion.

Perfekt.

Zuerst projizierte sie ein mentales Bild von sich in ihre Erinnerungen, die gefürchtete *Motorcycle Woman*, eine Figur des Schreckens und der Aggression, die gnadenlos Vergeltung verübte. So würden sie sich von nun an an sie erinnern.

Kera trug ihre Nachricht vor und verband diese mit dem Bild, wie sie mit einer tiefen, dröhnenden Stimme sprach, während ihre Augen rot glühten.

Betrachtet dies als eure EINZIGE VERDAMMTE WARNUNG. Weitere werdet ihr keine mehr kriegen! Wie Feiglinge habt ihr euch auf einen Plan eingelassen, der unschuldige Menschen getötet hätte. Ich habe diesen Plan vereitelt. Ich weiß, wer ihr seid. Ich kenne eure Gesichter und ich weiß, wo ich euch finde. Ich kann euch nach Belieben jagen und ich werde euch mit einem stumpfen Messer ausweiden, wenn ihr auch nur daran denkt, euch jemals wieder mit einer Person wie eurer Anführerin Pauline einzulassen.

Als sie mit der Warnung fertig war und die Botschaft an ihre drei Gegner verschickt hatte, machte sie sich auf.

Magie & Dating

Während sie durch den Flur ging, konnte sie ein leises Stöhnen vernehmen und riskierte einen Blick. Die kleine, asiatische Frau war aufgewacht und regte sich leicht.

Kera verschwand in den Schatten und verließ den Flur. Sie eilte das Treppenhaus herunter und als sie durch die Vordertür auf die andere Straßenseite flüchtete, sah sie die beiden Männer, die sich mittlerweile auch aufgesetzt hatten. Beide lehnten an einer Wand, zuckten und zitterten.

Die Sirenen wurden lauter. Kera wurde etwas klar. Wenn die drei sich gleich mit den Polizisten auseinandersetzen mussten, könnte das ihre Fähigkeit beeinträchtigen, die Ereignisse des Kampfes zu begreifen. Kera beschwor den letzten Rest ihrer Magie und wirkte einen winzigen Geisterklangzauber, kombiniert mit einer kleinen Gedächtnislöschung. Die Polizisten würden zunächst denken, dass die Schießerei zwei Blocks weiter passiert war und sie würden genug Zeit damit verbringen, dort zu suchen. So würden die drei fliehen können und hätten genug Zeit, alles zu begreifen.

Kera fand Zee dort vor, wo sie ihn zurückgelassen hatte und gab ihm einen Klaps. »Danke fürs Warten. Tut mir leid, dass es so lange gedauert hat. Aber wir haben noch einen weiteren Halt vor uns, bevor es nach Hause geht.«

KAPITEL 24

Eine Stunde zuvor hatte Mister Kim noch gewunken, als sein Sohn mit einem voll beladenen Rucksack voller Vorräte die Straße zum Haus seines Freundes hinunterlief. Als der Junge weg war, schloss der Vater die Tür und drehte das Schild vor dem Haus auf ›Geschlossen‹, obwohl er normalerweise erst anderthalb Stunden später Feierabend machte.

Mister Kim stand mitten im Raum und starrte ausdruckslos ins Leere. Es gab Formen der Magie, die ihre Anwender zu anderen Menschen zurückverfolgen konnten, indem sie den Banden des Blutes, der Emotionen und der gemeinsamen Erfahrungen folgten. Er glaubte nicht, dass derjenige, der Kera holen wollte, auch hinter seinem Kind her war, doch er wollte kein Risiko eingehen und Ye-Jin hatte zugestimmt.

Heute Abend würden sie nur zu zweit sein, wie damals in Korea vor so vielen Jahren.

Seine Frau kam die Treppe herunter, sie fühlte sich nun deutlich besser nach einem Nickerchen, einer Mahlzeit und einem starken Tee. Sie war immer noch nicht so stark, wie sie beide es gerne gehabt hätten, aber kräftig genug, um bei den Vorbereitungen zu helfen.

»Ah, Ye-Jin.« Er klatschte in die Hände. »Wir sollten Spaß an der Sache haben, solange wir dabei sind, meinst du nicht auch? Die haben wahrscheinlich keine Ahnung, womit sie es hier zu tun haben. Wir können sie mit einem Haufen schwachsinniger Klischees und theatralischem Zeug ablenken.«

Seine Frau machte ein säuerliches Gesicht. »Was soll das heißen? Wir werden sie mit dummen Dingen ablenken, die sie vielleicht mal in Filmen gesehen haben?«

Sein Grinsen wurde breiter. »Ganz genau. Soweit wir wissen – und wir wissen gar nichts – hat einer von ihnen vielleicht auf dem College Ostasienwissenschaften studiert, aber wahrscheinlich eher nicht. So ein Kurs wäre voller Blödsinn und wüsste nichts über die Tradition, aus der wir kommen. Oder? Haha.«

Obwohl der eine weitaus enthusiastischer war als der andere Part, trugen beide Ehepartner dazu bei, ihr Geschäft und ihr Haus in eine Kombination aus Hindernisparcours, einer Fahrt im Vergnügungspark, einem Museumsexponat und, wie Mister Kim es ausdrückte, ›einem *Kevin allein zu Haus* trifft auf *Rambo*-Parcours‹ zu verwandeln.

Ihre mutmaßlichen Gegner waren Magier von beträchtlicher Macht und Kenntnis, aber da die Geheimnisse der Wunderkünste in Korea ziemlich streng vor einer Überprüfung durch Außenstehende bewahrt wurden, mussten diese Jäger davon ausgehen, dass alles für sie Ungewöhnliche eine magische Komponente von großer Bedeutung oder gefährlicher Macht war.

»Also«, scherzte Misses Kim, als die Natur des teuflischen Plans ihres Mannes klar wurde, »das war der wahre Grund, warum du Sam weggeschickt hast, nicht wahr? Er würde vor Verlegenheit sterben, wenn er *das* sehen würde.«

Mister Kim gackerte und dekorierte weiter.

Sie hängten überall Schleier und Wandteppiche und diverse Gebetstücher auf und füllten den Laden mit billigem Schnickschnack mit unterschiedlichem Grad an ›Asien-Mäßigkeit‹, von dem einige nicht einmal etwas mit Korea zu tun hatten – vietnamesische Buddha-Statuen, eine billige Katana-Nachbildung, die sie Sam zu seinem siebten Geburtstag gekauft hatten, ein Poster von Bruce Lee und ein paar indische Perlenketten, die Mister Kim letztes Jahr aus einer Laune heraus von einem Straßenhändler gekauft hatte.

Das meiste davon hatte null magisches Potenzial, aber es würde von den wahren Relikten ablenken und ihre Jäger verwirren, besonders in Verbindung mit der Fülle an verschiedenen Arten von langsam brennendem Weihrauch, den sie angezündet hatten. Düfte konnten einen erheblichen Einfluss auf die Ausübung der obskuren Künste haben. Zu viele oder die falschen zu verwenden würde denen, die empfindlich auf solche Dinge reagieren, das Leben schwer machen.

Außerdem bauten sie die Regale auseinander und brachten Kartons und Kisten und Puppen aus dem hinteren Lagerraum herein, sodass die Gänge des Ladens sowie die Flure und das Treppenhaus zu ihrem Wohnbereich mit ungeordnetem Gerümpel übersät waren.

»Und«, wies Mister Kim hin und hielt eine bestimmte Kiste hoch, »wir werden dieses lächerliche Ding endlich mal benutzen können. Ha!« Es war eine Nebelmaschine, die er eigentlich für eine Halloween-Feier für Sam aufheben wollte. »Es wird wahrscheinlich ihre Augen und Lungen verletzen und die Düfte noch mehr durcheinander bringen.«

Magie & Dating

Ye-Jin gelang schließlich ein Lachen. »Wir hätten statt eines Lebensmittelladens einen Partyladen eröffnen sollen. Das Geschäft wäre nicht so beständig gewesen, aber du passt perfekt darein. Oder in den Zirkus.«

Strahlend vor plötzlichem Stolz versteckte Mister Kim Lautsprecher an Stellen, an denen sie nur schwer zu finden und auszuschalten waren. Schon bald würden sie eine klirrende Fülle von Kassetten mit gesprochenem Wort auf Koreanisch, Musik von Sam und eine Halloween-CD mit gruseligen Klängen beschallen.

Mister Kim kam zu dem Schluss, dass die Leute, die Kera zu finden versuchten, wenn sie nicht gerade die besten Magier des Planeten waren, es schwer haben würden, sich in diesem grässlichen Durcheinander auf Zaubersprüche zu konzentrieren.

Ye-Jin schimpfte: »Vorsichtig mit der Kerze. Es wird lustig sein, wenn sie sich verirren und verwirrt sind, aber es wird nicht so lustig sein, wenn die Schleier oder die brennenden Kräuter in die Flammen gefegt werden und wir am Ende einen Haufen Holzkohle haben, anstatt ein Haus und ein Geschäft.«

»Oh, ja richtig«, antwortete er, als ob ihm das gerade eingefallen wäre. Er hielt inne. »Bist du sicher, dass wir Kera nichts davon erzählen sollten, Ye-Jin? Ich mag es nicht, ihr Dinge vorzuenthalten.«

Seine Frau legte ihm eine Hand auf die Schulter. »Wir tun das, was wir tun müssen. Aber sie hätte dem nie zugestimmt.«

★ ★ ★

James und Madame LeBlanc, beide magisch getarnt, standen auf dem Bürgersteig und sahen sich den Laden an. Auf dem Schild stand zwar ›Geschlossen‹, aber es leuchtete schummriges Licht im Inneren.

Sie hatten bereits mehrere Male nach der Quelle der Magie gesucht und die Antwort war jedes Mal dieser Ort gewesen. Anscheinend bereitete sich der *Motorcycle Man* in *Kims kleinen Lebensmittelladen* auf seine Mission vor.

James wandte sich an seine Partnerin. »Bereit?«

»Selbstverständlich«, antwortete sie. James öffnete die Tür, die anders als das Schild vermuten ließ, überhaupt nicht geschlossen war und hielt sie Mutter LeBlanc auf. Sie betrat den Laden, eine Hand vor sich erhoben, um alles abzuwehren, was der abtrünnigen Magienutzer auf sie werfen könnte.

Doch nichts geschah. James trat hinter ihr ein, schloss die Tür und seine Augen weiteten sich.

Es sah hier überhaupt nicht wie in einem gewöhnlichen Lebensmittelladen aus. Es schien eine Kreuzung aus einem Kirmes-Geisterhaus und einem behelfsmäßigen asiatischen Tempel zu sein. Es sah auch so aus, als wäre es durchwühlt worden – oder vielleicht hatten die Besitzer gerade Inventur gemacht und waren dabei unterbrochen worden.

Geräusche und Düfte waberten in der Luft, seltsame Geräusche und Gesänge und der Geruch von verschiedenen Arten von Weihrauch und Kräutern.

In James' Kopf schrillten mehrere Alarmglocken.

Gottverdammte Scheiße. Es ist nicht nur eine Person, es sind mehrere Leute und sie wussten, dass wir kommen würden. Die verarschen uns doch. Waren die Motorcylce

Man- und Mermaid-Geschichten ein Scherz, um das FBI aus dem Weg zu räumen? Ich kann Magie spüren. Sie ist schwach, aber sie haben wohl von Anfang an erfolgreich verschleiert, wie mächtig sie sind.

Die beiden Ratsmitglieder könnten durchaus auf einen illegalen Hexenzirkel gestoßen sein und ein kurzer Blick auf Madame LeBlanc bestätigte, dass sie das Gleiche dachte.

»James«, flüsterte sie leise, »wir sollten uns *nicht* aufteilen. Ein schneller Rundgang durch den Laden, dann finden wir ihren Treffpunkt, ihren Wohnbereich oder was auch immer und sehen nach, was wir hier finden.«

Seine Augen huschten umher. Überall waren Schleier und Tücher aufgehängt worden, die die vollen Dimensionen des Ortes verdeckten. »Ja. Einverstanden.«

Sie gingen mit behutsamen Schritten zunächst nach links, in den hinteren Teil des Ladens, wo sich die Kühlschränke und -truhen befanden und schoben dabei immer wieder aufs Neue Vorhänge und Tücher beiseite. James spürte, wie etwas seinen Knöchel erwischte, er zuckte zusammen und stolperte mit einem kräftigen Aufprall gegen ein Regal, wobei etwa zehn Tüten mit Chips und Erdnussflips auf ihn purzelten.

»Verdammt noch mal«, zischte er, während Madame LeBlanc ihm wieder auf die Beine half. Er war bloß in eine leere Schachtel getreten, die vor einem umgestürzten Grußkartenregal abgestellt worden war, nichts Bedrohliches.

Sie gingen noch ein paar Schritte weiter, in die hinterste Ecke, damit sie auch ja nichts übersehen würden. Wie aus dem Nichts gackerte jemand laut und wahnsinnig und diesmal war es Madame LeBlanc, die erschrocken stolperte und gegen ein Räuchergefäß trat.

»Oh je!«, rief sie aus und wirkte eilig einen Frostzauber, um die Flammen zu löschen, die sich an den Rändern ihres wallenden Kleides zu entzünden begannen.

»Mein Kleid. *Dafür* werden sie bezahlen«, schwor sie und starrte auf die verbrannten, ausgefransten Enden.

In dem Bereich des Ladens war nichts mehr zu finden. Die Thaumaturgen gingen nun auf den Tresen zu, vorbei an gedrungenen Statuen, die sie im schummrigen Kerzenlicht anstarrten. Beide spürten eine beträchtliche Menge an Macht an diesem Ort, doch ihre Natur war schwer fassbar.

Sie hatten es mit einer magischen Tradition zu tun, die außerhalb ihrer Expertise lag.

Ein handgemaltes Banner mit etwas, das wie ein koreanischer Schriftzug aussah, hing über dem Zugang zum Tresen, James war sich sicher, dass dieses mit einem Fluch belegt war, also kletterten er und Madame LeBlanc stattdessen über den Tresen hinüber. Leider schien jemand Öl darauf verschüttet zu haben und James verlor den Halt, rutschte ab und prallte gegen die gegenüberliegende Wand, während Madame LeBlanc entsetzt zusah, wie das Öl langsam in den hellen Stoff ihrer Kleidung sank.

James ächzte, während er aufstand. »Ich hoffe, dass sich diese Leute als *wirklich* feindlich erweisen, damit wir einen Vorwand haben, sie in die Vergessenheit zu jagen.«

Mutter LeBlanc nahm einen tiefen Atemzug. »Kein Kommentar. Gehen wir.«

In der Halle jenseits des Hauptraums gab es kein Licht und nachdem sie einen kleinen Beleuchtungszauber gewirkt hatten, um ein stationäres Leuchten vor ihnen zu erzeugen, erwartete sie die nächste seltsame Erscheinung, eine Reihe von schwarzen Hemden und dunkelblauen Tüchern hingen an Drähten vor ihnen, verteilt über den ganzen Flur. Sie schoben sie beiseite und fanden ein kleines Gäste-WC und einen durcheinandergewürfelten Lagerraum, aber sonst nichts von Interesse.

Madame LeBlanc bemerkte: »Ich glaube, wir haben wohl eine Treppe übersehen, die nach oben oder unten führt.«

»Sehr wahrscheinlich«, räumte James ein. Sie zogen sich zurück und durchsuchten den mysteriösen Laden noch einmal aufmerksamer. Nach einigen Minuten fanden sie schließlich eine Treppe, die nach oben führte. Vorsichtig stiegen sie sie hinauf.

Die Fülle seltsamer, verwirrender Geräusche wurde lauter, ebenso wie die Gerüche und es gab mehr trübes, orangefarbenes Licht. Die Stufen knarrten unter ihren Füßen. Sie waren fast bei dem, was auch immer im Herzen des Ortes auf sie wartete.

James stand vor einer geschlossenen Tür mit der Hand auf dem Knauf. Er schaute zu Mutter LeBlanc, die ihm entschlossen zunickte und ihre Hände hob, um im Handumdrehen einen mächtigen Schild oder einen verheerenden Angriffszauber beschwören zu können.

James riss die Tür auf und seine Partnerin stürmte hinein.

Was sie erwartete, überraschte sie.

»Oh, hallo!«

Ein unscheinbar wirkender Mann blickte von seinem Essen auf. Er war klein, mit graumeliertem, schwarzem

Haar. Eine koreanische Frau, vielleicht sogar seine Ehefrau, saß neben ihm, sie schien etwas jünger zu sein.

»Entschuldigen Sie die Unordnung«, grüßte sie mit einem weiten Lächeln. »Bitte, kommen Sie herein! Wir haben zu viel Huhn gemacht.«

Die Thaumaturgen starrten sich gegenseitig an. Das Gefühl der Magie war immer noch da, aber die einzigen Menschen, die sie sehen konnten, waren das ältere Ehepaar, das gemeinsam am Tisch saß und ein Abendessen bei Kerzenschein und aromatischem Tee genoss.

»Nettes gruseliges Halloween-Klangband«, beurteilte James, als er eintrat.

»Ich danke Ihnen«, erwiderte der Mann und grinste zufrieden. Er nippte an seinem Tee.

Madame LeBlanc schnupperte in der Luft. »Das Huhn riecht wirklich wunderbar. Wir, äh, entschuldigen uns für das unerlaubte Eindringen, aber wir wollten etwas mit Ihnen besprechen.« Sie räusperte sich. »Wir hoffen zumindest, dass wir bei Ihnen richtig sind.«

Sie schien sich entschieden zu haben, dies trotz ihres früheren Wutausbruchs über ihr Kleid höflich anzugehen. Sie und James sahen sich wieder an. Sie konnten nicht viel von einer Zunahme der Intensität der magischen Kraft wahrnehmen. Sie ging eindeutig von dem Ehepaar aus, die nun aufgestanden waren und dabei waren, den Tisch für weitere Gäste zu decken.

»Ihr seid hier auf der Suche nach Magie«, begann der Mann und kniff seine Augen zusammen. »Ja, ja, das wissen wir. Kommen Sie und setzen Sie sich.«

James blieb, wo er war und sagte mit fester Stimme: »Wir suchen den Motorradfahrer, bevor noch Menschen verletzt werden.«

»Hm.« Der Mann blickte zur Seite des Raumes, wo ein schwarzer Motorradhelm auf einem Beistelltisch lag. »Wie Sie sehen können, wird derzeit niemand verletzt.«

Das musste der Helm des mysteriösen Magienutzers sein, eindeutig.

James runzelte die Stirn, wandte sich ab und überprüfte sein Handy. Richardson hatte ihm vor wenigen Minuten eine knappe Nachricht geschickt, die besagte, dass die Einnahme der *Mermaid* ereignislos verlaufen war und nichts auf den Scans zu sehen war, obwohl noch zwei dämliche Zivilisten hineingestolpert waren, nachdem der Ort bereits geräumt worden war. Offenbar war der Ort danach vollständig bereinigt worden und bis jetzt hatte sich niemand dem Gebäude genähert.

Das gefällt mir nicht, dachte James bei sich. Er konnte die Signatur der Magie *spüren*, die von diesem Ort ausging. Er und Madame LeBlanc gingen hinüber und setzten sich an den Tisch, während das ältere Paar sich als die Eigentümer des Ladens, die Kims, vorstellte.

»Zuerst …«, begann er, aber Misses Kim hielt eine Hand hoch.

»Essen Sie zuerst«, meinte sie leise, aber streng. »Sie sind unsere Gäste. Sie werden nicht zu Schaden kommen. Es gibt keinen Grund, warum wir nicht zivilisiert sein sollten und natürlich können Sie das Essen auch überprüfen, um sicherzustellen, dass es sicher ist.«

Dieses Abendessen wurde zu einer der seltsamsten Veranstaltungen, an denen James je teilgenommen hatte, obwohl es zwischen dem köstlichen Essen und dem Kerzenlicht auch seltsam beruhigend war. Die ganze Zeit über konnte er die magische Signatur spüren, die er bei der *Mermaid* gespürt hatte und die sich stärker auf die Frau konzentrierte.

Als nur noch leere Teller übrig waren, saß Misses Kim schweigend da, eine Hand auf dem Arm ihres Mannes. Die Thaumaturgen sahen auf.

»Nun«, merkte Mister Kim mit tiefer, feierlicher Stimme an, »erzählen Sie uns bitte von den Menschen, deren Verstand Sie ausgelöscht und deren Kräfte Sie genommen haben. Wir wissen, wer Sie sind. Es gibt keinen Grund, sich zu verstellen.«

Er hatte die freundliche, höfliche Fassade fallen gelassen.

James runzelte die Stirn. Er konnte die beiden immer noch nicht richtig einschätzen. Sie waren einerseits stärker und klüger, aber andererseits auch schwächer und weniger sachkundig, als er erwartet hatte, je nach Thema und jedes Mal, wenn er dachte, er hätte verstanden, womit er es zu tun hatte, führten sie ihn wieder auf den falschen Pfad. Mutter LeBlanc schien fast so verwirrt zu sein wie er selbst.

Sie räusperte sich. »Erstens, wir danken Ihnen für das wunderbare Essen. Zweitens, es ist nicht unser Wille, jemandem zu schaden. Tatsächlich ist alles, was wir tun und wofür wir auf dieser Reise sind, darauf ausgerichtet, Menschen davon abzuhalten, ihre Talente zu missbrauchen oder unnötige Probleme zu verursachen. Unser einziges Ziel ist das Gemeinwohl.«

Die Kims glucksten. Die Frau sagte etwas auf Koreanisch und der Mann fügte hinzu: »Ah, ja. Viele Leute *denken*, sie seien die Guten, nicht wahr? Wir *sind* ziemlich gut, nicht wahr? Denken wir. Aber es gibt auch Leute, die uns mögen und uns beschützen, die – so könnte man sagen – nicht ganz so gut sind. Gefährliche Leute, denen es nicht gefallen würde, wenn sie zurückkämen und uns mit geschmolzenem Hirn vorfänden.«

Madame LeBlanc glättete ihr Kleid. Normalerweise war sie unerschütterlich, aber ein Zittern der Irritation ging durch sie hindurch.

James versuchte einen anderen Weg. »Wir werden Ihre Gehirne nicht schmelzen. Keine Sorge! Wir wollten nur feststellen, ob *Sie* eine Bedrohung für die allgemeine Bevölkerung darstellen und ob Sie so viel Aufmerksamkeit auf unsere Art lenken, dass wir uns mit einer Bedrohung durch die allgemeine Bevölkerung auseinandersetzen müssen. Verstanden?«

Mister Kim nickte.

James fuhr fort: »Sie beide scheinen tatsächlich keine große Bedrohung zu sein, aber der *Motorcycle Man* ist es und ihr zwei scheint ihn zu kennen, so hörte es sich gerade an und das könnte gefährlich werden, denn ...«

Mutter LeBlanc beendete seine Gedanken für ihn: »Rücksichtslose Selbstjustiz-Aktionen sind eine Gefahr für alle.«

Die Kims lachten wieder. »Oh«, witzelte der Mann, »wir kennen ihn nicht. Nein, wir *sind* er. Die Magie waren wir beide. Der Held war meine Frau in Verkleidung. Sie dachte, sie würde an Krebs sterben und wollte vor dem Ende noch etwas Gutes tun. Auch ein bisschen Spaß haben. Aber es sieht so aus, als würde sie es schaffen, also hat es jetzt keinen Sinn mehr.«

James und Mutter LeBlanc sahen sich gegenseitig an, ihre Ausdrücke waren Spiegelbilder des Unmuts. Sie drehten sich wieder zu ihren Gastgebern um. Das Ganze klang nach Quatsch, doch es hatte schon oft solche Fälle gegeben, in denen jemand vor seinem Tod noch Gutes getan hatte.

»Und die Auseinandersetzung in der *Mermaid* heute Abend?«, fragte James. Er hatte in regelmäßigen Abständen sein Handy überprüft und wusste, dass eigentlich nichts passiert war. »Ihr Showdown mit *The Start-Up*? Das ist einfach so erledigt worden? Aus der Welt geschafft? Wie?«

Es gab einen Moment der Stille zwischen dem Paar. Sie sahen sich gegenseitig an.

»Das«, meinte Mister Kim schließlich, »ist unser Geheimnis. Sie müssen nur wissen, dass wir es nur dann wieder tun werden, wenn die Banden es nötig machen.«

Madame LeBlanc blickte auf ihren Schoß hinunter. James spürte ihre Gewissheit und zu seiner Traurigkeit fühlte er dasselbe.

Dies war kein jüngerer, unerfahrener Magie-Anwender, der sich einem System anpassen würde. Dies war ein *Paar*, eines mit jahrzehntelanger Lebenserfahrung, Magieanwender einer fernen Disziplin. Sie hatten sich ihre Meinung gebildet und sie würden sich nicht den Traditionen und Regeln eines ihnen fremden Rates beugen.

Das bedeutete, dass es nur eine Möglichkeit gab.

»Sie wollen, dass wir uns Ihnen anschließen«, bemerkte die Frau. »Deshalb haben Sie uns diese Nachricht geschickt. Aber, nein. Dies ist unser Zuhause, unsere Stadt und wir werden hier bleiben und sie beschützen.«

Mit diesen Worten war es entschieden. James schaute zu Mutter LeBlanc, die ihre Lippen zusammengepresst hatte.

»Ich verstehe«, erwiderte er nur.

Magie & Dating

★ ★ ★

James konzentrierte sich auf den Asphalt vor ihm und die Lichter über ihm und an der Seite, während er durch Los Angeles fuhr. Es würde eine kurze Fahrt sein, aber er hatte genug Zeit zum Nachdenken. Weder ihm noch Mutter LeBlanc war nach Sprechen zumute.

Jeder hatte Gründe für sein Schweigen. In James' Fall war es, weil alles so ... enttäuschend ausgegangen war. Das war einerseits gut, niemand war zu Schaden gekommen, doch er hatte sich irgendwie doch mehr erhofft.

Er vermutete, dass Mutter LeBlanc nichts sagte, weil sie zufrieden war, dass alles ›gut‹ ausging.

Er musste aber sicher sein. »Haben wir einen Fehler gemacht? War es richtig, die magischen Fähigkeiten eines netten Paares zu zerstören, das uns die Hälfte seines Teriyaki-Hühnchens geschenkt hat?«

Madame LeBlanc hielt ihren Blick ebenfalls geradeaus. »Nein. Diese Frau war in den Vierzigern, vielleicht auch älter. Wenn sie es bis jetzt nicht besser gelernt hatte, als herumzufahren und die ganze Stadt aufzuwiegeln, hätte sie es nie gelernt.«

»Das denke ich auch.« James seufzte.

Sie verließen das Stadtzentrum und fuhren in den Außenbereich von *Little Tokyo*. Als sie in die East 2nd Street einbogen, fanden sie den Parkplatz der *Mermaid* voller Polizeiautos und ›unauffälliger‹, schwarzer Laster vor. Die Dinge schienen ruhig zu sein, trotz des Trubels von so vielen Gesetzeshütern, die den Platz praktisch besetzt hielten.

Nachdem sie geparkt und aus dem Rolls-Royce ausgestiegen waren, setzten sich die Thaumaturgen zusammen, bereit, notfalls das Kommando zu übernehmen, falls noch etwas auf sie zukommen sollte.

James wies darauf hin: »Sie sagten, es sei nichts passiert. Ich fange an, mich zu fragen, ob wir es schlimmer vermasselt haben, als wir ahnen konnten und ob das alles nur ein falscher Alarm war. Trotzdem ...«

»Trotzdem«, sagte Madame LeBlanc und machte da weiter, wo er aufgehört hatte, »sollten wir den Ort selbst durchsuchen. Wir können uns nicht darauf verlassen, dass das FBI dieselben Dinge aufspürt wie wir. Sie könnten etwas übersehen. Wir haben die Verdächtigen gefunden, aber wir haben es noch nicht gelöst, auch wenn sie gestanden haben. Mir fehlt das letzte Puzzleteil.«

James hatte ebenfalls Zweifel an den Fähigkeiten der FBI-Agenten, Dinge aufzuschnappen, also stimmte er zu. Sie betraten das Lokal. Drinnen kamen ihnen sofort Richardson und MacDonald entgegen, um sie gleich zu begrüßen.

»Hey, Lovecraft und LeBlanc«, begann der Erstere und kaute auf einem Mozzarella-Stäbchen herum, »was haben Sie gefunden? Hier ist nichts los, *leider*. Oder Gott sei Dank. Wir hatten keinen einzigen Schuss. Wir haben ein paar Zivilisten zu Tode erschreckt, alles für nichts. Es wurde im Grunde genommen zu einer Kostümparty hier in dieser Bar und alle sind als Agenten verkleidet. Aber sie machen verdammt gute Mozzarella-Sticks.«

Finster dreinblickend bestätigte MacDonald, was ihr Partner gesagt hatte. »Ich werde dennoch das Gefühl nicht los, dass hier mehr vor sich geht oder wir von jemandem überlistet worden sind. Informieren Sie uns. Was haben Sie herausgefunden?«

Magie & Dating

Madame LeBlanc lächelte. »Wir haben uns um das Problem gekümmert. Es ist äußerst wahrscheinlich, dass Sie hier keine weiteren Probleme haben werden. Natürlich können wir Ihnen später noch mehr Details nennen, aber könnten wir uns zunächst einmal hier umsehen? Es ist möglich, dass es hier subtile Details gibt, die Sie übersehen haben oder die wir an dem Abend damals nicht entdeckt haben, die uns jetzt einiges erklären könnten.«

MacDonald sah James mit verengten Augen an, der mit den Schultern zuckte. »Ja, genau, was sie gesagt hat.«

Die Agenten nahmen die beiden Magiefähigen mit auf einen Rundgang durch das Lokal und inspizierten das Hauptgeschoss, den Bereich hinter der Bar, die öffentlichen Toiletten, die Küche, den Lagerraum und den begehbaren Gefrierschrank, das Hauptbüro und den Pausenbereich der Angestellten. Die Angestellten der Bar waren in den letzteren gedrängt worden und sie sahen entweder zu Tode gelangweilt oder absolut nervös aus.

Weder James noch Madame LeBlanc bemerkten hier etwas von Bedeutung. Sie sahen die gleichen Spuren von Magie, die sie bei ihrem ersten Besuch wahrgenommen hatten, das war alles. Dennoch, während Madame LeBlanc die Agenten kurz mit einer schön gesprochenen Versicherung fesselte, dass der Frieden in ihre schöne Stadt zurückkehren würde, machte James einen zusätzlichen Scan.

Seine Finger verrenkten sich in den richtigen Gesten und er summte die Beschwörungsformel in seiner Kehle, um sie unterhalb der Schwelle des menschlichen Hörens zu halten. Rückstände von Magiewirkung erschienen vor seinem geistigen Auge. Es schien, dass sie hier im Pausenraum etwas stärker waren, aber nicht genug, um von Bedeutung zu sein. Ansonsten war alles so, wie es schien.

Außer eben, dass hier zu irgendeinem nicht allzu weit zurückliegenden Zeitpunkt Magie gewirkt wurde.

James kam aus der Halb-Trance hervor und bemerkte, dass eine der Angestellten der Bar ihn stirnrunzelnd ansah. »Ähm«, meinte er zu ihr und zuckte die Schultern. »Wir sind Berater. Deswegen keine Ausrüstung. Das FBI zahlt nicht besonders gut, aber es ist eine sichere Arbeit.«

Sie zuckte mit den Schultern, verdrehte die Augen und James wandte sich von ihr ab, als Madame LeBlanc ihre Rede beendete.

»So«, schloss die ältere Thaumaturgin, »wollen wir uns verabschieden und hoffen, dass es in der nächsten Zeit keine weiteren wilden Gerüchte gibt, die die Menschen gefährden. Gute Nacht, meine Damen und Herren.«

MacDonald schüttelte den Kopf. »Unsere große Ausbeute war praktisch *nichts*. Besser als die Katastrophe, die bei einem Scheitern eingetreten wäre, aber irgendwie auch enttäuschend.«

»Na ja«, kommentierte Richardson. »So können wir uns wenigstens über diese Arschlöcher lustig machen, die uns diesen Job aufgedrückt haben, damit sie in den Urlaub fahren können, indem wir ihnen sagen, dass wir *nicht* in subatomare Teilchen gesprengt wurden und nebenbei noch in Vegas feiern konnten.«

Magie & Dating

★ ★ ★

Stephanie sah den Agenten beim Gehen zu. Nachdem das seltsame, überhaupt nicht zusammenpassende Paar gegangen war, entschuldigte sie sich, um auf die Toilette zu gehen und versuchte, das bizarre Gefühl abzuschütteln, das aufgekommen war, als sie den kauzig aussehenden Mann dabei beobachtet hatte, wie er mit den Fingern herumgefuchtelt hatte, während seine Augen seltsam leer geworden waren. Sie hatte in den letzten Tagen zu viel gelesen und erfahren, um es als Exzentrizität oder Krankheit abzutun.

Tatsächlich erinnerte es sie sofort an etwas, das sie noch vor kurzem gelesen hatte. Sie griff in ihre Tasche und zog ihre Raubkopie von *So wird man eine knallharte Hexe* heraus. Sie lächelte zufrieden, steckte es zurück in ihre Tasche und ging hinaus in den Barbereich.

Nach der Drohung der Geiselnahme strömten die Gäste langsam wieder herein, um den neusten Klatsch und Tratsch auszutauschen.

Stephanie grinste ihnen zu. Sie könnte genauso gut versuchen zu retten, was von der Nacht übrig war. Zu ihrer angenehmen Überraschung tauchte kurze Zeit später ein bekanntes Gesicht auf und der Blick dieser Frau landete sofort auf Cevin.

Stephanie wies Nadine mit einer Geste einen Tisch zu und sagte ihr, dass sie gleich mit etwas Wasser und einer Speisekarte zurückkommen würde, dann ging sie hinter die Bar, wo Cevin gerade einen Drink mixte.

Er hatte Nadine bisher noch nicht bemerkt.

»Bleib cool, Cevin«, meinte Stephanie mit leiser Stimme zu ihm. »Deine Lady ist hier und sie *sucht* nach *dir*. Das sehe ich ihr an.«

Cevin erstarrte und schaute Stephanie mit riesigen Augen an.

»Geh hin, komm schon«, verlangte Stephanie, nachdem sie mehr als eine angemessene Zeit gewartet hatte. »Los, los, los. Ich kümmere mich um die Bar.«

EPILOG

Lia begann langsam, wieder Umrisse und Schatten wahrzunehmen. Ihre Augen gewöhnten sich an die Helligkeit, sie öffnete sie vorsichtig und starrte an die weiße Decke. Sie keuchte, umklammerte ihre Brust, als ihr Herz pochte und stöhnte, während sie langsam und vorsichtig auf die Beine kam.

Ihre Erinnerung war ein Mischmasch aus furchterregenden Geräuschen und Bildern und die dunkle Gestalt, die in ihr Hauptquartier eingedrungen war, führte den Vorsitz über all das. Die Botschaft, die die *Motorcycle Woman* hinterlassen hatte, war eindeutig. Sie gab Lia, Johnny und Sven eine zweite Chance.

Doch Pauline hatte sie nicht erwähnt.

Lia machte sich langsam auf den Weg zur Hintertür. Sie tastete sich an der Wand entlang und versuchte, aufrecht zu bleiben und ihr Gleichgewicht zu halten. Draußen, in dem kleinen, gepflegten Park, fand sie Sven und Johnny vor, die im Gras herumkrochen wie Jugendliche nach einer Sauftour. Sie waren am Leben, aber sie schienen Lia nicht zu bemerken.

Bloß Pauline war nicht hier.

Lia drehte sich augenblicklich um und ging zurück in das Gebäude, welches sie eben noch verlassen hatte. Ihr Verstand arbeitete noch nicht gut genug, ansonsten hätte sie nämlich augenblicklich in den oberen Stockwerken vorbeigeschaut.

Es war ihr klar, dass nicht alles in Ordnung war.

Als sie durch die Eingangstür trat, fand sie den Empfangsbereich verwüstet vor. Hier hatte es eine Schießerei gegeben, eindeutig. Und Pauline war mit Sicherheit in diese verwickelt gewesen.

Sie durchsuchte den Empfangsbereich, aber fand keine Spur von Personen. Also betrat sie den nächstliegenden Bereich, den Café-Bereich der Mitarbeiter. Hier befanden sich eine Küche, Kaffeeautomaten, Kühlschränke, und …

»O mein Gott«, keuchte Lia, als sie den blutbefleckten Kühlschrank in der Ecke erspähte. »O mein Gott.« Sie stolperte zurück nach draußen, hockte sich hin und versuchte, sich nicht zu übergeben.

Sie hatte Pauline gefunden.

Tot.

Gegen den Kühlschrank gelehnt, blutüberströmt.

Das war das Werk von *Motorcycle Woman*, ganz sicher.

Lia wurde bewusst, dass sie schon seit einiger Zeit Sirenen hörte. Sie musste hier weg. Sie wollte nicht, dass man sie so vorfand, sie verdächtigte.

Sie warf einen letzten Blick in den Raum, in dem sie Pauline so zurücklassen würde. Zwei Gefühlswelten prallten bei diesem Anblick aufeinander – die eine war das Entsetzen und das Bedauern, dass ihre langjährige Freundin Pauline tot war. Tränen bildeten sich in ihren Augen.

Doch die andere war Erleichterung, dass *jemand* Pauline rechtzeitig aufgehalten hatte. Die Dinge waren so schnell aus dem Ruder gelaufen und sie hatte sich von einer Frau, die kalt berechnend, aber ruhig im Angesicht von Rückschlägen war, zu jemandem entwickelt, dessen eisige Entschlossenheit nur noch von ihrem Wunsch nach Rache übertroffen wurde. Sie war zu einer Person geworden, die Lia nicht mehr wiedererkannt hatte.

Ich war so ein Idiot zu denken, dass es anders laufen würde.

Aber sie hatte jetzt keine Zeit mehr für diese Gedanken und Gefühle. Lia schob sich hoch und rannte zum Park hinüber, so gut es mit ihren zitternden Beinen ging, um nach Sven und Johnny Ausschau zu halten. Die beiden hockten noch an genau demselben Ort, an welchem sie sie vor einigen Minuten entdeckt hatte.

Lia half den beiden nacheinander auf. Sie hatten ihre Waffen verloren. Das war schlecht, denn ihre Fingerabdrücke würden überall auf den verdammten Dingern sein. Wenn jemand die fand, dann ...

Die Polizeiwagen fuhren an ihnen vorbei. Noch waren sie nicht entdeckt worden. Trotzdem würden die Polizisten es bald herausfinden.

»Johnny«, keuchte sie ernst. »Sven. Kommt! Wir müssen die Beweise beseitigen und dann von hier verschwinden. Könnt ihr mir dabei helfen?«

Die Männer sahen auf und blinzelten sie an. Sie scheinen angestrengt nachzudenken.

»Ja«, meinte Johnny schließlich, aber er klang nicht sehr überzeugt.

»Wahrscheinlich«, erwiderte Sven. »Was ist ... diese Frau ... Wo ist Pauline?«

Lia wusste, dass sie genau dasselbe wie sie vor ihren Augen gesehen hatten, dass auch sie gegen die mysteriöse Frau, der *Motorcycle Woman*, gekämpft hatten.

Und sie alle drei wussten, was passieren würde, wenn sie sich noch länger an diesem Ort hier aufhielten.

Sie eilten durch die Hintertür hinein und machten sich hastig daran, alle geschäftsrelevanten Dokumente, Aufzeichnungen, Rechnungen, die Überreste der Bomben, die sie gebaut hatten aufzusammeln, um sie mitzunehmen und später zu vernichten.

Sie konnten es sich hier bloß nicht erlauben, schlampig zu sein, vor allem da der Zustand des Büros schon genug Fragen aufwerfen würde.

All das war genug, um eineinhalb Aktenkoffer zu füllen.

Nachdem Lia sich vergewissert hatte, dass keine Live-Kameras auf den Empfangsbereich gerichtet waren – sie waren zuvor deaktiviert worden, wahrscheinlich ein ›Geschenk‹ der *Motorcycle Woman* – begannen sie, die Oberflächen genaustens abzuwischen, die sie kurz zuvor berührt hatten. Sie ließen Paulines Leiche liegen, wo sie war und versuchten krampfhaft, sie bloß nicht anzusehen.

Dies fiel Lia besonders schwer.

»Weißt du«, sagte Sven schließlich, »ich glaube, ich bin mit dem russischen Mafia-Teil meines Lebens fertig. Von nun an werde ich meine andere Seite, der nette, schwedische Typ, ausspielen und ein verdammter Landarbeiter oder so etwas in Minnesota sein, mit all den anderen übermäßig höflichen skandinavischen Typen. Danach bin ich hier weg. Tut mir leid, Leute. Es war schön, mit euch zu arbeiten, aber ich erwarte nicht, euch je wiederzusehen.«

Lia nickte. »Wir verstehen, Sven. Besser ist es. Viel Glück bei allem, was du tun wirst.« Die automatische

Höflichkeit kam aus ihr heraus, ein Relikt aus einer anderen Zeit. Es schien lächerlich, so etwas zu sagen, wenn die Leiche einer ihrer ehemaligen Mitstreiter in der Nähe war.

Sie wusste jedoch nicht, was sie sonst tun sollte.

Johnny klopfte ihm auf die Schulter. »Ja, Mann. Mach's gut. Wir haben uns ein paar Mal gegenseitig den Arsch gerettet, aber alle guten Dinge kommen zu einem Ende. Oder wie auch immer.«

Er hielt inne und wischte mit einem Hygienetuch über den Griff der Kaffeekanne. »Aber ich kann nicht aufhören, darüber nachzudenken – über all das hier. Ich bin noch nicht bereit, die Stadt zu verlassen. LA war mein ganzes Leben lang mein Zuhause, aber ich sehe viele Dinge anders. Das ist alles, was ich zu sagen habe.«

Da Sven der Größte war und ohnehin ausdrücklich beschlossen hatte, den Staat zu verlassen, gaben sie ihm die Aktenkoffer voller Papiere. Er salutierte vor ihnen und schenkte ihnen ein schiefes Lächeln, bevor er das Gebäude verließ und in Richtung Osten stapfte. Sie fragten nicht, wo er hinwollte. Wahrscheinlich hatte er mehrere Unterschlüpfe oder alte Freunde im Umkreis von einer Meile.

Johnny ging als nächstes, nachdem er seine und Svens Pistolen gefunden und eingesteckt hatte. Er plante, sie zu verkaufen oder zu zerstören. Es wäre vermutlich besser, sie zu zerstören, hatte er Lia mitgeteilt, aber er konnte jeden Cent gebrauchen. Wenn er eine neue Waffe brauchte, würde es nicht schwer sein, eine zu finden. Er machte sich nicht die Mühe, Paulines Kompakt-Sturmgewehr zu nehmen. Sie hatte nie jemand anderen das verdammte Ding anfassen lassen. Dort würde man keine Fingerabrücke der drei finden können.

Er winkte Lia zum Abschied zu, schlich sich aus dem Gebäude, hielt sich zunächst im Schatten und schlenderte dann lässig nach Süden zu seinem Mustang.

Lia, nun allein, erinnerte sich an eine letzte Sache – die Aufnahmen der Sicherheitskamera. Die *Motorcycle Woman* hatte die Kamera zwar zur Seite gedreht, aber ihre vorherigen Aufzeichnungen waren noch auf Paulines Tablet im Büro gespeichert. Sie holte es hervor, steckte es in ihre Tasche und überlegte, ob sie es in den Pazifik werfen oder einen schönen Hochofen finden sollte, der diesen Job noch besser erledigen würde.

Auch sie verließ schließlich das Gebäude, schritt stetig nach Westen, ging zu ihrem Auto, das in einer anderen Straße geparkt war und nahm sich Zeit, die blinkenden roten und blauen Lichter in der Nähe zu studieren. Die Polizei hatte aus irgendeinem Grund eine Razzia in der stillgelegten Kunstgalerie unten an der Straße durchgeführt.

Lia seufzte. Wenn sie Pauline bis zum Morgen nicht gefunden hatten, würde sie ihnen einen anonymen Hinweis geben. Ihre ehemalige Freundin verdiente schließlich ein ordentliches Begräbnis.

Nach einigen Minuten des Nachdenkens fuhr Lia schließlich los und hielt erst an, als sie auf halbem Weg nach Santa Monica war. Sie hielt an einem All-Night-Coffee-Shop an und holte sich einen kleinen Cappuccino, um ihn im Auto zu trinken, allein mit ihren Gedanken.

Der Schrecken und die Angst wichen langsam zurück und Lia konnte wieder logisch denken. Die *Motorcycle*

Woman besaß eindeutig erstaunliche Kräfte irgendeiner Art. Lia wollte nicht länger darüber spekulieren, welche das waren, denn es spielte keine Rolle. Die Selbstjustizlerin hatte auch gerechte Moralvorstellungen und war fähig, Gnade walten zu lassen. Sie hätte sie alle vier töten *können*, doch sie hatte erkannt, dass es Pauline gewesen war, die die Grenze überschritten und die anderen mit sich gezogen hatte.

Es ergab keinen Sinn, aber der Gedanke, der in Lias Kopf wuchs, jetzt, wo sie Zeit zum Nachdenken hatte, wollte nicht verschwinden.

Sie wollte diese geheimnisvolle Person wiederfinden. Sie musste ihr danken. Ihr helfen. So etwas wie Pauline durfte nicht noch einmal geschehen.

Mary Mitchell saß wie immer in der Position, die sie am Kopfende des Tisches eingenommen hatte. Niemand hatte angegeben, wer wo sitzen sollte und dieser Platz war frei, also hatte sie ihn eingenommen. Die anderen neun Mitglieder des Rates – abgesehen von den beiden, die in Kalifornien unterwegs waren – saßen an den Seiten.

Es war 9:16 Uhr in New York. James Lovecraft und Mutter LeBlanc hätten um Punkt neun Uhr zur nächsten Videokonferenz erscheinen sollen.

Mitchell trommelte mit den Fingern auf den Tisch und dachte an die hundegroße Venusfliegenfalle, die sie gezüchtet hatte, um Ratten und andere Schädlinge zu fressen. Während sie hier rumsaßen und nichts taten, wurde das arme Ding vernachlässigt.

»Sie sind spät dran«, bemerkte sie. Das war offensichtlich, aber sie wollte sich beschweren und hören, wie die anderen reagieren würden. Es würde es einfacher machen, die Meinungen abzuschätzen, die sie von ihnen erwarten konnte, während sich die Situation entwickelte.

Rufus gluckste: »Es ist Los Angeles. Sie stecken wahrscheinlich irgendwo im Verkehr fest. Ich habe vor langer Zeit einmal dort gelebt und ich bezweifle, dass sich seitdem viel verändert hat.«

Amanda nickte. »Stimmt genau. Ich habe auch einige Zeit dort verbracht. Es ist ein furchtbarer Ort, sobald man sich hinter das Steuer setzen muss. Ich glaube, es gab eine Organisation, die alle verfügbaren Daten zusammengetragen und festgestellt hat, dass LA den schlimmsten Verkehr auf dem gesamten nordamerikanischen Kontinent hat, einschließlich Mexico City.«

Mitchell spürte, wie ihre Backenzähne zusammenknirschten. »Nun, dann hätten sie das berücksichtigen sollen, bevor sie losgefahren sind. Einige von uns haben noch andere Dinge zu tun, als auf sie zu warten.«

Noch ein paar Mal ging ein Gemurmel um den Tisch, dann flackerte der Bildschirm vor ihnen endlich auf. James und Madame LeBlanc erschienen darauf und blinzelten in die Kamera, um sie einzustellen. Sie sahen müde und gereizt aus und waren eindeutig nicht gerade begeistert von der bevorstehenden Diskussion.

Mitchell war nicht überrascht.

»Hi«, brummte James. Er und Madame LeBlanc hatten auf einer Couch Platz genommen.

Sie hob ihre Hand. »Guten Morgen. Wir entschuldigen uns für die Verspätung, aber der Verkehr war wirklich abnormal. Wir mussten einige Zeit auf etwas verwenden, das wie eine lohnende Verfolgung aussah, sich aber als sinnlose Verfolgungsjagd entpuppte.«

»Oh«, meinte Mitchell. »Sie hätten uns im Voraus informieren können, dass Sie sich verspäten.«

James' Gesicht verfinsterte sich. Sie vermutete, dass er mit ihr streiten wollte, aber bevor das Theatralische beginnen konnte, meldete sich Hugh zu Wort.

»Da wir spät dran sind, kommen Sie bitte direkt zur Sache, wenn Sie möchten. Haben Sie die bedrohliche Person endlich ausfindig gemacht und wenn ja, was ist passiert?«

Das Paar auf der anderen Seite des Bildschirms seufzte in nahezu perfektem Einklang und Mitchell machte sich auf die schlechte Nachricht gefasst. Höchstwahrscheinlich hatten sie ihr Ziel nicht gefunden.

James kratzte sich am Ohr und rückte seine Brille zurecht. »Unser Angebot wurde abgelehnt«, erklärte er. »Das ist die lange und kurze Version.«

Zacharia keuchte. »Was? Wie kann das sein? Ich habe nichts dergleichen gespürt.«

James blickte unschlüssig in die Kamera. Madame LeBlanc legte ihm eine Hand auf den Arm und erklärte:

»Die Person, die keine Einzelperson war, sondern ein Paar, wurde zum Glück nicht kämpferisch oder etwas in der Art, aber es war überdeutlich, dass sie nicht daran interessiert waren, sich uns zu unterwerfen und ausgebildet zu werden. Sie haben sich entschieden, abtrünnig zu werden. Oder besser gesagt, abtrünnig zu *bleiben*.«

Die anderen zehn Thaumaturgen tauschten Blicke aus. Ihre Gesichter waren ernst.

Mitchell verkündete: »Sie wissen, was Sie dann nach unseren Traditionen tun müssen, ganz zu schweigen von der persönlichen Vereinbarung, die Sie zuvor getroffen haben.«

»Ja«, antwortete James in einem flachen, mürrischen Ton. »Wir kennen die Bedingungen selbstverständlich. Wir haben getan, was wir tun mussten.«

Madame LeBlanc hielt eine Hand hoch. »In der Tat, bitte machen Sie sich keine Sorgen. Wir haben jede Erinnerung an *uns* gelöscht, aber ihnen das Wissen hinterlassen, warum sie ihre Kräfte nicht mehr haben.«

Diejenigen, die für Lovecrafts Initiative gestimmt hatten, gaben kurze Beileidsbekundungen ab.

Lady Mitchell faltete die Hände vor sich und lehnte sich zurück. »Nun, es ist *etwas* ermutigend zu hören, dass Sie beide nicht vorhaben, noch mehr Dummheiten zu begehen. Sie haben bereits mehrere Probleme geschaffen, die nicht hätten entstehen dürfen und es hat viel länger als nötig gedauert, sie zu lösen.«

Die meisten der anderen Ratsmitglieder stimmten zähneknirschend zu. Die beiden Abweichler machten ein steinernes Gesicht.

Aber wo sie recht hatte ...

»Nun«, intonierte James, »wir kümmern uns jetzt darum.«

»Gut«, antwortete Mitchell, »aber glauben Sie nicht, dass es keine Abrechnung geben wird, wenn Sie hierhin zurückkehren. Es ist klar, dass wir uns nun alle auf eine neue Politik einigen müssen, um solche Verwicklungen in Zukunft zu vermeiden.« Sie blitzte sie mit einem grimmigen Lächeln an.

James, der aussah, als wolle er den Bildschirm in Brand setzen, sagte bloß: »Natürlich. Ich freue mich schon darauf.«

★ ★ ★

Kera bedeckte ihren Mund und wandte sich von einem Paar ab, während sie die Gasse hinunter in Richtung Teich schlenderte. »Sicher? *Du* hörst dich nicht so an.«

»Oh, doch«, erwiderte Mister Kim am anderen Ende der Leitung. »Uns geht es gut. Wir hatten ein schönes Abendessen. Teriyaki-Hühnchen. Chinesisch, aber gut genug. Sam hat die Nacht bei einem Freund verbracht. Wie geht es dir? Ich hörte, es gab ein paar Unannehmlichkeiten.«

Sie nahm einen tiefen, rasselnden Atemzug. »Mir geht es gut. Wirklich. Aber ich werde das Gefühl nicht los, dass du mir nicht alles erzählst, aber ich vertraue dir. Bitte melde dich, wenn etwas nicht in Ordnung ist, okay?«

»Sicher«, antwortete der Mann und sie wusste, dass er lächelte. »Wir werden uns bald wiedersehen.«

Kera stimmte ihm zu, sie verabschiedeten sich voneinander und sie legte auf. Es war etwas passiert, aber was auch immer es war, es schien glücklicherweise nicht so schlimm zu sein, denn sonst hätte sie nicht mehr mit den beiden telefonieren können.

Kera seufzte und schaute sich um, während des Telefonats war sie blindlings umherspaziert. Der Hollenbeck Park war schön in der Morgensonne und die erholsame Nacht mit Schlaf – und mehreren Frühstückssandwiches – hatte ihr gutgetan, so wie jetzt die frische Luft.

Ihr Handy summte erneut, noch bevor sie es weggesteckt hatte. Es war eine Textnachricht von Stephanie.

»Hm«, murmelte Kera, wischte über den Bildschirm und hörte sich das Memo an. Offenbar wollte Stephanie über irgendetwas Dringendes reden – und darüber, dass es Cevin mit der Frau, die die Kellnerinnen inzwischen ›Supermodel Chick‹ nannten, noch besser ging als zuvor.

Kera ging vom Teich weg in Richtung ihres abgestellten Motorrads.

Ich sollte nachfragen, was es damit auf sich hat. Es könnte von Bedeutung sein. Oder Stephanie ist einfach nur gelangweilt. Vielleicht war ihre Schicht nicht so spannend heute.

Sie würde sich später darum kümmern müssen. Im Moment gab es etwas Dringenderes.

Oder jemand dringenderes: Chris.

Mit der Erinnerung an ihn kam die Lawine von Gefühlen, die durch das ausgelöst wurde, was die Kims ihr zu sagen versucht haben, zurück – Misses Kims Missbilligung darüber, dass sie sich abschottete und Mister Kims Sorge um sie und ihr Leben.

Und ihr Versprechen an sie, dass sie es durch die Nacht schaffen würde, anstatt ihr Leben wegzuwerfen, was aber auch bedeutete, dass sie etwas haben musste, wofür sie leben wollte.

»Gottverdammte Scheiße«, brummte sie und verdrehte die Augen. »Das ist verrückt. Ich meine, ich habe die Person, die die schlimmsten meiner Probleme verursacht hat, *ausgelöscht*, aber es geht einfach weiter mit den Problemen. Schwachsinnig, verrückt, lächerlich und so weiter.«

Sie konnte sich nicht sicher sein, aber sie vermutete, dass Pauline hinter den meisten Anschlagsversuchen auf sie gesteckt hatte. Sie war sicherlich für die Versuche, die *Mermaid* auszuhebeln, verantwortlich gewesen. Jetzt, wo sie weg war, würden sich die Dinge vielleicht etwas beruhigen, aber das Leben einer Thaumaturgischen Selbstjustiz war garantiert *kompliziert*.

Brauchte Chris denn so etwas in seinem Leben?

Nicht unbedingt, aber sie konnte sich nicht für ihn entscheiden. Das musste er selbst tun.

Ein paar Minuten stand Kera vor Chris' Wohnungstür und starrte sie an, zu ängstlich, um zu klopfen. Sie hatte gar nicht erwartet, dass er ihren Anruf entgegennehmen würde, aber er hatte es getan und jetzt würde es eine Diskussion geben, die unangenehm werden und damit enden *könnte*, dass er ihr sagte, sie solle verschwinden.

Aber Kera musste ehrlich sein.

Sie biss ihre Zähne zusammen und klopfte an die Tür. Chris öffnete sie augenblicklich, da er bereits dort gestanden und auf sie gewartet haben musste.

Kera schaute ihn besorgt an. Er sah nicht gut aus, wenn sie ehrlich war. Er hatte nicht genug geschlafen und es sah aus, als hätte er etwas Gewicht verloren. Er hatte sich schon seit ein paar Tagen nicht mehr rasiert.

Doch sie konnte nicht anders, als bei seinem Anblick zu lächeln und obwohl er eindeutig noch misstrauisch war, lächelte er zurück.

»Du sagst, du wolltest reden?«, fragte er. »Dann reden wir besser drinnen. Komm.«

»Ja.« Kera trat ein und ließ ihn die Tür hinter sich schließen. »Ich, äh ... muss dir etwas Wichtiges erzählen. Ich muss dir die Wahrheit sagen.«

ENDE

Kera MacDonagh kehrt zurück in:
›So wird man eine knallharte Hexe 4‹

—

Wie hat Dir das Buch gefallen? Schreib uns eine Rezension oder bewerte uns mit Sternen bei Amazon. Dafür musst Du einfach ganz bis zum Ende dieses Buches gehen, dann sollte Dich Dein Kindle nach einer Bewertung fragen. Als Indie-Verlag, der den Ertrag weitestgehend in die Übersetzung neuer Serien steckt, haben wir von LMBPN International nicht die Möglichkeit große Werbekampagnen zu starten. Daher sind konstruktive Rezensionen und Sterne-Bewertungen bei Amazon für uns sehr wertvoll, denn damit kannst Du die Sichtbarkeit dieses Buches massiv für neue Leser, die unsere Buchreihen noch nicht kennen, erhöhen. Du ermöglichst uns damit, weitere neue Serien parallel in die deutsche Übersetzung zu nehmen.

Am Endes dieses Buches findest Du eine Liste aller unserer Bücher. Vielleicht ist ja noch ein andere Serie für Dich dabei. Ebenso findest Du da die Adresse unseres Newsletters und unserer Facebook-Seite und Fangruppe – dann verpasst Du kein neues, deutsches Buch von LMBPN International mehr.

Magie & Dating

ANMERKUNGEN DER ENGLISCHEN LEKTORIN

Hallo, liebe Leser! Um Michael Anderle eine kleine Pause zu gönnen, da er in letzter Zeit sehr beschäftigt war, schreibe ich diese Notizen an seiner Stelle.

Vielen Dank, dass Ihr es nicht nur bis zum Ende dieses Buches, sondern bis zum Ende dieser Trilogie geschafft habt! Im Laufe dieser drei Bände hat Kera eine Menge über sich selbst gelernt und ich vermute, dass es vielen von Euch im Jahr 2020 genauso ergangen ist. Es war ein Wahnsinnsjahr, nicht wahr? Ich brauchte neulich ein paar Unterlagen von einem Ereignis, das im Januar stattfand und als ich das Datum erwähnte, von dem ich die Dokumente brauchte, dachte ich mir: »Ist das nicht zehn Jahre her?«

Was habe *ich* dieses Jahr über mich selbst gelernt?

Nun ... ich habe gelernt, dass vier Generationen der Familie unter einem Dach leben können, auch wenn drei Mitglieder unter Covid-Quarantäne stehen. Dinge werden die Treppe rauf und runter geschleudert oder an einer Stelle in der Nähe von Moms Teil des Hauses abgestellt, dann geht das Geschrei los: »Hey, ich habe das (diverses Objekt, um das es geht) für dich liegen lassen!« und »Danke!« wird zurück geschrien. Ich habe meine Kinder seit über einer Woche nur durch ein Fenster gesehen (sie wohnen im unteren Stockwerk, also sehen wir sie, wenn wir die Treppe hinuntergehen, zur Hintertür hinausgehen und um das Haus herumgehen, um zum Auto zu gelangen). Das Lächeln meines Enkels ist immer schön zu sehen. Die Quarantäne ist auch schon fast vorbei und alles ist gut.

Ich habe gelernt, dass *DoorDash* (so etwas wie Lieferando), wenn es schwierig wird, sogar Milchshakes von *Dairy Queen* liefert! Ich liebe *Reese's* Peanut-Butter Cups plus Cookie-Teig plus Butter (entweder ganz oder gar nicht!), mein Mann mag Schoko-Erdbeere mit Karamell-Konfekt-Stückchen. Ich hatte auch einen in der Nacht nach der Wahl, als ich die Spannung nicht mehr aushalten konnte. Sogar meine Ernährungsberaterin sagte, das sei in diesem Fall in Ordnung gewesen.

Ich habe gelernt, dass Facebook, egal was die Leute darüber sagen, ein wunderbarer Ort ist, um seine Freunde und Familie zu erreichen und zu berühren, wenn man es auf keine andere Weise tun kann. Ich habe auch gelernt, dass man manchmal einfach eine Pause für seine geistige Gesundheit einlegen muss.

Ich habe gelernt, dass Michael Anderle und unser Betriebsleiter Steve Campbell nie ihren Sinn für Humor verlieren, egal was gerade passiert. Nun, das wusste ich eigentlich schon, aber dieses Jahr war es besonders offensichtlich und darf ich sagen, lebenswichtig! Außerdem war es Mikes und mein Ziel in diesem Jahr, Steve dazu zu bringen, während der Zoom-Meetings Kaffee durch die Nase zu blasen, indem wir Witze reißen, sobald Steve einen Schluck nimmt. Bis jetzt kam ich dem am nächsten, aber Mike unternahm mehrere tapfere Versuche. (Es hat so viel Spaß gemacht, dass wir dieses Spiel auch im nächsten Jahr fortsetzen werden!)

Wir hoffen, Ihr habt Spaß an Keras weiteren Abenteuern und wie immer, wenn ihr die Zeit dazu habt, wäre eine Rezension sehr willkommen!

Ich hoffe, Ihr hattet ein erträgliches Jahr 2020 und wünschen Euch, dass Euer Jahr 2021 um einiges besser wird. Die Welt hat sich wieder einmal neu geformt und es wird viele neue Abenteuer geben – und damit meine ich nicht nur die neuen und fortgesetzten Serien in unserem Programm 2021.

Wir wünschen Euch alles Gute für die Weihnachtszeit und das kommende Jahr,
Lynne Stiegler
16. Dezember 2020

SOZIALE MEDIEN

Möchtest Du mehr?
Abonnier unseren Newsletter, dann bist Du bei neuen Büchern, die veröffentlicht werden, immer auf dem Laufenden:
https://lmbpn.com/de/newsletter/

Tritt der Facebook-Gruppe & der Fanseite hier bei:
https://www.facebook.com/groups/ZeitalterderExpansion/
(Facebook-Gruppe)
https://www.facebook.com/DasKurtherianischeGambit/
https://www.facebook.com/LMBPNde/
(Facebook-Fanseiten)

Die E-Mail-Liste verschickt sporadische E-Mails bei neuen Veröffentlichungen, die Facebook-Gruppe ist für Veröffentlichungen und ›hinter den Kulissen‹-Informationen über das Schreiben der nächsten Geschichten. Sich über die Geschichten zu unterhalten ist sehr erwünscht.

Da ich nicht zusichern kann, dass alles was ich durch mein deutsches Team auf Facebook schreiben lasse, auch bei Dir ankommt, brauche ich die E-Mail-Liste, um alle Fans zu benachrichtigen wenn ein größeres Update erfolgt oder neue Bücher veröffentlicht werden.

Ich hoffe Dir gefallen unsere Buchserien, ich freue mich immer über konstruktive Rezensionen, denn die sorgen für die weitere Sichtbarkeit unserer Bücher und ist für unabhängige Verlage wie unseren die beste Werbung!

Jens Schulze für das Team von LMBPN International

DEUTSCHE BÜCHER VON LMBPN PUBLISHING

Kurtherianisches-Gambit-Universum:

Das kurtherianische Gambit
(Michael Anderle – Paranormal Science Fiction)

Erster Zyklus:
Mutter der Nacht (01) · Queen Bitch – Das königliche Biest (02) · Verlorene Liebe (03) · Scheiß drauf! (04) · Niemals aufgegeben (05) · Zu Staub zertreten (06) · Knien oder Sterben (07)

Zweiter Zyklus:
Neue Horizonte (08) · Eine höllisch harte Wahl (09) · Entfesselt die Hunde des Krieges (10) · Nackte Verzweiflung (11) · Unerwünschte Besucher (12) · Eiskalte Überraschung (13) · Mit harten Bandagen (14)

Dritter Zyklus:
Schritt über den Abgrund (15) · Bis zum bitteren Ende (16) · Ewige Feindschaft (17) · Das Recht des Stärkeren (18) · Volle Kraft voraus (19) · Hexenjagd (20)

Kurzgeschichten:
Frank Kurns – Geschichten aus der Unbekannten Welt

In Vorbereitung:
...die restlichen Bücher bis Band 21

Das zweite Dunkle Zeitalter
(Michael Anderle & Ell Leigh Clarke – Paranormal Science Fiction)

Der Dunkle Messias (01) · Die dunkelste Nacht (02)

Dunkelheit vor der Dämmerung (03)
In Vorbereitung sind die restlichen Bücher der Serie

Aufstieg der Magie
(CM Raymond, LE Barbant &
Michael Anderle – Fantasy)
Unterdrückung (01) · Wiedererwachen (02)
Rebellion (03) · Revolution (04)
Die Passage der Ungesetzlichen (05)
Dunkelheit erwacht (06)
In Vorbereitung sind die restlichen Bücher der Serie

Oriceran-Universum:

Die Leira-Chroniken
(Martha Carr & Michael Anderle – Urban Fantasy)
Das Erwecken der Magie (01)
In Vorbereitung sind die restlichen Bücher der Serie

Der unglaubliche Mr. Brownstone
(Michael Anderle – Urban Fantasy)
Von der Hölle gefürchtet (01) · Vom Himmel verschmäht (02) ·
Auge um Auge (03) · Zahn um Zahn (04) ·
Die Witwenmacherin (05) · Wenn Engel weinen (06) ·
Bekämpfe Feuer mit Feuer (07) · Lang lebe der König (08)
In Vorbereitung sind die restlichen Bücher der Serie

Die Schule der grundlegenden Magie
(Martha Carr & Michael Anderle – Urban Fantasy)
Dunkel ist ihre Natur (01)
In Vorbereitung sind die restlichen Bücher dieser Serie

Die Schule der grundlegenden Magie: Raine Campbell
(Martha Carr & Michael Anderle – Urban Fantasy)
Mündel des FBI (01)

In Vorbereitung sind die restlichen Bücher dieser Serie

Sonstige Serien

Die Chroniken des Komplettisten
(Dakota Krout – LitRPG/GameLit)
Ritualist (01) · Regizid (02) · Rexus (03)
Rückbau (04) · Rücksichtslos (05)
Bibliomant (Seitengeschichte)
In Vorbereitung sind die restlichen Bücher der Serie

Die Chroniken von KieraFreya
(Michael Anderle – LitRPG/GameLit)
Newbie (01) · Anfängerin (02) · Kriegerin (03)
In Vorbereitung sind die restlichen Bücher bis Band 6

Die guten Jungs
(Eric Ugland – LitRPG/GameLit)
Noch einmal mit Gefühl (01)
Heute Erbe, morgen Schachfigur (02)
Dungeonschinder (03)
In Vorbereitung sind die restlichen Bücher der Serie

Die bösen Jungs
(Eric Ugland – LitRPG/GameLit)
Schurken & Halunken (01)
Der Dieb im ersten Stock (02)
In Vorbereitung sind die restlichen Bücher der Serie

Die Reiche
(C.M. Carney – LitRPG/GameLit)
Der König des Hügelgrabs (01)
Die verlorene Zwergenstadt (02)
In Vorbereitung sind die restlichen Bücher der Serie

Stahldrache
(Kevin McLaughlin & Michael Anderle – Urban Fantasy)
Drachenhaut (01) · Drachenaura (02)
Drachenschwingen (03) · Drachenerbe (04)
Dracheneid (05) · Drachenrecht (06)
Drachenparty (07) · Drachenrettung (08)
Drachenermittler (09) · Drachenschwester (10)
In Vorbereitung sind die restlichen Bücher bis Band 15

So wird man eine knallharte Hexe
(Michael Anderle – Urban Fantasy)
Magie & Marketing (01) · Magie & Freundschaft (02)
Magie & Dating (03)

Animus
(Joshua & Michael Anderle – Science Fiction)
Novize (01) · Koop (02) · Deathmatch (03)
Fortschritt (04) · Wiedergänger (05) · Systemfehler (06)
Meister (07)
In Vorbereitung sind die restlichen Bücher bis Band 12

Opus X
(Michael Anderle – Science Fiction)
Der Obsidian-Detective (01) · Zerbrochene Wahrheit (02)
Suche nach der Täuschung (03) · Aufgeklärte Ingonoranz (04)
In Vorbereitung sind die restlichen Bücher bis Band 12

Die Geburt von Heavy Metal
(Michael Anderle – Science Fiction)
Er war nicht vorbereitet (01)
Sie war seine Zeugin (02)
Hinterhältige Hinterlassenschaften (03)
In Vorbereitung sind die restlichen Bücher bis Band 8

Unzähmbare Liv Beaufont
(Sarah Noffke & Michael Anderle – Urban Fantasy)
Die rebellische Schwester (01)
Die eigensinnige Kriegerin (02)
Die aufsässige Magierin (03)
Die triumphierende Tochter (04)
Die loyale Freundin (05)
Die dickköpfige Fürsprecherin (06)
Die unbeugsame Kämpferin (07)
Die außergewöhnliche Kraft (08)
Die leidenschaftliche Delegierte (09)
Die unwahrscheinlichsten Helden (10)
Die kreative Strategin (11)
Die geborene Anführerin (12)

Die einzigartige S. Beaufont
(Sarah Noffke & Michael Anderle – Urban Fantasy)
Die außergewöhnliche Drachenreiterin (01)
Das Spiel mit der Angst (02)
Verhandlung oder Untergang (03)
Die Würfel sind gefallen (04)
Das Chi des Drachen (05)
Siegeszug für Magitech? (06)
Die neue Drachenelite (07)
In Vorbereitung sind die restlichen Bücher bis Band 24

Chroniken einer urbanen Druidin
(Auburn Tempest & Michael Anderle – Urban Fantasy)
Ein vergoldeter Käfig (01)
Ein heiliger Hain (02)
In Vorbereitung sind die restlichen Bücher der Serie

**Weihnachts-Kringle
(Michael Anderle –
Action-Adventure-Weihnachtsgeschichten)**
Stille Nacht (01)